별종 別鐘 소리

소리를 지키는 비운의 종

윤찬모 장편소설

청어

별종소리

윤찬모 지음

발행처 · 도서출판 청어
발행인 · 이영철
영 업 · 이동호
홍 보 · 이수빈
기 획 · 천성래
편 집 · 방세화
디자인 · 김희주
제작부장 · 공병한
인 쇄 · 두리터

등 록 · 1999년 5월 3일
(제321-3210000251001999000063호.)

1판 1쇄 인쇄 · 2018년 4월 1일
1판 1쇄 발행 · 2018년 4월 10일

주소 · 서울특별시 서초구 효령로55길 45-8
대표전화 · 586-0477
팩시밀리 · 586-0478

홈페이지 · www.chungeobook.com
E-mail · ppi20@hanmail.net
ISBN · 979-11-5860-544-5 (03810)

이 도서의 국립중앙도서관 출판시도서목록(CIP)은 서지정보유통지원시스템 홈페이지
(http://seoji.nl.go.kr)와 국가자료공동목록시스템(http://www.nl.go.kr/kolisnet)에서
이용하실 수 있습니다.(CIP제어번호: CIP2018008845)

별종 別鐘 소리

별종, 끊어진 역사는 불가사의(不可思議)인가

　이번에 내놓는 『별종소리』는 종에 관해 문외한으로 시작하여 못 찾을 게 빤했던 진실 찾기의 무리한 시도였다. 어느 한쪽도 장담할 수 없는 왈가 왈부 중에 어느 쪽이 옳은가 하는 판단의 고민으로 많은 시간을 보냈다. 그러나 '소설'은 옳고 그름에 대한 이야기가 아니다. 옳고 그름을 가리는 일은 진실 찾기가 아니다. 결과를 붙들고 애원하는 미련한 짓이기 때문이다. 별종의 시원으로 거슬러 올라가 '왜' 그리되었을까 하는 말머리를 잡아 이야기를 시작했다.

　별종(別鐘)은 당대에 진실이 세대 간 소통의 언어를 잃고 후세에 와서 불가사의가 되었다. 세월이 흘러 아무도 그 불가사의를 해석할 수가 없었다. 별종의 진실을 규명하려고 수많은 가설을 세웠지만 증명할 수 있는 수단이 없었다. 진실은 실체가 보이지 않는 투명체처럼 홀로 무가치한 존재로 세상에 놓여졌다. 사람이 만든 종에서 읽어낼 수 있는 언어가 없으니 전승이 끊어져서 종의 내력을 증명해줄 방법을 아직도 못 찾고 있다. 설(說)은 설일 뿐, 확고한 정설(定說)이 되지 못했다. 그래서 더욱 더 밝혀야 할 필요가 있는 역사의 숨은 가치가 그 안에 묵직하게 들어있지 않았을까.

사람의 손으로 혼을 담아 만들었다면 그 종에도 분명 그 혼이라는 게 들어있을법한데, 후세와 소통할 수 없으니 답답하기만 할 뿐이다. 그 주변을 살다 간 사람들은 막연한 꿈만 꾸다가 하나둘씩 사라져갔다. 끊어진 역사를 잇는 일이 필요한데, 비어있는 부분을 잇는 재료는 '가능성'이다. 수많은 가능성의 갈래 중에서 '가장 그러한' 줄기를 찾는 일이 고난이다. 찾아낸 줄기를 진실이라고 단정할 수는 없지만 가장 진실에 가까운 가능성이 있으리라.

『별종소리』를 준비하면서 진실이 힘의 밑바탕이 되어야 하는데, 오히려 힘이 진실을 왜곡하는 역사를 보았다. 힘만 있으면 이것이 진실이었노라고 선포할 수 있는 역사의 정언명령권을 갖는 게 이 세상의 불편한 이치다. 그래서 가면을 쓴 진실은 힘이 바뀔 때마다 재주 좋게 힘 있는 쪽으로 그 가면을 바꿔 쓴다. 사람들은 발가벗은 진실을 보아야 하는데 아직은 그렇지 못하다. 아니다. 앞으로도 영원히 그렇지 못할 것이라고 감히 단언한다.

별종은 그 생김만으로도 그의 진실이 이쪽이든 저쪽이든 간에 괴로운 우리 역사의 대표적인 피해물이다. '결과'가 아니라 '왜'를 규명하는 작업은 가치 있는 탐구이며 목적을 이룰 때까지 계속되어야 할 것이다. 그래야 별종의 비운을 풀어주는 한풀이가 될 수 있으니까. 누구의 손에 태어났으면 어떠한가. 또, 어느 때에 태어났으면 어떠한가. 우리 민족, 수난의 역사를 함께 견뎌온 사실이 분명한데.

학계에서는 별종을 가지고 부단한 연구를 계속할 테지만, 소설의 방법으로 세상 위에 끌어올려 대중들이 읽게 하는 관심이 필요했다. 파헤쳐 내려는 진실이 어떠하든 간에, 현재로서 별종은 충분히 역사적 가치를 가지고 세상에 내보일 수 있는 증거물이기 때문이다.

별종이 태어났을 만한 시대를 짚어보기 위하여 우리 범종의 역사를 훑고 별종의 진위논쟁에 관하여 세상에 드러난 글들은 모두 찾아보았다. 수많은 종들을 직접 찾아다니면서 살펴보고 그 울림소리도 들어봤다. 이렇게 생겨난 뿌리를 찾으려다 보니, 당시에 일본 불교가 조선 침략을 위하여 치밀한 계획을 짜고 들어오게 되는 과정이 '왜'라는 의문을 풀어가는 단서가 되었다.

의문으로 시작하여 왜 이리되었는가에 대해 얻은 답은 읽어낸 사람마다 다를 수 있으므로 역사 속에는 수만 갈래의 답이 숨어있다. 누구에게 물을 것도 없이 별종을 읽고 나서 당신이 내린 답이 정답이라고 작가는 말하고 싶다.

별종이 역마살을 타게 된 배경에는 일본불교의 조선 침략에 더하여, 우리 군대의 무장해제와 이에 대항하는 해산군인 의병들과의 싸움이 있었다. 그때의 지리적 상황과 인물들을 더듬어보기 위하여 많은 도서와 논문을 참고했다. 소설이 허구라는 구실로 논문 저자의 견해와 다른 부분들이 들어있을지도 모르는데, 참고한 여러 원문에 반론하려는 뜻이 아니고, 비어있는 역사를 메우는 이야기 전개에 필요한 설정이었음을 밝힌다.

일백이 년 만에 제자리로 돌아온 '별종'을 소장하고 있는 용문산 상원사에 월암 의정스님과 김복수 사무장의 자료 도움, 예고도 없이 불쑥 찾아갔음에도 많은 종들을 자상하게 보여주며 소리를 들려주고 옛이야기까지 해주신 성종사 원광식 주철장, 이 외에 자료 도움을 주신 많은 분들께 감사의 뜻을 적어 남긴다. 선뜻 출판에 응해주신 도서출판 청어에 이영철 사장께도 고마운 뜻을 전한다.

용문산 백운봉 밑에서
윤찬모

차례

작가의 말 ● 4

가라쓰의 변종들 ● 14

무부리 ● 40

잃어버린 아기 ● 69

경성의 나무꾼 ● 98

구름이든지 안개든지 ● 123

승은 승이로되 ● 148

하늘을 태우는 불꽃 ● 173

갈라지는 틈새로 ● 197

붉은 음자리 ● 223

별원 손님 ● 254

팔려가는 몸 ● 278

소리를 만져보니 ● 308

죄 없는 귀양살이 ● 345

하소연 ● 391

참고 연대기 ● 404

나오는 사람들

지남세와 방녀

지남세는 미지산 나무꾼. 장년이 되어 시위대에 군인이 되었다 해산 당한다. 방녀는 지남세의 처. 일인 야마구치의 집안일을 해주면서 악연이 된다. 별종을 지킨다.

극일문과 오랑

극일문은 정체불명의 남자다. 상원사 별종의 상세한 내력을 알고 지켜낸다. 오랑은 경성에서 태어나 어려서부터 홀로 되어 여숙의 중노미와 절의 불목한으로 전전하다 극일문을 만나 연심을 갖게 된다.

무부리

극일문을 낳은 사람으로 추정. 끝까지 정체를 알 수 없는 떠돌이 묘령의 여인이다. 무부리통수를 외치고 다니며 걸식하다가 아기를 낳아 잃고 마을에서 사라진다.

여응과 개천승

여응은 걸승 행세하고 다니는 고승이다. 쇠해가는 조선불교를 한탄하며 극일문을 돕는다. 개천승은 일본에서 들어온 진종대곡파를 신봉한다. 절마다 다니며 대곡파로 변종할 것을 종용한다.

상원사 주승

한때 대곡파에 홀려 방황하다가 돌아와서 별종을 지키지만 결국 일인들에게 빼앗긴다.

오쿠무라와 히라노

조선의 개항 전, 종교적 침략 음모를 품고 포교를 위하여 부산으로 건너온 일승이다. 동본원사 별원을 세우고 조선인 포교 활동을 한다. 조선강점을 위한 목적을 철저하게 감추고 조선인의 신임을 얻기 위하여 선행을 베풀고 후덕한 사람의 모습을 보인다.

야마구치와 긴토

야마구치는 사업가다. 별종을 사 오는 비용을 댔다. 긴토는 골동품상이다. 둘이 죽이 맞아 골동품 수집을 함께하고 미지산 상원사종을 경성에 동본원사로 가져온다.

가라쓰의 변종들

바다의 짜디짠 동풍이 절영도 봉래산으로 몰아치고 있었다. 봉우리를 밟은 겐신이 기고만장하여 기지개를 켜며 몸을 한껏 부풀려 키우고 앞바다를 주름잡아 건너뛰니 쓰시마가 발밑에 밟혔다. 다시 조그마한 이키섬으로 건너 딛고 주위를 두리번거리다가 내디딘 발판이 가라쓰였다. 제나라 본토라지만 그 역시 섬 땅이기는 마찬가지다. 사 년 만에 돌아온 가라쓰는 앞바다에서 불어오는 비릿한 짠바람만 콧속을 채웠다. 육지에서 구수한 흙내만 맡다가 또다시 섬 바람을 마시자니 파도가 잠자는데도, 세상이 모두 흔들거리는 어지러움에 멀미가 났다. 본토라도 섬은 섬인지라 출렁거리는 파도를 못 이기고 기우뚱거리는 어지러움에 한 달이 멀다 하고 머리가 흔들렸다.

오쿠무라 쥬신(奧村 淨信).

그는 칼을 휘둘러 피바람을 일으키다 무사의 옷을 벗어 승복을 입고 중노릇을 한 지가 벌써 십여 년이 지났다. 겐신은 조선 대륙과 일본 열도 사이에 놓인 쓰시마와 이키섬을 징검다리 삼아 건너뛰었던 몸을 줄여 고덕사(高德寺) 본당 안에 사뿐히 들어앉았다. 그제야 주변에 정겨운 물건들이 눈에 익숙하게 들어온다. 여기라면 두 다리 뻗고 편안하게 여생을 보낼 수 있는 곳이다. 자신도 무사 시절 칼을 휘두르며 일본제국 열도 곳곳을 거침없이 휘돌아 쳤지만 지금은 승복을 입은 몸. 비록 나라를 위해서 먼저 조선에 건너가 터를 다지는 조선인 포섭 활동을 해왔으나, 아무리 혈기가 솟구치더라도 드러내놓고 피를 보는 일에 끼어들 처지는 못 되었다. 고니시가 무장을 하고 전쟁을 벌이러 부산으로 온다는 소식을 듣고 메이지 정부에다 이제는 할 일을 다 했으니 돌아가겠다고 청을 넣어 겨우 고향으로 돌아오는 길이다.

주변을 둘러보니 발밑에는 어느새 조선으로 가는 배들이 줄을 이어 오리 떼처럼 바다를 메웠다. 도요토미 히데요시(豊臣秀吉)의 명을 받은 고니시 유키나가(小西行長)가 봄바람을 타고 부산포에 들어가서 첨사 정발을 죽였다. 다음날 수영만을 통해 동래성으로 들어가자마자 성을 지키고 있던 부산부사가 죽었다는 소식이 돌아오는 배를 타고 가라쓰까지 들려왔다. 첫 싸움부터 바싹 긴장하고 덤벼들었는데 조선 군사들은 맥없이 쓰러지고 도망쳤다. 승복을 입은 겐신의 눈앞에서 붉은 피가 튀었다. 피 맛을 본 이리처럼 눈에 살기가 돌았다. 그래도 명색이 승인데. 마음속으로라도 피를 볼 일은 피해야 했다. 대대로 오쿠무라 가의 맥을 이으려면 고명한 승으로 견뎌야 했다.

여기까지가 가라쓰에 터를 잡고 십삼 대째 살고 있는 오쿠무라 집안에 대대로 전해오는 이야기였다. 오쿠무라 승가(僧家)에 전해 내려오면서 엔싱(奧村圓心)이 입으로 줄줄 외우다시피, 귀가 닳도록 들은 이야기다. 엔싱은 고덕사 본당 벽에 걸린 십삼 대 선조 겐신의 초상을 물끄러미 바라보고 있었다.

공룡 같던 겐신의 몸뚱이가 사람의 몸으로 줄어들고 엔싱의 몸으로 돌아왔다. 다시 세상은 커졌고 현세의 엔싱은 어제처럼 왜소해졌다.

"대사. 교토의 히가시혼간지(東本願寺)에서 사람이 왔습니다."

엔싱은 새벽 예불을 마치고 그가 거처하는 고리(庫裏)에서 깜박 잠이 들었다가 동자가 부르는 소리에 깨어났다. 말로만 전해 들어오던 조선 땅을 꿈속에서나마 다녀왔다. 오랜만에 꾸어보는 이상한 꿈이다. 조상이 현몽해서 오쿠무라가 조상의 몸이 되었을까. 비몽사몽 중에 헤매다가 정신을 차리고 방 안에서 나왔다. 밖에는 히가시 혼간지에서 왔다는 승려(僧侶) 둘이 먼 길을 오래 걸어온 피곤에 지친 행색으로 서 있었다. 엔싱은 찾아온 두 승을 반갑게 맞아 고리로 들도록 안내했다.

"히라노 대사, 무슨 일이기에 이렇게 먼 걸음을 하셨소."

"대사. 본원에서 들어오라는 전갈이오. 아무래도 겐뇨(嚴如) 관장께서 중차대한 명을 내릴 것 같소."

"여기는 어쩌라고요."

"염려 마오. 고덕사를 대신 맡아줄 승을 데려왔어요."

엔싱은 새로 온 승과 함께 본당으로 들어가 겐신의 초상 앞에서 무릎을 꿇고 눈을 감았다. 어젯밤 꿈결이 아스라이 펼쳐지더니 벽에 걸린 겐신의 초상이 말을 하고 있었다.

"떠나라. 너에게 큰 일이 맡겨질 것이다."

길을 떠나려고 어젯밤에 조상이 현몽했으나. 엔싱은 고개를 끄덕였다.

옳거니 때가 왔다. 어젯밤 꿈이 헛꿈이 아니로구나.

　교토에 동본원사까지는 한 달이 걸리는 먼 길이었다.

　먼 길을 걸어온 오쿠무라 엔싱과 히라노 게이스이(平野惠粹)는 동본원사 절영당 안에서 관장과 마주하고 앉았다.

　"이제야 우리가 나라를 위해 큰일 할 때가 되었소. 나라에서 우리더러 조선에 건너가 포교를 맡으라는 청이오. 오쿠보 내무경이 여기 이렇게 편지까지 보냈소. 자 보시오."

　관장은 사뭇 들떠있었다.

　진종대곡파(眞宗大谷派) 동본원사 관장 앞으로 보내온 편지는, 제국의 군대가 조선 땅에 건너가서 터를 잡았으니, 속히 가서 거류민 자제와 조선인을 교육하고 조선포교까지 맡으라는 청이었다. 말이 청이지 속 내용은 메이지(明治)정부가 동본원사에 내리는 준엄한 명령이었다. 편지는 "조선개교에 관한 일"이라는 제목으로 조선에 사람을 보내 포교활동을 할 것을 종용하고 내무경 오오쿠보 도시미치(大久保利通)와 외무경 테라시마 무네노리(寺島宗則)의 이름으로 끝맺고 있었다. 관장은 편지를 소중히 접어 간수하며 무겁게 말을 이었다.

　"우리 동본원사는 정부와 서로 도우며 나라의 부흥발전과 국민 생활의 안정을 신조로 하여 왔소. 이번 포교는 조선인을 황국신민으로 만드는 매우 중대한 일이요. 지난 해 오구루스 코초(小栗栖香頂) 대사가 청나라에 건너가서 포교하고 있는데 호응이 매우 좋다는 소식이오. 그곳에서도 우리 진종대곡파를 따르는 사람들이 늘어나고 있다는 말이요."

　그러면서 원장은 조그마한 책 한 권을 오쿠무라 앞에 내놓았다. 표지에 쓰인 제목이 『진종교지(眞宗敎旨)』, 장차 무기삼아 쓸 진종의 교리를 적은 포교서다.

"오구루스가 청에 건너가서 포교하기 위해 우리 진종대곡파의 대의를 정리해서 적은 책이오. 진속이체론(眞俗二諦論)의 교의를 한문으로 잘 정리해 놔서 이 책만 있으면 말이 안 통하더라도 포교는 수월할 것이오. 이 안에는 진종을 일으킨 인물, 일본 열네 종파와 진종의 법맥, 진종 문주의 사적 등등, 해서 진종의 교리를 열한 장(章)에 걸쳐 잘 소개해 놨소. 이건 군인으로 말하면 총이오. 군인은 총칼로 조선을 정벌하고 우린 이 책을 무기로 진종대곡파를 조선인의 가슴에 심어야 하오. 우리 일본과 조선을 하나로 만들려면 조선불교를 우리 대곡파로 바꿔야 한단 말이오. 귀승들이 조선에 가서 하게 될 포교가 그 첫 사업이오. 내 말을 알아듣겠소?"

진종교지라는 포교서를 내놓는 관장의 눈에는 오래전부터 준비해온 음흉이 엿보였다.

"예. 소승 그 말씀 명심하겠습니다."

"아. 그리고 내가 왜 오쿠무라 대사를 점찍어서 조선으로 보내는지 아시지요."

"예. 저의 조상께서."

"그렇소. 대사의 십삼 대 선조께서 조선을 정벌할 때에 먼저 건너가서 큰일을 하셨잖소. 오쿠무라 겐신 대사께서. 이번이 조상의 못다 한 유업을 이룰 수 있는 영광스런 기회임을 잘 아시겠지요."

"예. 관장."

그랬다. 지난 역사를 더듬어 보면 그가 태어나기 이백오십여 년 전. 무사 출신인 그의 조상 오쿠무라 카몬노스케(奧村 掃部之介)는 일천오백팔십오 년 부산에 건너가 절을 세우고 쥬신(淨信)이라는 법명으로 조선 사람들의 민심을 얻기 위한 포교를 시작했다. 말이 포교지 속셈은 침략해 들어갈 조선을 미리 살피고자 함이었다. 일천오백구십 년 고니시 유키나가(小西行長)가 조선 땅을 밟기 오 년 전이었다. 조심스럽게 정탐을 하고 자신감을 얻은 덕분에 왜군은 거침없이 조선 땅에 들어와서 칠 년 동안이나 분탕질을 하다가 돌아갔다. 그때에 오쿠무라 겐신은 난리를 피해 부산에서 가까운 가라쓰로 돌아갔는데, 그 피가 여러 대를 물려내려 오쿠무라 가(家)에 엔싱을 낳았으니, 그가 이번에 조선에 가야 하는 일은 정해진 운명이나 다름없다고 믿었다.

"이번 포교는 조선 사람들에게 순수한 종교적 포교활동으로 보이게 하되 조선 사람들을 우리 일본과 친한 사람으로 만들자는, 이를테면 나라를 위한 일이라는 것임을 잊지 마시오. 자, 먼 길을 떠나야 할 테니 오늘은 승방에서 편히 쉬고 채비를 하시오."

가슴이 설레면서도 어깨에는 무거운 짐이 눌렸다. 가라쓰에 부산해고 덕사를 지키면서 부친에게 누누이 전해 들어오던 얘기가 있었다.

언젠가는 조선 땅을 다시 밟게 된다. 그때를 준비하라.

부친의 예언은 진종대곡파의 명이기 이전에 나라에서 내리는 명령이었다. 가야 한다. 본토에 바닷가 소도시, 가라쓰 해고덕사에서 향불 피워놓고 한평생을 찾아오는 신도들의 장례나 치러주면서 지낼 일은 아니었다. 올해 나이 서른넷. 가라쓰만에서 조선 땅을 바라볼 때마다 귀가 닳도록 들어온 조상의 행적을 그려보던 엔싱이었다. 이번이 여태껏 욱조여 있던 젊은 가슴을 조선 땅에 가서 풀어헤쳐 볼 기회였다. 내일 바로 떠나야 한다. 편지를 보낸 오쿠보 내무경의 다그침이 아니라도 명령을 기다렸던 것처럼 관장의 뜻이 더 급했다.

"우리 불교도 이제 나라에 충성할 기회가 왔다고 들떠서 서두르는 게 이만저만이 아닙니다. 어서 가서 조선인을 황국신민으로 교화해야 한다고요. 하루라도 지체했다는 걸 알게 되면 불호령이 떨어질 겁니다."

함께 방에 든 히라노는 묻지도 않은 대답을 하듯 구시렁거렸다. 마음은 들떴지만 심란했다. 때로는 가라쓰 성에 올라가 멀리 이키섬 쪽을 바라보면서 조상이 밟았던 조선 땅에 가 보기를 소원했었는데 기회가 지금 왔다.

엔싱은 배를 타고 조선으로 건너가라는 히가시 혼간지 관장의 명령을 기꺼이 받들었다. 본원에서 엔싱을 포교사로 보내는 데 공을 들이는 속내가 들여다보였다. 제국의 군사가 대륙의 땅을 발판으로 조선을 딛는 대역사를 절대 소홀히 하지 않겠다는 뜻이다. 조선을 발판 삼아 대륙으로 뛸 것이다. 요 몇 년 새에 조선 정부를 툭툭 건드려보았더니 고종의 왕권이 나라를 쥐고 흔들 힘이 안 된다는 게 이미 드러났지만, 그 틈을 이용해 총칼을 들고 조선을 속속들이 휘젓는다고 해서 백성들이 고분고분하지 않으리라는 건 이미 오래전부터 각오해두었던 터였다.

으르고 달래서 조선인의 반 넘게는 일본 편이 될 수 있도록 만들어 놔야겠다는 속셈이 포교였다. 조선 승군의 힘이 세다는 걸 예전에도 혹독하게 당해봐서 알고 있었다. 그 승군을 거세해서 흩어놓기 위하여 일본 불교를 조선 땅에 퍼트려야 한다. 그러기에 이번 포교는 나라의 대사 중에 대사였다. 막중하다고 하지만 음흉한 임무를 띤 검은 배가 무겁게 서서히 움직이기 시작하자 오쿠무라는 지그시 눈을 감았다.

어서 조선으로 가서 불법을 전하라. 군인은 총으로 싸우고 정객은 권모와 술수로 싸운다. 장사꾼은 상술로 시장을 거머잡고 휘두른다. 하지만 불자는 상처 입은 조선 민중의 마음을 자비로 달래주는 척 해야 한다. 배고픈 자에게 먹을 것을 주고, 글에 눈이 어두운 자를 깨우쳐 주고 나서, 주는 너에게 그들이 가슴을 열어 보일 때가 되면 불법을 가르쳐라. 그래야 조선과 일본이 진정으로 하나가 되는 거다. 조선과 일본은 이제 하나다. 이게 불자가 우리 일본을 위하여 불법으로 싸우는 길이라는 속내는 절대로 드러나지 않도록 감추어야 한다.

뿌연 연기를 내뿜는 흑선에 몸을 싣고 나서 얼마나 지났을까. 엔싱이 감았던 눈을 뜨니 배는 이키섬을 지나 쓰시마 쪽으로 미끄러져가고 있었다. 때는 가을, 멀리 물 위로 떠있는 쓰시마의 단풍더미가 가까워 오면서부터, 얼마 전 꿈속에서 단숨에 건너뛴 바다로 검은 철선이 출렁이는 파도를 힘겹게 헤쳐가고 있었다. 파도는 일본을 위하여 조선쪽으로 치는 듯 했다.

가라쓰에서 부산은 쓰시마와 이키섬을 사이에 두고 같은 바람이 부는 가까운 거리였다. 이윽고 부산포에 배가 닿았다. 조선의 관리가 내리는 사람마다 점고하고 안내하자 역관이 포교단의 단장격인 엔싱에게 다가와서 예를 갖춰 인사했다.

"먼 뱃길 오시느라 고생이 많으셨습니다. 오쿠무라 대사. 여기서부터는 조선 땅이니 조선의 예법에 따라 배소에 가서 조선임금에게 요배(遙拜)를 해야 합니다. 다음에는 머무실 처소로 가시는데 거긴 일인들만 따로 모여 사는 초량와깐(和館)입니다. 조선인은 들어가지 못합니다. 그리고 저기 앞에 보이는 산이 송현산인데 산을 가운데 두고 바다 가까운 동쪽은 동관, 해지는 서쪽으로는 서관이라고 합니다. 대사께서 머무실 곳은 서관입니다. 거기에서 여독을 푸시면서 관수(館守)를 만나면 앞으로 하실 일을 의논하시게 됩니다. 밖으로 나가면 조선인들이 사는 초량촌이 있는데 함부로 드나들지 않아야 합니다. 조선인들이 이곳에 마음대로 들어올 수 없듯이 우리도 초량촌에는 함부로 들어갈 수 없습니다. 서로 몸조심을 해야 한다는 뜻입니다."

일행은 안내원이 정해주는 처소로 가서 짐을 풀고 임시포교소를 꾸몄다. 오쿠무라 엔싱은 당분간 초량와깐에서 일인들 포교를 맡고 히라노 게이스이는 거류민의 아이들을 가르치기로 했다.

엔싱이 조선에 들어왔다는 소식을 들은 왜관에 주재관이 밤에 서관 숙소로 찾아왔다. 주재관은 기모노에 게다차림인데 허리에 칼을 찼다. 그의 근본이 무사인 모양이다.

"대사. 임무가 막중하오. 지금부터 우린 이 초량을 거점으로 차근차근 조선을 먹어들어 가는 거요. 먼저 군대가 이 부산을 필두로 해서 인천, 원산 항구마다 터를 잡고 조선 사람들의 기를 죽여 놓으면 그 담엔 대사가 할 일이요. 나라를 구한다고 날뛰는 조선에 붓대들이 제법 있는가본데 먹물이 흠뻑 들어서 웬만한 칼에는 꿈쩍도 안하는 자들이오. 그러니 먹물에 젖은 사람들은 대사가 불심으로 씻어 말려야 할 거요. 먹물에는 먹물로 대하여 천황폐하 만세를 외치는 소리가 입에서 절로 터져 나올 때까지 말이오. 하하하하. 튼튼한 원병을 얻었으니 오늘은 좋은 밤이오."

어느새 오쿠무라와 히라노의 조선 입국을 환영하는 주안상이 들어왔다.

"맛보시오. 내 대사가 온다는 소식을 듣고 물 좋은 사시미를 준비하라고 했소. 같은 바다라도 조선 땅 부산에서 맛보는 어육미가 어떻게 다른지 보시오. 우리가 지금부터 먹어 들여가야 할 조선의 맛이라고 생각하고 말이오. 하하하하."

웃음소리가 밖으로 퍼져나갔고 주재관은 먼저 젓가락으로 붉은 생선살

한 점을 입에 넣었다. 씰룩거리는 볼 따귀에 심술이 잔뜩 튀어나왔고 어디서부터가 턱이고 목인지 알 수 없는 면상이었다. 이렇게 얼마나 많은 생선살을 먹었기에 저럴까. 오쿠무라와 히라노는 마주 앉아 먼저 건너온 주재관에게 조선 땅의 사정 얘기를 들으며 밤이 이슥할 때까지 사케 잔을 돌리고 마셨다.

"차차 아시게 되겠지만 조선 정신을 지키고 있는 건 유학도와 불교도요. 조선을 세운 게 유학의 무리들이라 조선 전 고려 시절에 나라를 지탱하던 불교가 조선에 와서는 맥을 못 쓰고 있어 불승 불도들의 불만이 매우 크오. 우린 그걸 이용하자는 거요. 조선 불교에선 쓰디쓴 약물을 억지로 삼키듯 계(戒)를 만들어 그걸 지키려고 아등바등 애를 쓰고 있는데, 거기다가 꿀물 같은 우리 일본불교 대곡파의 교리를 넣어주면 가뭄에 물 만난 고기 떼처럼 확 몰려들 것이오. 이미 알고 오셨겠지만, 그래서 내지에서도 대사를 보낸 것이 아닌가 생각되오. 대사의 포교가 제대로 되어야 조선은 비로소 우리 것이 되는 거요."

오쿠무라와 히라노는 주재관의 얘기를 잠자코 듣고만 있었다. 밤이 이슥해서야 주재관은 취한 몸으로 부하의 부축을 받으며 초량 서관에서 나갔다.

이튿날부터 주재관이 초량바닥에다 소문을 어떻게 퍼뜨렸는지 오쿠무라 일행이 와서 포교소를 차렸다는 소식은 부산 바닥 전체가 밀물에 잠겨들듯이 빠르게 퍼져나갔다.

일본 본토 동본원사라는 곳에서 승려 두 사람이 들어와서 초량왜깐에 포교소를 차렸는데, 지금까지 우리가 믿어온 조선 불교와는 전혀 다르다더라. 누구나 쉽게 믿을 수 있고 믿기만 하면 복을 받는다더라. 글을 아는 사람들에게는 책을 나누어주는데 그게 왜말이 아니라 한문으로 되어있어서 웬만큼 글을 깨우친 사람이면 왜말을 모르더라도 너끈히 읽을 수 있다더라. 얘기를 들어보니 우리 조선불교하고는 많이 다르더라. 더 깊이 들어보니 우리가 믿는 조선불교보다 믿기가 더 낫다더라. 아픈 사람에게는 약도 나누어주고 거리에 굶주리는 거지들을 불러다가 밥도 준다더라. 그것뿐이냐. 까막눈에게는 글까지 가르쳐준다더라. 한문도 가르치고 일본글도 가르치고 조선 조정에서 못하는 일을 일인들은 다 하고 있다더라. 하면서 입에서 입으로 '더라더라'만 떠돌았다.

소문이 급속히 퍼지기 시작하더니 포교소를 찾는 사람들의 발길이 이어졌다. 가까운 곳에서 한두 사람씩 다녀가더니 점점 더 먼 곳에서 찾아와 오쿠무라를 만나고 갔다. 그곳에 가면 진종교의라는 책을 한 권씩 주는데, 갖고 와서 읽어보니 믿어볼만 하더라는 얘기가 절에서 새어 나와 동래 바닥에 여염집까지 속속들이 퍼져나갔다.

오쿠무라가 포교소를 세운지 일 년이 조금 넘어 동본원사 부산별원으로 이름을 고쳐 세웠다. 처음에는 일본절, 일본절 하다가 그들의 세력이 부산에 퍼지면서 동본원사, 동본원사 하고 제대로 된 이름을 불러주기 시작했다. 동본원사 별원에 고리는 전국에서 몰려드는 승려와 신도들로 매일같이 북적거렸다. 모두 불법을 전하는 오쿠무라를 우러러보고, 일인 관리가 옆구리에 차고 있는 칼을 두려워하면서도 나누어주는 진종교지라는 교리서는 전혀 두려워하지 않았다. 그 안에는 조선 사람들이 결코 먹으면 아니 되는 달콤한 독이 들어있는 줄은 모르고 있었다.

그럴 즈음에 금정산 아래 보불사에 가을바람이 불고 있었다. 단풍은 들었지만 지금까지 불던 바람과는 다른 바람이었다.

"우리나라 승려든지 신도든지 간에 왜절에 드나드는 걸 막아야 하오. 그렇지 않으면 우리 절은 일인들이 갖고 들어온 교리에 다 먹혀들 것이오. 그 사람들 조선에 와서 살고 있는 제 나라 사람들을 포교하기 위해서 왔다고 하는데, 그게 알고 보면 우리 조선불교를 망치려고 드는 거요. 간사한 교리로 믿음이 약한 대중을 현혹케 하여 자기네 절로 끌어가고 있으니, 우리 조선 불교의 앞날이 참으로 걱정이 되오."

보불사를 지키고 있는 주승의 걱정이었다.

"아니오. 우리 조선 불교는 깨어나야 하오. 지금껏 경전에 갇혀서 세상으로 나가지 못하고 참선수행만 고집하다가 이 모양 이 꼴이 된 게 아니오. 선(禪)하고 불경만 욀 게 아니라 세상으로 나가서 속(俗)과 함께 어울리고 그들을 구제하는 일에 적극적으로 나서야 한단 말이오. 일인들이 갖고 온 불법이 진정으로 불자들이 믿어야 할 교리란 말이요."

멀리 한성부에서 왔다는 개천승이었다. 이미 동본원사 부산별원에 들려 오쿠무라를 만나고 나오는 길에 보불사에 들렀으나 첫마디부터 서로 뜻이 맞지 않았다.

"어허 개천승. 모르시오? 우리 불가에서는 수행정진이 최고의 선이라는 것을."

"지금까지 우리가 그렇게 해왔는데 이 모양 이 꼴이니 이제는 바꿔보자는 게 아니요."

"이 모양 된 게 어찌 참선하는 수행정진 때문이요? 나라를 다스리는 벼슬자리들이 이 나라 불교를 이렇게 만든 게지요."

"세상은 바뀌는데 우리가 옛날에 해오던 그대로만 고집하니 신도들도 등을 돌리지요. 내 일승에게 이런 포교지를 한 권 얻어왔는데 읽어보니 구절마다 참으로 믿음이 가더이다. 우리도 배울 점이 많이 있더라고요."

개천이 입에 침을 튀기며 대곡파를 치켜세우고 있었다.

"어허. 개천. 신라 문무왕대에 세운 이 절. 천 년이 넘는 조선불교가 섬나라 일승에게 불도를 배우다니요? 우리의 옛 백제 사람이 건너가서 불교를 가르친 왜인들인데도 말이요?"

"과거에는 그랬지요. 허지만 지금은 다르오. 저들은 변했고 우린 안 변했어요. 지금 그걸 얘기하고 있는 거요."

보불사 주지는 입에 버캐가 나도록 한동안 한양에서 왔다는 개천승을 반박했다.

"그래 일승이 가져왔다는 그 책 내용이 도대체 뭐요?"

"진종교지라는 책이오. 정토진종은 신란(新鸞)이라는 일본 고승이 처음 만들었다는데. 식육(食肉)하고 축처(蓄妻)하며 염불하는 관습을 허용하고 있어요. 고기를 먹어도 되고 처를 들여도 되고요. 성(聖)으로 들어가는 가르침이 성도문(聖道門)이고 정토에 왕생하는 가르침이 정토문(淨土門)이요. 즉 성도문은 이승이고 정토문은 저승이요. 성은 나라의 일에 따라야 하는 것이고. 정토문에 들어가려면 진종의 수행법을 따라야 하오. 이와 같이 진체(眞諦)는 불교이고. 속체는 나라의 질서라. 성도와 정토. 진체와 속체가 하나로 되어 진속이체(眞俗二諦)의 완전한 교의가 되는 것이오. 우리 정토진종과 제국의 명치정부는 서로 일치하여 하나가 되어야 하오. 이것이 정토진종. 대곡파의 근본 가르침이오."

"어허. 개천이 거길 다녀오더니 그쪽 포교승이 다 되었구려. 진과 속이 엄연히 다른데 어찌 사바와 불가를 같다 하오. 귀승을 오랜만에 만나서 반가웠소. 허지만 귀승의 얘기를 듣고 실망했소. 앞으로 그런 얘길 갖고 어렵게 여길 찾아오시지 마시고 한성으로 먼 길 잘 살펴 가시오. 귀승과 다시 만나는 일이 없길 바라오."

개천이 주승의 말에 떠밀려 일어섰다.

"두고 보오. 우리 조선 불교가 변하는 걸 기어이 보게 될 거요. 그동안 우리 승들이 어려워하고 힘들어 하는 일들이 모두 잘 풀릴 것이오. 그때 가서 후회하지 말고 조선절을 일본절로 바꾸는 길에 함께 걸으시오."

개천이 지지 않고 대꾸하며 승방을 나섰다. 주승은 개천을 내보내고도 불쾌한 마음이 가시지 않았다. 지키든지 바꾸든지 둘 다 어려운 일이었다. 요즈음에 승들이 수행정진하지 않고 대처로 다니면서 배만 불리고 계를 어기는 온갖 짓들을 다하더니 달콤한 교리를 갖고 들어온 왜승의 변설에 혹하여 빠져들고 있으니 걱정이었다.

주승은 승방에서 나와 금정산에서 내리 부는 바람을 등지고 섰다. 그 바람이 한성에서 왔다는 개천승의 등을 밀어내고 있었다. 주승은 내려가는 개천의 등을 바라보며 잠시 치올랐던 분기를 다스렸다. 개천이 아니라도 신도들을 통해서 장안에 일승이 들어와 사부대중을 현혹하고 있다는 소문은 이미 듣고 있던 차였다. 어느 날 밖에서 드나드는 행각승이 촐랑대며 와서 알려줬었다.

"스님. 부산포 송현산 밑에 왜승이 들어왔다고 하는데요. 조선 사람들이 줄을 지어 드나들고 있대요. 거길 갔다 온 사람들 말을 들어보면 지금까지 우리가 부처를 믿던 것과는 아주 딴판이래요. 일본불교가 더 좋다고 야단들이예요. 살생하지 마라. 도둑질하지 마라. 음행하지 마라. 거짓말 하지 마라. 술 먹지 마라. 뭐, 이런 가르침, 불가의 오계는 지키지 않아도 그냥 믿기만 하면 된다고 하네요. 스님. 말이야 바른 말이지 우리가 그 다섯 가지를 지키려고 아등바등 하지만 제대로 지키는 게 어디 그렇게 쉬운가요. 그 사람들이 가져온 불교는 이런 걸 굳이 지키지 않아도 되고, 열심히 수행하지 않아도 맘속으로 믿기만 하면 된다고 하니까 이보다 더 좋은 법이 어디 있어요. 그뿐인지 아세요. 중이 장갈 들어도 괜찮대요. 고기를 자셔도 되고요. 뭐 그래야 중생들 맘을 잘 알아서 구제하는 데에 도움이 된다고요. 생각해보면 맞는 말 같기도 해요."

송현산(松峴山 용두산) 밑 일인들이 모여 사는 곳에 왜절이 서고 본토에서 용한 중 하나가 건너와 들어앉았다는 소문이 갯가를 타고 밀려들더니 한 달도 못되어서 온 장안에 퍼졌다. 찾아가는 조선 절의 승들이 말은 안통해도 글을 써서 얘기를 나눠보고 모두 탄복하며 돌아간다고들 했다. 글을 아는 사람이면 정토진종이라는 책을 한 권씩 나누어 주는데, 지금까지 알던 조선불교와는 영 다르더라는 얘기가 나돌았다. 소문은 부산에서 경상도로 퍼졌고 어느새 강원도와 충청도를 거쳐 경성에 있는 절까지 알려져 전국에서 승려와 신도들이 몰려들고 있었다.

동본원사 부산별원.

조선팔도 각지에서 모여든 사람들이 오쿠무라를 만나려고 고리에 들어앉아서 순서대로 부르기를 기다리고 있었다. 방갓을 쓰고 바랑을 지고 지팡이를 짚은 조선 승이 들어와 본당 안으로 들어가기 위해 돌계단을 오르려 할 때 동자승이 막아섰다.

"대사를 만나려면 저쪽 고리에 가서 순서를 기다리시오."

"본당에 부처를 만나러 왔다. 비켜서라."

"부처고 대사고 본당에 들어가려면 저쪽 고리에서 기다려야 한단 말이오. 대체 어느 절에서 왔는데 그리 무례한가요."

동자승이 눈을 치뜨며 조부뻘이나 되는 방갓 쓴 승을 감히 꾸짖었다. 방갓승은 기가 막히는지 한동안 말을 못한다.

"네놈이 조선말을 하는 걸 보니 조선이 낳은 아이렷다. 여기가 조선 땅인데 불제자가 부처 만나기를 막는 건 어느 나라 법도냐."

"여긴 초량왜관. 일인촌을 모르시오. 본래 조선인은 못 들어오는 곳인데 대사가 특별히 허락하여 문을 열고 있는 거요. 그 고마움을 알고 왔으면 잠자코 여기 법도를 따르시오."

머리를 깎은 동자승이 당돌하고 도도하다.

"네 이놈. 조선에 불도를 망치려고 온 중놈을 혼내주려고 왔다. 네 몸에 조선 피가 흐른다면 어서 비켜서라."

방갓승은 침착하여 나오는 말이 조용하고 무거웠다. 아무것도 모르는 동자승과 옥신거릴 처지가 아니었다. 그 엄함에 동자승이 자기도 모르게 비켜서는데 안에서 몸집이 제법 굵은 승이 머리를 번쩍이며 나왔다. 입에서 밑받침 부족한 말들이 까까거리며 튀어 나오는데 주먹이 먼저 방갓 쓴 승의 가슴으로 날아들었다. 그 주먹을 잡는 방갓승의 손이 더 빨라 잡힌 손을 비틀며 지팡이가 등짝을 후려치고 있었다. 손이 꺾이면서 드러누운 맨가슴을 방갓승의 짚신발로 밟으니 입에 거품을 물고 캑캑거렸다.

"밖에 누가 왔는데 이렇게 시끄러우냐?"

본당은 바로 앞에 있는데 목소리는 멀리서 들려왔다. 방갓 승은 밑에 깔린 몸집 큰 승의 가슴을 짚신발바닥으로 비벼놓고 본당 안으로 들어갔다.

"소승 조선 팔도를 떠도는 걸승인데 부처를 만나러 왔소이다."

다다미 깔린 방 안에 여닫이가 세 칸이나 열려서야 멀리 높은 방석 위에 좌정한 오쿠무라의 얼굴이 보였다.

"길손도 손은 손인데 문간부터 푸대접이구려."

못 알아들었다. 역관이 말을 받아 전하자 그제야 얼굴에 노기가 서렸다. 그리고 입으로 짧게 외마디 했다.

"웬 놈이냐."

일인 역관도 열이 올랐는지 그대로 전했다.

"우리 조선 땅에 와서 조선 불도를 어지럽히고 있는 자가 있다고 들었는데 바로 당신이오?"

역관이 듣고 얼굴이 새파래졌다.

"그대로 전하시오. 대답을 들어야겠소."

역관의 말을 듣자 오쿠무라는 자리에서 벌떡 일어섰다. 승이 되기 전에 무사였던 기질이 드러나 분기가 치솟은 것이다. 앞 뒷말 모두 잘라두고 듣더라도 자기에게 덤벼들겠다고 온 자임은 빨리 알아챘다. 벌떡 일어서려고 한다.

"오구무린지 오쿠무란지 내 그대 이름자는 알고 왔으니 앉으시오."

오쿠무라가 자리에 앉은 것은 방갓 승의 말을 알아들어서가 아니라 주변에 모여 앉은 승과 신도들 앞에 체면 때문이었고 지금까지 근엄하게 법어라고 전하던 입의 체통이 깎일까 해서였다. 분기를 참는 표정이 역력했다. 어느 절에서 왔는지 승과 신도 한 무리가 오쿠무라 앞에 앉아서 진지하게 진종대곡파의 교리를 듣고 있던 중이었다.

"물러가시오. 이게 무슨 행패요. 나라 망신스럽게."

신도 중에 흑립을 쓰고 앉아있던 자가 아랫사람을 꾸짖듯 했다.

"지금 나라 망신이라고 하셨소? 내 나라의 불도를 내팽개치고 변종한

30

광불자에게 한눈이 팔리고 귀가 팔려 이렇게 몰려온 당신들이 진정 나라 망신이란 게 무언지 모르고 하는 말이오?"

어느 절에서 왔는지 모르는 조선의 승이 점잔빼며 대들었다.

"머리 깎고 가사를 걸친 것 보니. 중은 중인데 계도 못 받은 땡중이로구면. 여기가 어느 앞이라고 감히."

"어느 절에서 왔어." 흑립을 따라온 것 같은 중인 차림의 사내가 턱 밑에 수염을 부르르 떨며 아랫사람에게 호령하듯 했다.

"정신들 차리시오. 아무리 조선불교가 고려 망한 이후로 유학쟁이 등쌀에 못 견뎌 기를 못 편다고 하지만 불가의 계는 지켜왔고 불도를 잃지 않아왔소. 그런데 부처의 가르침이 무언지도 모르는 섬나라 변종들의 교를 믿어보겠다고 모여든 여러분이 한심스럽소이다."

알아듣지 못하는 오쿠무라의 눈이 방갓승의 말소리만 듣고도 눈이 휘둥그레졌다. 방갓승의 표정과 말투로 보아 그의 눈으로는 분명 오만방자하게 행동하고 있다고 보았다. 오쿠무라는 답답한 듯 역관을 다그쳤고 당황한 역관은 그대로 방갓승의 말을 전했다. 말을 알아들었는지 자리에서 벌떡 일어나서 방갓승 앞으로 다가왔다. 그는 잠시 숨을 고르고 차분히 마음을 다스리는 것처럼 보이더니 방갓승의 손을 잡고 자기가 앉았던 자리로 끌고 가려했다. 방갓승은 오쿠무라가 잡았던 손을 뿌리치고 다다미 두 칸 방을 건너가 그의 앞에 앉았다. 오쿠무라는 방갓승 앞에다 종이와 붓을 내밀었다. 할 말이 있으면 필담을 하겠으니 글로 써보라는 뜻이다. 옆에는 필담을 한 종이가 수북하게 쌓여있었다.

"당신네가 알고 있는 부처와 조선의 부처가 다른데 이깟 글줄이나 써댄다고 뜻이 통할 것 같소. 역관, 똑똑히 전하시오. 아무리 되도 않는 변설로 조선 불자들을 현혹해도 조선불교를 지탱하고 있는 뿌리는 뽑히지 않을 것이라고. 한마디 더 전하시오. 진정 불자로 조선에 왔으면 조선 사람을 혹세무민하지 말고 당신네 왜인들이나 잘 가르치라고."

"당장 나가지 못해!"

이 말을 한 자가 방갓승의 눈에 익어 보니 한양에서 왔다는 개천승이었다. 조선팔도를 돌아다니면서 일본불교 포교에 앞장섰다고 들어오던 소문난 개천승을 여기서 만나게 되다니. 여응의 몸이 오랜 수행을 견뎌온 승답지 않게 부르르 떨렸다. 개천이라면 익히 알고 있듯이 근엄한 척 하면서, 나라 위하는 척 하면서, 일인의 앞잡이로 뛰어다닌다고 소문난 떠돌이 중이었다. 한두 번 스친 적은 있으되, 소문만 들었지 이렇게 맞닥뜨리기는 처음이다.

"네놈이 간 쓸개 모두 빠진 땡중, 개천이로구나? 내 네놈 하나 잡으러 천지사방을 돌아쳤는데 왜놈들 소굴 앞에 와서야 더러운 꼬락서닐 보게 되는구나."

그의 말이 끝나자마자 오쿠무라를 중심으로 양 옆에 좌정하고 있던 열댓 명의 조선 승과 신도가 한꺼번에 일어서면서 방갓승에게로 몰려들었다. 끌어내려는 기세다. 처음부터 반말지거리로 힐난하던 중인 차림의 사내가 앞장서서 방갓승의 팔을 잡고 끌어내려 했다. 방갓승은 거세게 뿌리치며 몰려든 사람들을 밀쳐냈다.

"이게 뭣 하는 짓들이오. 나라가 왜놈의 군대에 짓밟히는 것도 모자라 가슴 속에 평생 지켜온 불심까지 내팽개치고 왜놈의 변종 불심으로 채우려는 거요?"

방갓승의 뿌리치는 기세보다 입으로 튀어나오는 말이 너무 강하여 속이 뜨끔해오는 조선승과 신도들은 아무도 덤벼들지 못했다. 앞장서서 밀어 내리던 개천승도 방갓승의 호통에 질려 멈춰 섰다.

"나라를 삼키려고 들어온 저자들의 달콤한 유혹에 빠져 왜놈의 종이 되려는 것도 모자라 왜중이 되려는 거요? 정신들 차리시오, 제정신을. 그리고 오쿠무라 당신. 똑똑히 들으시오. 이 짓거리를 당장 그만두지 않으면 우리 조선의 불자들이 모두 일어나 막겠소."

역관은 말문이 막혀 어쩔 줄 모르고 방갓승은 밖으로 나서고 있었다. 본당에 심상찮은 분위기를 눈치 챈 고리 쪽 사람들이 문을 열고 내다봤다. 모두 이마에 수건을 맨 상투쟁이들이었다.

"돌아들 가시오. 여러분은 이런 사악한 교리로 우리 조선 불교를 망치려는 저자들의 속셈을 진정 모르고 예 와서 앉아있는 거요?"

방갓승은 한 옆에 쌓여있는 포교서 진종교지를 들고 흔들며 소리쳤다.

"부처의 가르침으로 내린 계를 지키는 게 힘들다고, 경을 외기가 어렵다고 수많은 경전을 버려두고 섬나라 왜인들이 이 나라를 자기네 나라로 만들려고 변종 교리를 써놓은 이놈에 책 한 권에 빠져 천년 넘게 믿고 지켜온 우리 부처를 버린단 말이시오? 그대들이 진정 불자라면 돌아가 텅 빈 절에 신도를 다시 불러 채우고 지키시오. 그게 나라를 위하고 저 자들로부터 우리 불교를 지키는 길이오."

상투머리 몇몇은 슬금슬금 빠져나갔고 삭발머리 몇몇은 큰기침을 하면서 어느 쪽으로 처신할까를 아직도 재고 있었다. 말을 알아들을 리 없는 오쿠무라가 역관을 찾았으나 역관은 이미 안에 없었다. 승과 신도가 몇몇이 자리를 뜨는 걸 보고 눈치 챘을 뿐이다.

"오구무리. 잘 들으시오. 다시는 이 따위 해괴망측한 교리로 조선 사람들을 혹세무민하지 마시오. 이 짓을 그치지 않으면 우리 조선 불자들이 모두 일어나 당신네들을 이 땅에 발붙이지 못하게 초량 앞바다로 밀어낼 것이오. 옛날 사명대사가 이끌던 우리 조선의 승군을 우습게보지 말란 말이오."

듣고 있던 오쿠무라가 알아들을 수 없는 말을 지껄이더니 체면이고 뭐고 방갓승에게 손가락질을 해대며 입에 게거품을 물고 있었다. 그때 방갓승의 등으로 날카로운 찔림이 느껴졌다. 돌아보니 누런 군복을 입은 자가 칼끝을 등에 대고 성난 얼굴로 지껄이고 있었다. 또 한 군인이 권총을 가슴에 겨누고 있었다. 가슴엔 총. 등 뒤에는 칼끝이 방갓승을 바깥쪽으로 내몰았고 총잡이는 총구로 바깥쪽으로 가리키며 손가락질을 대신했다.

이미 들어오기 전에 각오했던 일이었다. 다다미가 깔린 승방을 내려서자 방갓승은 발을 헛디뎌 땅바닥에 주저앉는 척 하더니 어느새 손을 땅에 짚고 바람개비처럼 몸을 돌려 총칼 든 두 일본 병사의 다리를 강타했다. 쓰러지는 두 병사를 밟고 외문을 향해 몸을 날렸으나 문은 이미 닫혀 있었다.

어디서 날아왔는지 총탄이 방갓승의 발목을 정통으로 맞췄다. 방갓승이 쓰러졌다가 절룩거리며 일어나려 할 때에 너덧 명의 군복이 달려들어 방갓승을 포위하고 칼끝을 겨눴다. 칼끝 하나가 방갓승의 가슴을 향하였을 때 오쿠무라의 외침이 들렸다.

"멈추시오. 저 자는 살려야 하오. 내 저 자를 본보기로 삼아 우리 대곡파를 조선 땅에서 포교할 것이오. 그래야 이 자를 믿고 따르던 무리들이 개종을 할 것 아니오. 함부로 죽이지 말고 우선 끌어다 가둬주시오. 내 오늘 조선을 낚기 위한 좋은 미끼를 얻었소. 허허허허."

오쿠무라는 음흉하게 웃고 있었다.

"도탄에 빠진 나라를 구해주려고 왔더니 분수도 모르고 날뛰는 이 자를 내 단단히 가르쳐서 내놓겠소."

총소리와 아우성소리를 듣고 고리에 가득 찼던 조선 승려와 신도들이 빠져나갔고 본당 안에 있던 사람들도 어느새 사라지고 없었다. 방갓승은 일본군인에게 잡혀 어디론가 끌려갔다.

"가만 보니 방방곡곡을 뛰고 난다는 노승, 여응 대사가 아니오. 대사가 어떻게 여기까지."

고리에서 아직 안 가고 남아서 지켜보던 신도들이 수군거렸다. 그들은 걸승행세로 전국을 돌며 홀로 조선불교를 지키려는 여응을 생생하게 기억하고 있었다.

그날 저녁에 서관 오쿠무라가 머무는 승방으로 일본에서 동반하여 건너왔던 히라노가 찾아왔다.

"오쿠무라 대사. 소승 히라노요."

"어서 들어오시오. 히라노 대사."

히라노가 걱정스런 표정으로 오쿠무라의 승방에 찾아들었다.

"내 오늘 학교에서 들으니 낮에 본당에 어떤 불한당이 들어왔었다는 얘기가 들려서요."

"걱정할 것 없어요. 어느 미친 조선중 하나가 들어와서 떠들다가 잡혀갔소. 저런 자들이 날뛰지 못하게 서둘러야겠소. 이 조선 땅에 절을 모두 우리 대곡파 사찰로 바꾸기를 말이오. 원산, 인천에도 우리 별원을 세웠는데 이 나라 수도인 경성에는 아직 없지 않소. 본원에서 윤번을 따로 보내 포교를 시작했지만 아직 튼튼한 자리를 잡지 못한 모양이오. 우리가 포교해야 할 마지막 목표는 조선 왕실이오. 아, 그리고 우리 아이들 가르치는 일은 잘 되어 가나요?"

"예. 내지에서 자라는 아이들과 똑같이 가르치려고 하는데. 아무래도 부족한 것들이 많아서요."

"잘 가르쳐야 할 것이오. 애들이 자라서 장차 조선을 이끌고 나가야 하니까. 어려서부터 조선에서 배우고 자라나야 저들을 속속들이 알고 누르는 방법도 터득하게 될 것이오. 애들의 세대가 되면 조선은 완전하게 우리 일본이 된단 말이오."

"대사. 조선인 아이들 중에서도 배우지 못하는 애들을 데려다가 가르치려고 하오. 우리말과 역사를요. 어려서부터 황국신민으로 자랄 수 있게 말이오."

"그리 해야지요. 대사의 노고가 많소."

히라노는 내지인 자녀들을 가르치고 있었다. 일천팔백칠십칠 년 구 월 스무엿샛날. 둘은 부산에 들어와서 별원을 세우고 포교활동을 시작한 이래. 오쿠무라는 원산에 별원을 세우고 인천에 이어 경성에 포교소를 세워서 조선 땅 각지에 동본원사 별원을 두게 되었다.

조선주차군사령부에서는 전국에 군대를 배치하고, 하야시 곤스케 공사는 조선반도에 부산과 원산. 제물포와 같이 군함이 닿을 수 있는 항구마다 왜인들이 모여 사는 거류지를 만들었다. 이곳을 발판으로 오쿠무라가 중심이 되고, 대곡파에 일승들이 조선 사람과 접촉하면서 포교활동을 하여 그들 종파의 입지를 넓혀나가고 있었다. 조선 사람들의 믿음이 허약한 곳을 파고드는 그 방법이 교묘했다.

"이제 때가 된 것 같소. 조선인들이 승려, 신도 할 것 없이 모두 우리 대곡파를 좋다고 하니 다행이오. 아무럼 고행을 좋아하는 사람이 있을까. 내 조선불교를 알아보니 부처의 가르침을 앞세워 오계를 지키라 하고, 뜻도 모르는 경전을 무조건 외우라고 하면서 어렵고 힘든 참선수행만 하라고만 하니 승려들이 질려버리지요. 신도들도 마찬가지고요. 우린 바로 이 점을 알고 포교를 해야 해요. 쓰디쓴 조선불교에 질려버린 사람들에게 달콤한 교리를 가르쳐주고 우리 쪽으로 끌어들여야 한단 말이오. 우린 지금 총칼 없이 이걸로 전쟁을 벌이고 있는 거요."

오쿠무라와 히라노의 얘기는 계속되었다.

"저들이 홀로 골방에 앉아서 참선 수행한다며 경전만 읽다가 늙으면 세상에 대해 무슨 일을 하겠다는 것인지."

"바로 그거요. 지금까지 어렵게 믿던 걸 쉽게 믿도록 하자고요. 그래야 조선은 머리부터 발끝까지 우리 손에 들어올 수 있어요. 강제로 억누를 게 아니고 저들 스스로 우리 품 안으로 들어오게 만드는 거지요. 그게 바로 우리가 갖고 온 진종의 교리잖소. 우린 지금 대 일본제국 천황폐하의 뜻을 대륙으로 펼쳐나가기 위하여 전쟁보다 더 훌륭한 일을 해내고 있는 거요. 내 며칠 전에 주재관을 만났는데 이토 통감께서 우리가 하는 일을 전해 듣고 대 만족했다는 소식이오. 허허허허."

오쿠무라의 승방에서 야심한 중에 웃음소리가 흘러나왔다.

"그렇긴 한데요. 대사. 소문을 듣자면 내지에서 건너온 다른 종파들의 포교활동이 만만치 않아요. 일련종의 사노(佐野前勵 사노젠레이)도 경성까지 올라가서 포교소를 차려놓고 조선황제를 만났다고 하오. 우리가 별원을 세운 부산, 원산, 인천에도 그쪽 파가 포교소를 세우고 신도들을 모으고 있다는 소식이요. 아직은 우리가 메이지 정부에 제일 신임을 받고 있는데 이러다가 우리 진종대곡파를 뛰어넘는 건 아닌지요."

"허허허허. 걱정 마시오. 내지에선 오오쿠보 내무경이 있고 여기서는 이토가 우릴 신임하고 있는데 무슨 염려요. 공사로 와 있는 하야시 남작도 우리 쪽이요. 그들은 그들이 포교할 대상이 있고 우린 우리가 포교해야 할 대상이 있는 거요."

오쿠무라와 히라노가 부산에 들어온 지 사 년 후에 와타나베(渡邊日運)가 부산에 와서 일종회당을 세워 포교를 시작했고, 사노가 경성에서 황제를 알현하고 승려의 도성입성금지를 풀어달라는 건백서를 내어, 일천구백팔십육 년 조선이 개국한 이래 처음으로 승려의 도성출입을 금지하던 족쇄를 풀었으니, 그는 조선 승려들의 신임을 한 몸에 얻고 있었다. 그러한 사노가 경성에 포교소를 세우고 활동 중이므로 대곡파 쪽에서는 곱게 보고만 있을 처지가 아니었다.

"한동안 우리 쪽으로 몰렸던 조선 절에 신도들이 그리로 몰리고 있어요. 사노가 조선 승려들의 도성 입성해금 허가를 받아냈기 때문인 걸로 생각이 되오. 사노 그자의 생각이 영민한 것 같으니 무리하게 포교활동을 하다가는 부산 바닥에서도 우리 일본 불교끼리 다툼이 일어날지도 모르오."

히라노의 이유 있는 걱정이었다.

"히라노 대사. 우리 군대와 불교가 조선에 들어올 수 있었던 게 무언지 아시오? 조선인들의 갈라짐이오. 조선 관리와 국민들이 모두 똘똘 뭉쳐서 우릴 막았다면 우린 지금도 저들과 총칼싸움만 벌이고 있었겠지요. 우린 조선관리와 백성을 편 갈라 놓는데 성공했고 그 덕으로 조선 땅을 밟게 되었잖소. 지금 조선은 개화에 목말라하는 사람들과 조선왕국을 지키

려는 수구무리들로 갈라져 있소. 우린 그걸 이용했소. 그런데 우리 일본
끼리 조선 땅에 와서까지 파가 다르다고 시기심을 갖는다면 우리가 조선
꼴이 되겠지요. 모두 나라를 위하여 포교하려는데 우리보다 공을 더 세운
다고 해서 시샘한다면 매우 위험한 생각이오."

오쿠무라는 정중하고 근엄하게 히라노의 염려를 일축했다.

"대사. 듣고 보니 내 생각이 짧았소. 우리 혼자서 조선을 포교하는 벅찬
일을 나누어 돕고 있다 생각하면 되는 것을."

"그렇소. 우리 뿐 아니라 조동종. 진언종. 임제종들이 줄지어 들어오고
있어요. 그렇게 해서 조선 천지 토종 불교를 일제 불교로 모두 바꾸게 된
단 말이오."

무서운 계략이었다. 늦은 밤. 낮에 본당 앞에서 떠들썩하던 소란도 잠이
들고 히라노는 오쿠무라의 방을 나와 자신의 숙소로 들고 있었다.

무부리

양손에 큼직한 보퉁이를 들고 등짐까지 힘겹게 짊어진 여인이 연안막 개울가에 늘어선 느티나무 밑으로 찾아들었다. 이른 새벽인데도 어디서 몸단장을 하고 왔는지 모르게 옷매무세가 깔끔하다. 평생 한 번도 안 잘랐을 치렁치렁한 머리는 지게 밀삐처럼 길게 땋아 내려서 땅바닥까지 끌릴 락 말락 하고 겉옷은 잿빛 두루마기를 걸쳐 입었다. 개울가에 짐을 내려놓고 주저앉아 짚신을 벗은 발은 솜버선으로도 모자라 두둑하게 발감개를 했고, 넓적한 얼굴에 부리부리한 눈으로 사람을 바라보는 모습이 사내대장부 같으니 속 차림은 여인네이나 상은 천생이 남상이다. 사방은 어둠이 아직 안 걷혔으니 모두 곤하게 자고 있을 시간이다. 사람들은 이따금씩 마을에 나타나는 그 여자를 무부리라고 불렀다.

무부리는 침침한 개울가에 흐르는 물을 돌로 막고 그 안에 커다란 바가지를 엎어 띄웠다. 뭘 하려는 걸까. 옆에 벗어놓은 봇짐에서 북채만한 막

40

대기를 두 개 꺼냈다. 주변을 한 번 휘둘러보더니 눈을 감고 입으로 중얼 거린다.

무부리통수. 무부리통수. 무부리통수. 무부리통수.

무슨 뜻이며 무슨 주문일까. 아는 사람은 아무도 없었다. 다만 그 곡조가 애절하여 아낙들의 속을 휘저었고, 때로는 우렁차서 아이들을 놀라게 했다. 귀에 못이 박힌 사내들은 나뭇짐을 지고 내려오면서 무부리통수를 흥얼거렸다. 무부리는 흥에 겨웠는지 신이 들렸는지 부지깽이 같은 북채로 물에 엎은 바가지를 두드리며 무부리통수를 외쳐댔다. 목으로 터져 나오는 소리는 여전히 굵고 거칠었지만 묘한 곡조를 탔고 귀신을 부르듯 애절했다. 숨을 참고 목청껏 외치다가 지치면 물에 엎은 바가지를 두드려 쉬는 목소리를 대신했고, 목에 힘이 돌아오면 또다시 목청을 돋워 소리를 질러댔다. 그 소리가 연안막 사람들의 새벽잠을 깨워대고 있었다. 개울가 느티나무 앞에 사는 굴녀에게는 귀에 익은 목소리다.

굴녀는 그 소리에 잠이 깨어 변함없이 부엌에 들어가 물동이를 이고 개울가로 나섰다.

"또 왔네. 잠은 어디서 잤고? 아기는 여지껏 못 찾았네."

업고 다니던 아기는 여전히 보이지 않고 펼쳐놓은 보따리만 너절하여 대답을 구하자고 던진 물음은 아니다. 잊을만하면 나타나서 거기 그렇게 앉아있는 무부리를 보고 굴녀가 서먹함을 풀려고 알은체 하는 말이다. 예전과 다르게 말쑥한 차림이 눈에 들었다. 무부리는 한동안 질러대던 소리를 마치고 물에 엎었던 바가지를 건져 내어 물 긷는 자리를 비워 줬다. 행색을 보아 한뎃잠을 잤을 텐데도 얼굴에 피곤한 기색이 전혀 없다.

굴녀는 무부리가 막아놓은 물자리에 모이는 물을 휘휘 둘러 퍼내고 새로 흘러들어오는 희뿌연 백수를 물동이에 퍼 담았다. 초파일을 앞둔 요즈음 미지사를 드나드는 사람이 하루에도 수백인지라 쌀을 가마채로 들어내 씻어 앉힌다고 했다. 아침 공양을 지을 무렵이면 연안막 턱밑 개울에는 희뿌연 쌀뜨물이 흘렀다. 굴녀에겐 맹물보다는 곡기가 있는 그 물이 더 낫겠기에 미지사 쌀 씻는 새벽에 맞춰 그 물을 길었다.

길어온 물을 마당 가운데 걸어놓은 옹솥에 붓고 마른 솔불을 지폈다. 물이 끓자 나물을 짓이겨 넣고 곰이 되도록 불을 더 땠다. 고운 싸라기를 두어줌 물에 더 넣고 엿을 고듯 졸여 나물죽이라고 쑨 것이 찐득하니 풀떼기였다. 자그마치 여섯이나 되는 아이들이 줄줄이 일어나서 먹을 아침 몫이다. 산에 가서 나무해야 하는 지아비에게는 따로 조를 섞은 보리밥에 된장을 낮게 푼 나물국을 퍼주고, 두 주먹으로 뭉친 밥과 절임무 한 덩이를 베보자기에 싸서 지게에 걸어줬다. 사내는 그걸로 하루를 견딜 것이다. 미지사 절땅을 부쳐서 얻은 쌀은 지난겨울 동지를 못 넘겨 항아리 바닥이 긁혔다. 수득골 따비밭을 일궈 거둔 조로 죽을 쒀 먹고 겨울을 났다. 얼었던 개울물이 풀릴 때쯤이면 그마저 떨어져 봄나물을 뜯어 들였으니 끓여내는 나물풀떼기가 줄줄이 달린 여섯 아이들 허기를 면할 양식으로는 그만이었다.

굴녀는 지아비가 물리고 나간 조반 두레상에다 나물풀떼기를 그릇 그릇이 퍼 담아 여덟 그릇을 차렸다. 하나둘씩 푸시시 일어난 아이가 여섯에 굴녀 몫까지 일곱이어야 하는데 하나가 남는다. 서로 눈치를 보며 누구에게 더 갈 것인지 살피다가 둘째가 쓰윽 끌어당기자 굴녀는 홱 빼앗아 밖에서 기다리는 무부리에게 갖다 줬다. 아이들은 그때서야 무부리가 밖에 와 있음을 알았다. 죽 그릇을 받아든 무부리는 그 자리에 앉아서 게 눈

감추듯 먹어버렸다.

큰 놈부터 다섯째까지는 잘 먹어 삭히는데, 막내 놈이 향긋한 취 냄새를 싫어한다. 귀하게 여기는 막내니 그놈 몫으로 연하고 순한 삽주싹과 홑잎나물만 골라 따로 끓였다. 막내는 모자라는 듯 바가지를 긁었고 맏이는 그 눈치를 챘는지 배부른 시늉으로 먹던 바가지를 슬쩍 막내에게 밀어 놨다. 막내가 한술 떠보더니 취 냄새를 맡고 뱉어낸다. 같은 맛인 줄 알았는데 형들 것은 다르다.

"호잡놈의 오줌냄새 난다."

"배가 부르구나."

맏이는 어른스럽게 나무란다.

"배고파."

맏이는 바가지를 다시 끌어 당겨 남은 풀떼기를 싹싹 긁어 먹었다. 막내는 달게 먹는 제 형을 보며 아쉬운 듯 입에 고인 침을 삼켰다. 배고프다면 어미가 삽주싹에 홑잎나물 섞어 끓인 연한 죽을 더 줄줄 알았는데 그뿐이다. 어미 얼굴을 쳐다봤지만 오늘은 막내 역성을 안 들어준다.

벌써 죽 한 그릇을 비운 무부리도 모자라는 듯 화덕에 걸린 옹솥 가를 기웃거렸다. 솥뚜껑을 열어 주걱을 잡고 푸려하자 굴녀는 부리나케 뛰어나와 한 그릇을 더 퍼 주면서 당부했다.

"이젠 오지 마. 동네 눈치도 몰라?"

허우대가 크니 두 그릇을 비웠어도 허기를 겨우 면했을 뿐이다. 쭈뼛쭈뼛 물러나더니 보따리를 들고 밖으로 나간다. 두 그릇을 퍼주었지만 오지 말라는 말에 서운해 했을 것 같아 굴녀 마음이 편치 않다. 무부리는 싫다는 말을 아니 하고 제 끼니를 덜어주는 굴녀의 모질지 못한 마음이 제일

만만해서 그렇게 가끔 찾아왔다. 그래서 스스럼없이 들렀는데 이제는 오지 말란다. 봄을 맞은 양식 사정이 꽤나 어려운 눈치를 무부리가 모를 리 없다. 굴녀에게 무부리통수로 갚아줘야겠다고 생각하며 다시 개울가로 나섰다. 무부리통수만 외치고 다니면 세상이 평안해질 것이다.

여섯 중에 맏이 남세가 바구니를 들고 개울 쪽으로 나서자 둘째부터 막내까지 쪼르르 따라 나섰다. 개울가에서 이제 막 피어나는 느티나무 잎이 여리다. 맏이는 키가 닿는 대로 가지를 휘어잡아 주었고 동생들은 매달려 여린 느티나무 순을 땄다.

"형. 이게 무슨 꽃이여?"

모든 게 궁금한 막내가 묻는다.

"느티나무 잎이다."

"느티는 언제 열려?"

막내는 대추나무에 대추가 열리고 감나무에 감이 열렸으니 느티나무에 느티가 열리는 줄 안다. 궁금한 건 '언제'이니 보도 못한 느티가 꽤나 먹고 싶은 모양이다.

"떡 해서 먹을 거다."

"쌀이 없잖아. 우린."

"이걸 미지사에 갖다 주믄 초파일날 떡을 해준다. 느티떡. 미지사엔 쌀이 있다."

"초파일은 몇 밤 자면 돼?"

"세 밤."

막내아이는 세 손가락을 꼽았다. 잘 때도 펴지 않고 그대로 잘 것이다. 하룻밤을 자고 일어나야 한 가락씩 펼 작정이다. 세 손가락이 모두 펴지는 날 형들을 따라 미지사로 올라가려고 마음먹었다.

노란 초승달이 새벽에 수득골 뒷산에 걸렸다가 하얗게 날이 밝아오면서 미지사를 찾아오는 사람들이 점점 늘어나서 길을 메우다시피 했다. 막내는 개울가 느티나무 밑에 앉아 제 바구니를 못 채우고 사람구경에만 정신이 팔렸다. 새 옷을 입은 사람들의 손에는 보따리가 들려 있었다. 저 안에 느티떡이 있을지도 모른다고 막내는 지나가는 보따리만 바라보며 입에 고이는 침을 뱉어내기 아까워서 꼴깍 꼴깍 삼켰다.

"형아. 무섭다."

보따리 하나를 등에 지고 하나는 손에 든 채 아이들이 느티순을 따는 개울가로 따라온 무부리를 보고 하는 말이다. 그 뒤로 남의 집 아이들도 따라붙었다.

"안 잡아먹는다. 느티순이나 따라."

맏이가 핀잔을 주었지만 막내는 뒤에서 쳐다보는 부리부리한 무부리의 눈이 무서웠다. 겁에 질려 있는데도 형들은 태연하게 느티순만 뜯고 있었다. 이렇게라도 해서 허기진 봄이 지나야 청보리라도 나온다.

"무부리가 오늘 아침에도 느이 집에서 밥을 먹었다며."

남세보다 세 살이나 위인 도상이다. 굴녀가 무부리를 데려다가 아침을 먹여줬다는 소문은 아침나절에 벌써 연안막에 팽 돌았다. 요즘같이 궁한 때에 어느 집이나 제식구들 먹기도 빠듯한데 무부리에게 밥을 준다는 건 소문날 일이었다.

"밥이 아니다. 참취 풀떼기다."

"느이는 이제 무부리와 한 식구 됐다. 지 씨네 하고 무부리는 한 식구다. 느이 아부진 좋겠다."

그 중 큰 놈들은 음흉하게 웃었고 아이들은 재미가 나서 동네방네 손나 팔을 불고 다니며 놀려댔다. 속상하는 건 막내뿐이 아니다. 둘째가 씩씩거리며 쫓아가려고 했지만 맏이가 말렸다. 개울로 다시 나온 무부리는 들었는지 못 들었는지 얼굴을 씻고 거울을 꺼내 숯검정으로 눈썹을 그려 치장까지 했다. 오늘은 어디로 불려가는 모양이다.

무부리통수 소리가 연안막에 처음 들려오기 시작한 때는 벌써 오래전부터다. 그 여자가 애초에 어디서 왔고, 어디로 사라지는지를 아는 사람은 연안과 장수 땅에 없었다. 무부리는 연안막 느티나무 밑에 흐르는 개울물을 막고 바가지를 엎어 놓더니 알아듣지 못할 소리를 지껄이면서 두드렸다. 구경 나온 아이들은 나중에 그 여자가 입으로 읊조리는 말이 무부리통수라는 말임을 알아들었고 '무부리'를 이름처럼 부르며 호기심에 가득차서 짓궂게 뒤를 따라다녔다.

무부리가 연안막에 처음 나타났던 이듬해 멀쩡하던 그의 배를 누가 그토록 부르게 만들었는지는 아무도 모른다. 혼인잔치, 환갑잔치에 초상집까지 찾아다니면서 대문간에서나마 한 상씩 잘 얻어먹었던 무부리의 배가 밥배 아닌 배로 불러온 것은 지지난 봄부터였다. 배가 더 불러오고 대여섯 달 동안이나 나타나지 않아 소식이 감감하더니 등에는 보따리 대신 갓난아기를 들쳐 업고 왔다. 밥을 얻어먹는 기세가 더 등등하여 떳떳해졌다. 가엾은 아기를 먹이자는 데야 그를 문전박대할 만큼 모진 아낙은 없었다. 아낙들은 탐스럽게 생긴 아기를 보려고 먹던 밥이라도 남겼다가 주었다.

아기의 아비가 누구인지에 대해서는 수군대는 아낙들의 입에서 입으로 옮기는 소문이 무성했다. 가을이면 닭 삶는 냄새가 진동하는 함정머리 뱀탕집에 정욕이 넘치는 땅꾼들 중에서 한 사람일 거라고도 하고 새우젓장수로 큰돈을 번 중진에 여자를 굶주리며 살던 홀아비 영감이라고도 했고, 금수골 죽장암에서 염불보다 무예에 열중이던 혈기 팔팔한 젊은 중이라고도 했다. 어느 모로 보나 생긴 얼굴이 남상이어서 남정네의 정욕을 돋울 만한 미색이 아닌데도 말이다. 아무래도 그녀의 배를 부르게 한 때는 남상 같은 얼굴이 보이지 않는 칠흑 같은 밤이었을 것이다.

아기가 젖을 먹는 동안 무부리는 물바가지 두드리는 무부리통수 암송을 멈추었다. 두루마기에 옷고름을 풀고 속저고리 안에 겹겹으로 싸인 젖을 꺼내서 스스럼없이 아기에게 물렸다. 동네 아이들은 그녀의 곁에 빙 둘러앉아서 굵직한 남상의 무부리 얼굴과 불그레하여 통통한 아기의 얼굴을 번갈아 보고 자기들이 알고 있는 어른들의 얼굴을 떠올리며 젖먹이는 구경을 했다.

"무부리. 애기는 어디서 얻었어?"

그동안 무부리의 배가 불렀던 걸 본 적이 없는 막내는 무서움이 가시는지 무척이나 궁금해 하며 그 앞에 쪼그려 앉아 얼굴을 빤히 쳐다보고 물었다.

"구름나라에서 데려왔지."

"구름나라?"

때마침 하늘은 푸르렀고 흰 구름 몇 덩이가 무리지어 흘러가고 있었다.

"무부리도 구름을 타나?"

"그럼. 구름 속에서 잠자는 아길 데리고 내려왔지."

막내는 고개를 갸우뚱거렸다. 무부리의 젖을 물고 있는 아기의 눈은 하늘에 떠 있는 구름을 말똥말똥 바라보고 있었다.

"아기가 고향을 쳐다보고 있네. 아가, 넌 저기서 왔니?"

아기는 눈알만 말똥거린다.

"무부리는 구름나라에 어떻게 갔지?"

"미지산 꼭대기에 올라가서 구름나라로 건너뛰었지. 구름나라하고 미지산은 맞닿았으니까."

막내는 고개를 끄덕거리면서도 갸우뚱했다. 뒤에서 맏이의 꿀밤이 날아들었다.

"야. 인마 다 거짓부렁이다."

그 소릴 듣고 무부리가 보따리를 펼치더니 그림을 한 장 꺼내보였다. 뭉게구름 위에 발가벗은 아이가 누워있었다. 누가 봐도 갓난아이 얼굴이다.

"봐라. 아기가 구름나라에서 왔지."

무부리가 안고 있는 아기와 그림 속에 아기가 똑 닮았다. 아기가 물고 있던 젖을 놓자 무부리는 옷섶을 여미고 등을 토닥였다. 구름나라에 누워있는 아기그림을 걷고 둘러선 아이들을 향해 말을 이었다.

"구름나라엔 천녀가 산다."

"천녀?"

이번엔 지남세와 동갑인 조중석이 끼어들었다.

"천녀는 하늘에서 이 구름 저 구름으로 건너다니며 비파를 탄다. 봐라. 이게 그 비파다."

무부리가 아기를 품에 안은 채 보따리를 풀어 꺼낸 자루에서 마구리지은 끈을 풀러 꺼낸 물건이 비파였다. 줄을 튕기자 둥둥거리며 소리가 울렸다. 아이들은 처음 보는 신기한 물건이다.

"비파다. 천녀는 이걸 타면서 구름 속을 날아다닌다."

"쉬. 아기가 깬다."

눈을 감고 잠들어가는 아기 걱정을 막내가 무부리보다 더했다.

"구름나라에서 온 아기는 소릴 못 듣는다."

"쯧쯧쯧."

조금 멀찌감치 떨어져서 팔짱을 끼고 지켜보던 도상이 혀를 찼다.

"천녀는 비파를 타면서 구름 위에 떠다니다가 백 년에 한 번 꼴로 미지 산 같은 영산을 만나면 아기를 내려준다. 그게 이 아기다."

아이들은 아기의 얼굴을 다시 봤다. 연안 장수 마을 어른들의 얼굴을 모두 떠올려 봐도 닮은 구석이 전혀 없었다. 남세나 중석이나 도상은 이미 아기가 태어나는 빤한 이치를 알고 무부리의 말을 허무맹랑하게 듣고 있었지만. 그 아래인 막내와 또래들은 눈을 동그랗게 뜬 채로 얼이 빠져 있었다. 아기에겐 바람이 찼다. 무부리는 아기를 싼 포대기를 토닥이며 말을 이었다.

"하늘에 검은 구름이 몰려오면 천녀가 비파를 타서 소리로 몰아버린다. 먹구름도 비파소리가 나면 무서워서 스르르 사라진다."

비파는 천둥 같은 소리를 냈다. 아기가 슬며시 눈을 떠 무부리의 얼굴을 보고는 다시 잠이 든다. 이제까지 한 번도 들어본 적이 없는 곡조에 아이들은 무부리가 하는 천녀이야기를 믿기 시작했다.

"깃옷(羽衣)을 입은 천녀는 비파를 타면서 하늘을 날아다녔단다. 흰 구름 가득한 하늘에는 천녀들이 노닐고 아기가 생겨나면 우주의 알 같은 이 땅에 내려앉았더란다."

무부리가 아기의 머리를 쓰다듬자 막내가 침을 꿀꺽 삼켰다. 그동안 남상 같던 얼굴이 제 어미 같아 보였다. 굵던 목소리가 가늘어지고 무섭던 얼굴이 무척 순해보였다.

"천녀는 세상 사람들의 눈에는 보여도 손에는 잡히지 않는다. 아기만 천녀의 품에 안겨 구름 속에 떠다닌다. 아기는 천녀의 손에서 땅으로 내려올 때만 운다. 울음소리를 들으면 세상 사람이 나와서 천녀의 아기를 받는다. 천녀는 날아가고 아기만 남는다. 천녀가 타는 비파소리가 멀어지면 천녀의 모습은 세상 사람들의 기억 속에만 남아있다고 하더란다."

모두들 그 여자가 하는 이야기에 빠져있었다.

"그럼 무부린 어디 살아?"

막내는 사람들이 여태껏 물어도 알아내지 못하던 걸 태연하게 또 물었다.

"굴을 파고 그 속에다가 비파 타는 천녀의 그림을 그렸지. 천녀를 거기에 잡아두고 싶어서. 천녀는 토굴 벽에 붙어 천년만년 살고 있었더란다."

"무부리. 토굴에 가면 그 천녀 그림 볼 수 있어?"

남세가 따져 물었다.

"그럼. 나를 따라만 온다면."

그때부터 아이들은 무부리를 끝까지 따라가 보겠다고 쫓았으나 숲속에 들어서면 빠른 걸음에 떨어져 번번이 놓쳤다. 앞장서서 가다가 산모롱이를 돌면 사라졌고 숲을 지나면 간 곳을 몰라 길을 잃었다. 미지산을 헤매면서 굴같이 생긴 곳을 모두 뒤졌지만 무부리가 살만한 토굴은 찾을 수가 없었다. 그래서 천녀그림이 있다는 토굴을 아직껏 본 아이들은 없었다.

아이들은 한동안 보이지 않는 무부리의 아기가 은근히 기다려졌다. 새벽이면 느티나무가 줄지어 서있는 앞 개울가로 물을 길러 나오던 어른들도 그랬다. 무부린 떠돌아다니면서도 비렁뱅이답지 않게 말끔했다. 그걸 보고 사람들은 무부리가 매일 밤마다 선녀들만 내려오는 상골 폭포 아래서 사시사철 안 가리고 찬물에 몸을 씻는다고 했다. 그래서 그런지 핏기가 부족한 연안막 사람들과 달리 언제나 얼굴이 술 취한 듯 불그레해 있었다. 어떤 사람은 그 얼굴이 미지산 속에 들어가 오십년 묵은 산삼을 캐먹어서 그걸 거라고 했다. 그런 얘기를 들을 때면 아이들은 무부리의 주변에서 킁킁거리며 산삼냄새를 맡으려고 기웃거렸다.

오랜만에 나타난 무부리는 등에 업고 다니던 아기를 어디다 떼어 놓는지 혼자였다. 사람들은 마음 내키는 대로 지레짐작하고 제가끔 소문을 퍼뜨렸다. 누구는 아기를 부잣집에 주어버렸다고 했고, 누구는 씨를 뿌린 주인이 거둬갔다고 했고, 누구는 아기에게 제대로 젖을 먹이지 못해서 굶어 죽었을 거라고 했다. 싸리문 밖에다 찬밥 밥 한 덩이에 간장 한 숟가락 쳐주면서 은근히 꾀어 물어도 실실 웃으면서 말해주지 않았다.

아이들이 이번에는 절대로 놓치지 않겠다고 무부리 곁을 하루 종일 지키고 있었다. 저녁 무렵이 되어서야 개울바닥에 펼쳤던 보따리를 싸서 일어서자 작정한대로 무부리의 뒤를 따랐다. 날이 저물어 어두워지는데도 미지사를 들러 대궁밥으로 궁한 저녁 한 끼니를 얻어먹지 않고 그냥 지나쳐 상원으로 깊숙이 들어갔다. 아이들은 눈치 채지 못하게 멀찌감치 떨어져서 뒤를 밟았다. 거구에 보따리를 머리에 이고 양손에까지 든 무부리는 힘겹게 계곡을 건너 작은 골짜기로 들어갔다. 아직 나뭇잎이 무성하게 나기 전인데도 앞서가는 뒷모습은 보일락 말락 하더니 아이들의 시야에서 사라졌다. 어디로 간 걸까.

"오늘도 또 놓쳤다."

앞장서서 따라가던 중석이 난감해하며 외마디 했다. 골짜기 어디만치 갔는지 아이들이 한눈을 파는 사이에 무부리가 숲으로 사라지고 말았다.

"무부리가 도술을 부렸다. 하늘로 올라갔는지 모른다. 아님 땅 속으로."

멋대로들 상상했다. 쫓던 눈들을 어디로 두어야 할지 모두들 갈팡질팡
했다.

"아니다. 나무에 올라갔는지도 모른다. 우리가 쫓는 줄 알고 숨은 거다.
찾아보자. 아직 멀리는 못 갔다."

도상이 침착하게 아이들을 이끌었다. 아이들은 용기를 얻어 제가끔 더
듬을 수 있는 곳까지 퍼져나가 찾기 시작했다. 숨을 곳은 얼마든지 있었
다. 커다란 바위틈이 비와 바람을 가렸고 울창한 숲 속에 거목의 썩어 텅
빈 속들이 무부리를 숨겨주었을 것이다. 그렇다고 해도 멀리는 못 갔을 것
이다. 사방으로 퍼져나가면서 샅샅이 뒤졌다.

"쉿! 여기 굴이 있다."

남세 앞에 나타난 굴은 미지산의 입처럼 횅하니 뚫려 있었다. 중석이 그
소릴 들었고 도상에게 전해 아이들을 불러 모으게 했다. 막내는 겁도 없
이 잘 따라다닌다. 남세가 어둑어둑해지는 골짜기를 더듬어 찾은 곳이 숲
속 골짜기의 동굴이었다.

"무슨 소리가 들린다. 들어봐라."

누가 먼저 들었는지 안에서는 무부리통수를 외는 소리가 흘러나오고 있
었다. 굴 안에서 들려오는 무부리통수 소리를 듣고서야 그 여자가 굴 안
에 있다고 생각했지만 불빛도 없는 어두침침한 그 속으로 더 이상은 무서
워서 들어가지 못했다.

"무부리는 미지산 상원에 있는 동굴에 산다."

연안막으로 내려가서 내일이면 모두들 그렇게 소문을 낼 작정이다. 아
이들의 생각으로는 아기도 거기서 낳았을 거라는 추측이다. 그럼 아기는
어디서 배어 왔을까? 어른들도 그랬지만 아이들은 거기서 말문이 막혔다.

52

아무래도 아기를 천녀에게서 받아왔다는 무부리의 말은 지어낸 이야기 같아서였다. 내려가는 길도 어둠에 막혀버렸다. 어디로 내려가야 하는지도 모르고 올라온 길을 찾지도 못해 아이들은 산속에 갇혔다.

"남세야 우리가 무부리한테 홀렸다. 무부리가 도술을 부리는 여우나 도깨비인지도 모른다."

"이게 다 중석이 때문이다. 미친 여잘 뭐 하러 따라오자고 해놓고서."

중석이 남세를 나무라고 남세가 중석의 핑계를 댔지만 도상은 서너 살 더 먹은 나잇값을 해야겠기에 아이들을 데리고 내려갈 길 찾기에 바빴다.

"이럴 땐 물소리만 따라서 내려가면 된다. 날 따라와라."

제일 나이가 많고 산으로 돌아다닌 경험도 더 있는 도상이다. 그러나 도상의 뒤를 따라 아무리 내려가도 연안막에서 비쳐야 할 호롱불빛은 보이지 않았다. 물소리를 따라갔더니 오히려 더 깊은 산속으로 들어갔다. 따라왔던 막내는 서서히 지쳐가면서 주저앉아 울고, 그를 달래서 업고 가는 남세는 발을 헛디뎌 넘어지고 무르팍이 깨졌다. 무릎에서 만져지는 게 미끈미끈하고 비릿한 피였다.

"안 되겠다. 여기 이대로 앉아서 날이 새기를 기다려야겠다."

"안 된다. 피 냄새 맡으면 호잡놈이 금방 쫓아온다. 얼른 내려 가야 한다."

남세와 중석이 이러자 저러자 했지만 모두 겁을 먹고 다른 아이들까지 울먹거렸다.

"우리 모두 여기서 잡혀 먹힐지도 모른다. 호잡놈은 우리 같은 애들을 한입에 꿀꺽 삼켜버린댔다."

겁도 없이 따라와서 제일 겁먹고 있는 건 막내다. 막내 말고도 따라온 아이들이 모두 여섯이었다.

"미지사까지라도 내려가자. 여기서 미지사가 멀지않을 거다. 거기 가면 밥도 주고 재워도 준다. 이 산만 넘으면 된다."

도상은 아이들을 달래 앞장서서 걸었다. 산을 넘었지만 여전히 불빛은 보이지 않았다. 어둠 속에서 이제 더 이상 어디로 가야 할지 막막했다.

"야. 우리 여태까지 헛걸음했다. 다시 아까 왔던 거기다. 아무래도 도깨비에 홀렸나보다."

낙심해 하는 쪽은 남세였다. 별빛 아래 어슴푸레 보이는 게 초저녁에 보았던 굴 앞에 바위와 나무 모습으로 다시 보였다. 중석이 한숨을 내쉬자 막내가 또 울려고 한다. 남세가 우격다짐했다.

"울면 호잡놈 온다. 그럼 우린 다 죽는다. 울지 말고 참아라."

막내가 뚝 그치려 했지만 울음기를 못 참고 흐느낀다.

"엄니가 우릴 찾을 거다. 아니다 연안막 사람들이 모두 나와 횃불 들고 온 산을 뒤지면서 올라올 거다."

하지만 아이들이 산으로 올라오는 걸 본 사람은 아무도 없었다. 들일하고 저녁 늦게 집에 들어온 어른들은 이번에도 어디로 몰려가서 남의 밭에 고구마나 감자를 캐먹든지 덜 익은 옥수수 대를 비틀어 단물을 빨아먹고 바위 밑에서 잠이 들어있을 것이라고 생각하며 피곤한 몸들을 잠재웠다.

"우리 이 굴 속으로 끝까지 들어가 보자. 아까는 무부리통수 소리만 들었지 아직 못 봤잖아."

중석의 말대로 하는 게 차라리 나을 것 같았다. 어차피 날이 밝으면 하늘이 보일 것이고, 높은 데서 내려다보면 어디로 내려가야 하는지 알 수 있을 테니. 하룻밤을 몽땅 도깨비에 홀리는 셈치고 여럿이 한번 들어가

54

보는 거다.

"무부리가 거기서 우릴 재워줄지도 모른다. 남세. 네가 앞장서라. 느이 아부지 따라서 산에도 많이 댕겼잖아. 느이 집에선 무부리 아침밥을 가끔 먹여줘서 괜찮을 거다."

도상이 중석을 앞세웠다. 한 치 앞도 보이지 않는 어둠 속에 가끔 박쥐 소리가 가슴을 놀라게 했고 경악하는 목소리는 메아리쳐 돌아와서 아이들의 몸을 휘감고 맴돌았다. 잠이 들었는지 무부리의 목소리도 들리지 않았다. 발로 바닥을 더듬고 손으로 굴벽을 더듬어 기다시피 들어가는데 서늘한 굴 안에서도 온 몸이 식은땀에 젖었다.

"우리 여기서 모두 죽으면 아무도 못 찾는다. 호잡놈은 뼈째로 먹어버려서 아무것도 안 남는다."

둘째가 점점 걱정이 되는지 방정맞은 소리를 해댔다.

"쉿."

멀리서 무슨 소린지 들려오고 있었다. 모두 숨죽이며 소리가 들려오는 방향을 가늠했다.

"저쪽이다."

어둠 속에서도 손가락 끝이 모두 한 곳으로 쏠렸다. 굴속이니 앞이 아니면 뒤라야 하는데 모두의 손은 오른편 옆으로 가 있었다. 굴이 옆으로 뚫렸다는 말인가.

"여기로 굴이 또 있다."

남세가 대단한 것을 찾은 것처럼 낮은 목소리로 외쳤다.

"인마. 여긴 굴이 아니다. 별이 보이잖아."

도상이 핀잔을 주자 모두 하늘을 쳐다보았다. 싸라기를 흩뿌려 놓은 것 같은 하늘이 굴속에 들어있을 리가 없었다. 남세는 의문이 풀리지 않았다.

"그럼 우리가 뚫고 온 굴은 뭐야?"

도상이 가르쳤다.

"나무 굴이다."

"나무 굴?"

"그래. 우린 나무 숲속을 빠져나온 거다."

그런 일로 다툴 때가 아니었다. 새로운 소리가 똑똑하게 들렸다.

덩~~~.

"종소리다. 저리로 가자."

남세가 흥분하여 목소리를 키웠다. 종소리라는 데에는 모두 수긍했다. 그러는 사이에 또 한 번 울렸다.

데엥~~~.

뒤끝이 길었다. 여느 종처럼 작은 종이 아니다. 소리의 근원은 커다란 몸으로 어둠 속에서 울려오고 있었다. 아이들은 나뭇잎을 깔고 밤새 헤매던 지친 몸을 추스르고 모여 앉았다.

뎅~~~.

세 번째 종소리가 또 울렸다. 이번에는 아무도 말없이 듣고만 있었다. 얼마나 길게 울리는지 가늠이라도 하려는데 이내 끊어지자 아쉬워했다. 종소리는 다시 울렸다. 산을 헤매고 다니면서 겁에 질렸던 아이들은 편안하게 앉아서 그 소리를 들었다. 종소리를 찾아가면 절이 나올 것이다. 아이들은 어른들에게 미지사에서 더 올라가면 호잡놈이 나오는 바위 밑에 조그만 남자가 산다고 들었지만 실제로 와 본 적이 없었다. 오늘 그 절을 보게 될지도 모른다.

"절이 있을 거다. 그리로 가자."

도상이 앞장섰다.

"형. 절에 가면 절해야 돼?" 막내는 어른들에게 절하면 나오는 떡을 생각했다. 막내가 남세에게 심각하게 묻자 모두 쿡쿡거리며 웃었다. 종소리가 들리는 곳으로 발길을 돌려 길도 아닌 산비탈을 거슬러 올라갔지만 소리는 아이들에게 다가오지 않았다. 다가갈수록 멀어지는 소리는 하늘 가까운 쪽으로 올라가고 있었다. 앞서가던 도상이 허탈하게 주저앉았다.

"소리는 없다."

얼마를 올라갔는지도 모르면서 모두 숨을 가쁘게 들이쉬고 내쉴 무렵에 들리던 소리는 끊어져버렸다. 소리를 잃자 걸어가려던 방향도 잃어버렸다.

"소리는 하늘에서 들렸다."

중석이 의젓하게 말해줬지만 그 말을 거드는 아이들은 아무도 없었다. 이렇게 걸어서 올라간다고 소리가 들려오던 하늘로 갈 수 있는 길은 아니다. 분명히 미지산 계곡 어딘가에서 들려오던 소리가 오히려 아이들 기척에 놀라 숨죽이고 골짜기 어딘가에 처박혀 있을 것이다. 잠이 들었다 깨고 나면 소리도 깨어서 들려올지 모른다. 도상은 편편한 곳을 찾아서 가랑잎을 긁어모았다. 막내를 가운데 두고 둘러앉혔다.

"여기서 자고 내려가자."

"형. 이제 추워."

흐르던 땀이 식자 막내가 몸을 웅크리며 덜덜 떨었다. 우리 한데 뭉쳐서 꼭 붙어 자면 된다. 자 이리 붙어라.

"형. 무섭다."

모두 말이 없었다. 서로의 축축한 땀내가 코를 쑤셨지만 무서움보다 더 하지는 못했다. 잠은 억지로 청한다고 오는 게 아니었다. 잠이 몸을 재우려고 스스로 몰려와야 자게 되는 것이다. 지쳤는데 정신은 말짱하니 오슬오슬 한기가 돌았다. 막내 쪽 아이들은 자는 척 했고 도상과 중석, 남세가 하늘 쪽으로 두 눈을 뜬 채 말이 없었다.

"중석이 자냐? 아무래도 무부리가 우릴 홀린 게 틀림없다. 그게 사람인 척 해도 도깨비가 틀림없다. 그렇지 않고서야 어떻게 눈앞에서 그렇게 사라지냐. 동굴 속은 또 어떻고. 앞으로 무부릴 만나면 조심해야 한다."

"남세, 니말이 맞다. 종소리는 또 어떻고. 이게 모두 무부리가 여시처럼 도술을 부리는 거다."

"모두 헛소리다. 우린 종소리가 끝나서 절을 못 찾는 거다. 미지사에서 한참 더 올라가면 암이 있다고 했다. 종은 우리가 못 찾아서 그렇지 거기에 있을 거다."

도상이 두 사람에게 핀잔주며 있지도 않은 도깨비를 꿈처럼 살려내려는 걸 일깨워줬다.

얼마가 지났을까. 아이들은 잠이 들면 깨면 하다가 누가 먼저랄 것도 없이 모두 부스스 눈비비고 일어났다.

"불빛이다. 저쪽에."

자는 척하고 있던 남세네 둘째였다.

"조심해라. 도깨비불인지도 모른다."

중석이 점잖게 타이르는데 둘째는 목소리가 들떠 있었다.

"내 아까부터 봤는데 꺼지지 않는다. 도깨비불은 꺼졌다 켜졌다 한다며?"

누가 먼저였는지 일어나 불빛을 향해 걸었다. 소리가 들리는 쪽을 더듬기보다 눈에 보이는 불빛을 찾아 걷는 게 훨씬 수월했다. 길이 없으니 나무를 잡고 비탈길을 내려가며 미끄러지고 나뭇가지에 얼굴이 할퀴고 찢어지고 했지만 어둠 속에 상처는 보이지 않았다. 불빛이 점점 가까워지자 전각들이 보였다.

"절이다. 저기에 소리 나던 종이 있을 거다."

아이들은 절방 문살로 새어 나오는 불빛에 주변을 살폈다. 종각이 보이자 중석이 흥분을 감추지 못하는 목소리로 외치다시피 속삭였다.

"절이 아니다. 저긴 장천도사가 사는 집이다."

"장천도사가 누군데?"

"그런 게 있다. 어쨌든 절이 아니다."

"종이 저기 있다. 종이 있으면 절이다."

"종이 있다고 모두 절이 아니다."

서로의 말씨름이 오락가락 했다. 모두 그리로 살금살금 다가갔다. 누가 어쩌자고 하지도 않았는데 도상이 종각으로 올라가 당목을 잡자 모두 따라했다.

"하나 둘 셋 하면 쭉 땡겼다가 확 밀어치는 거다. 자아."

아이들에겐 가슴에 닿는 당목 줄에 매달시다시피 하여 힘껏 당겼다가 밀어 쳤다.

"데엥."

멀리서 들리던 소리가 이 소리였다. 모두 흡족해 했다. 아이들은 신이 났다. 지금 여우에게든 도깨비에게든 홀렸다고 해도 좋았다. 종소리는 아이들의 몸을 휘감아놓고 산 속으로 울려 퍼졌다. 아이들은 그 떨림을 종에 붙인 손바닥으로 받으며 몸에 섞었다. 그렇게 울리기를 수십여 회. 다시 한 번 줄을 당겨 종을 치고 세 번째 종소리가 더 울리자 방문이 열렸다. 주인의 귀가 어둡던지 깊은 잠이 들었던지 했던 모양이다. 방 안에서 나오는 민머리를 승으로 보고 아이들보다 더 놀란 쪽은 그쪽이었다. 이 밤중에 웬 아이들이 깊은 산중에 떼로 들어와서 종을 치니 말이다. 놀라 줄을 놓은 당목은 제풀에 한 번 더 종을 때려 울렸다.

"거기 뉘시오."

문이 열리고 민머리가 나왔다. 그 뒤로 불을 비춰 내다보는 사람은 긴 머리를 풀어 내린 여자였다.

"무부리다."

굴 속에 있을 줄 알았던 무부리의 모습을 보자 중석이 비명을 토해내듯 중얼거렸다. 불에 비친 커다란 얼굴. 부리부리한 눈이 분명히 그 여자였다.

"이 노옴드을." 아이들임을 알아채고 꾸물거리며 나오는 호통은 그의 행동처럼 한없이 굼뜨고 늘어졌다.

"호랑이 같은 장천도사다. 튀자. 잡히면 우리 모두 다 죽는다. 이쪽이다."

도상이 둘째의 손을 잡고 남세가 막내의 손을 잡았다. 방 안에서 내비치는 불빛에 내려가는 길이 보였다. 그렇게도 헤매던 산길이 훤하게 눈앞에 뚫렸다. 아이들은 굽은 산비탈 길을 단숨에 달려 내려와 미지사를 지나고 연악막까지 내려왔다.

장천도사. 도인과 승의 모습을 섞은 차림의 그는 연안과 장수에서 장천도사로 통했다. 도상은 이미 어른들에게 들은 적이 있었지만 아이들은 아

60

직 모른다.

"그 중이다. 왜 늦게 일어났을까. 첫 종소리에 깨었을 텐데."

중석이 내려오면서 풀리지 않는 궁금증을 입으로 토해냈다.

"중이 아니다. 장천도사다."

도상이 장천도사라고 아는 척 했지만 차림이 중이니 모두 중으로 알아봤다.

"못 봤냐. 무부리가 중과 같이 잤다."

"아니다. 무부린 굴속에 들어가 있었을 거다."

"빙신. 그건 우리가 도깨비에 홀려서 나무굴을 잘못 본 거다. 거기가 여기다."

"아니다. 동굴이 있었다. 거기서 너도 무부리통수 하는 소릴 들었잖아."

중석과 남세, 두 사람의 말싸움은 끝날 줄 몰랐다.

"나도 봤다. 문이 열릴 때에 방 안에 커다란 무부리가 있었던 걸. 벗고 자던 옷을 입느라고 그랬을 거다. 그렇지 않고는 중이 그렇게 늦게 나왔을 리가 없다."

도상이 나서서 두 사람의 말싸움을 말리려 했지만 남세의 편을 드는 소리다.

"맞다. 우리가 굴속에서 들었던 건 도깨비에 홀린 소리다. 무부린 거기에 없었다."

중석이 지지 않고 대들었다.

"아니다. 그 절이 무부리 사는 집이다. 절방 댓돌에는 짚신도 둘이 있었다. 그 하나가 무부리 거다."

그곳이 절이라면 보따리 하나 갖고 산속을 떠돌면서 지내는 무부리가 들어가서 잘 리는 없는 일이었다. 무부리가 중들과 서로 으르렁거리며 산다는 소문은 다 알려진 사실이니 말이다. 그런데 머리를 박박 깎은 장천도사가 중인지 아닌지 아이들은 모른다.

아이들은 그날 밤에 죽을 고비를 넘기다시피 했는데도 산 속에서 종소리를 들었다는 말을 어른들은 믿어주려고 하지 않았다. 종이라면 미지사에나 있는 것이지 중 혼자서 지키는 작은 암자에 그렇게 큰 종이 있을 리도 없다고 했다. 있다고 하더라도 어린 아이들이 그 밤중에 그 깊은 산 속까지 가서 종을 치고 왔다는 말이 믿어지지 않는 게 어른들로서는 당연했다. 남세의 얘기를 들은 굴녀도 시큰둥했다. 거기다가 무부리를 봤다는 얘기는 차마 꺼내지도 못했다. 그 얘기를 했다가는 기가 허해서 헛소리 한다고 아랫목에 눕혀놓고 이마에 냉수 적신 수건을 올려놓을 지도 모른다.

"이담부터 거긴 절대로 가면 안 된다. 거긴 무서운 도사가 산단다. 모레가 초파일이니 느티순이나 더 따 와라. 미지사 원 보살에게 갖다 드려야겠다."

얻어먹을 느티떡보다 원 보살에게 잘 보여서 내년 봄에 절 땅이라도 더 얻어 부쳐보려는 게 굴녀의 생각이다. 초파일을 앞두고 개울가에는 어른 아이 할 것 없이 느티나무 새순을 따려고 들러붙었다.

남세는 전과 다르게 정신이 나가 있었다. 혼자도 아니고 여섯 아이들이 온 산을 헤매다가 보고 듣고 온 일인데 어른들은 아무도 들어주지 않으니 세상 사람들이 여태 모르던 절이 거기에 있었단 말인가. 남세는 어젯밤에 듣던 종소리가 귓가에서 사라지지 않았다. 종소리는 산을 울렸고 아이들의 몸을 떨게 했다. 남세뿐만이 아니었다. 중석과 도상도 무엇에 홀렸는지 넋이 나가 있었다. 멋모르는 아이들만 전과 다름없이 마을을 휘젓고 다

62

니면 개구지게 놀았다.

굴녀는 그동안 따 모은 느티순을 베보자기에 싸들고 막내를 앞세워 미지사로 올라갔다. 아이들이 줄줄이 어른들의 뒤를 따라 올라갔다. 요사와 공양간 일을 맡아보는 원 보살이 굴녀의 느티잎 보따리를 반갑게 맞았다. 원 보살의 등에는 전에 못 보던 갓난아기가 업혀 있었다.

"어머. 예쁘기도 하네. 보살님의 아기는 아닐 테고, 뉘 집 애기가 이렇게 똘망똘망한지."

"우리 미지사에 아기부처지요."

보살은 몸을 흔들어 등에 업은 아이를 둥개둥개 하며 이리저리 얼러댔다.

아이의 아비와 어미가 누구인지도 모른다. 물으면 '그걸 알아 뭣해. 잘 자라기만 하면 사람이 되는 거지.' 하면서 푸념했다. 많은 물음에 그렇게 대답을 했다. 또 답이 궁하면.

"중들이 본래 제 씨가 없잖아. 남의 씨 데려다가 장차 중으로 키우려는 거지."

굴녀가 그 아이에 대해 부쩍 관심이 간 것은 우람한 얼굴 때문이었다. 사내아이라고 하는데 영락없는 무부리의 얼굴이었다. 부리부리한 눈과 넓은 얼굴을 닮았다. 그 아기가 씨를 닮았는지 밭쪽으로 더 닮았는지는 알 수 없지만 무부리의 얼굴을 눈여겨 봐둔 사람이라면 방울눈과 부채 같은 귀가 한 눈에 보더라도 그 여자의 아기였다. 굴녀도 벌써 그 눈치는 채고 있었지만 입을 다물고 있었다. 무부리가 한동안 업고 다니던 아이가 어느 날부턴가 보이지 않고, 누구의 손에 길러지는지 알지 못하고 있을 즈음에 미지사를 드나들던 굴녀는 여린 느티순 같은 아기를 보았다.

"장차 큰 스님이 될 상이네요."

굴녀는 아기의 큰 귀를 보고 그렇게 말했다. 그가 무부리의 아기 같다는 말이 입에서 튀어나올 뻔 했다. 조심스럽게 원 보살의 눈치를 살폈다. 그 말을 듣고 제 손자처럼 좋아하려다 거기에 한술 더 뜬다.

"스님이라고? 부처가 돼야지. 부처."

"네. 네. 부처요. 즈네들 한 테 땅을 넉넉하게 부쳐 먹게 해줄 자비로운 부처요."

농토를 몽땅 시주로 바치고 죽은 지 씨네 조상이 과연 영생극락으로 갔는지는 모르지만 연안과 장수 땅은 불심 좋은 조상 덕에 절반 넘게 미지사 차지가 되어있었다. 땅 부자의 땅은 반지기 농사였지만 절 땅은 사육지기로 작인이 육을 갖고 절에서 사를 가져갔다. 소득이야 절 땅이 더 나은데 부처의 자비로 골고루 부쳐 먹게 한다고 빠짐없이 나눠줘서 한 집에 서마지기 넘게는 차지가 오지 않았다.

원 보살이 굴녀의 말을 새겨들었는지 모른다.

대대로 전해 듣는 얘기지만 시댁에 몇 대 조상이 농토를 뚝 잘라서 절에 시주하고 돌아갔다는 얘기는 있었다. 애들 아비가 나뭇짐을 지고 내려와서 허기진 배로 감자 몇 알에다 저녁 끼니를 때울 때면 조상이 서운해서 하던 말이었다. 손이 귀했으니 그때는 절에 바치고 남은 것만으로도 넉넉했겠다. 후손이 왕성한 지금 아비는 뼈골 빠지는 고생하면서 여섯 아이를 두고 신세한탄이 늘었다. 사내들의 일로 하는 농토문제를 굴녀같은 아녀자가 나선다고 될 일은 아니었다. 그래도 줄줄이 아이들을 내보내 느티순을 잔뜩 따서 가져온 속셈은 연안리 개울가에 느티나무께 살고 있는 지씨네를 남들보다 더 낮게 알아달라는 뜻이다. 그런데.

"엄마야. 아기가 꼭 무부리 닮았다. 잃어버린 무부리 아기 여기 있다."

굴녀는 따라온 막내의 입을 손으로 황급히 틀어막았다. 원 보살이 들었는지 못 들었는지 퉁명스럽게 한마디 던졌다.

"왔으면 공양간에 가서 일이나 거들지 그냥가려고?"

거기까지는 미처 생각을 못했다. 느티순을 미지사에 갖다 주고 느티떡이나 얻어갖고 나물 뜯으러 산으로 갈 작정이었다. 연등을 달고 공양간을 얼쩡거리며 음식을 들고 왔다 갔다 하는 일은 시주거리로 쌀말이나 지고 온 사람들이나 참견하는 일로 알고 있었다. 그런데 보살이 등에 업은 아기를 따르는 막내의 눈길이 심상찮다. 제 형들을 따라서 밤중에 산중에 들어가 상원까지 갔다 온 아이다. 아기의 손을 잡으려 한다. 큼지막한 눈으로 웃는 모습이 무부릴 꼭 빼닮은 건 맞다.

"아기야. 네 엄마가 무부리지. 내가 찾아줄까? 무부리통수. 까옹."

원 보살의 낯빛이 변했다.

"얘가 그 댁 애지?"

대답할 겨를도 없었다. 막내가 두 손으로 얼굴을 감싼 건 원 보살의 재빠른 손에 뺨을 후려 맞고 나서다.

"무부리 아기라고?"

원 보살의 얼굴이 아직 붉으락푸르락 제 빛을 못 찾고 숨마저 가빴다. 굴녀는 황급히 막내 손을 끌고 절 밖으로 나왔다. 막내는 그제야 정신이 드는지 뺨맞았다는 사실을 알고 울음을 터뜨렸다. 얼굴이 발그레한 게 원 보살의 손자국이 가시지 않았다. 어린 얼굴에 그 크고 매운 손으로 된통 얻어맞았다. 굴녀는 막내를 달래려 하지 않고 오히려 울음을 그치라며 손바닥으로 볼기를 내리쳤다.

"뚝 그치지 못해. 뭘 잘했다고."

막내는 자기가 뭘 잘못했는지 모른다. 절 마당에서 뛰어놀다가 느티떡이나 얻어먹으려고 어미를 따라갔는데. 아기를 귀여워하기만 했는데 그게 원 보살의 심기를 건드렸다. 아이의 잘못이라면 눈치를 잘못 가르친 어미의 잘못이다. 자지러지듯 울음을 터뜨리고 분을 못 삭여 아예 땅바닥에 주저앉아 양 발 뒤꿈치로 하루 종일이라도 분이 풀릴 때까지 고집 피우며 땅 우물 파려는 걸 굴녀가 들쳐 업었다. 순식간에 구경꾼이 둘러서서 한마디씩 해대니 동네방네 이런 망신살이 또 없었다.

"쯧쯧. 그렇게 애들 입단속을 잘 해야지. 누군 몰라서 말을 안 하고 있나."

"아니야. 어른들 못하는 바른 말을 쟤가 했지. 무부리 아기가 분명한데 뭘."

생각은 제각각이었지만 우는 아이를 등에 업고 내려가는 굴녀의 등에 대고는 모두들 안됐어 하며 혀를 찼다. 연등 하나 매달 처지가 못돼서 잔일이라도 도우려 했는데 쫓겨나다시피 한 자신의 신세가 밭으로 오줌동이를 이고 가다 깨져서 오줌을 뒤집어 쓴 꼴이 되었다. 막내는 등에서 흐느끼다가 서성거리는 제 어미 등에 얼굴을 붙이고 잠이 들었다. 자기가 왜 그리 얻어맞는지 모른다. 어린 애가 얼마나 놀랐을까. 굴녀는 집에 들어가지 않고 느티나무 밑에 앉아 막내의 얼굴에 눈물자국을 닦아냈다.

어미로부터 얘길 들은 게 아니라 이 입 저 입으로 전해들은 맏이 남세의 눈치가 빠르다. 막내 동생이 어미와 함께 미지사에 갔다가 늙은 보살에게 뺨을 맞고 쫓겨났다는 소문은 바닥 좁은 연안막 안에 뺑 돌아버렸다. 남세도 어미에게 말은 안했지만 그 창피함에 얼굴이 화끈거려 참을 수가 없었다.

애들 여섯이 꽤 여러 날 느티순을 따서 모은 정성이 그날 아침과 점심 사이에 몽땅 사라져버렸다. 원 보살에게 변명 한마디 못해보고 쫓겨 돌아온 게 억울했다. 원 보살이 어린 아이에게 뺨때리는 화는 그냥 나온 게 아니었다. 보살들 사이에서도 원 보살의 심사는 너무 심해보였다.

"원, 보살님도. 그 어린 게 뭘 안다고 그렇게 혼을 내줘요?"

"그렇지 않아도 내 눈여겨 봐두었지. 저 먹을 끼니거리도 없는 주제에 한갓 무당질이나 하는 무부리에게 무슨 자비나 베푸는 것처럼 밥을 준다고, 소문은 근동에 파다하던데. 무부리가 장수 연안에 들어오고부터 우리 절에 올라오는 사람들이 줄어들었어. 제까짓 게 뭔데. 어린애마저 와서 장차 부처가 될 귀한 동자를 무부리 아들이라니. 이런 망측한."

원 보살은 생각하기조차 싫은 모양이다. 화의 뿌리가 깊었다. 아무것도 모르고 다가간 굴녀가 맹추 같은 여자였다.

"저놈의 댁네가 갖고 온 느티순은 다 내다 버려요. 어서."

꽤 많은 양이고 귀한 나물인데 그대로 내다 버렸다.

그 난리를 겪은 지 며칠 후에 개울가 느티나무 밑으로 오랜만에 나타난 무부리를 가운데 두고 아이들이 둘러앉았다. 무부리는 아이들이 보는 앞에서 저고리를 들치고 아기에게 먹이지 못해 가슴에 퉁퉁 불은 젖을 들춰서 짜내고 있었다

그 앞에서 막내가 턱을 괴고 앉아 퍽 궁금해 하던 것을 물었다.

"무부리. 천녀는 뭘 먹고 살아?"

"소릴 먹고 살지. 소리가 없으면 천녀는 죽어."

"무슨 소리든지 다 먹어?"

"아니. 피리소리, 비파소리, 북소리, 징소리, 하늘로 올라가는 이런 소리만. 소리가 나면 일어나서 춤추고 소리가 죽으면 천녀도 죽고."

"아하. 그래서 무부리가 비파를 갖고 있었구나. 천녀가 소리를 먹으라고. 그런데 그 소리가 맛있나?"

막내가 침을 꿀꺽 삼키면서 고개를 끄덕였다.

"근데 무부리 아기 있었잖아. 어쨌어?"

막내가 무부리의 아픈 곳을 또 찔렀다. 모두 눈총질하며 막내를 쳐다봤다. 그러나 막내는 귀가 크고 눈알이 둥그렇게 생긴 복스러운 아기를 보다가 정신이 나가도록 뺨을 얻어맞던 생각이 되살아나서 그걸 안 묻고는 못 배길 지경이다.

"으음. 아기는."

무부리가 뜸들이며 짜내던 젖을 멈추지 않아 막내를 더 답답하게 만들자 재촉한다.

"아기는?"

"잃어버렸어. 잠자다가."

무부리는 처음으로 아이들 앞에서 얼굴을 붉혔다. 옷자락으로 눈물을 찍어내고 눈감아 잠시 옛 생각에 빠져들었다.

잃어버린 아기

　무부리는 어디서 왔는지 어디로 갈 것인지 자신도 모른 채 세상을 헤매고 있었다. 자라보니 어느 날부터 보따리를 지고 다니며 물바가지 두드리는 무부리통수가 되었고, 신통하다 하여 세상을 떠돌며 밥을 구했다.

　지지난해 여름이었다. 무부리통수가 되기 위해 보따리를 이고 진 채, 오름에는 반드시 끝이 있을 것이라는 생각으로 더 오를 곳이 없을 때까지 무조건 올라갔다. 사계절 한뎃잠자고 겨울을 견뎌야 하는 겹옷이니 온 몸이 땀으로 흠뻑 젖었다. 숨 가삐 오르느라 지쳐 휘청거리는 동안 길 없는 숲속을 헤매느라 긁히고 찢겨 몸은 만신창이가 되었다. 더 이상 오를 곳이 없는 끝을 딛자 농무 때문에 한 발 앞도 내다볼 수 없었다. 여기가 끝인가. 끝을 밟은 순간 몸은 허물어지듯 그 자리에 주저앉았다. 흠뻑 젖은 옷을 벗어 비틀어 짜고 훌훌 털어 널었다. 벗은 몸을 하늘에 내놓았다. 몸에 닿는 바람이 서늘했다. 바람의 끝은 몸을 씻는 극치로 휘감겼다.

탈진하여 잠이 들었는가 싶었는데 꿈결인지 생시인지 분간 못할 몽롱한 시간이 꽤 오래 흐르고 있었다. 땀을 흘린 후라 으슬으슬하던 몸이 차츰 따뜻하고 포근해졌다. 짙은 안개가 자욱한데도 말이다. 그렇게 깊은 잠이 들었다. 천근같던 몸이 솜털같이 가볍게 떠오르는 황홀감에 빠져들어 구름을 탔다.

오호라. 여기가 천상인가. 구름세상인가. 머리는 하늘과 맞닿았고 발아래는 뽀얀 구름이 받쳐주니 몸은 마음이 가고 싶은 대로 날고 있었다. 멀리 구름덩이에서 천인(天人)의 모습이 보였다. 천인은 구름을 타고 천의무봉의 깃옷을 입은 천녀들에게 둘러 싸여 무부리 쪽으로 몰려오고 있었다. 차츰 가까워지자 이제까지 들어보지 못한 고운 선율이 들려왔다. 한 천녀는 피리를 불고, 또 한 천녀는 생황을 불고, 또 한 천녀는 소고를 쳤다. 그 뒤에서 비파를 타는 천녀가 무부리에게 빠르게 다가왔다.

바가지를 두드리던 박자가 소고를 두드림과 같았고 무부리통수를 외치던 독음이 비파를 타는 곡조와 같았다. 천녀들의 연주는 무부리를 위한 향연이었다. 천인이 무부리를 향해 손을 뻗었다. 무부리가 손을 내밀어 잡으려 하나 잡히지 않았다. 닿을 듯 말 듯 하다가 구름이 밀려나 멀어지고 다가오다가 희미해지는 선율을 따라 멀어져 갔다. 천인은 엷은 미소를 머금고 말없이 무부리만 바라보고 있었다. 처음 보는 얼굴인데 전혀 낯설지 않은 천인이었다.

"이리 건너오너라."

몸이 깃털같이 가벼워져서 일어나려는데 구름 위에 저절로 떠올랐다. 헤엄쳐 천인에게 다가갔다. 무부리 몸에 스치는 천인의 손길은 비단결같이 부드럽고 품이 깊었다. 오오. 태전에 어미의 뱃속이 이랬을까? 어미에 대한 기억조차 없는 무부리의 몸이 따스함을 넘어 뜨거워졌다. 뜨거움을 넘어 불에 타고 있었다. 세상에 끝이 여기인가. 끝은 극치인가. 오랫동안 온 몸이 뒤틀리며 전율하고 있었다.

무 부 리 통 수.

무부리는 목청껏 무부리통수를 외쳐댔다.

그렇게 얼마나 지났을까. 뜨거운 열기가 주변에 모든 걸 녹이고 있었다. 천녀들도 녹고 연주하던 악기도 녹아내렸다. 구름이 서서히 녹기 시작했다. 몸을 휘감고 있던 선인의 팔다리도 녹아들어갔다. 그렇지. 구름은 언젠가는 비가 되어 세상에 내려가야 하니 영원하지 않다. 무부리의 몸도 녹아내리듯 축 늘어졌다. 폭신하던 구름이 녹아내리면서 줄어들었다. 어찌할까.

"뛰어 내려라."

몸 없이 음성만 들려왔다. 구름 위에서 몸을 던졌다. 하늘로 치솟은 산봉우리가 구름과 맞닿았으니 건너뛰자마자 땅이었다. 세상에 까만 흙냄새가 코에 향긋하게 스며들었다.

오 오 오 오, 무 부 리 통 수

허기진 몸 안이 기쁨으로 가득 찼다. 오, 바라던 포만. 구름은 가고 천인도 천녀도 사라졌고 무부리는 봉우리 끝에 홀로 남았다. 발아래 깔려있는 푸른 세상을 내려다보며 잠시 현기증이 일어났다. 그러고서 꿈도 없는 잠을 깊게 잤다.

"깨어라. 일어나라. 예가 어디라고 함부로."

얼마나 오랫동안 잠이 들었을까. 호통 치는 소리는 들리는데 소리의 주인이 또 보이지 않았다. 벗어 널어놓은 옷은 이리저리 흩어졌고 보따리는 산만하게 풀려 있었다. 바위가 깔깔하게 맨몸에 박여왔다. 주섬주섬 옷을 모아 하늘에 들켜버린 몸을 감추고 주변을 둘러보았지만 무부리를 깨운 목소리는 찾을 수 없었다.

영산이라는 미지산이 자신의 몸을 범했을까. 그 후로 시름시름 몸살을 앓더니 몸에 태기가 있었다. 무거운 몸을 이끌고 몇 달 동안 호잡놈을 피해 다니다가 머물던 굴에서 핏덩이를 받아냈다. 얻어먹은 밥으로 겨우 나오는 젖을 물리면서 아기는 천인의 얼굴을 닮아갔다. 눈을 감으면 천인의 모습은 더욱 뚜렷하게 나타났다.

남의 집으로 밥을 구하러 다니면서 밥덩이를 내주는 아낙들에게 아기가 제 어밀 닮았다는 말을 듣고서야 그런 줄 알았다. 거울을 본 적이 없는 제가 제 얼굴을 모르니 남이 봐주어야 알 수밖에. 어떤 아낙은 쉬쉬하며 상원암 밑 전각에 사는 장천도사를 닮았다고도 했다. 어려서 그녀를 데려다가 무부리통수를 배워준 장천도사. 그가 천인이 되었을까? 몸 아래서 머리로 뜨거운 기운이 솟구쳐 올랐다.

"무부리 얼굴이 빨개졌다."

한동안 대답 없이 눈감은 모습을 바라보던 아이들 중에 막내가 대단한 것이라도 본 듯 소리를 질렀다. 무부리가 놀라서 눈을 떴다.

"잠을 자다가 아기를 얻었어."

"무슨 얘기야? 무부리. 잠을 자다가 아기를 잃었다고 해놓고."

도대체 앞뒤 말이 맞지 않아 남세가 대들었다.

"그래. 잠자다가 아기를 얻었고 잠자다가 아기를 잃었어."

"무부리. 그건 또 무슨 얘기야. 우리가 잃어버린 애길 찾아주려고 그래."

이번에는 중석이 나섰다. 낙심하던 무부리의 눈이 번쩍 뜨였다.

"어딨어. 우리 애기."

"무부릴 꼭 닮은 애기 우리가 봤어."

남세의 표정이 심각했다. 미지사에 있다는 말은 아직 못했다. 무부리의 눈동자가 범상치 않게 움직였다. 굴속에서 홀로 낳은 아기다. 굴속에서 잠든 사이에 아기를 잃었는데 그 아기를 아이들이 봤다니.

"섣불리 찾으려 하지 마라. 그 아기가 그 아긴지는 아직 모른다. 어른들이나 할 일이다."

아이들 중에 나이가 지긋한 도상이 뒤에서 바라보고 있다가 젊잖게 타일렀다. 말은 그랬지만 눈은 중석을 째려보고 있었다. 남세가 그 눈초리를 보고 한마디 했다.

"아긴 제 어밀 찾아 줘야 한다. 그게 이 세상 이치다."

무부리가 갑자기 중얼거렸다.

무부리통수, 무부리통수, 무부리통수, 무부리통수.

"제 아기가 어디로 갔는지도 모르면서 무부리통수는 뭔 무부리통수라고."

도상이 빈정댔지만 무부리는 이미 아기를 찾은 것이나 다름없이 반가워서 무부리통수에 취해 들었다.

"아길 찾아줘서 무부리 원도 풀고 보살도 그 벌을 죄다 받아야 한다."

남세가 결심했다. 막내와 어미 굴녀가 미지사에서 당한 욕을 가슴에 품어두고 보복하자는 말이다.

미지사에서 내쫓겨왔던 그 해에 굴녀네는 더 얻으려던 절땅을 오히려 몽땅 떼이고 말았다. 어느 해보다 배고프고 추운 겨울을 지냈다. 지천으로 널려있는 느티순도 따지 않았다. 남세가 자랐으니 아비의 나무하는 일을 도와 겨울양식을 보탰다. 미지사를 상대로 해서 홀로는 아무도 덤벼들 수 없었다.

쌀 씻는 뜨물이 개울 바닥에 가라앉아 썩어도 사랑방에 모여 씩씩거리기만 할 뿐. 누구 하나 나서서 미지사에 대들지 못했다. 쌀겨 섞인 물이라도 받아다가 죽을 끓이는 것만이 감지덕지였다. 두려웠지만 연안 장수에서는 아무도 미지사 없이 살아갈 수가 없었다.

무부리는 어느 마을이고 여전히 남의 집에서 자는 적이 없었다. 저녁이되면 보따리를 싸들고 산으로 사라졌다. 아이들은 무부리를 따라가다 몇번을 놓치고 나서 아예 포기했다. 굴녀는 아이들이 무부리를 따라갔다 밤을 지새우고 돌아온 날 여섯을 모두 불러놓고 단단히 일렀다.

"거긴 절대로 가면 안 된다."

"거기도 절인데."

"거긴 절이 아니다."

"그럼 그 중도 중이 아니네."

"중이 아니다."

"종도 있던데."

"종?"

남세가 계속 물어댔지만 굴녀의 대답은 여기서 그쳤다. 무언가 잘못 돼가고 있었다.

남세는 그 기억을 되살리다가 문득 정신을 차렸다.

"그 아기 무부리 아기 맞다. 보살이 거짓부렁 하는 거다. 엄니하고 무부리만 모른다. 동네 사람들은 다 안다."

남세가 작정하고 제 어미에게 대들었다. 굴녀의 표정이 괴롭게 일그러졌다. 그 얼굴을 보고 남세는 더 말을 못했다. 어미에게 무슨 속사정이 또 있는 걸까.

작정하던 날, 하늘엔 구름이 잔뜩 끼어 있었다. 무부리는 바위만한 느티나무 뒤로 돌아가서 두루마기를 벗고 보따리에서 치마저고리를 꺼내 입었다. 머리에 쓰개치마를 쓰고 눈코만 내놨다. 말로만 듣던 아기를 보러 가야 한다. 홀로 미지사 쪽을 향해 걸었다. 아이들은 무부리로부터 멀찌감치 떨어져 따라 올라가고 있었다. 절에 들어 원 보살을 찾았다.

"어디서 온 아낙이유. 못 보던 사람인데. 그 쓰개치말 벗어보던지."

원 보살은 무부리를 아래위로 훑었다.

"장차 부처가 될 아기가 있다는 소문을 듣고서."

무부리는 굵은 목소리를 가녀리게 고르려고 애를 썼다.

"없수. 그 애긴 제 어미가 데려갔수."

당황한 기색이 보살의 얼굴에 역력히 드러났다. 무부리의 눈빛에 실망이 가득 찼다. 아이들은 절 밖에 숨어서 지켜보고 있었다.

"하도 탐내는 자가 많아서 제 어미한테 갖다 줬지. 그 댁도 부처의 어미가 되려구?"

그 소리가 너무 커서 멀리서 지켜보는 아이들에게까지 들렸다.

"거짓부렁이다."

누가 먼저랄 것도 없이 따라간 모든 아이들의 입에서 동시에 튀어나왔다. 아이들의 눈이 보살이 거처하는 방으로 쏠렸다. 반쯤 열린 방 안에는 줄에 걸린 기저귀가 보였다.

무부리는 쓰개치마를 벗어던지더니 다소곳하던 얌전을 내팽개치고 땅

바닥에 주저앉아 무부리통수를 외쳐댔다.

무부리통수. 무부리통수. 무부리통수. 무부리통수.

그 소리는 절 마당을 휘돌다가 곡조를 타고 하늘로 오르고 있었다. 원 보살이 어쩔 줄 모르며 무부리를 쫓아내려고 밀고 때리고 했지만 묵직한 몸은 꿈쩍 않고 걸쭉한 목소리를 되찾아 무부리통수를 계속했다. 승방에 승들이 몰려나왔고 허드렛일을 돕던 보살들이 무부리의 주위를 둘러쌌다.

"아이고 시님들. 그리고 여러 보살님네. 쉔네와 똑 닮은 아기가 분명히 여기 있다고 해서 왔는데 보여주질 않으니 어미자식 끈을 끊어 놓는 게 불가의 도인지요? 무부리통수. 무부리통수."

무부리는 윗저고리를 벗어던졌다. 허여멀건 속살이 절 마당에 드러났다. 무부리통수 소리에 모두 고개를 돌렸는데 어느 젊은 승이 끌어내려고 달려들었다.

"아녀자의 알몸에 손을 댄다면 불자가 아니지요."

그 소릴 듣고 멈칫하는데 원 보살의 화가 극에 바쳤다.

"이게 무슨 망측한 짓이냐. 어서 끌어내요."

그때서야 보살들이 몰려들어 저고리를 강제로 입히고 쓰개치마까지 씌워 밖으로 끌어냈다. 무부리의 발악이 만만치 않았다.

"오 무부리통수. 무부리통수."

"저 요망한 입을 막아라."

보살이 무부리의 힘을 이기지 못했다. 달려들었다가 뿌리치는 팔에 나가떨어졌다. 육척 장신이 일어서더니 모여든 승과 보살들을 향해 소리를 질렀다.

"우리 아기 내놔야. 우리 아기. 하늘이 내려준 천인의 아기다. 벌 받는다. 천의 벌을 받는다. 오오오오, 무부리통수."

　칠 월 하늘에서 갑자기 비가 쏟아져 내리기 시작했다. 검은 구름은 오래
전부터 연안막 하늘에서 꾸물대고 있었다. 그 빗줄기가 얼마나 세차던지
폭포수에 가까웠다. 모두 비를 피해 안으로 들었고 무부리만 홀로 절밖에
내동댕이쳐져서 그 비를 다 맞고 있었다. 타오르던 가슴에 화가 빗줄기에
식어서 오히려 시원했다. 무부리는 그 기세가 어디가고 홀로 섧게 흐느끼
고 있었다. 평생 눈물 한번 안 흘려보았을 강단 있는 얼굴인데.

　"보살님. 아기가 없어졌어요!"

　모두 무부리 소동을 보려고 밖으로 나간 사이에 절방 안에 있던 아기는
포대기채로 없어졌다. 밖에는 비가 줄기차게 내리는데 원 보살이 낙담하
여 방바닥에 주저앉았다.

　"찾아요. 무부리 저것이 혼을 쏙 빼놓는 사이에 아기 도둑이 들었어요.
이걸 어쩜 좋아."

　원 보살은 정신이 반쯤은 나가서 허둥댔다. 절 안팎을 샅샅이 뒤졌지만
아기는 보이지 않았다. 아기가 제 발로 나가지는 않았을 테니 무부리가 그
난리를 친 시간까지 합친다면 아기를 안은 발걸음은 비가 적잖이 왔는데
도 꽤 멀리 갔을 것이다. 홀로 다니는 무부리를 도와 그 짓을 할 사람은 아
무리 생각을 더듬어도 짚이는 자가 없었다.

　"귀신이 데려가진 않았을 테고"

　"귀신이 데려갔다면 몸은 놔두고 혼만 쏙 빼서 데려갔을 테지."

　원 보살이 공양간 보살과 주고받는 얘기다. 분명 사람의 짓이다.

　굴녀네 토담집 방 안이 온통 빗물 비린내로 가득했다. 비를 쫄딱 맞은

아이들을 방 안에 넣고 젖은 옷을 갈아입혔다. 겨우 온기가 돌자 새파랗던 입술에 하나둘씩 핏기가 돌았다.

"형들은?"

아무도 아무 말도 안했다.

"왜. 니들뿐야?"

서로 눈만 쳐다보며 대답이 없었다. 굴녀는 더 묻기를 포기하고 부엌으로 들어가서 먹을 것을 찾았다. 뭘 먹여야 하나.

지난 해 갈에 주워 모아다 빻은 도토리가루를 물에 풀어 솥에 붓고 불을 붙였다. 굴녀의 궁리가 복잡했다. 애들이 한꺼번에 몰려온 것도 그렇고 맏이만 빠진 걸 보면 무슨 일을 저지르고 다닌 게 틀림없다. 갓 쒀낸 도토리묵을 식히지도 않은 채 조그만 함지박에 퍼 담아 들여갔다. 제 옷이 마르기를 기다리는 아이들이 컴컴한 방 안에서 무엇이 겁이 나는지 모여 앉아서 소곤거리다가, 슬금슬금 다가앉아 그릇 하나씩 차지하고 아직 식지 않아 죽 같은 묵을 한 숟가락씩 떠먹기 시작했다.

"정말로 모르냐? 형들이 어디 갔는지?"

"저어~."

도상의 아우 철상이 대답하려하자 굴녀의 둘째가 그 입을 막았다.

"형이 아무한테도 말하지 말라고 했다."

굴녀는 둘째의 팔을 끌고 나와 부엌으로 들어갔다.

"바른대로 말해. 네 형 어디 갔어?"

굴녀의 손에는 벌써 부지깽이가 들려있었다.

"미지사 애기를 갖고 산으로 올라간 걸 아무한테도 말하지 말라고 했는데."

"뭐? 미지사 애기?"

둘째가 겁먹고 울음이 터지기 직전이다. 그런데.

"내 이럴 줄 알았지. 제 놈들이 가면 어딜 가."

부엌문을 열고 들어선 사람은 놀랍게도 원 보살이었다. 둘째가 굴녀의 치마폭을 감싸고 뒤로 숨자 원 보살은 방 안으로 들어갔다. 난데없이 들어선 원 보살에 놀라 아이들이 숟갈로 묵을 뜨다 말고 어떻게 할지 서로의 얼굴만 쳐다봤다. 뒤따라서 건장한 남자 둘이 들어왔다. 눈을 부릅뜨고 아이들의 얼굴부터 살폈다. 젖은 옷을 벗기고 제대로 맞지도 않는 옷을 들쓰다시피 입혔으니 누가 누구네 집의 아이인지, 누가 더 나이가 많은지 가려내기도 어려웠다. 겁먹은 아이들이 방구석에 몰려 앉아 덜덜 떨고 있었다. 자기네들이 지금 무슨 잘못을 저질렀다고 윽박지르는데 뭘 잘못했는지 모른다.

밖에는 아직도 세찬 빗줄기가 퍼붓고 있었다. 쌀뜨물이 가라앉아 썩은 미끈한 개울바닥을 쓸어갈 것이다. 초파일이 지나면 드나드는 사람들도 빠질 것이고 물은 다시 맑아질 것이다. 구수한 쌀뜨물은 이제 멀리 갔다. 날이 개이면 따비밭을 일구러 가야 한다. 큰애가 돌아와야 하는데. 굴녀의 조바심이 아이들보다 더했다. 절땅을 떼었으니 올해는 수득골에 나무를 더 베어내고 불을 질러 비탈밭이라도 더 일궈야 할 정도로 절박했다.

방 안에서 결국 울음이 터졌다. 누구네 집의 아이인지 모른다. 굴녀가 안으로 들어가려 하자 밖에 있던 사내가 막아섰다. 손바닥으로 철썩 때리는 소리가 들리고 한 아이의 울음 터지는 소리가 들리자 모두 어미 잃은 아이들처럼 섧게 울기 시작했다. 그 맵차던 원 보살의 손바닥일 것이다. 집안이 갑자기 울음으로 범벅이 되었다. 원 보살의 찰진 목소리가 아이들의 귀를 찔러댔다.

"어린놈들이 벌써부터 사람도적질을 배워. 오랑캐만도 못한 것들. 즈이 에미애빌 닮아 그렇지. 느이 큰 놈들 간 곳을 대지 않으면 네 놈들은 여기 서 한 발짝도 못나갈 줄 알아. 느이들 에미애비가 붙들려 가서 혼쭐이 나 봐야 알겠어? 똑바로 얘기하는 놈만 집에 보내준다."

호통을 쳤지만 끝은 달래고 있었다.

"상원 쪽으로 갔어요. 더는 몰라요."

도상의 아우 철상이었다.

"넌 나가 있어." 실토한 도상의 아우 철상은 일찌감치 풀려났다.

안에서는 철썩거리며 매를 때리고 있었고 굴녀는 양쪽에 팔이 두 남자 에게 잡힌 채 발악하다시피 하며 방 안으로 들어가려고 버둥거렸다. 일이 왜 이렇게 된 걸까.

몸은 비에 젖어 축축했지만 지남세의 품안에 싸인 포대기 안은 말짱했다.

"무부리가 부엉바위 뒤로 돌아가면 굴이 있다고 했다. 다래덩굴 속으로 헤치고 들어가야 한다."

앞장선 남세는 뒤를 따라오는 중석과 도상에게 아기를 데리고 갈 곳을 알려주었다. 말은 안했지만 모두 빗속에 돌려보낸 아이들을 걱정하고 있 었다. 지금쯤 동네가 발칵 뒤집혔을지도 모른다. 아기가 없어진 걸 안 다 음에 무부리가 붙잡혔다면 절 사람들이 이리로 쫓아올라오고 있을지도 모 른다. 일이 어떻게 돌아가리라고 모두 짐작하고 있었지만 그렇다고 여기 서 그만둘 수는 없었다.

여섯 형제의 맏이로서 동생들 다섯을 들쳐 업고 안아 키운 후로 남세가 여러 해 만에 품에 안아보는 남의 아기다. 바삐 걷다가 멈춰 아기가 숨을 쉬나 다시보고, 걷다가 또다시 포대기를 들춰 또 봤다. 낯이 선데도 멀뚱멀뚱 쳐다보며 울지 않는다. 웃지도 않으니 그게 신통하다. 입에서 거품 섞인 침을 내물었다. 중석이 조심스레 포대기로 침을 닦아줬다.

"우릴 쫓아오지는 못하겠지. 아직은 간 곳을 모를 테니."

중석이 쫓길 걱정부터 했다.

"애들이 괜찮을까?"

남세는 먼저 내려 보낸 아이들이 걱정이 되었다. 눈치 채고 아이들을 붙잡아다가 족치는 날에는 입을 열지 않을 장사가 없다. 다행스런 일은 무부리가 잡고 있던 시간 덕분에 절을 벗어날 때까지 뒤를 밟히지 않았고, 쏟아진 비 덕분에 아이들이 내리 뛸 때도 절 사람들이 못 보았다. 도둑맞으려면 개도 안 짖는다고 낯선 품에 안겨 나오는 아이마저도 울지 않았다. 지남세 쪽에서는 오랫동안 무부리와 궁리해온 일이었지만 절에서 보면 어느 날 갑자기 당하여 감쪽같이 아기가 없어진 일이다. 품에 안고 올라오면서 아기가 칭얼거리지도 않아 몇 번을 들쳐봤다.

"아기가 울지도 않네. 놀랐을 텐데."

"저기다. 저 바위 뒤에."

어림잡아 그날 밤에 무부리를 뒤쫓아 올라오다가 놓쳤던 곳이었다. 집 채만 한 바위 뒤로 다래덩굴이 실하게 엉겨 있었다. 남세가 앞장서서 덩굴을 들치자 텅 빈 속이 드러났다. 남세가 조심스럽게 앞장서서 들어갔다. 모두 온 몸이 비에 젖어 있었다. 중석이 몸으로 아기 포대기를 싼 덕분에 아기는 아직 뽀송뽀송한 포대기 안에 싸여 있었다. 언제 어느 때 뚫렸는지 커다란 동굴이었다. 이런 곳이 있었나. 사람이 있었던지 편편한 흔적이 보였다. 중석은 아기를 그 바닥에 내려놨다.

"봐라. 이 귀를. 주먹만 한 게 무부리 꼭 닮았다. 눈도 그렇고. 근데 아기가 안 운다. 우리가 무섭지도 않은가 보다."

"아기가 중석일 보고 웃는다. 널 애비로 아나보다. 니가 애비해라. 아니다 너만 동생이 없으니 형을 해라."

지남세가 축축한 아기의 기저귀를 끌렀다.

"어디 보자. 고추가 맞네. 중석이 네 사내동생 하면 되겠다."

화초 같은 아기를 보고 남세가 여유를 찾아 빈정거리자 중석이 듣기 싫어 호랑이 눈을 떴다. 밖에는 비가 개이고 있었다. 어두워지는데 무부리는 동굴로 돌아오지 않았다. 아이들은 아기를 가운데 두고 하루 종일 굶은 채 깜박깜박 몰려오는 졸음을 참아내고 있었다. 가끔씩 아기의 이마가 찌그러졌다.

"이대로 무부리가 안 오면 어떡하지?"

안 오리라고는 미처 생각도 못했다. 미지사 담 밖에 숨어서 볼 때 무부리가 저고리를 벗어던지는 모습을 보고 일이 잘 되어 돌아간다고 생각했다. 절 방에 있던 사람들이 아기만 남겨두고 모두 나가 무부리에게로 몰려들었었다. 일을 벌이기 전에 무부리와 통한 쪽은 남세였다. 그 일에 중석을 불러들였고 도상이 따라왔다. 중석이 망을 보고 남세가 방에 들어가서 아기를 안아왔다. 절에서 삼성각 뒷길로 올라가 수득골 골짜기 쪽으로 길을 바꿔 한 굽이 산을 돌아 사뭇 걸어왔다. 생각해보면 꽤나 간 큰 일을 저질렀다.

"이 아기가 정말 무부리 아길까?"

"무부린 알겠지. 그런데 왜 이렇게 안 오나? 밤이 되는데. 무섭지."

모두에게 배고픈 밤은 지쳐서 축 늘어지고 있었다.

"애기는 왜 안 울지?"

도상이 일어나더니 굴 밖으로 나갔다. 흐르는 떡갈나무 잎을 따서 오므리고 주머니 속에서 비를 맞아 축축하게 젖어 덩어리진 미숫가루를 떼어 담았다. 흐르는 물을 담아 개고 질축해지자 마실 만큼 물을 더 부어 풀었다. 그대로 조심스럽게 받쳐 들고 굴 안으로 들어갔다. 아기를 안고 입에 흘렸다. 아기는 맛을 아는지 혀를 내밀어 핥았다.

"먹는다."

남세의 목소리가 애어미처럼 밝았다. 한 방울 두 방울씩 입에 흘려 넣어 주었다. 처음부터 아기를 여기까지 데려오려던 것이 아니었으므로 도상이 아기를 주려고 미숫가루를 주머니에 담아온 것은 아니다. 들녘을 휘돌아다니다가 출출하면 풀어먹을 주전부리 감이었다. 그러나 지금 셋이서 가진 것과 생각을 모두 털어 봐도 아기에게 줄 수 있는 게 그것 밖에 없었다. 아기가 삼키는 모습을 보고 남세와 중석과 도상의 마음이 놓였다.

잡혀갔는지도 모른다. 안 잡혔으면 늦어도 올라올 테고 잡혀갔으면 관아 것들이나 절 사람들을 앞세워 찾으려고 올라올 것이다.

상원사로 가는 길목에서 못 만날 때에는 여기까지 올라오기로 한 무부리가 나타나지 않자 남세가 가슴을 졸이며 걱정스러워했다. 중석은 차라리 아기를 다른 곳으로 데려가서 숨고 여기서는 한 사람만 망을 보자고 했다. 혹시라도 절 쪽 사람들이 무부리를 앞세워 이리로 와서 굴 앞을 막으면 꼼짝없이 잡힐 게 뻔 하기 때문이다. 머뭇거리다가 해가 저물었는데도 안 오는 걸 보면 무부리에게 분명 무슨 일이 생긴 것이다. 그렇다면 이 아기는 어떡할까. 기를 수도 없고, 도로 데려다 줄 수도 없고, 집으로 데려갈 수도 없고, 남세가 아기를 안고 토닥이다가 잠이 들었다. 정신 바짝 차려 지켜야 할 시간이면 잠은 또 왜 그렇게 몰려오는가. 셋은 굴 안에서 숫제 누워버렸다. 하루 종일 비를 맞은 몸이 마르고 날이 어두워지자 졸음이 밀려왔다. 중석이나 도상이 지킨다고 애써 팔을 휘두르며 잠을 쫓았지만 하루 종일 줄달음질을 친 셋의 눈꺼풀은 천근만근으로 한꺼번에 내려앉았다. 이러면 안 되는데. 지켜야 하는데. 그러면서도 남세는 아기를 손에서 놓지 않았다.

멀리서 희미하게 종소리가 들려왔다. 상원 쪽이다. 얼굴을 찌그리던 아기가 종소리를 듣는지 눈이 말똥말똥해지면서 입을 오물거렸다.

"애기가 말을 한다."

졸음기 가득하던 지남세가 자신도 모르게 소리쳤다. 그러나 종소리만 계속 이어질 뿐 아기에게서는 아무런 소리도 나지 않았다. 스스로 뒤치지도 못하는 아기가 말을 할 리가 없었다.

도상이 놀라서 들여다봤지만 그에게도 멀리서 은은히 종소리만 들려올 뿐이다.

"종소리다."

"종소리가 꼭 애총에서 나오는 애기울음 같지 않니?"

중석이 지루한 듯 입을 뗐다. 남세가 아기를 품어 안고 잠이 밀려드는 세 사람에게는 종소리마저 귀에서 멀어져갔다.

불빛이 비치고 웅성거리는 소리에 잠에서 깼을 때 아기는 남세의 품에 없었다. 횃불을 든 사람들은 이미 굴 밖으로 나가는 등을 보였다. 여전히 무부리는 보이지 않았다. 횃불이 사라지는가 싶었는데 여럿의 발소리가 굴속으로 다가왔다.

84

"이놈들이지. 모두 묶어라."

두렵기도 했지만 어른들의 우악스런 팔 힘을 이겨낼 재간이 없었다. 셋은 몸이 꽁꽁 묶인 채 걸려나가고 있었다. 어디론가 잡혀가는 것이다. 굴밖으로 나서면서 날이 어두워 두리번거리는 사이, 셋의 머리에 쌀겨냄새나는 광목자루가 씌워졌다. 끌려가면서 잡아가는 사람들이나 잡혀가는 아이들이나 아무도, 아무 말도 하지 않았다. 멀리 못 갔을 텐데도 아기 우는 소리는 여전히 들리지 않았다. 돌밭에 발을 헛디뎌서 넘어지고 깨지고 하면서도 남세는 정신을 차려 방향을 가늠하면서 걷다가 이내 방향을 잃어버렸다. 데려가는 낌새가 관아 쪽으로 내려가려는 게 아니다. 사뭇 내리막길이어야 하는데 오르고 내리고 건너고, 외로 돌고 바로 돌고 하면서 어디론가 한없이 끌고 갔다. 어둠일 텐데 길에 익숙한 걸 보면 이곳 사정에 밝은 자들이다. 세 아이들의 나이로 겁이 날만도 한데 오히려 담담해지고 정신이 또렷해졌다.

아기도 어디론가 사라졌고 아기를 훔친 죄로 잡혀가긴 가는 모양인데 아무래도 잘못 잡혀가는 것 같았다. 잡혔다면 관아로 끌려가서 벌을 받아야 할 텐데 그쪽이 아니다. 세 아이는 겁도 없이 따라간다.

"저어. 우릴 어디로 데려가는 거요?"

남세가 답답해서 팔을 잡은 자에게 물었지만 대답대신 광목자루를 씌운 얼굴에 묵직한 주먹이 날아들었다.

"남세야. 우리가 지금 어디로 가는 거니?"

중석의 목소린데 그쪽으로도 주먹이 날아드는 소리가 들리고 윽 하는 비명이 들렸다. 주먹으로 가슴이나 배를 맞은 모양이다. 도대체 어디로 가고 있는 걸까. 남세를 붙잡은 우악스런 팔의 느낌으로 보아 눈치껏 기회를 봐서 도망치려던 생각은 그만두는 게 좋을 것 같았다. 셋은 입을 다물고도 같은 생각을 했다. 얼마나 걸었을까. 험하던 돌길과 비탈길을 벗어났다고 생각했다. 불빛이 광목자루에 비쳐 들었다. 알아듣지 못할 말소리가 들렸다. 둘 아니면 셋. 자세히 들어보면 여럿이었다. 어느 집 안마당에 들어섰다고 생각이 되면서 굵은 남자의 목소리가 들렸다. 대단히 격노한 목소리였지만 알아들을 수 있는 말이었다.

"꿇어앉아라."

우렁찬 목소리에 질려 그 자리에 무릎을 꿇고 앉았다.

"거기 올려라. 손을."

목소리에 따라 누군가 묶인 두 손을 통나무라고 생각되는 곳에 올려놓았다.

"자. 이제 벗겨라."

얼굴에 씌웠던 광목자루를 벗기자 환하게 화톳불이 밝혀졌고, 아이들을 잡아온 자들은 모두 눈코입만 뚫린 검은 두건을 얼굴까지 내려 썼으니 누군지 알아볼 길이 없었다. 둘러보니 그만큼 걸어왔는데도 관아는 아닌 게 분명하다. 어딜까. 산속 평지에 차일을 쳤고 횃불을 밝혔다. 주변에 쳐진 천막으로 보아 군인들의 진중으로 보이는데 군인은 없었다. 미지산 깊은 곳에 이런 곳이 있었나. 시선이 묶인 손으로 왔을 때 셋은 모두 기겁했다. 셋 모두 시퍼런 작두날 밑바탕에 손이 올려져있었다.

"살려주세요." 거의 동시에 소리쳤다.

"누가 너희를 죽인다고 했더냐? 네 놈들의 못된 손만 자르려는 것이다."

"제발. 이 손만 좀. 다른 어떤 벌이라도 받을 테니."

그래도 침착한 쪽은 도상이다.

"뒤를 봐라. 네놈들 손이 아니면 애비 손을 자르랴? 자식들 잘못 가르친 죄로."

이게 웬일인가. 고개를 돌려보니 중석과 남세의 아비가 입에 재갈을 물린 채 묶여 잡혀와 무릎을 꿇고 있었다.

아이들의 등으로 식은땀이 흘렀다.

"누가 시켰느냐? 아비냐? 어미냐. 무부리냐. 아니면 네놈들 어미까지 잡아오랴?"

겁에 질려 울음조차 안 나오는 아이들의 몸은 한겨울 바람에 덜 닫힌 문풍지 떨리듯 벌벌 떨고 있었다. 도상이 고개를 젓자 모두 따라서 고개를 내저었다.

"아비가 시킨 게 아니라면 네놈들 중 누가 먼저 나섰냐? 어서 썩 말하지 못해!"

앞에 사내가 입에 침을 튀기며 고함을 질렀다. 몇 번을 소리 질러 닦달했지만 아무도 입을 열지 않았다.

"말을 안 하는 걸 보니 네놈들 모두의 짓이구나. 죄 없는 놈이 있으면 한 놈이라도 풀어주려고 했더니만 안 되겠다. 좋다. 모두 잘라라."

"내가 했어요. 무부리가 불쌍해서 아기 찾아주려고요. 이쪽에 둘은 날 따라오기만 한 거요."

조중석이 자기가 했다고 하자 벌떡 일어나 중석에게로 가려는 그의 아비를 검은 사내 둘이 붙잡아 앉혔다. 중석에게 엄중하게 묻는다.

"아기가 불쌍해서 어미를 찾아주려던 게 아니고 무부리가 불쌍했더냐? 그럼 네 손만 자르랴?"

중석이 고개를 끄덕이며 눈을 감았다.

"안 돼요. 중석인 아니요. 내가 먼저 나섰어요. 애기도 내가 안고 나왔고요. 아기를 내가 안고 잤잖아요."

남세가 벌떡 일어서려고 하다 묶인 손을 잡혀 되앉으면서 소리치고 울음을 터뜨렸다.

"그렇지. 무부리 밥 먹여준 집도 네 집이고 무부리하고 제일 잘 통하는 집이 네 집이라지. 네놈 이름이 뭐냐? 그 놈 하나만 손을 자르면 되겠다. 두 놈은 풀어줘라."

"남세야."

그때 뒤에서 묶인 몸으로 남세의 아비가 구르듯 다가왔다.

"이 노옴들. 차라리 내손을 잘라라. 아기에게 제 어미 찾아주려고 한 어린 애가 무슨 잘못이 있다고."

남세와 아비는 얼굴을 가린 사람들에게 정신을 잃도록 발길질로 몹시 맞았다. 무슨 말인지 지껄이는데 알아들을 수 없는 말만 해댔다. 오랜 시간이 지나고 겨우 정신을 차렸을 때 지남세 부자는 연안막 앞개울에 내동댕이쳐져 있었다. 멀리서 들려오는 종소리를 듣고 정신이 들었다. 아무리 생각해도 부자는 어디로 잡혀갔었는지 모른다. 엉금엉금 기다시피 해서 집안으로 들어갔지만 깜짝 놀라 버선발로 뛰어나와야 할 굴녀가 보이지 않고 집은 텅 비어 있었다. 그 많던 아이들과 굴녀, 부엌살림은 한바탕 난리를 치룬 집처럼 이리저리 흩어져 풍비박산이 되었고 방문은 활짝 열려 있었다.

"이게 모두 저 너머에 와 있는 뙤놈들 짓이여. 나라가 온통 난리판인데 애도 많은 집에서 남의 애를 넘봐. 쯧쯧쯧."

연안막 노인 하나가 뒷짐을 지고 큰기침을 하며 곰방대를 빨다가 들으란 듯 혀를 찼다.

"왜놈들에 비하면 되놈들은 어림도 없지. 모두 뺏기고 말 텐데."

"어르신. 우리 아이들 누가 잡아갔어요? 애들 어미는 어디가고."

"저리 넘어가 봐."

노인이 가리키는 산을 아비가 넘기에는 너무 깊고 높고 멀었다.

만나는 사람들에게 모두 물었지만 어디로 갔는지 아무도 모른다고 했다. 그날 이후로 남세의 어미와 아이들은 영영 돌아오지 않았다. 이게 무슨 변고란 말인가.

미지사가 양근에 어느 세도 있는 사람이 세운 절이라는 말은 들었어도 그렇게 무서운 줄 미처 몰랐다. 귀신도 모르게 아이 여섯과 어미 굴녀가 하룻밤 사이에 없어지다니. 어디로 누구에게 끌려갔을까. 집안 꼴이 이정도면 동네에 떠들썩하게 난리가 났을 텐데도 그날 함께 했던 중석이나 도상도 똑같이 엉망진창으로 당했다는 말만 할 뿐 묻는 사람마다 어미와 형제가 간 곳은 한사코 모른다고 했다. 혹 실성한 노인들은 알 수 없는 나라에 오랑캐인지 되놈인지 어미와 아이들을 모두 데려갔다고도 하고 잡아갔다고도 했다. 자신과 아비를 한꺼번에 잡다가 겁은 준 그자들의 소행이 분명한데 그들이 누군가.

도상과 중석이네 집 안에 식구들만 온전히 있었을 뿐. 끓여먹을 땟거리도 넉넉지 않았지만 지남세의 아비는 양근 지평을 모두 휘젓고 다니다가 돌아와서 그날로 식음을 전폐하고 몸져 누워버렸다. 지남세도 미지산을 헤매고 다니며 잡혀가서 곤욕을 당하던 곳이 어디에 있는지 찾아다녔지만 꿈에서 당한 일이었던 것처럼 번번이 허탕만 치고 돌아왔다.

"나무를 잡는 일이 소 잡는 일과 같다. 그래 네놈은 이제 나무 백정이 되는 거다. 소야 기껏해야 대여섯 살 먹은 놈이지만 나무는 수십 년, 수백 년 나이를 먹은 것들이니 너보다 훨씬 더 오래 살았다. 감히 네가 도끼로 그 나무들을 베려면 나무 앞에 무릎 꿇고 엎드려서 피치 못해 목님의 목을 잘라야 하니 그 뜻을 혜량하여 달라고 빌어야 한다. 그렇지 않으면 쓰러지는 나무가 네 몸을 칠 것이다."

방 안에 누워서 지남세에게 하는 아비의 충고였다.

"도끼를 갈았느냐?"

"네."

"네 힘의 열중 아홉을 도끼 가는데 쓰고 남은 하나로 잘라 넘어뜨려라. 그게 나무를 베는 방법이다. 무딘 도끼로는 아무리 자르려 해도 네 팔만 아플 뿐이다. 네가 보기엔 하찮아보일지 모르나 나무꾼에게도 지켜야 할 도가 있는 법이다. 단숨에 찍어 넘겨라. 베더라도 마찬가지다. 온 힘을 기울려 톱질로 잘라 눕혀라. 아픔을 줄이고 나무의 숨통을 끊는 가장 현명한 방법이다. 찢어지지 않게, 쪼개지지 않게, 상처 없이 하라."

아비는 당신의 죽음이 임박했음을 아는지 아들 지남세를 앞에 두고 나무의 죽음만 걱정했다.

지남세가 아비의 뒤를 잇겠다고 작정하여 장작짐을 지기 시작한 건 그때부터였다. 작정하고 말고도 없이 사립문 뒤에서 놀고 있는 지게는 남세의 차지가 될 수밖에 없었다. 그날부터 아비는 힘이 빠지고 지남세는 상대를 알 수 없는 분기로 가득 차서 오히려 힘이 솟아났다. 다행히 아비의 지게가 몸에 맞았다.

장수에서 학골을 타고 비고개로 넘어가는 장작짐의 행렬에도 아비 대신 지남세가 끼어들었다. 학골에서 쉬었다가 호잡놈이 날아다녔다는 비호고개 서낭나무까지 깔딱거리며 오르면 모두 숨이 목까지 차올라 지게 작대기를 받치기 무섭게 비탈을 베개 삼아 드러누워 버렸다. 제대로 쉬려면 흘린 땀이 다 마를 때까지 골패 짝을 돌리던 사랑방에서나 듣던 이야기가 한 자락 펼쳐져야 한다.

어른이 아들뻘 되는 남세를 가르쳤다.

"양식이 떨어져 나뭇짐지고 양근 갈산장에 가서 보리쌀이라도 바꿔 오려면 그 땐 혼자라도 때를 안 가리고 여길 넘어 다녔어. 호잡놈이 여길 날아다녔으니 혼자서는 목숨을 걸고 하는 짓이었지. 가섭봉에서 늘어지게 잠만 자던 호잡놈은 출출하면 여길 내려와서 길목을 지키고 있었지. 둘 이상은 보내주고 혼자 넘는 사람만 노렸어. 여기 서낭까지 오려면 갈 때나 올 때나 비탈이 가팔라서 숨을 고르지 않고는 못 배기는 곳이니까. 그 틈을 타서 서낭목을 가운데 두고 이쪽 저쪽으로 휙휙 날아다니면서 사람의 혼을 쏙 빼놓고는 지쳐 쓰러지면 그때서야 달려들어 제 뱃속을 채웠거든. 그러니까 사람이 겁에 질리든지 까무러치든지 정신 줄을 놓았을 때에 입에 물고 산으로 올라갔으니까 호잡놈의 이빨에 제 몸이 찢기는 줄은 모르고 죽는 게 그나마 다행이었지. 그래서 여길 넘어갈 때는 이렇게 떼로 몰려 댕기게 된 거라고. 힘센 놈 앞에서 우린 이렇게 뭉쳐야 사는 거여. 호잡놈은 제 힘으로 못 당하겠다면 절대로 덤벼들질 않아. 여하튼 제 고집 부리면서 여길 혼자 넘던 놈들은 다 호잡놈의 밥이 되었거든."

이렇게 짐꾼들의 이야기가 길게 이어질 때면 양근나루에 장작배가 뜨는 날이었다.

남세의 아비는 굴녀와 아이들을 한꺼번에 잃고 부쳐 먹을 땅마저 모두 떼여서 장작짐을 질 힘조차 빠져버렸지만, 그래도 아들 하나 보고 살아보겠다며 겨우 기운을 차려 중진에서 드나드는 소장수에게 암송아지 한 마리를 얻어다 키웠다. 송아지를 낳으면 키운 어미를 내주고 송아지만 갖기였다. 송아지가 크기까지 여러 달이 힘겹게 흘러갔다.

얻어다 키운 소 등에 길마를 얹고 나무를 바리바리 실어 나르면서부터 일은 예전보다 훨씬 수월해졌다. 아비는 송아지 젖을 뗀 소를 처음으로 몰고 비호고개를 넘어 갈산장에다 장작을 팔고 오던 날 호잡놈에 물려가고 말았다. 소가 거꾸러지고 남세 아비의 옷 조각이 널려있었던 걸 보면 호잡놈은 하나가 아니었다. 그때 연안 장수 사람들은 주린 배를 움켜잡으면서도 뱃가죽이 찢겨 거꾸러진 소를 끌어다 삶아먹지 않고 땅에 그냥 묻었다.

아비는 찢겨진 헝겊조각만 남긴 채 흔적도 없이 사라졌고 덩치 큰 소만 남았으니 소를 묻는 일은 아비의 장례나 다름없었다. 지남세는 그 앞에서 절하며 눈물을 원 없이 쏟고 세상에 홀로 남았다.

지남세가 미지사에서 아기를 데려갔다가 잡혀가서 혼이 나고 풀려난 후부터 무부리는 연안 장수 땅에 영영 나타나지 않았다. 잊을 만하면 나타나던 무부리가 보이지 않자 모두들 궁금해 했지만 아무도 무부리에 대한 이야기를 꺼내지 않았다. 몇몇 집에 아이와 어른들이 아무도 모르는 산 속에서 아직도 누구인지 모르는 사람에게 얼이 빠지도록 혼이 나고, 지남세네 어미와 아이들을 모두 잃었으니 그 끔찍함을 기억하기 싫어서일 게다. 모든 일은 어느 날 갑자기 마을에 나타나던 무부리가 일으킨 것이나 다름없었다고 마을 사람들이 생각했기 때문이다.

끌려간 지남세는 두 손을 묶어 작두 밑에 대고 내리 누르려던 그때에 그들만 생각하면 가슴이 오싹해졌다. 미지사에 원 보살도 아기를 찾았다는 소문이 들리지 않는 걸 보면 누구의 짓인지 더욱 알 수 없었다. 연안막 사람들은 무부리를 잊어갔고 미지사에서는 아기 하나를 잃어버렸을 뿐이지만, 지남세는 그동안 살아온 세상을 모두 잃은 것 같이 허망한 채로 나무하고 밥을 끓이고 빨래를 했다.

미지사는 본래 미지산에서 동남방으로 벋은 산줄기 끝에 자리한 신라 때에 대찰이었는데, 조선의 선조임금 시절 임진년인가 정유년인가 되는 해에 왜군이 불을 질러 숯검정만 남아있었다. 난리가 끝나고 절터에서 움이 튼 소나무가 자라 밑동이 절 기둥으로 쓸 만큼 굵어졌을 때에 떠돌던 승이 들어와서 불사를 일으켜 한때 번성하였다. 그 해 사월초파일 전에 원 보살이 아기를 잃어버리고 나서부터 쇠하기 시작하더니 사람의 발길이 끊어지고 절 마당에는 다시 풀이 무성하게 자라기 시작했다.

남세가 어른으로 자라난 지금 아직도 풀리지 않은 의문 중에 하나가 그때 그 아이가 정말로 무부리의 아기였을까 하는 것이다. 잊을만하면 나타나던 무부리는 어느 날부턴가 배가 부르기 시작했고 아무도 모르게 아기를 낳아서 안고 왔었다. 무부리가 아기를 잃어버린 후 몇 달 만에 미지사에서는 무부리를 닮은 아기가 자란다는 소문이 들리더니 호기심을 못 참고 찾아가서 보는 사람마다 고개를 끄덕였고 수군거렸다. 미지사에서도 딱히 그 아이가 누구의 아이라고 말해주지 않았고, 무부리도 연안막 사람들로부터 밥은 얻어먹으면서도 아이의 아비가 누구였는지는 고사하고 어디서 어떻게 잃어버렸노라고 속 시원하게 얘기해 주지 않았다.

아무리 좋게 생각한다고 하더라도 산골짜기에서 절과는 앙숙이나 다름 없이 무부리통수만 외쳐대는 무부리가 절에다 아이를 고이 넘겨주었다고는 그녀의 입으로 직접 그렇다고 말한다 해도 믿지 않을 터인데, 무부리마 저 입을 다물고 떠났으니 온갖 억측이 다 떠돌아다녔다.

그때 식구를 모두 잃은 남세는 중석과 함께 겨울만 되면 마른 잡초가 덮인 미지사 터를 밟고 수득골과 상원 쪽으로 번갈아 오르내리며 나무를 해 모았다. 원 도상은 그 나무를 넘겨받다 팔아 근동에서는 원 목상으로 통했다.

"난 내일부터 이 일 그만 둘란다."

장작짐을 지고 학골로 올라 비호고개에서 쉬던 중석이 남세에게 뜬금 없이 말했다.

"그만두면 어디 가서 뭐 하려고. 이제 이 짓을 나 혼자서 하라고?"

놀랍고 서운했다.

"상진 함정머리에서 전곡역말 쪽으로 가는 길목에 객점이 하나 났다드라. 장수로 가는 초입 개울가에 자갈전답을 내놓고 그걸 넘겨받기로 했다. 이 일은 미지산 골짜기에서 빼꼼하게 하늘만 보이지 먼 앞이 안보여. 거기서 지나가는 여객들 푼돈이라도 거두면 이 짓보다는 낫다."

갑작스런 중석의 결정이었다. 함께 나뭇짐을 지고 비호고개를 넘어 다니면서 언제 그런 생각을 했는지. 중석이 그렇게 제일 먼저 지게를 벗고 상진으로 내려가 객점을 차렸다. 원 도상은 한성으로 오르내리더니 장삿길을 터서 장작을 팔아먹는 나무장사를 크게 시작했다. 지남세만 홀로 나무꾼으로 남아 연안막을 지키며 목상이 된 원 도상에게 나무를 대주고 있었다.

낙엽이 질 때면 여름 볕에 바싹 마른 장작을 지게에 지고 장수를 거쳐 학골로 들어가 비호고개를 넘었다. 장수에서 상진 중진 하진을 돌아 신작로 큰 길로 갈산나루까지 가기보다, 넘는데 숨은 가빠도 비호고개를 넘어 질러가는 길이 훨씬 빨랐다. 힘은 들었지만 나뭇짐을 지고 장수에서 학골로 들어가 비호고개를 넘어서면 눈앞에 탁 트인 양근 땅과 강이 내려다보이는 길이 훨씬 수월했다. 그렇게 혼자서 배 한 척을 장작으로 채우려면 보름을 져 날라야 했다.

굳이 거길 넘는 이유는 또 있었다. 올적 갈 적마다 선친의 산소 같은 소무덤을 들리기 위해서다. 남들은 다 때가 되면 조상의 묘 찾아가서 포에 제주 한 잔 올리는데 남세에겐 그게 없었다. 남세는 갈산장에서 넘어올 때마다 탁배기 한 병씩 사들고 소무덤 앞에 와서 반쯤 나눠 뿌리고 마셨다. 아비가 죽기 전에 당신 목숨처럼 키우던 소이니 그렇게라도 해야 마음이 풀렸다.

원 목상의 수완이 대단했다. 농사가 끝날 때쯤이면 나무를 베기 시작하여 동가리 짓고 장작을 패서 나를 때는 연안 장수 바닥을 들썩여 사랑방에서 곰방대 물고 골패짝 주무르는 사람들을 모두 모아 장작을 져 나르게 했다. 그 행렬이 장수에서 비고개 마루까지 이어지면 짐을 진 사람들은 힘든 줄 모르고 양근나루까지 닿았고, 배에서 얻은 경성물건들을 지게에 매달고 주막거리에서 받아 마신 막걸리로 거나하게 취해서, 작대기를 지겟다리에 장단 맞춰 두드리며 흥얼흥얼 비호고갯길을 다시 넘었다.

연안막에서는 하루아침에 천애고아가 되다시피 한 지남세를 가엽게 여겨 땅마지기나 갖고 있는 사람들은 얼마씩 내주어서 부쳐 먹도록 도왔다. 원 목상의 주선으로 혼자 사는 게 딱하다고 일가붙이에 처자를 데려다가 지남세와 혼례까지 올려주고 소를 한 마리 더 얻어다 키우게 해서 힘겨운 등짐 일은 소가 도왔다. 집집마다 여물만 축내며 놀고 있는 소를 앞세워

한 바리씩 짐을 실어 걸리고 져 나르니, 갈산나루에서 기다리는 나룻배에 장작 한 배 채우기가 수월해져 원 목상의 경성 오가는 뱃길도 빨라지고 늘어났다. 원 목상은 수완이 좋아 나라에다 바치는 시목(柴木)까지 도맡아서 꽤 많은 돈을 벌었다.

그러던 중에 지남세가 일을 저질렀다. 원 목상의 산판에 다니면서 틈나는 대로 부쳐 먹던 비탈 밭에 도조를 더 내라고 어깃장을 치는 바람에 지주 영감이 입에 물고 있던 곰방대를 빼서 꺾어 던지고 멱살과 허리춤을 곧추 잡아 몇 번 들었다 놓았다 하고나니 도망이라고는 갈 데가 없었다. 오리처럼 뒤뚱거리면서 느릿느릿 걷는 지주 영감이 감당키 어려운 말을 입에서 꺼내려고 할 때에 희뿌연 연초연기 뿜어내고 입맛을 쓱쓱 다지며 '그러니깐 두루'로 시작하는 말번대기는 들을 적마다 야금야금 더 올려 받겠다는 도조 타령이라 지남세의 속을 뒤집어 놓기가 일쑤였다. 길바닥에 내던져져서 눈을 허옇게 뜨고 버둥거리던 영감의 얼굴이 눈에 선했다. 그걸 본 원 목상이 '이러다가는 사람 잡겠다'며 마차를 끌려 양근나루까지 나와서 나무 싣는 배에 태워 한성구경 시켜준다고 데려오는 모양새로 피신을 시켰다.

지남세는 난생 처음으로 장작배를 타고 경성으로 내려갔다.

"남세, 이제 어쩔 작정이여."

원 목상이 지남세를 진정으로 걱정했다.

저절로 흐르는 강물을 바라보며 바람을 거슬러 살아갈 세월을 걱정했지만 어떻게 할지 복안은 떠오르지 않았다. 지금까지 그래왔듯 모든 결정을 원 목상에게 맡겨 둘 수밖에 없었다.

"우선 용산나루에 가면 나무 지키는 막에서 며칠 지내두룩 해. 내가 기회 봐서 자네 살림을 챙겨서 자네 안 사람까지 데리고 갈게."

　홀로 두고 온 방녀가 걱정이 되기는 했지만 지남세가 없는 마당에 사람들 눈이 있는데 지주 영감이 앙갚음을 하겠다고 집에 가서 방녀를 어찌하지는 못하겠지.

　"이참에 한양살이 한번 해보는 거여. 사람이 밥을 빌어먹더라도 큰 바닥에서 굴러야 하는데 이제 연안 장수 골짜기는 그 영감태기 욕심이 살아있는 한 더 바랄 게 없어."

　알아들었다고 지남세가 원 목상의 말에 고개를 끄덕였다. 반은 결심을 굳혔다. 지금 이 판에 그렇게 안한다면 달리 묘책도 없다.

경성의 나무꾼

원 목상은 지남세를 데리고 목멱산 봉수대로 올라갔다. 멀리 한강을 뒤에 두고 도성 안쪽으로는 기와집 검은 지붕이 바다처럼 펼쳐져 보였다. 먹물처럼 파도치는 기와집 사이로 멀지 않은 곳에 높다랗게 솟은 곳이 불란서교회라고 했다. 뾰족하게 치솟은 용마루 끝에서 처마로 내려오다가 살짝 고개를 든 조선에 기와집과 다르게, 물매가 곧게 벋어 흘러내린 투박하고 낯선 기와집들이 목멱산 바로 아래 서향으로 개천을 바라보고 옹기종기 모여 있었다. 막 짓고 있는 곳도 여럿 있었다.

"자아, 저길 보게. 논 밭 전지라곤 한 떼기도 보이지 않고 온통 검은 집들만 가득하지 않나. 저 안에서 사람들이 날마다 먹고 입고 싸대려니 모두 도성 밖에서 들여오는 걸 사 먹어야 할 테고, 끓여먹고 방을 데우려면 땔나무가 있어야 하니, 한성바닥에서 장사하려면 무곡장사와 나무장사가 최고라네. 요 아래로 내려다보이는 데가 왜성대라는 곳인데 우리네완 딴 세상이지. 강화도에서 왜배가 들어와 우리 쪽 벼슬자리들하고 무슨 조약인가 하는 걸 해 가지고 저 아래 땅에는 왜인들만 들어가서 살게 해줬다는데, 이젠 아주 그자들의 나라가 되고 있다네. 저쪽으로 보이는 잘 지은 이층집이 왜인들 편을 들어주는 하야시라나 뭐라나 하는 공사가 살고 있는 데고, 이쪽은 일본에서 건너온 장사꾼들하고 통감부 사람들이 모여 사는 곳이지."

원 목상은 지남세에게 나무를 팔고 다닐 경성 장안을 한눈에 볼 수 있도록 봉수대에 올라가서 구경시켜주고 단단히 일렀다.

"미지산에서 나만 편차면 자넬 붙들어 두고 일해야겠지만 이제 장가도 들었으니 애도 생길 테고 밭 한 뙈기 없는 그 골짜기에선 앞으로 태어날 애한테 지게 하나밖에 물려줄 게 없을 테니까 이리로 옮겨와서 살자고 하는 거여. 여기선 저만 잘하면 세끼 밥 굶지 않고 살 수 있는 데여. 내가 배에다 참나무고 소나무고 동가리를 지어 싣고 오면 저 뒤에 보이는 용산나루에서 받아다 장작을 패서 집집마다 대주고 단골을 만들면 평생 탄탄한 장사의 줄이 되는 거지. 어때? 한번 해볼 텐가?"

아직도 지남세의 확답을 못 들었는지 원 목상은 다시 한 번 더 물었다.

"구루마 구할 돈은 내 빌려줄 테니 나무 팔아가면서 여유가 될 때마다 천천히 갚으면 되고, 지금 장안에 나무 시세가 한 관 한 단에 쌀 한 되 꼴이니 열 단 팔아 사륙으로 나누어 내게 육을 주고 자네가 사를 가지면 섭섭한 셈은 아닐 걸세."

아직 엄두가 나지 않았다.

미지산에서 도끼로 아름드리나무를 찍어내면서 원 목상의 나무 판 돈을 받아먹은 지가 벌써 십 년째다. 원 목상은 자기네 먼 일가에 조카뻘이 된다는 색시를 데려다가 지남세를 장가까지 들여 줬다. 그러니까 이제 원 목상에게 지남세는 처로 인하여 조카사위 벌이 되었다. 이제부터 남이 아니니 제 집안사람처럼 챙겨서 살도록 해주겠단다. 복이라고 해야 할지 운이라고 해야 할지 평생 연안막 골짜기에서 도끼로 나무만 찍어먹다가 죽을 줄 알았는데 여기까지 오게 되었다. 지남세는 끝없이 뻗어 보이는 경성 장안에 검은 기와집들을 내려다보며 자기도 모르게 고개를 끄덕였다. 지금쯤 원 목상의 말을 거절했다가는 배은망덕이라며 뺨이라도 올려붙일 게 두려워서가 아니라 진심에서 끄덕여지는 고개였다.

우선 나루 근처에다 움막을 지어놓고 나무를 받아 놨다가 그날 장사가 끝나면 틈날 때마다 장작을 더 잘게 패서 다음날 팔 준비를 해 두라고 목멱산을 내려오면서 원 목상이 자상하게 일러주었다. 당장은 강가 움막에서 머무를 수밖에 없었다.

"이쪽 길을 잘 알아둬야 해. 비탈길로 올라오기는 조금 힘이 들겠지만 여기 있는 집들을 잘 알아뒀다가 단골을 만들면 단단한 장사밑천이 될 거야. 여긴 왜인들만 모여 사는데 타지 땅이라서 그런지 문을 꼭 걸어놓고 구두쇠처럼 보이지만. 한 번 거래를 터놓으면 심이 틀림없어. 벼룩이 간 같은 잔돈푼도 외상질하면서 오늘 와라. 내일 와라 헛걸음 시키지 않고 물건을 받으면 따박따박 값을 치러주니 단골로 삼을 만한 집들이지. 자기네 나라에서 갖고 왔든지 조선 사람 돈을 거둬먹었든지 넉넉해서 그러겠지만 말이 안통해도 물건 받으면 돈을 내준다는 이치는 개들도 똑같애."

나루터 근처 원 목상의 첩실 댁에 맡겨두고 온 색시 방녀가 눈에 밟혀 그의 말이 모두 건성으로 들렸다. 장사를 어떻게 할까가 아니라 어디다 어떻게 거처를 마련하고 배 안에 그대로 있는 솥단지와 이불 보따리를 언제 들여놓을지 부터 걱정이 되었다.

"저 밑에는 새로 생긴 통감부라는 데고, 그 아래 오른편으로는 삼백 년 넘게 늙은 은행나무하고 아름드리 느티나무 사이로 보이는 게 이토 통감이라는 자가 사는 집이고, 그 밑에 깔린 동네가 쇠로 만든 도장으로 글자를 찍어서 책을 묶어낸다는 곳. 주동."

용산나루로 돌아가기 전에 원 목상은 왜성대에서 오타니파 포교소 쪽으로 큰 길을 따라 내려갔고, 진고개길에서 남대문 쪽으로 걸으면서 야마구치 상점, 한성병원, 가메야 상점, 제일은행, 우편국, 교번소까지 골목골목으로 돌아 나무를 팔러 다녀야 할 길을 알려주었다.

"장사는커녕 집 찾다가 길바닥에서 하루해를 다 보내게 생겼네요."

"이 바닥을 아직 덜 알아서 그래. 알고 나면 내 동네처럼 훤하게 트일 텐데 뭘."

지남세는 그렇게 양근에서 경성으로 올라와서 남산 기슭에 움집을 짓고 용산나루에서 땔나무를 받아다가 시내에 기와집을 찾아다니며 대주기 시작했다. 비탈길로 땀을 뻘뻘 흘리며 구루마를 끌어야 하는 일이지만 나무 장사는 소득이 짭짤했다. 아내가 자그마한 솥단지와 이불보따리를 싸서 이고, 지남세는 등에 옷가지와 사발 몇 개가 든 궤짝 하나를 지고 들어왔다. 그날부터 누구 땅인지 모르지만 원 목상이 정해준 목멱산 아래 왜성대 너머 빈 터에다 바닥을 긁어 터를 잡고, 제바닥에서 난 돌을 모아 골창으로 흐르는 물을 퍼다 흙을 반죽하여 아내와 함께 죽담을 쌓았다. 도끼를 들고 목멱산 기슭에 으슥한 골로 들어가 굵직한 나무를 몰래 몰래 베어다가 들보와 서까래로 쓰고, 원 목상이 구해다 준 볏짚으로 이엉을 엮어 덮으니 훌륭한 토담집이었다. 나무 장사하면서 이슬가릴 움막을 쳐놓고 한 달을 걸려 지은 집이다.

광나루에서 배로 조금 더 내려오면 독섬(纛島, 뚝섬)이 나온다. 충주에서부터 광나루까지 배들이 모이는 나루를 잡고 수백 척의 장사배를 부리는 노근민이라는 거상이 그곳에 있는데, 그 사람의 땅이 경성 안에 십분 지일쯤 되더라는 허풍 섞인 소문이 떠돌았다. 목멱산 기슭에 붙은 꽤 넓은 땅이 거의 다 그 사람의 것인데 경성 바닥에 기와집이 늘어나자 너도나도 앞다퉈가며 집을 짓고 있었다. 일인들이 들어오고부터 경성이 바뀌기는 바뀌는 모양이더라. 기왕에 벌어먹고 살려면 경성으로 가서 나무장사하는 편이, 미지산 골짜기에서 장작이나 패 가지고 짐배에 날라다 주는 일보다 훨씬 더 나을 거라는 소문이 경성 장안에서 양근나루까지 나돌았다.

지남세는 용산나루 근처에다 거처를 잡고 원 목상이 배에 실어 내려오는 장작을 구루마로 받아다가 대주면 훨씬 이문이 남는다는 데에 귀가 솔깃하여, 아예 아내 방녀까지 데리고 함께 왔다. 아내가 손가락에 차지도 않고 품속에 깊게 지니고 다니던 금지환을 내다 팔아 원 목상에게 하루 삵으로 빌려 쓰던 구루마 값도 아예 통으로 치러버렸다. 지남세는 새벽에 구루마를 끌고 나가서 남산 밑에 잘 지은 기와집을 대여섯 군데 돌고 나면 하루가 저물었고 밤늦게야 돌아왔다. 왜성대도 그의 장사 구역이라 정동이나 주동 쪽에서 비탈길을 올라가야 했기 때문에, 아내는 그런 날마다 기와 올린 부잣집으로 나가던 허드렛일을 쉬고 지남세의 구루마를 밀었다. 힘이 부칠 때마다 지남세는 원 목상이 나무장사를 권하면서 해준 말을 되새겼다.

"요즘 경성이 몰라보게 달라지고 있어. 신작로가 늘어나고 전차가 다니고 장안에는 기와집이 늘어나니 사람이 늘어날 테고, 경성에서 쌀장사나 나무장사하면 굶어죽지는 않을 거여. 쌀장사는 밑천이 두둑이 있어야 하지만, 나무 장사는 나루에서 내가 하루 외상으로 물건을 내려 주고 다음날 심하면 밑천이 들지 않아."

그런 나무장사를 두 해도 못가 손을 놓게 된 것은 왜성대에 물건을 대 주고부터였다.

아내와 함께 왜성대 근처, 큼직한 집 나뭇간에 장작을 모두 내려놓고 나무 값을 받아 나오려는데 그 댁 안주인이 아내 방녀를 붙잡았다. 마루에 앉혀놓고 부엌에 들어가서 대접을 들고 나오는데 맹물이 아니고 꿀 같은 단물이다. 하루 종일 땀을 흘린 갈증으로 지남세와 방녀가 단숨에 들이켜고 나서 말이 통하지 않았기 때문에 고맙다는 뜻으로 허리를 굽혀 인사하고 나오려는데 '힘든데 쉬어서 가시지요.' 하는 조선말을 하는 게 아닌가. 차림은 기모노를 입었지만 전혀 어색하지 않게 조선말을 했다.

아내가 극구 사양하며 지남세의 눈치를 살피자 안 주인은 다시 재촉했다.

"내 할 말이 좀 있어서 그러니 잠깐 여기 와서 앉아 봐요."

말씨가 매끄럽고 싹싹한 맛이 구리개 길에 새로 들어서는 일인 점방 점원 이상이었다.

"집이 어딘가요?"

"요 위 공터에다 토담집 짓고 살아요."

"여기서 가깝네요. 경성에 온지 얼마나 됐나요?"

"올해 이태 째예요."

"그럼 경성 돌아가는 요리는 좀 알겠네요. 어때요. 우리 집에 들어와서 일하지 않을래요? 나뭇단 나르기보다는 힘은 덜 들 거예요. 보아하니 젊은 부부인데 힘든 일 너무하면 애 갖기도 어렵고"

속은 어떤지 모르지만 눈빛에 걱정해주는 표정이 역력했다.

"일은 걱정하지 말아요. 우리 주인 함자가 야마구치 타베에라고 하는데, 요 아래 본정 2정 17번지 산구오복점에서 본국 물건을 가져다가 팔아요. 통감부에도 자주 들어가는데 집으로 손님들을 자주 데려와서요. 그럴 때마다 한 번씩 들이닥치면 대접하느라 혼을 쏙 빼놓고 가니 내가 너무 힘이 부쳐서 그래요. 이 큰 집을 혼자서 청소하기도 그렇고요. 정원에 풀만 뽑으려고 해도 사람을 따로 불러야 하니 아예 집에 들어와서 일할 사람을 구하고 있는 중이예요. 내 몇 번 우리 집에 땔나무 들여오는 두 사람을 눈여겨 봐 뒀는데 신실하고 근면해 보여서 붙여보는 청이예요. 나무 장사보다는 나은 벌이가 될 거예요. 뼛심 들이는 일도 아닐 테고."

안주인의 부탁이 은근하고 간절했다. 아내는 지남세의 눈치를 살폈다. 그가 어떻게 조선말을 유창하게 하는지는 모르지만 일본 사람인지 조선 사람인지 모를 정도로 말에 막힘이 없었다. 지남세의 머릿속 셈이 갑자기 복잡해졌다. 나무장사는 어차피 홀로 할 수 없는 일이니 아내가 이 집 일을 한다면 사람을 하나 구해야 한다. 아니면 구루마를 내다 팔고 지게로 바꿔서 한 짐씩 져 나르거나 중소를 사서 한 바리씩 날라야 하는데. 오히려 아내의 눈치를 살피며 난처해했다.

"저어. 고맙기는 한데요."

아내는 대답을 잇지 못하고 대문 앞에 세워놓은 구루마에만 눈이 갔다. 저걸로 우리 두 식구가 먹고 살려 했는데. 애기가 태어나면 벌어 먹일 살림 밑천인데. 안주인이 눈치 빠르게 대답을 듣지도 않고 눈빛으로 방녀의 걱정을 읽어 들었다.

"저걸 그만두고 인력거를 끌면 어때요. 그건 혼자 할 수 있잖아요. 반은 우리 주인을 태우고 다녀야 할 거예요. 구루마 끌기보다 훨씬 수월하지 않을까요. 돈벌이도 저것보다는 빠지지 않을 테고."

안주인은 어떻게든 잡아두려고 구슬렸다.

지남세가 방녀를 바라보니 눈에는 '이런 크고 깔끔한 집에서 한 번 살아보고 싶다'는 부러움이 가득차보였다. 얼마 안 있으면 애기도 가져야 할텐데 구루마 뒤만 따라다니면서 힘에 부치는 일을 하다가는 뱃속에 들 애가 무슨 일을 당할지 모른다. 자기도 모르게 고개를 끄덕였다. 고민하는 듯 찡그렸던 아내의 얼굴이 활짝 펴지면서 환해졌다. 쪽머리를 덮어 쓴 수건 속에는 봄나물 같이 가녀린 얼굴이 지남세를 바라보면서 흰 이를 보였다.

"나는 카메코라고 해요. 그냥 카메코 상이라고 부르면 돼요. 그쪽은요?"

눈치 빠른 안주인이 두 사람 사이에 오가는 눈빛을 유심히 살피더니 속을 꿰뚫어보고 자기 이름을 알려주는 방법으로 그 자리에서 아예 결정해 버렸다.

"전 방녀예요."

카메코는 '네에, 방녀요.' 하면서 고개를 끄덕였다.

"저 사람은 지남세."

멋쩍어서 모두 웃었다. 그렇게 해서 방녀는 아침마다 카메코의 집에 가서 일을 해주다가 밤에 돌아왔고, 지남세는 며칠 더 나무장사로 버티다가 카메코의 소개로 장사하면서 통감부에도 자주 드나든다는 야마구치를 만나게 되었다. 우연이라기보다는 카메코가 일을 만들었던 모양이다. 비가 오는 날 아내를 통해 집에서 쉬고 있는 지남세를 야마구치의 집으로 오라고 했다.

지남세가 낯선 다다미방에 들어가서 어리둥절해 하자 저만치서 카메코의 남편으로 보이는 남자가 불러다 앉혔다. 보료 덕분에 겨우 지남세와 눈

높이가 맞을 정도로 짤막한 키가 얼굴은 다부지게 생겨 바라보는 눈빛과 검은 콧수염만으로도 지남세를 주눅 들게 만들었다.

카메코가 남편 옆에 무릎을 꿇고 앉아서 서로 통하지 않는 말을 통변했다.

"지 상. 인력거 같은 거 말고 군인이 될 생각 없나. 남자라면 모름지기 군인을 한번 해봐야 한다고."

"내가요? 어떻게."

"튼튼하고 젊고. 머리에 생각이 똑바르면 되지. 황제를 지키는 일이니 지 상만 원한다면 내 특별히 시위대 군사고문으로 있는 노즈시즈다케(野律鎭武) 교관에게 얘기해서 입대하두룩끔 해 줄 수 있지. 자넬 위하는 일이니까. 지금은 조선군대와 우리 혼성여단이 나눠져 있지만 장차 하나로 합쳐지면, 그 땐 우리 일본제국의 군인이 되는 거야. 어떤가. 해볼 생각이."

군인이면 비록 말단 졸병 계급이라고 하지만 하급이라도 벼슬길이다. 지남세가 군인으로 나라의 녹을 먹는 벼슬을 한다니. 그날 저녁에 집으로 돌아온 지남세는 잠이 오지 않았다.

이튿날 용산나루에 나가서 원 목상을 만나 나무장사를 그만두겠다고 했을 때, 원 목상은 고개를 내둘렀다.

"군인? 자네가? 한때 미지산을 치뛰고 내리뛰면서 사냥을 한 적은 있었지. 하지만 짐승 잡이와 사람 잡이는 달라. 짐승은 먹으려고 잡지만 사람은 먹지도 못하는데 오로지 죽이기 위해 잡는 거거든. 자네 그 배짱 갖고는 사람을 죽일 수 없어. 옛날에 자네가 사냥하다 잡은 건 도망하는 짐승이었지 덤벼드는 맹수가 아니었거든. 덤벼드는 맹수를 죽일 수 있어야 사람도 죽일 수 있고 군인도 되는 거야. 천생군인은 타고나야 되는 거지 아무나 하는 게 아니어."

배에서 아직 나뭇단을 내리기 전이었다. 진한 송진 냄새가 지남세에게
고향 산을 그리게 했다. 생각은 뻐개놓은 장작처럼 이쪽저쪽으로 반반이
었다. 소나무장작을 한 관씩 묶어서 십육 전을 받았는데 쌀이 한 되 값이
지만, 이백오십 리를 배로 싣고 내려온 나무 값을 치러 주고 나면 하루 종
일 장안을 쏘다니며 송진 묻히고 땀을 흘려야 그날 찬거리에 땟거리가 겨
우 마련되었다. 묵직한 참나무 장작이 걸리는 날은 더했다.

지남세는 밤새도록 뒤척인 끝에 군인을 택했다. 야마구치의 소개로 노
즈시즈다케가 써준 소개의 글을 들고 시위대에 찾아간 지남세는 사냥질
하던 재주로 총을 한 번 쏘아보이고 그날로 시위대 군인이 되어 훈련을 받
기 시작했고, 훈련이 끝나는 날 시위대 3대대로 배치되었다. 번이 없는 날
은 시위대에서 집까지 오가는 길을 걸어서 다녔다.

시위대에 나가고부터 지남세는 목멱산 기슭에 어두운 흙담집 신세를
청산하고 야마구치가 권하는 그의 산구오복점 점방 뒤에 딸린 조그만 판
자 방으로 이사를 했다. 전에 살던 음침한 흙담집에 비하면 반듯한 저택
인 셈이다.

동대문 훈련원에서 광희문으로 돌아 서쪽으로 난 큰길을 사뭇 걸어서
진고개 쪽으로 가다보면 왜상들이 즐비한 본정거리가 나왔다. 곧게 벋은
길 바른편으로는 하우약국, 산기오복점, 삼전상점, 산구오복점, 경성실업,
평전상점, 정산식사성점, 삼물주회사 경성지점, 삼월오복점, 일한서방이
연이어 나오고 왼편에는 제일상점, 관상점, 산구주점, 근등골동점, 제일은
행, 58은행, 좌등상점, 도영상점이 줄지어 서 있었다.

지남세는 훈련원에서 시위대 훈련이 끝나고 돌아올 때면 질러가는 샛길

을 두고 굳이 이 길로 걸었다. 자주 걷는 길이지만 날마다 새로워서, 듣도 보도 못한 풍경과 진귀한 물건들로 채운 상점들 구경에 힘든 줄 모르고 집에 다다르는 길이었다. 그날 야마구치의 청으로 들르기로 한 콘도우 골종상(近藤骨董店)은 목멱산을 등진 진고개에 있었다. 불빛은 침침하고 점포 안에는 퀴퀴한 냄새부터 났다. 함지박, 벼루, 서안, 돗자리, 십장생 병풍, 곰방대, 보석함, 석등, 금동부처, 풍경, 쇠북, 부도, 빗돌, 고서, 거북상, 노리개, 옥비녀까지 조선에서 쓰는 물건은 모두 모아놓은 만물상이었다. 안에 널려 있는 물건들은 모두 조선에 망가져가는 집들을 찾아다니며 보리쌀 한두 됫박 값도 안 되는 헐값에 모아왔을 것이다. 조선에서는 일상에 쓰던 물건들이 그들에겐 신기하고 특별한 치부거리가 되었다.

골동점 안에 들어서서 낯선 분위기에 어리둥절 하는 지남세를 야마구치가 주인 긴토에게 지평에서 올라온 '지 상'이라고 소개했다. 지남세보다 머리 하나 더 얹은 키에 떡 벌어진 어깨, 각진 턱, 검은 눈썹의 긴토가 웃음 띠며 맞았다. 지평에서 왔다는 말에 긴토는 물건들을 이것저것 보여주고 양근과 지평 쪽에서 모아온 고품도 있다고 자랑해대며 상점 안쪽에 창고 문을 열어보였다.

들보에 범종 한 구가 매달려 있었다. 긴토는 나무망치로 종을 때리고 지그시 눈감아 아편 맞은 얼굴을 하며 종소리를 황홀하게 듣고 있었다. 좁은 창고 안에서 종소리가 유난히 크고 길게 울렸다. 여음이 사라질 때 긴토가 입을 열었다.

"초오센노 타네와 오토가 스테키!" 조선의 종은 소리가 훌륭해.

종소리가 그치자 긴토가 흡족한 듯 중얼거리며 마른 걸레로 종에 앉은 먼지를 닦아냈다. 종은 윤기가 번쩍였다. 부산에 들어와 약장사하다가 경성에 올라와서 골동품을 사들이기 시작하여 돈을 벌었다. 조선에서 헐값으로 사들인 물건을 본토에 가져가면 부른 게 값이었다.

"조선의 종소릴 들으면 황홀해져. 보면 편안하고."

긴토는 대견하여 거듭 종을 쓰다듬었다.

"이런 소리를 구한다. 아는 곳이 있으면 대라. 알려만 주면 후한 대가를 주겠다."

조선인을 상대로 오복에 옷감, 게다, 우산 같은 본토 물건을 구해다 팔고 있는 야마구치와는 일인들 거류지에서 거류민대표와 상업회의소 회장을 여러 번 맡으면서 긴토와 절친해진 사이였다.

지남세는 미지사에 있는 종을 떠올렸다. 종은 깊은 산속 절에나 있는 줄 알았는데 이렇게 떼어다 놓고 사고팔기도 하는구나. 꽤나 값이 나갈 텐데 어디서 얼마를 주고 사왔을까. 긴토라는 자에게 말해줄까 말까 하다가 집으로 돌아왔다. 방녀가 그날따라 일찍 집에 들어왔다.

"주인댁에 별난 사람이 하나 들어왔어요. 키가 큰데 나이는 그리 많지 않아 보이고 말을 못해요. 듣지도 못하고요. 얼굴이 조선 사람 같기도 하고 왜인 같기도 하고 어떻게 보면 되놈 같기도 해서 도통 알 수가 없어요. 혼자 알아서 일은 척척 잘해요. 주인이 데려다가 창고 구석에 잠자리를 마련해 주었는데, 이제부터 방 바깥에 일은 그 사람 몫이고 난 방 안에 일만 할 거예요."

방녀의 몸이 점점 무거워졌다. 그동안 꽤나 힘이 들었던 모양이다. 지남세는 아내의 얘기를 건성으로 듣고 눈에 띄게 불러오는 배를 흐뭇하게 내려다보았다.

네 애비는 연안막의 나무꾼이 아니라 이제부터 대한제국 시위대의 군인이다.

방녀는 몸이 무겁다고 해서 집에 들어오는 시각이 이르지 않았다. 언젠가는 집에 눌러 앉혀야겠다는 생각을 하면서 초저녁잠이 들었던 지남세가 종루에서 들려오는 인경소리에 깨어 뒤치락거리다가 이불 옆자리를 더듬었다. 그날 그 저녁까지도 아내가 들어오지 않았다. 더 뒤척거리고 있을 때에 문득 고샅을 돌아 마당을 밟는 인기척이 들렸다. 단출한 홀앗이 집안인데 이 밤중에 가까이 들려오는 발소리는 하나가 아니고 둘이었다. 왜성대에서 일을 마치고 들어오는 방녀의 발걸음 뒤에 저벅거리는 소리가 딸려오고 있었다. 소리가 점점 가까워지자 남폿불이 노을빛처럼 문 밖에서 문살을 비쳐들었다. 어두워 집까지 바래다준다고 하더라도 장안에서 이 밤중에 서슴없이 함께 데려올 정도로 가까운 남자가 방녀에게 있었던가. 지남세는 몸을 벌떡 일으켜 앉았다.

보퉁이를 옆구리에 끼고 아내를 따라온 사내는 남폿불에 비치는 방 안에 지남세를 보자 성큼 들어오지 못하고 문 밖에서 머뭇거렸다. 아내가 들어오라고 손짓하자 알아봤는지 사내는 커다란 키를 구부정하게 접듯 숙이고 방 안으로 들어왔다. 아직 낯선 남자에 대한 설명이 없기에 지남세는 앉은 채로 두 사람을 번갈아 보았다. 낯이 설었다. 처가 쪽 식구는 분명 아니다.

"전에 얘기했던 주인댁에서 일하는 사람예요."

입을 열어놓은 아내는 다음 말을 잇지 못하고 침을 삼켰다. 뭐라고 말해야 할지.

"사정이 하도 딱해서 데려왔어요. 친정 조카 또랜데 쥔한테 쫓겨났어요."

그래서 어쩌자는 건가. 이 남자를 단칸방에서 함께 재우자는 건가. 다행스럽게도 희미한 남폿불이 지남세의 어이없어하는 표정까지 비춰주지는 못했다. 그 얼굴을 또렷하게 보았다고 해도 남자를 데리고 들어온 아내의 뜻이 바뀌지 않을 것 같았다. 방녀는 서슴없이 벽장에서 이불을 내려 맞은편에 펴주고 거기서 자라며 손짓했다. 남자는 말없이 지남세의 눈치를 살피며 이불 속으로 들어갔다.

"저 사람 듣지도 못해요. 조그만 손종을 감추고 있다가 그걸 뺏기지 않으려고 하다가 쫓겨났어요. 지금도 그걸 품속에 꼭꼭 감추고 있어요."

복잡한 지남세의 생각은 잠이 들면서 꿈속으로 이어졌다.

사내는 상에 놓인 놋주발을 엎어놓고 바닥에 구멍을 뚫었다. 거기에 노끈으로 꼰 줄을 꿰고 끝에는 줄이 빠지지 않도록 옹치고 줄을 손에 잡아들자 주발이 거꾸로 매달렸다. 젓가락을 거꾸로 잡고 주발을 쳤다. 주발은 종루에서 들려오던 인경소리를 내고 있었다. 옷을 주섬주섬 찾아 입고 훈련원까지 가야 하는데 아무리 걸어도 앞으로 나아가지 않았다. 허둥대다가 훈련원 앞에 다다랐는데 앞을 지키고 있는 초병이 막아섰다. 돌아오면서 갈 곳이 없었다. 산기슭 토담집으로 오르는 발걸음이 제대로 떨어지지 않았다. 놋주발을 때리는 소리가 선명하게 들렸다. 푸시시 깨었지만 소리는 똑똑히 들려왔다. 그러니 꿈에 들은 소리가 아니었고 소리를 따라 꿈이 꾸어졌다. 보신각에서 들려오는 파루소리였다. 귀를 기울여 듣자니 소리는 개천 쪽에서 골짜기를 타고 올라왔다.

품 안에 아내를 챙기기보다 윗목에서 이불 덮고 자는 사내에게 신경이 더 쓰여 잠을 설쳤다. 저쪽에서도 바뀐 잠자리가 불편할 만한데, 쫓겨났다니 마음이 심란하여 잠을 설칠 만도 한데도 코를 드르렁거리며 깊은 잠을 잘도 갔다. 남포불빛에서 그 종이 어찌된 사연이냐고 입을 떼려는 남편에게 손가락으로 입술을 누르며 잠금질을 해놓았으니, 그럴만한 사정은 있을 것이므로 더 이상 캐묻지 않았다. 아내를 믿기 때문이다.

파루소리에 방녀가 깨어나 이른 조반을 지어 사내와 겸상을 차려냈다. 얼굴은 덩치보다 앳돼서 지남세의 조카쯤으로 보였으나 전혀 낯설지가 않았다. 도대체 어디서 보았던 얼굴일까. 아무리 기억을 더듬어도 얼굴과 때가 겹쳐지지 않고 따로 어른 거렸다. 키가 큰 만큼 얼굴이 굵었다. 부리부리한 눈이며 입 끝선까지 내려오는 큼직한 귀가 첫눈에 보기에도 거물이고 귀한 상이다. 눈은 굵직해서 겁이 많아보였고, 얼굴이 얌전하고 순하니 조금 실성해보이기도 했다. 그런데 도대체 이 자를 어디서 보았을까. 시위대에 수많은 병사 중에 얼핏얼핏 봤던 얼굴일까. 한 사람씩 아무리 떠올려 봐도 아니다.

"뭐 해요. 같이 드시지 않고."

밥상을 앞에 놓고 멍하니 생각에 잠겨있던 지남세에게 방녀가 어색하게 나무라는 소릴 듣고 정신을 차렸다.

"자 많이 들게."

알아들었는지 못 들었는지 지남세가 수저를 들자 어렵게 수저를 따라 들었다. 사내는 지남세에게 눈길을 한번 마주치더니 웃을 듯 말 듯 하면서 고개숙여보였다. 조마조마하게 두 사람을 지켜보던 방녀가 그제야 안도했다.

"그 사람 남의 말을 못 들어요. 말도 못하고."

그랬구나. 엊저녁에 방녀가 얘길 해줬는데 건성으로 들어 잊고 있었다. 인정 많은 아내가 그 집에서 쫓겨나는 사람을 그대로 보낼 리가 없지. 더

구나 말도 못하고 듣지도 못하는 사람을. 밖에 나앉으면 당장 구리개에
서 구걸질이라도 해서 밥을 먹어야 하는데. 듣지도 못하는데 어젯밤에 이
불 속에선 왜 지남세의 입을 막았을까. 그렇다면 매일 이렇게 재워야 할
까. 지남세가 시위대에서 번을 서고 못 들어오는 날도 많은데 그때는 어
쩔 텐가.

"걱정 말아요. 바깥 쥔께서 노여운 맘이 풀리면 다시 불러들일 거예요.
내가 오늘 들어가서 잘 말해줘야지요. 저 사람 몸에 지니고 있는 종을 야
마구치가 빼앗으려고 하다가 몸싸움했어요. 괘씸하게 군다고 주인이 저
사람을 내쫓았으니까 잘못한 건 없어요."

지남세는 방녀를 믿고 시위대로 나갔다.

무장을 한 이리떼들이 조선을 한 입에 삼키려고 제물포를 거쳐 용산으
로 속속 들어오고 전국 곳곳에 포진해 있던 들개들은 모두 경성으로 불러
들였다. 제물포에 구축함이 네 척이나 들어와서 이리떼 사령부에서는 여
차하면 한바탕 으르렁거리며 싸울 준비를 단단히 해놓고 있었다. 날이 새
자 하늘마저 먹구름이 끼어 무슨 일이 크게 일어나리라는 예감이 나라 전
체에 덮이고 있었지만, 이런 움직임을 알아채는 조선 사람들은 많지 않
았다.

종로통 검은 기와지붕들 밑에서 갓에 흰 도포 입은 사람들 여럿씩 패거
리를 지어 몰려나왔다. 고종황제가 이토 통감 몰래 밀사를 화란에 있는 해
아(海牙, 헤이그)에 보냈다고 추궁을 당하며, 이완용과 송병준의 협박과 폭
언을 견디다 못해 물러나고 아들이 그 자리를 물려받았다는 소문이 장안
에 퍼지면서부터였다.

나라에는 황제의 자리에 앉은 아비가 올해 쉰다섯이고 아들이 서른셋이라 둘 중에 누가 황제라고 해도 너끈히 나라 일은 꾸려갈 수 있는 나이였다. 예전처럼 이름자만 황제의 자리에 올려놓고 수렴청정으로 어미나 아비가 임금노릇을 대신 할 처지도 아니라. 자리를 물려주었다면 아비가 병이 들었거나, 큰 잘못을 저질렀다거나, 망령이 들어 나라 일을 더 보기 어렵다든지 하는 피치 못할 사정이 있어야 하는데, 얼마 전까지도 멀쩡하던 황제가 비록 성장한 아들이라지만, 알고 보니 이토의 앞잡이로 나선 대신들의 성화에 못 이겨 그 자리를 물려주었다는 소식이다.

"지 상등병. 큰일 났어."

지남세가 시위대 군영으로 들어가자 같은 조에 고성돌 하사가 팔을 잡아끌고 군막 뒤로 돌아갔다.

"큰일은 이미 났는걸요. 연안막에 촌뜨기 나무꾼이 시위대에 들어온 것부터가 큰일이지요. 큰일도 좋은 큰일이 있고 나쁜 큰일이 있는데 어느 쪽이요."

"이 사람 돌아가는 세상을 모르니 태평이군. 고종황제가 해아로 사람을 몰래 보내서 일본을 대망신시키려 했다고 자리에서 쫓겨났다는 거야."

"황제를 내쫓다니요? 나라 안에 황제보다 더 힘이 센 사람이 누가 있다고요?"

"아하. 답답하기는. 내 밖에서 듣기로 갓 쓰고 수염만 쓰다듬던 양반들이 자초지종을 더 자세히 알아본 즉, 일인들이 이완용을 앞세워서 아침부터 물러나라고 진언하기 시작하였는데, 황제는 물러나지 않고 밤새도록 버티다가 다음날 새벽녘에 가서야 더 버티지 못하고 자리를 아들에게 물려주겠다는 문서에 도장을 찍었다는 얘기야."

"그럼 잘된 일이 아니요. 황제가 하던 일을 황태자에게 물려줬으니."

"지 상등병. 시위대 군인은 총만 잘 쏜다고 되는 게 아냐. 세상 돌아가는 꼴을 알아야지. 그걸 모르면 아군한테 대고 총질을 할지도 모르지. 지금 이 지경에서 엉덩이를 똑바로 틀어야 총구가 바로 가는 거야. 사리분간 못했다가는 제 가슴에 대고 총질하는 일이 생길지도 모른다고. 지금 장교들은 왜놈들한테 매여서 꼼짝 못하고 있어. 우릴 하나하나 구슬려서 자기네들 쪽으로 돌려놓으려고 한단 말이네."

여기서 지남세의 마음이 흔들렸다. 자기는 야마구치의 소개로 일본군 군사고문 노즈시즈다케가 대대장에게 특별히 소개하여 시위대에 들어왔으니 그의 말이라면 함부로 거역하지 못할 처지였다. 아니 누구의 말이라도 엄한 게 군율이라고 배웠다.

이미 지남세가 소속된 시위대의 제1연대 제3대대의 병영은 발칵 뒤집혔다. 시위대 사병들은 황제를 지키기 위하여 있는 사람들인데 일인들 손에 떠밀려서 황제가 물러났다니 가만히 두고만 볼일이 아니었다. 나라 일을 사사건건 간섭하면서 황제까지 갈아 치우는 자들을 이 땅에 더 이상 머물러있게 해서는 안 된다. 하여 일백여 명의 사병이 웅성거리며 총을 들고 병영에서 나오려는데 장교들이 엄중하게 망동을 멈추라고 명령했다. 아무리 군대가 명령에 살고 명령에 죽는다지만 이번엔 장교들의 명을 들을 일이 아니었다. 우리가 누굴 위해 밥을 먹는데 이대로 있으란 말인가. 밖에는 장안 사람들이 맨손으로 몰려나와서 통감부를 성토하는데 황제를 보위해야 할 우리 시위대가 이대로 가만히 있어야 하는가. 아니다. 나가자.

궁으로 드나드는 담장은 높고 문은 굳게 지키고 있을 텐데 안에서 일어나고 있는 얘기가 어떻게도 그리 자세하고 빠르게 병영에 퍼져서 지남세의 귀까지 들어오는지 알 수 없는 노릇이었다. 지남세는 궁 안에서 나온다는 모든 얘기에 귀를 기울여 들었다. 병영 안에 의견은 두 패로 갈렸다. 장교들은 자리 지키고 동요하지 말라며 타일렀고 하사와 병졸들은 밤마다 모여서 술렁댔다.

밖에 있는 백성들은 깜깜 무소식이었지만 시위대 안에서는 벌써부터 장교들이 심상찮게 돌아가고 있음을 눈치 채고 있었다. 군데군데 저희들끼리 모여서 수군거리다가 사병들이 다가가면 말을 끊고 '무슨 일로 왔느냐?' 하며 근엄한 척 했다.

지남세가 그들이 하는 얘기를 우연찮게 엿들은 건 칠월 스무날쯤이었다. 처음에는 초병을 서던 영문 쪽에서 일어난 총기 오발사고 때문인 줄로 알았다. 밤중에 영문에서 보초 서던 병사가 느닷없이 총을 십오 발이나 쏴서 시위대가 발칵 뒤집혔던 게 지난밤이었다. 초병은 분명히 눈앞에서 검은 괴물체를 봤다고 했다. 짐승 같기도 하고 사람 같기도 한 놈이 영문 앞을 왔다 갔다 하면서 안으로 들어올 듯 말 듯 하다가 앞으로 더 가깝게 다가오더라는 얘기였다. 초병은 자신도 모르게 재어 놓은 총의 방아쇠를 당겼다고 했다. 그러니 초병으로서는 부대를 침입하는 자를 처단하기 위한 정당한 발사였다. 그런데.

"대대 안에 탄환을 모두 거두라고?"

"당분간이라고 했어. 오발 사고가 났기 때문에 사고를 예방한다고."

"그래도 그렇지. 어떤 술 취한 놈이 영문 앞에 얼쩡거려서 쐈다고 하던데, 설령 죽었다한들 그게 뭐 큰 잘못이고 대수라고. 초병이 갖고 있는 탄환까지 거둬들이면 차라리 허수아비를 영문에 세우는 게 낫지."

"명령이라지 않나. 상부의 명령. 그러니까 우리 같은 사병은 따라야 하

116

지."

"안 돼. 탄환을 뺏기려면 차라리 군복을 벗지. 맨 손으로 뭐하려고 군영을 지키고 서있어?"

지남세와 같은 조에 소속된 고 하사였다.

"장교들 눈치가 이상해. 뭔가 크게 일어나는 게 분명해."

고 하사가 안절부절못했다. 모두 새벽에 남산 하세가와 관저로 불려간 대대장이 돌아오기를 기다렸다.

병영으로 돌아온 대대장은 중대장들을 불러 모았다.

"어젯밤에 황제께서 군대해산 조칙을 재가하여 발표하였다. 오늘 훈련원에서 장교를 제외한 하사 이하 전 사병의 해산식이 거행된다. 군대를 개편하기 위한 일시 해산이라고 한다. 모두 동요하지 않도록 하라. 각 중대장들은 훈련원에서 직접 발표하기 전까지 사병들에게 일절 함구하라. 해산식 전에 훈련원에서 도수훈련을 한다. 훈련이 끝나고 열 시에 내외장관들의 시국 연설이 있다. 사병들에게는 이렇게만 알리고 각 중대장은 대원들을 인솔하여 훈련원에 집합하라. 물론 무기는 갖고 가지 않는다. 전원 비무장이다."

다른 대대장들도 자기 대대로 돌아가서 앵무새처럼 하세가와의 명령을 그대로 전했다. 대대장이 사령관 관저에서 크게 놀랐듯이 듣고 있던 중대장들도 눈이 휘둥그레지면서 입을 벌렸으나 아무 말도 못했다. 무슨 명이 있었는지 모르지만 3대대에 지남세는 대대장의 명을 받고 돌아온 중대장의 무거운 얼굴을 보았다.

지남세는 뭐가 뭔지는 몰라도 느낌이 있는데 돌아가는 판세를 도통 알 수가 없었다. 대대는 패잔병처럼 대열을 지어 맨손을 휘두르며 훈련원으로 갔다. 훈련시간이 다되어가는데 시위대로 꽉 들어차야 할 훈련원 마당이 허룩했다.

"사병들이 왜 이렇게 적나. 1대대가 보이지 않는다. 저쪽에 2연대도 대대 하나가 빠졌고. 이래가지고 무슨 도수훈련은 한다고."

투덜거린 쪽은 지남세 앞에 서있던 고 하사였다. 삼천이 넘는 병력 중에 반수밖에 참석하지 않았다.

그때 멀리 남대문 쪽에서 간간히 사격훈련 같은 총성이 울리더니 포성으로 바뀌었다.

"남대문 쪽에 있는 1, 2연대에 1대대는 훈련 중이란다. 시위대 전체가 여기로 모인다고 했는데 훈련이라니."

도성 안에서 포 쏘는 훈련을 하다니. 사정을 모르는 사병들은 추측하여 사실처럼 떠들어댔고 바라는 마음을 실제처럼 얘기했다. 고 하사가 앞장섰다.

"모르는 소리. 2연대 1대대 박승환 대장이 오늘 아침에 권총으로 자기 머릴 쏴서 자결했대. 며칠 전에 1연대 1대대 이기표 대대장이 여단에 가서 말 몇 마디 잘못했다가 면관을 당했잖아. 그 두 개 대대가 오늘 모두 빠졌어. 아무래도 두 군데는 남대문에서 일본군과 한판 붙을 눈치야. 대장이 쫓겨나고 한 대대는 자결까지 했는데 부대원들이 태연하게 여길 나오겠어. 나 같아도 못 나오지."

"쉬잇."

장교가 가까이 지나가자 듣기만 하던 다른 하사가 손가락을 입에 댔다.

훈련원 마당에는 장교들이 바쁘게 왔다 갔다 하면서 아직 도착하지 못한 부대의 중대장들을 불러댔다. 열 시에 연설이 있다고 했지만 해가 중천에 오도록 모이라는 구령이 없었다. 정오가 되자 남대문 쪽에서 들려오던 총포소리가 그치고 잠잠해졌다. 해산당할 사병들은 부대 안에서 마지막 밥인 줄도 모르고 주먹밥 하나씩 받아 베어 물며 투덜거렸다.

두 시가 다 되어 모이라는 명령이 내렸을 때는 한여름 뜨거운 해가 중천에 떠서 훈련원 마당을 달궜다. 도수훈련을 지휘하던 노즈시즈다케가 연단에 올라 중대한 발표가 있음을 알렸고 시위혼성여단장이 군대해산 조칙을 발표하였다.

"모두 패검과 견장과 계급장을 떼어 반납하고 귀가하라. 돌아가면서 황제께서 내리는 은사금을 받아가라. 하사는 팔십 원. 1년 이상 된 사병은 오십 원. 1년이 안된 사병은 이십오 원을 지급한다."

지남세는 시위대에 사병으로 들어와서 세 해째 맞는 여름이었으므로 50원의 은사금을 받았다. 일시해산이라 했고 군제가 개편되면 다음에 다시 부르겠다고 했으니 지남세는 그대로 믿고 휴가 하는 기분으로 훈련원에 문을 나섰다. 배짱 좋은 사병들은 은사금을 받아들고도 투덜거리며 한마디씩 해댔다.

"나랄 지키러 온 우리더러 이걸 받고 돌아가라고?"

"나라가 아니고 황제였지."

"그럼 나라는 누가 지켜준담."

"장교들이? 아니 일본군이?"

"걔들이 이 나랄 통째로 먹었나본데?"

바로 그때였다.

"지 상등병. 가지 말고 싸워야 해. 이쪽으로."

지남세가 뒤를 돌아보자 고 하사가 고함쳐 부르고 있었다. 명령 같던 목소리는 사정으로 변했다.

"여러분! 이대로 돌아갈 겁니까. 무기를 다시 찾아 싸웁. 으윽."

싸우자는 목소리는 총성과 함께 대한제국 시위대의 운명처럼 거기서 끝이 났다. 모여 있던 사병들이 흩어지면서 더러는 총을 빼앗다 덤비고 대부분은 총을 맞아 훈련원 마당에 그대로 쓰러졌다. 지남세와 같이 총탄을 피해 훈련원 밖으로 내뛰는 자들이 수백여 명이나 되었다. 훈련원 마당에서 들려오는 총소리는 급하게 집으로 돌아가는 지남세의 귓가에서 멀어졌다.

"내. 연안막 고래논에 미꾸라지가 경성의 용이 되려고 꿈틀거릴 때부터 알아봤지. 자넨 그 손으로 사람이든 적이든 절대로 못 죽여. 내일부터 당장 이리로 나오게."

용산나루까지 대포소리가 들려오는데도 원 목상은 지남세가 다시 돌아온 것만 반겼다. 반겼지만 그동안 서운했던 마음을 그대로 드러냈다. 지남세는 앞으로 어떻게 해야 할지 몰라 제대로 대답을 못하고 야마구치네 오목점 점방 뒤에 딸린 살림방으로 들어왔다.

"난리가 터졌어요. 왜장대에 대포가 들어오고 남대문 쪽에서 총포소리가 들리는데 군인이 싸우지 않고 집으로 들어와요? 혹시 도망을 나온 건 아니죠?"

방녀는 야마구치네서 일하는 사내와 함께 허둥대며 돌아와서 군복 벗은 지남세를 아래위로 훑어봤다.

"군대가 해산이 됐어요. 시위대가."

듣는 둥 마는 둥 방녀는 집안 이곳 저곳을 두리번거리더니 방 옆에 있는 조그마한 창고 안으로 사내를 밀어 넣다시피 하고 문을 닫았다. 숨을 돌릴 겨를도 없이 칼을 찬 무사가 판자문을 밀고 집 안으로 들어왔다. 안을 두리번거리고 방문을 열어보더니 창고 쪽을 가리키며 당장 열라고 거칠게 재촉했다.

"쉿. 조심해요. 야마구치 하수인예요."

순간 지남세는 무언가 잘못되었음을 알아챘다. 어찌된 일이냐고 물을 겨를도 없었다. 무사가 창고의 문을 열려고 다가서다가 세차게 열리는 문에 밀려 뒤로 나자빠졌다. 사내는 손에 든 도끼로 무사의 머리를 내리쳤다. 창졸간이다. 무사의 얼굴이 일그러지더니 버둥거리던 머리가 그대로 힘없이 바닥에 닿았다. 순식간에 벌어진 사고 앞에서 셋은 서로의 얼굴만 쳐다봤다. 숨 몇 번 들이쉬고 내쉴만한 짧은 시간이 지나갔다.

방녀는 사내에게서 도끼를 빼앗아 창고에 던져 넣었다. 미지산에서부터 나무를 자르고 장작을 패던 도끼였지 사람을 해치려던 도끼는 아니었다. 지남세 부부의 목숨 줄을 이어오던 도끼가 남의 목숨을 끊었다. 조금 전에 용산 나루에서 원 목상을 만나 약속을 하고 왔지만 저 도끼를 다시 손에 잡을 수가 없을 지도 모른다. 정신이 나가 멍하니 서 있는 지남세에게 방녀는 보따리를 내밀었다. 갓에 도포였다.

"야마구치 댁에 드나들면서 먹고사는 무사예요. 사내가 갖고 있던 종을 기어이 뺏으려고 하다가 달아났는데 쫓아와서 이 지경을 당했어요. 이걸 입고 미지산으로 어서 가요. 어디 가든지 절대로 해산군 티를 내지 말아요."

지남세가 도포를 입고 갓을 썼다. 영락없이 어색한 선비차림이다.

"그 사내도 미지산으로 갔을 거예요. 그 남자를 꼭 찾아야 해요. 여기서 왜장대 뒤로 올라가서 산을 타고 가세요. 참, 그 남자 조그만 종을 갖고 있어요. 이게 모두 그 종 때문에 벌어진 일이예요."

　방녀에게 더 이상 무얼 묻고 알아보고 말고 할 틈이 없었다. 지남세는 아내의 말대로 산길을 타고 능선을 따라 흥인문 쪽으로 내뛰었다. 도포 입고 갓을 쓴 걸음걸이가 영 어색하다.

구름이든지 안개든지

　멀리 미지산에서 양근 쪽으로 흘러내린 등 너머로 해가 둥근 머리끝을 감출 즈음, 상진에 함정머리 조중석의 여숙으로 걸객 같은 나그네가 찾아들었다. 행색으로 보아 도포에 갓은 썼으나 쇠전 몇 푼도 가진 게 없어 보이므로 중노미가 나와서 맞는 눈치가 시큰둥하다. 중노미는 자기에게 대적이 될까 말까한 체구였지만 마음만은 당차서 여차하면 속에 잡쓰레기나 묶여있을 봇짐을 벗겨 사립문 밖으로 내던지고 몸으로 밀어낼 심산이다.

　"묵어가시게요?"

　"쥔장 계시냐?"

　물음에 대답 않고 쥔장부터 찾으며 떨어대는 건방에 중노미는 대답대신 도리질하며 맞아들이려고 하지도 않았다. 끼니 값은 고사하고 잠자리까지도 구걸이나 하려는 눈치가 보이니 그냥 돌아가라는 얼굴이다. 쥔장에게 으름장을 놓아 하룻밤 공짜 잠을 자고 아침까지 얻어먹고 나갈 거만기가 첫눈에 들어왔다. 요즈음 들어 그런 걸객이 부쩍 늘어났기 때문이다. 나그네는 아랑곳 않고 툇마루에 올라 앉아 봇짐을 벗어놓더니 제집처럼 다리를 뻗었다. 그 거드름이 아니꼬워서 애초부터 '이리 오너라.' 하고 거들먹거리면 맞서서 '네가 오너라.' 할 참이었는데 이미 들어와 자리를 잡아버리고 말았다. 중노미가 매우 난처해하는데도 나그네는 그대로 봇짐을 끌어당겨 베고 누워버렸다. 벗어놓은 짚신과 버선에 쩌들은 흙을 보니 꽤 먼 길을 걸어온 모양이다. 하는 태를 보니 몸으로든 입으로든 힘깨나 썼을 경성 쪽 사람이고, 행색을 보니 강원이나 충청쯤에서 오는 시골촌뜨기 길손으로 보였다.

"저어. 나으리. 묵어가시려면 저 방 안으로 드시지요."

중노미 머리에 들어있는 생각과 튀어나오는 말이 따로 놀았다. 걸객은 들자마자 다짜고짜로 쥔장을 찾아대고 툇마루에 올라앉았으니. 입성은 꼬지지해도 갓에 도포 차림이라 함부로 대할 처지가 못 되었다.

"때가 저녁인데 굶고 자란 말이냐?"

하대하는 걸 보니 어느 무너지는 양반의 끄트럭인 모양인데. 꼬지지한 차림 치고 입에서 나오는 소리가 꽤나 도도하다. 중노미는 그 소릴 듣고 못마땅한 낯을 한 채 안으로 들어갔다. 이윽고 멀리서 해를 삼킨 미지산 능선은 아직도 용의 꾸불텅한 등허리 같은 모양을 저무는 하늘 밑에 선명하게 남겨두고 있었다. 나그네는 저녁상을 기다리며 앞마당에 놓인 평상으로 옮겨 앉았다. 낯설지 않은 듯 집안을 이리저리 휘둘러보려는데 사립문 쪽에서 감물들인 복색에 무명두건을 쓴 사내가 들어섰다.

"어이구 이게 누구신가. 남세 아닌가. 지남세. 오늘 우리 집에 귀한 손님이 들었네그려. 그새에 여길 못 잊어 또 찾아왔나. 연안막 나무꾼이 시위대에 군인이 됐다는 소식을 얼마 전에 들었는데 나라는 누가 지키라고 비워두고 이렇게 내려왔나."

"쥔장이 이렇게 집을 비우고 다니니 애가 되먹지 못해서 저모양이지."

사내는 중노미가 들어간 안채 쪽으로 힐끗 못마땅한 눈짓을 주었지만 무명두건이 개의치 않고 응수한다.

"내 오늘은 아침에 까치가 목 터지게 짖는 소릴 듣고 누군가 반가운 손님이 올 지도 몰라 장에 가서 비린 찬거리 좀 구해왔는데 귀한 손님이 바로 자네였구면. 그래 경성 바람은 요즘 어떻게 부나?"

"말도 말게. 제물포하고 강화도 쪽에서 하늬바람이 경성으로 치불어오는데 장안이 모두 그놈들 판이지."

"쯧쯧쯧 결국 소문대로 그렇게 되는구면."

혀를 차는 쪽은 연안막에서 나뭇짐을 같이 지고 다니던 객점에 쥔장 조중석이었다. 그새에 어엿한 객점에 주인이 되어 있었다.

"그런데 어찌 이렇게 먼 걸음을 했나. 지나던 길손은 아닌 모양인데 엎어지면 코가 닿을 연안막으로 올라가지 않고. 그리고 꼴이 그게 뭔가. 도망 다니는 패장처럼."

"도망 다니는 사람을 찾으려고 왔다네."

"잡으러 온 게 아니고 찾으러?"

지남세는 고개를 끄덕였다.

"해산 당한 군인이니 내손은 이제 잡을 힘이 없어. 찾을 뿐이지."

도무지 영문을 모르겠어하는 조중석이 고개만 갸우뚱거렸다. 찾는 연유를 알자면 밤새도록 긴 얘기를 들어줄 수밖에 없었다.

"저 방으로 들게. 아직 저녁 전이잖나." 하며 조중석은 비린내와 간 내가 섞여 나오는 봇짐을 들고 안채로 들어갔다. 지남세가 방 안에서 다리를 뻗자 몸이 뒤로 쓰러지고 피곤한 몸으로 깜박 잠이 들었는가 싶었는데 방녀의 얼굴이 떠올랐다. 도끼 맞은 왜인과 그 사내가 방녀 뒤에 어른거렸다. 허겁지겁 달려오느라고 며칠 잊고 있었던 대포소리와 총소리도 귓가에 뻥뻥 터지고 있었다. 피곤에 지친 몸이 잠시잠깐 잠이 들었는데 장작을 패는 소리와 문이 열리는 바람기에 깨어났다.

쥔장 조중석이 직접 겸상을 들고 방으로 들어왔다. 먼 길을 걸어오느라고 지친 몸이라 시장한 입에 비린 반찬까지 곁들여 차린 저녁상이 꿀맛일 텐데도, 지남세는 밥을 퍼 넣은 입에 침이 돌지 않아 물만 들이켰다. 세상이 온통 가물어서 먼지가 폭폭 일도록 말라있었고 입안에도 침 한 방울 남지 않고 바싹 말라 있었다. 물에 말아서 억지로 몇 술 입에 떠 넣고 있었다. 입이 마른 게 꼭 찌는 여름이었기 때문만은 아니었다.

"몸이 많이 상했구먼. 대체 무슨 일이 있었던 건데 그러나."

"얘기를 좀 들어보게. 이런 기가 막힌 일이 있나."

지남세는 한숨을 크게 내쉬고 나서 남은 물을 마저 들이키며 잔뜩 뜸을 들였다.

"자네도 알고 있지만 내가 원 목상 따라서 나무장사를 한답시고 한양에 갔었는데 소문대로 운이 좋아 연줄 연줄로 대한제국 시위대에 군인이 되었었지 않나. 그런데 이제는 아니야. 난 이 나라 시위대 군인이 아냐."

"군인이 아니라면."

"황제를 지키지 못한 패병이지."

지남세의 얼굴이 쓰디쓴 금계랍을 먹은 듯 일그러졌다.

"패병이면. 그새 나라에 오랑캐가 쳐들어와서 난리가 났었다고? 허면

126

여긴 또 누굴 찾아왔다는 건가."

"찾긴 찾아야 하는데 그게 누군지 몰라."

"하, 이런 답답한 사람이 있나."

조중석이 열을 올리며 바짝 대들었다.

"지난 칠월 그믐날이었지. 시위대 군인들을 모두 훈련원에 모아 놓더니만, 황제께서 군대를 해산한다고 조칙을 내렸대서 처음엔 그런가보다 했지. 나 같은 졸병들 몇몇은 아무 생각 없이 군복 군모 다 벗어주고 나오려는데, 하사들이 웅성거리더니 그게 아니라는 거야."

"그게 아니라니."

"나야 어차피 한양살이 한번 해보겠다고 간 사람이니, 무슨 수로든 밥벌이만 하면 되겠지 하고 나무장사를 하다가 사람 한번 잘 만나서 시위대 군인이 됐기 때문에, 나를 불러들였던 대대장이 집에 가라고 하면 갈 수 밖에 없는 처지였는데, 하사들은 옹기종기 모여서 수군거리더니 우리더러 돌아가지 말고 함께 싸우자는 거야. 나는 군인으로 끌어들여준 대대장 얼굴을 봐서라도 그럴 수가 없었지. 미련 없이 군복을 벗어주고 은사금 오십 원을 고맙게 받아 쥐고 훈련대를 나왔어. 쌀을 삼십 말이나 살 수 있는 돈이지. 하사는 우리보다 삼십 원이 더 많은 팔십 원을 주는데도 받은 돈을 찢어버리고 덤벼든 거야. 이게 보기 좋게 군대를 해산하고 이담에 다시 불러들이겠다는 건데 하사들에게 들어본 즉, 군대를 없애고 나라를 통째로 빼앗겠다는 거와 다름없다는 얘기지. 우리더러 함께 싸우자고 했는데 그렇게 못하고 나왔어. 지금 생각하면 후회가 되는데 이젠 어쩔 수가 없지."

조중석은 미지산 골짜기에서 도끼로 아름드리나무나 찍어내던 지남세가 경성물을 먹더니 나라까지 들먹이며 많이 변했다고 생각했다. 지남세는 기왕에 터진 말문이니 하고 싶은 말은 다하고 가겠다고 얘기를 계속했다.

"그걸로 나무장사나 다시 해볼까 하고 용산나루에 원 목상을 다시 찾아갔더랬는데 잔뜩 핀잔만 들었지. 원 목상은 그때 내가 나무장사를 그만두고 군인으로 들어갔던 게 꽤나 섭섭했었던 모양이더라고. 하긴 연안막 산판에서부터 평생을 함께 하다시피 했는데 그걸 그만둔다고 했으니까 그럴 만도 했겠지. 그래도 옛정 뿌리치지 못해서 아무 날에 용산나루에 나가기로 해놓고 왜성대 밑 오복점방 뒤에 얻어들은 하코방으로 돌아왔지. 왔는데 왜성대에 왜군들 대포가 잔뜩 올라가 있는 걸 보고서야 난리가 크게 터진 걸 알았어. 소문을 들으니 남대문 쪽에서 일본군하고 우리 시위대 일·이 중대가 크게 한판 붙었다는 거야. 결국 시위대가 몰살을 당하다시피 했다지만. 그때 집으로 부랴부랴 들어온 내자가 해주는 얘길 듣고서야 알았으니 명색이 군인이라는 내가 꽤나 한심했던 모양이야. 여태 그런 줄도 모르고 있었느냐고."

지남세가 한숨을 내쉬자 조중석은 오지병에 든 탁주를 휘휘 흔들어 한 대접을 더 따랐다. 저녁 먹은 밥 배가 부른데도 갈증은 여전했다. 단숨에 들이켜고 설 절여진 배추 한쪽을 찢어 찝찔한 맛을 삼켰다. 조중석에게도 한 대접 따랐지만, 마실 생각도 안하고 지남세의 입만 쳐다보고 있었다.

"왜성대?"

"음. 왜성대. 목멱산 밑에 왜인들이 들어와서 모여 사는 곳인데. 선조임금 적 임오년에 군인들이 난리를 일으킬 때에 쫓겨 나갔다던 곳에, 왜인들이 또다시 들어와서 아예 터 잡고 살겠다고 황제에게 으름장을 놔서 거기다가 자리를 잡았대. 하야시라는 자가 왜나라 군사들을 몰고 들어와서 황제를 위협해. 나라에서는 그자들 모여 살라고 따로 내준 땅이래. 알고 보니 거기가 옛날 선조임금 적, 임진년 난리 때 왜병들이 들어와서 진을 쳤던 곳이라니. 왜놈들 귀신이 여적까지 살아남아서 또 불러들였던 모양이야. 거긴 아예 왜인들 나라야. 우리 조선 사람은 얼쩡거리지도 못하게 하고, 뭐가 그리 무서운지 울타리를 뺑 둘러쳤으니 경성 장안에 우리 조선 사람들 세상과는 딴판이지. 지금 와서 생각해보니 일이 이렇게 된 건 내가 멋도 모르고 그자들 집 자리 근처로 가서 살았던 게 탈이었어."

"탈이라고?"

"세상이 뒤숭숭한 이 판국에 사람을 죽인 누명을 꼼짝없이 뒤집어쓰게 생겼으니. 그 중에도 일인을."

"난 도통 무슨 얘긴지 모르겠네. 누명이라니. 찾는 사람은 또 누구고. 그렇게 중언부언하지 말고 차근차근 얘길 해 봐."

"그렇게 다그치지 말게. 나도 지금 무척 괴롭네."

"눈치를 보니 지금 쫓기고 있는 몸 같은데 여긴 숨을 곳이 못 돼."

그러면서 조중석은 문을 열어 그의 짚신을 방 안으로 들여놨고 지남세도 여차하면 내 튀라는 뜻으로 알아듣고 고개를 끄덕였다.

"하루가 멀다 하고 순검이 왔다 가는 데가 여기네. 얼마 전에는 일본군대가 지평까지 와서 진을 쳤다는데, 그자들까지 조선사람 앞세워서 뒤지고 있으니. 내 자넬 쫓아 보내려고 하는 얘기가 절대 아녀. 한양에서 그렇게 큰일이 벌어지고 있는 데도 모르고 있었다니. 지금 여기 사정도 뒤숭숭해. 그런데 어쩌다가 연안막에 선한 나무꾼이 이 지경이 됐나. 자네 안사람은 또 어떡하고."

지금부터 본격적으로 하려는 얘기가 그런 쪽이 아니었으므로 지남세는 그 대답을 안 하고 고개만 끄덕이다 말을 돌렸다.

"나무 장사라는 게 궁한 집에서는 한 관 짜리 한 단에 십육 전 하는 소나무 장작을 두어 단씩 감질나게 들여놓았지만, 있는 집에서는 한 구루마에 스무 단이나 되는 장작을 통째로 들여놓는 집도 많았어. 그렇게 재수가 좋은 날은 그걸로 하루 장사를 땡치고 마는데 왜성대에 있는 집들이 짭짤했지. 세상에서 굶어죽지 않을 게 쌀장사와 나무장사라던 원 목상 말이 생각이 나더군. 사람이 살려면 먹어야 하고 먹으려면 불을 때서 끓여야 하니까. 불을 지피는 장작. 그놈이 아주 요물이지."

날이 어두워지고 있었다. 불이라는 말에 생각이 났는지 조중석이 석류황을 켜서 등잔에 불을 붙였다. 조중석의 얼굴은 기름기가 번득였고 지남세의 턱은 수염이 수세미처럼 헝클어져 마른 낯 갗을 덮고 있었다. 바싹 말라있던 입에서는 밤새도록 쏟아내도 못다 할 얘기가 줄줄이 흘러나왔다. 조중석이 뚝심 있게 듣고 기다리는 끝은 쫓기고 쫓는다는 이야기의 결말이었다. 그 눈치도 모르고 지남세는 지나간 얘기만 더듬고 있었다.

"내 엄니가 절을 가까이 안 해서 그 지경을 당했다고. 여기 살 때에도 보름이 멀다하고 지극정성으로 상원사를 오르내리던 내자가 왜성대 근처에 일본절이 생겼다는 걸 알고부터 거길 나가기 시작했던 거야. 자네가 한양에 돌아가는 요리를 잘 알지 모르겠지만 그 절이 본래는 왜성대 밑에서 쇠도장으로 서책을 찍어내는 주동(鑄洞)이라는 곳에 포교소를 차리고 있었는데, 어찌하고 저찌해서 왜성대 옆에 땅을 사들였다고 하더니, 처음에는 우리네 절에 요사와 같은 고리라는 걸 짓고 왜승들이 들락거리면서 일본 사람이나 조선 사람이나 가리지 않고 모두 끌어 모으더라는 거야. 몇 해 안 가서 지붕만 높다란 본당을 세웠는데 한양바닥에 부처를 믿는 사람들은 다 불러들이더라고. 하루에 거길 드나드는 사람이 누구는 오천이 넘는다고도 하고 누구는 팔천이라고 하고. 그때까지만 해도 난 그런가보다 했지. 나도 왜성대에 땔나무를 대주고 있는 처지니까 그때 내가 내자더러 거길 나가라 말라고 할 처지는 못 됐다는 얘기지."

조중석도 아는 체 하고 말을 받았다.

"그게 대곡파라나, 오타니파라나 일본에 동본원사 경성별원이라나 뭐 그런 데라지. 내 여기서도 거쳐 가는 객들에게 들은 적이 있긴 있었지."

"오, 자네도 알고 있었구만. 그래 그 동본원사 경성별원. 내자가 바로 거길 나갔던 거야. 덕분에 장작도 잘 팔렸고. 내자는 그게 다 왜절에 다니는 덕이라고 생각했어. 글도 가르쳐 준다고 해서 내자는 왜말도 조금씩 배웠지. 글을 모르던 내자가 거기서 왜말부터 배우기 시작했으니 매번 나무를 대주면서 눈짓 손짓으로나 통하던 자들과 말문이 조금씩 트인 거야. 도통 무슨 말인지 알아들을 수 없는 왜말을 하면서 내게 서투른 통변까지 했어. 그러다가 어느 날 왜성대에서 멀지않은 곳, 제일 큰 이층집에 나무를 갖다 줬는데 주인 여자가 우릴 안으로 들어오라는 거야. 집안이 우리네처럼 마루에 구들장 있는 방이 아니고 다다미라는 걸로 장판 대신 바닥에 깔았는데, 방에 드니 중문을 서너 개를 더 열고 들어가서야 치마를 두르고 앉아 있는 바깥주인을 만났지. 통변해준 내자가 하는 말이 주인 남자는 불란서 교회 뒤 진고개에서 목멱산 쪽으로 들어오는 길목, 구리개길에서 오복상점이라고 옷을 짓는 객점을 열어 장사를 크게 한다고 했는데, 일본에서 건너온 군인과 경찰 쪽에 사람들을 잘 안다는 거야. 날 더러 군대에 들어가 보겠느냐고 내자를 통해서 넌지시 다리를 놓길래 그러마고 했지. 군인이라는 게 처음 들어갈 때는 졸병이지만 차츰 지나다보면 계급도 올라가고 받는 돈도 많아져서 꾸준하게 붙어있다 보면 나무장사보다 훨씬 낫다는 거야. 옛날로 말하면 무관 벼슬이 되는 길인데. 나 같은 사람이 어느 복에 군인 옷을 입고 허리에 칼을 차며, 총을 지녀보겠어. 아니지 총이라면 나도 미지산에서 나무 찍어낼 때 조총으로 토끼 사냥을 하던 적은 몇 번 있었지. 그런데 심지에 불을 당기는 그런 총이 아냐. 방아쇠만 손가락으로 잡아 땡기면 곧바로 총알이 나가는 신식 총이었지. 그렇게 해서 나도 시위대에 나가게 되었는데 일본에 높은 사람이 시위대에 대장한테 얘길 해서 그런지 중대장은 날 남들보다 더 낫게 대해주었어."

조중석은 이제야 일의 자초지종이 머릿속에 그려지는지 고개를 끄덕이기 시작했고 지남세는 여전히 후회스런 입맛을 다셔댔다.

"내자는 그 집에 주인 여자가 처음엔 서글서글하고 친절해 보여 수월할 걸로 생각했는데 그게 아니었나봐. 일이야 어쨌든 한두 달이 지나면서 내자는 내가 집에 들어가는 때보다 더 늦게 들어오는 날이 많았어. 어떤 때는 자정이 지나서도 들어오고. 그렇다고 해서 기왕에 시작한 일인데 쉽게 그만둘 일도 아니었지. 내가 시위대에서 번을 서는 날이면 어차피 집에 돌아와서 홀로 자야 한다고 아예 그 집에서 자고 오는 날도 많았어. 집에 들어올 때마다 처음 보는 비누. 식초. 단맛이 나는 가루 같이 새로운 물건들을 하나둘씩 얻어오곤 했지. 보리술도 갖고 와서 날더러 먹어보라고 했어. 밤에 번을 설 때 쓰라고 뜨듯한 짐승의 털목도리도 얻어다 주었어. 그런 호사가 없었지. 그렇게 되고 얼마 안 있어 이사 올 때 보따리에 곱게 간직해오던 책들을 아궁이에 태워버리더군. 상원 절에서 가져다가 고이 간직하던 무슨 경이라는 책이었는데, 이젠 그걸 버리고 일본 절을 믿어보겠다면서. 자기 말고도 조선 여자들이 꽤 많이 거길 나오는데 지금까지 다니던 조선 절보다 일본 절이 더 좋다는 거야. 처음에는 좋으니 좋은 가 보다 했지."

말을 이으려 할 때 밖에서 떠들썩하는 소리가 들렸다. 조중석은 얼른 등잔불을 껐다.

"오늘 여기 든 묵객이 하나도 없다고?"

"예. 오늘은 쥔장 나리와 저뿐예요. 세상이 뒤숭숭하니 잠자러 오는 객도 끊어지는가보네요."

"예끼 이놈. 네 놈이 뭘 안다고 세상 뒤숭숭 어쩌고 떠드느냐?"

"나리. 저두 알 건 다 알아유. 나라 지키는 군인들을 모두 옷 벗겨서 내쫓았다는 거. 한성 남대문 쪽에서 한판 붙었다는 거유. 거기서 싸우다 도망간 군인 잡으러 댕기는 거지유?"

"어쭈. 이놈이 모르는 게 없네? 그래 그 도망친 군인 어디 숨었냐. 지평 출신 시위대 군인 하나가 경성에서 크게 일을 저지르고 도망을 쳐 이리로 왔다는데."

순사가 앞장을 서고 뒤에 칼과 권총을 요대에 찬 헌병이 남폿불에 비친 중노미 얼굴을 내려다보고 있었다. 헌병은 순사에게 무어라 지껄이는 게 심하게 야단을 치는 모양이었다. 제 나라 말이 아닌데도 알아들은 모양이다. 꼬맹이와 노닥거리지 말고 안에 들어가서 뒤져보라는 뜻으로 중노미가 눈치 챘다. 일본군 소대가 지평에 와서 숙영을 하고 있다는 소문이 들린 지가 불과 며칠 전인데 벌써 냄새를 맡고 조중석의 여숙을 뒤지러 찾아온 모양이다.

중노미는 의젓하게 고개를 끄덕이며 손짓했다.

"순사 나리. 실은 거지같은 객이 하나 찾아와 저쪽 뒷방에 들겠다고 해서 그러라고 했는데. 저녁 달라는 얘기도 없고 지금쯤 너무 고단해서 초저녁잠에 곯아 떨어졌나 봐유."

말이 끝나기가 무섭게 안채 가까운 뒷방 쪽으로 중노미의 발걸음보다 빠르게 순사가 앞장서고 헌병이 뒤따랐다. 먼저 문을 열어 제킨 사람은 순사였다. 안에는 아무도 없는 빈방이었다.

"오메. 이걸 어째. 벌써 낌새를 채고 냅다 튀었나보네유."

"빠가! 여기부터 다 뒤져."

헌병의 말이 끝나기가 무섭게 순사는 방마다 문을 열어 제켰다. 모두가 빈 방이었다.

"어쩌유. 벌써 알아채고 뒷산으로 튀었나봐유. 분명히 그 방에 들어있었는데."

중노미가 헌병 앞에서 난처한 표정을 지었다. 헌병은 얼굴에 알 수 없는 웃음을 띠며 끝 방에 문을 직접 열고 가죽장화를 벗지도 안은 채 허리를 굽혀 방 안에 들어섰다. 조중석이 상 앞에서 자작을 하다가 놀란 듯 벌떡 일어났다. 순사가 직접 든 남포등불이 방을 밝혔다. 상에는 대접과 수저가 하나뿐이었다. 헌병이 방을 휘둘러보더니 순사에게 뭐라고 명령하는 듯 했다.

방에서 나가려는 순사의 팔을 조중석이 붙잡았다.

"나리. 그냥 가면 어떡하오. 담근 술 한 동이가 잘 익었는데."

순사는 조중석이 잡는 팔을 뿌리치고 헌병 뒤를 따라 나갔다. 헌병과 순사는 온다간다 말도 없이 울타리 밖으로 사라졌다.

"중진 쪽으로 내려 갔어유."

"잘 했다."

매번 당하는 일이라 눈치 빠른 중노미가 두 사람이 들어있는 방 반대쪽으로 끌고 가서 따돌렸다. 조중석은 지남세에게 대접과 수저를 봇짐에 넣으라고 주면서 내쫓듯 뒷문을 열어 내보냈다. 뒷담을 넘었어도 이곳 지리야 빤할 테니 조중석은 지남세가 잡히지 않고 도망쳤음에 안도했다. 그를 잡으러 왔는지는 모르지만 처음부터 집에 재우는 게 꺼림직 했다.

밖에서 떠들썩하는 소리를 듣자마자 조중석이 넣어주는 대접과 나무수저를 영문도 모르고 받아 봇짐에 쑤셔 넣은 지남세는 뒷문을 차고 나가 사냥질에 달아난 노루꽁무니를 쫓듯 몸을 날려 담을 휙 넘었다. 어두웠지만 어느 곳을 가더라도 옛날에 뛰어다니던 내 바닥이니 거칠 것이 없었다. 무조건 산 위로 뛰었다. 얼마나 뛰었을까. 몸에 땀이 흥건하고 차오른 숨이 목까지 올라와 헐떡거리고 있었다. 어디까지 뛰어올라왔는지는 몰라도 세상에 모든 불빛으로부터 멀어졌다. 주저앉은 바닥엔 가랑잎이 엉덩이에 깔려 포근했다. 몇 대접 마신 탁배기 기운도 있었지만 숨 가쁘게 뛰어오른 고단한 몸이 금세 잠에 빠져들었다.

미지산을 두른 새벽안개가 는개처럼 초목을 적시고 있었다. 날은 밝을 듯하다가 산사를 누르고 있는 습기에 젖어 꾸물거렸다. 문득 요사 쪽을 바라보니 아무런 기척이 없다. 오랑은 절 마당을 한 바퀴 휘휘 돌아 다시 공양간으로 들어가서 남은 감자라도 몇 알 삶아보려고 아궁이에 불을 지폈다. 이제 남은 건 감자 몇 바가지뿐이었다.

으슬으슬한 몸으로 불 지핀 아궁이 앞에 웅크리고 앉으니 따스함에 덜 깬 잠이 깜박 다시 들었는가 싶었는데 뒤에서 누군가 엉덩이를 냅다 걷어 찼다. 기어이 이마를 부뚜막에 짓찧고서야 아궁이에 뜨거운 불을 피해 일어섰다. 눈을 비비고 정신을 차리니 장삼이 흠뻑 젖은 채 바랑을 메고 내려다보는 승의 얼굴이 낯설었다. 신새벽부터 또 어디서 온 걸승일까. 어젯밤에도 근원을 알 수 없는 걸승 하나가 다녀가더니 오늘 새벽에 하나가 또 왔다.

"안개에 옷이 많이 젖었어요. 이리 오셔서 말리셔요."

"허허 이놈. 안개가 아니라 구름이다."

"구름은 하늘에나 있는 거잖아요."

"여기가 하늘이다. 그러니 구름이다."

"아직 날도 밝지 않았는데 하늘인지 구름인지 보여요? 이슬에 젖어 축축하구먼요."

장삼 아랫자락이 한 발 옮겨 딛을 때마다 치렁치렁 다리에 감겼지만 승은 아랑곳 않고 바랑을 벗어 그 안에서 보퉁이를 하나 꺼냈다. 겹으로 싼 베보자기를 펼치더니 덩어리를 하나 손에 쥐고 입으로 베어 물었다.

"한 입 먹겠느냐?"

비린내가 확 풍겼지만 뒤끝은 구수하게 남았다. 첫 냄새와 생긴 모양으로 보아 네발가진 짐승을 삶은 다리였다. 오랑이 머뭇거리자 승은 고깃덩어리를 아궁이에 넣어서 불기운에 쓰윽 그슬리더니 한 입 물어뜯고 우물우물 씹었다.

"스님이 어찌 살생을."

"공양이다. 이미 죽은 육(肉)일 뿐이다. 죽어 그 육이 살아있는 이의 먹이가 된다면 그 또한 제 복이다. 자아."

승이 고기의 발목을 손잡이 삼아 쥐었고 넓적다리 살이 오랑의 입에 닿았다. 회가 동하도록 구수한 냄새가 코를 찌르자 못 참고 덜컥 물었다. 오

136

랜만에 물어보는 고기 맛이었다. 입 안 가득히 불 끄슬린 고기가 씹히면서 침이 돌고 입맛을 돋웠다.

"오늘 공양은 뭐냐?"

"감자를 조금 삶고 있어요. 남은 게 이뿐이라서."

"주승은?"

"달포를 잡고 공양거리를 구하러 내려갔는데 아직도. 안개가 걷히면 올라오시려는지?"

"안개가 아니라 구름이라니까."

"네, 네 아무튼 걷히면요."

"조선 하늘에 구름이 걷히려면 아직도 멀었다. 그러니 너희 주승도 돌아오기는 쉽지 않을 거다."

오랑은 승의 앞에서 노골적으로 고개를 갸우뚱거리다가 도리질을 쳤다. 혹시 이거 아니냐고 손가락을 머리에 대고 빙빙 돌려도 보았다.

"허허. 고놈. 머리가 잘못 돈 건 바로 네놈이다. 기왕 절간에 들어온 놈이 불심이 제대로 박혔다면 고기를 억지로 베물었더라도 토해낼 일이지 그걸 삼켜? 절이라면 부처를 모셔야지 불전에다 온갖 잡신을 다 걸어놓고 섬기니까 그렇지."

어느새 부지깽이가 오랑의 종아리를 여러 번 후려쳤다. 오랑은 그걸 곱다시 맞았다. 끝까지 거절하든지 입에 물었더라도 내뱉든지 했어야지. 맛에 혹하여 삼켜버렸으니 정화수로 수십 번 양치질을 해서 헹궈내도 그 몸 그 입으로 부처 앞에 서기는 이미 글러버렸다. 불목하니로 겨우 삼 년을 못 넘겼는데 난데없이 나타난 걸승의 낚싯밥에 덜컥 걸려들었다. 이른 새벽에 느닷없이 나타나서 잔뜩 낀 안개를 구름이라고 하더니만.

"그럼 스님은요?"

오랑이 더는 못 참겠어서 볼이 붉고 불만이 가득한 목이 꽉 메었다가 눈물과 함께 터지기 직전이다.

"구름을 안개로 보는 네놈과 구름 속으로 뚫고 들어온 내가 같으냐?" 하면서 승은 솥을 열어 감자 한 알을 집었다. 뜨거운 티도 내지 않고 태연하게 입에 물고 우물우물 씹었다. 하나를 더 꺼내서 오랑에게 건넸다. 오랑이 마지못해 받아서 껍질을 벗기려 하자 승의 손이 어느새 감자를 낚아채서 자기 입에 넣었다.

"껍질을 벗겨낸 건 감자가 아니다. 절간에 들어와서 감자를 감자 그대로 공양 못하면 굶어야 한다."

이 사람이 도대체 누군가.

"스님은 어느 절에서 왔어요?"

"너야말로 어디서 왔느냐? 조선엔 이제 절이 없다. 아니다. 내가 머무를 절이 없다."

"그러니 걸승이지요."

오랑은 꼬지지 때가 묻은 장삼 아랫자락을 내려다보며 지금까지의 수모를 되갚으려고 상대를 향해 구걸하는 걸승이라 둘러치며 침을 뱉듯 한마디를 더 내뱉었다.

"평생 탁발이나 다니는 걸승."

승이 그 말에 아랑곳하지 않고 오랑을 가르쳤다.

"네 주승은 여길 버리고 왜절을 찾아서 길을 떠났을 게다."

"왜절이요?"

"그렇다. 왜절. 조선절이 아니라 왜절이다."

"왜절이라면?"

"허허 세상 물정 모르고 사는 이놈이 바로 신선이로구나."

오랑이 잠자리 삼아 지내는 공양간에 개켜놓은 거적을 승이 펼치고 앉아 다리를 뻗었다. 아궁이 열기를 받자 바짓가랑이 사이에서 김이 모락모락 올라왔다. 높은 키로 보아 굵직하고 펑퍼짐해야 할 넓적다리에 젖은 장삼이 달라붙어 삭정이처럼 가늘게 드러났다. 오랑은 그걸 보자 가볍게 품었던 분노가 사그라져 슬그머니 '측은' 쪽으로 넘어갔다. 몰골을 보니 엊저녁도 굶은 채로 예까지 어둠을 더듬어 올라온 모양이다. 그래도 꼬장꼬장하게 체통을 지키려는지 몸을 눕히지 않고 곧게 앉은 채로 지그시 눈을 감는 얼굴에 우수가 비쳤다. 처음부터 거드름피우는 말본새로 봐서 굶주린 배를 달래기 위함만은 아니리라.

그가 양손에 든 탁(鐸 목탁)과 채가 옻칠로 반질반질하여 그의 두상을 닮았다. 아궁이에서 나오는 불빛에도 점점이 박혀 있어야 할 머리에 검은 점, 머리카락의 뿌리들이 없었다. 두피가 머리카락의 뿌리조차 삭아버린 맨살이었다. 그의 삭정이 같은 다리를 보면 필경 그가 불가에 든 후부터 필요가 없어졌을 머리카락은 한 올 한 올씩 자라기를 포기하여 아예 뿌리째로 말라갔으리라. 까맣게 솟는 머리카락을 사흘들이로 긁어내야 하는 번거로움을 면하고 정진 수행만 할 수 있게 되었으니 행색은 그래도 천생이 승(僧)일 수밖에 없어보였다. 풍기는 거동이 어느 큰 절에 주지로 들어앉아서 신도들이 갖다 바치는 시주나 챙기고 불법을 가르쳐야 할 고승이었다.

그런데 걸승 행세로 이 새벽에 여길 찾아왔다. 주승이 출타했다는 사실까지 알고 왔고 간곳도 꿰뚫고 있으니 오랑의 속도 이미 그의 손바닥 안에서 굴러다니고 있는 셈이었다. 그래도 우리 절에 든 사람이니 먹여야 한다. 걸승이 불 앞에서 가부좌를 틀고 눈을 감은 채 우물거리던 입을 멈추자 오랑은 솥뚜껑을 열어 김을 날리고 대꼬챙이로 감자를 찔러내어 바구니에 몇 알을 담았다. 그걸 들고 공양간을 나가려다 되돌아와서 승의 앞에 몇 알을 놓았다.

"가져가거라. 이걸 먹어야 할 사람이 있지 않느냐. 왜 숨겨두느냐?"

"숨겨둔 게 아니고요 살펴주어야 할 다친 몸이라서."

'밖에 신이 없는데 안에 사람이 있다면 숨겨둔 게 아니고 뭐냐? 숨은 게 이 절의 주승은 아닐 테고 주승 모르게 숨겨놓은 사람일 테지."

이미 절을 한 바퀴 휘둘러보고 불빛이 보이는 공양간으로 들어온 게 분명하다. 초라한 요사(寮舍)까지 다 훑어보았으리라. 오랑은 머쓱해서 승 앞에 놓았던 감자를 다시 바구니에 주워 담아 공양간을 나왔다. 아직 어둠인데 잠깐 사이에도 옷자락이 물기에 젖어 치적거리며 다리를 휘감았다. 문고리를 따고 안으로 들자 서른을 갓 넘었을 법한 사내가 앉은 채로 합장하고 고개를 숙였다. 상투도 못 올렸고 그렇다고 깎지도 못한 머리를 길게 늘어뜨렸으니 아직 승도 아니었다. 오랑은 그 앞에다 감자바구니를 내려놓았다. 사내는 다시 고개를 숙여 고마운 표시를 했다. 어디서 어떻게 다쳤는지 모르지만 얼굴이 여러 군데 긁혀 있었다.

얼마 전에 낯선 이 자를 거둬들였는데 오늘 또 난데없이 세상을 떠도는 걸승이 찾아들었다. 이러다가는 그나마 남은 공양거리마저 떨어질 날이 머지않았다. 그렇다고 내 절에 들어온 사람을 굶길 수도 없고 돌려보낼 일은 더욱 아니었다. 그게 모두 대책 없이 오지랖만 넓은 주승의 뜻이었다.

'절을 찾아오는 사람은 속세에서 시달리고 지친 몸들이다. 오죽하면 이

140

깊은 곳까지 올라오겠느냐. 누가 어느 때 오드라도 마다하지 말고 빈속을 채워주고 언 몸을 따뜻하게 데워서 부처의 자비를 입혀 보내야 한다. 그게 공양간을 맡은 네가 부처의 중생구제를 위해서 할 일이다.'

오랑도 예전에 독섬에서 험한 일을 당하고 지친 몸으로 그렇게 들어왔다. 그러니 주승의 말이 아니라도 이렇게 깊숙한 곳까지 찾아오는 사람이라면 세상에서 더 이상 피할 곳이 없는 사람이 틀림없었다. 처음에는 모두 입을 열지 않다가 하루하루 받아먹는 끼니로 몸이 슬슬 풀어지면서 입을 열기 시작했다. 사연에 따라 울음도 달라서 눈물을 감추고 소리 없이 흐느끼기도 하고, 가슴에 품은 설움을 못 참아 통곡으로 뭉친 속을 풀어내기도 하고, 모두가 제 가슴만으로 삭여내기에 벅찬 한들이 있었다.

이번에 들어온 사내는 유별나서 수삼일이 지났는데도 이렇다 저렇다 말 한마디 없었다. 처음에는 괘씸하다 싶었는데 합장하여 허리를 굽히거나 고개를 숙이는 몸짓이 미안하고 고마워서 어쩔 줄 모르는 몸짓이었다. 아직 아무 말도 못했지만 오랑은 절밥 삼 년 눈치로 그걸 알아챘다. 그런데 들어온 지 사흘 내내 눈여겨봐도 소리를 알아듣는 기척이 없었다. 말을 걸어도 못 들었는지 대답이 없고 소리를 질러도 눈동자와 얼굴표정이 변하지 않았다. 처음에는 무시하는 기분이 들어 슬그머니 화가 치솟았는데 귀가 어두운 정도가 아니고 아예 깜깜인 걸 알게 되자 그가 그지없이 가여워지기 시작했다.

짐작은 맞았다. 불 없이 침침한 방 안에서 발을 헛짚어 그가 밥을 얻어먹기 위해 유일한 재산으로 갖고 다녔을 쪽박을 밟아 깨고 말았다. 그 소리가 어둠 때문이었는지 오랑의 놀라는 비명보다 컸다. 그때도 그는 아무런 소리를 못 들었는지 태연했다. 불을 켜고 오랑이 깨진 바가지 쪽을 보여주며 미안해하자 괜찮다는 뜻으로 사양하며 양손을 휘저었다.

불안해하던 그가 벗어 놓은 짚신을 안으로 들여놓자 비로소 안도하는 얼굴이었다. 객지 밥만 굴러먹은 오랑이 그 눈치로 무엇에든 누구에게든 쫓기는 자임을 알아봤다. 오랑은 그런 그를 주승이 돌아오더라도 내보이고 싶지 않았다. 손짓 발짓으로 먹을 음식은 다 가져다 줄 테니 절대로 나오지 말고 방 안에만 있으라고 했다. 한창 사람들이 들고날 때는 수십여 인이 기거하던 요사의 방이니 먹을 것이 조금 부족할 뿐이지 그가 머물러 있을 곳은 널찍했다. 그런데도 방 안에 방석이며 목침이며 이불과 잡동사니를 쌓아놓은 뒤편 으슥한 곳에만 있게 했다.

문밖 댓돌에 신을 치웠으니 그렇게 하는 게 맞았다. 쌀독에 바닥이 긁히는지가 벌써 꽤 오래되었는데도 주승은 대책도 없이 찾아오는 사람은 모두 거두라고 했다. 오랑은 주승의 뜻과 달리 은근히 시주하려고 오는 사람을 반기고 빈손으로 오는 사람을 박대했는데 그 사내만은 유별나게 대했다.

보기 드문 장신이었고 얼굴은 비록 얽었을지언정 언제 보더라도 볼 때마다 새로워 보였다. 말을 못하고 듣지 못해서 그렇게 보이는지 오랑의 마음이 그래서인지 번번이 낯이 설어보이기는 했지만, 그렇다고 두렵거나 거북살스런 얼굴은 아니었다. 아무래도 조선사람 같지 않다는 생각이 부쩍 들면서부터 굵직굵직한 골격에 눈이 끌렸다. 그가 그 나이 먹도록 무얼 하고 살던 사람인지, 태생이 어디인지, 왜 그리되었는지 도무지 알 수가 없으니 선뜻 주승 앞에 내놓을 수도 없었다. 주승이 그를 본다면 절에 앉혀둘 사람인지 내려 보낼 사람인지 분별이야 되겠지만, 오는 사람을 가리지 않고 받아들인다면서도 은근히 사람을 가려보는 데가 있으니, 도

142

로 내려 보낼 사람이랄까 봐서 오랑은 눈길이 끌리는 그를 막연히 잡아두고 싶었다.

"됐다. 감자 먹는 걸 보니 아궁이 앞에서 졸고 있는 이 절간에 덜 떨어진 불목하니보다 낫다."

걸승은 감자껍질을 벗기지 않고 입에 넣는 그가 맘에 든 모양이다. 승은 오랑이 들어오면서 깜박 잠그지 않은 문을 뒤쫓아 들어와서 다 보았다.

"허락도 듣지 않고 이렇게 막."

"허락도 없이 들어왔다는 말이냐? 언제부터 구걸대사가 절간에 요사 객방을 불목하니 허락받고 드나들어야 하는 곳이 되었더냐? 가자. 여기 와서 숨는다고 하늘이 네 손 하나로 덮일 줄 알았느냐. 구름인줄 알고 숨어들었더니 안개 속이라는 걸 몰랐느냐? 겉에서 보기에는 손에 잡힐 듯 덩어리가 보이다가도 안에 들어와서 보면 더욱 알 수 없는 게 구름 같은 불법이다."

오랑은 들었으되 사내는 듣지 못했을 것이다. 사내는 걸승을 보자 소스라치게 놀라며 새파랗게 질려 입에 넣고 우물거리던 감자를 마저 삼키지 못하고 그대로 흘려 내렸다. 영문을 알 수 없는 오랑이 두 사람을 번갈아보며 서로 어찌된 곡절인지 알아내려고 애를 먹었다. 사내는 쫓기는 쪽이고 걸승은 쫓는 쪽인 모양인데, 세상에 야속한 게 우연이라고, 그가 겨우겨우 숨어든 곳을 걸승이 요행스럽게도 찾아낸 것은 분명해보였다. 그가 어떤 연유로 쫓기는지는 모르지만 주승에게도 안 내보인 사내를 난데없이 찾아든 걸승에게 들켜 빼앗기기는 너무 허무한 일이었다.

사내는 여전히 말을 못하고 그의 앞에서 두 손바닥을 비벼댔다. 무언가 지은 잘못을 용서해달라는 뜻일 게다. 무얼 잘못했다는 말인가. 오랑은 들켰다는 낭패감에 그를 빼앗긴다는 박탈감이 더해오더니 그들의 관계가 어떠하며, 쫓기고 쫓는 사연이 무엇인지 알고 싶은 궁금증이 더해갔다. 걸승이 그 사연을 한갓 불목하니로나 들어와 있는 오랑에게 쉽사리 얘기해 줄 것 같지는 않았다.

"이 사람이 무슨 죌 졌나요?"

"아니다. 이 자는 죄 아닌 일을 제 죄로 알고 있다. 그런데 지금은 그마 저 모른다."

"그러면 그대로 두세요. 데려가지 말고요."

"그럼 평생 제가 죄인인줄로 알고 살아갈 거다. 데려다가 그걸 풀어줘 야 한다."

그때서야 오랑은 고개를 끄덕였다. 알고 싶어 하던 곡절을 더 듣지 않아 도 되겠다. 안심하고 그가 데려가도록 보내줘야겠다 마음먹고 오랑은 사 내에게 눈짓으로 침구 쌓아두는 구석방에서 큰방으로 나오게 했다.

오랑의 자격지심인지, 선해 보이기만 하던 사내의 눈은 오랑을 바라보 면서 고자질을 당했다는 원망의 눈초리가 가득해보였다. 자기를 지켜줄 줄로 믿고 찾아든 곳이었는데. 움츠러든 그의 몸에선 아직 놀라움 끝에 남 은 두려움이 풀리지 않았다. 어떤 말을 하더라도 못 들을 테니 그가 죄를 짓지 않았다는 걸 알게 하려면 걸승이 데려간다고 해도 어지간히 애를 먹 어야 할 것이다. 걸승은 바랑에서 뜯어먹다 남은 고깃덩이를 꺼내 사내에 게 건넸지만 사내는 차마 받지 못하고 망설였다. 오랑이 그걸 받아 사내의 손에 쥐어줬다. 그렇게라도 안심시키려는 거다.

세 사람 모두 뜨듯한 방바닥에 온기를 느끼면서 걸승은 눈을 감고 염주 알을 돌렸다. 한 알 한 알이 손에 만져지면서 지나갔던 염주 알이 되돌아오듯이 본래의 세상은 그렇게 돌아가야 한다. 돌리던 염주 알이 하나씩 돌다가 잠시 잠깐씩 머물러 있을 때 사내는 터져 나올지 모를 걸승의 입을 보며 매우 불안해했다. 알 수 없는 불안에서 헤어나보려고 모두 그 앞에서 합장하고 눈을 감았다.

두꺼운 구름에 잠겨있을 산속은 시간이 꽤 지났는데도 밝아올 줄 몰랐다. 주승이 멀리 출타하였다니 새벽 예불 소리가 날 리 없었고, 그러니 더욱 고요했지만 방 안은 따뜻하므로 나뭇잎을 축인 물방울 떨어지는 소리가 까무룩 몰려드는 졸음을 이따금씩 깨워댔다. 오랑은 정신을 차리려고 애를 썼지만 어젯밤을 꼬박 새우다시피 하여 눈꺼풀이 점점 더 무거워졌다. 공양간에서 잠을 자기로 한 건 그 사내가 여전히 신경이 쓰여서다. 나중에야 그가 못 듣는다는 걸 알았지만 오랑이 아무리 목소리를 가라앉혀서 굵게 한다 해도 끝이 높아지면서 가느다랗게 모아지는 여음(餘音)은 감출수가 없었다. 다행스럽게도 사내가 여태껏 알아챈 눈치가 없는 걸 보면 귀로 듣지 못하는 건 틀림이 없어보였다.

새벽에 들어온 걸승도 그러한 오랑의 목소리를 의심할 만도 한데 오로지 사내를 데려가려는 데 정신이 쏠려 여태껏 딴전이었다. 젊잖게 앉아서 날이 더 밝기를 기다리는 걸까. 구름이든 안개든 걷히기를 바라는 걸까. 굴려대는 굵직한 염주 알에 속셈이 들어 있을 법도 한데 입 속에서 웅얼거리며 읊조리는 독경소리는 곡조를 타고 있는 게 분명함에도 도무지 한 구절도 알아들을 수가 없었다.

오랑이 눈을 떠서 사내를 힐끗 보니 여전히 눈을 감고 있었다. 듣지도 못하고 눈마저 감으면 밤이 아니라도 그에게 세상은 절벽일지도 모른다. 그렇게 얼마나 지났을까.

"자. 이제 가자."

걸승이 문밖을 열어보기라도 한 듯 날은 맑게 개어 있었다. 방 안에서 방 밖에 개임을 알고 있으니 떠도는 걸승일지언정 적어도 땡추는 아니다. 아니, 오랑이 아직 모르고 있는 천하에 고승일지도 모른다.

"저어. 스님. 우리 주승이 왜절로 갔다니요?"

오랑은 공양간에서 들어두었던 게 있어서 문을 나서려는 걸승에게 뜬금없이 물었다.

"장차 이 절도 왜절이 될 거다. 부처가 있어야 할 절에 허약한 다른 영(影)이 걸려있지 않느냐. 미지산에 조선 절은 이제 얼마 안 남았다."

나서려는 사내의 등에 얹는 걸승의 손이 자비가 서린 듯. 제 피붙이를 만지듯이 살가웠다. 머리카락 한 올 없는 걸승의 이마 아래 희끗희끗한 눈썹은 바람에 휘날릴 정도로 무성하게 우거져 있었다. 머리는 뿌리마저 없으나 풍성한 눈썹을 보니 지금은 비록 걸승이라도 그동안 절밥을 먹을 만큼 먹었을 것이다.

"저어. 스님. 어느 절인지는 모르더라도 법명을 남겨주신다면."

오랑은 어렵게 건네는 그 말에 조심스럽게 정성을 들였다.

"법명은 무슨 법명. 그냥 여응(呂應)이라고 새겨둬라. 세상이 하도 어수선하여 다시 만날 일이 있을까 모르지만."

여응? 오랑은 욕심이 났다.

"저 행자 이름도 좀."

"아직 없다."

단정하는 걸 보니 이미 서로 알고 있는 사이였을 거라는 예상은 맞았다. 그러나 또렷하게 솟던 연기를 보고 손에 쥐려다가 헛잡은 듯 허망했

146

다. 이름마저 모른다면 지금까지 아무것도 알아내지 못한 그의 형상이 떠나는 순간 머릿속에 잡히지 않고 햇볕 받은 안개처럼 스르르 지워져버릴 것만 같았다. 오랑은 한숨을 길게 내쉬었다. 그래도 어째볼 수 없는 순간이었다. 이것도 이별이라 해야 하나. 다시 돌아올 사람을 보내는 작별이라면 희망이라도 있을 텐데.

걸승의 손에 사내의 손이 잡혔고 사내가 포기했는지 승이 끄는 대로 따라 나서며 여전히 떨고 있었다. 두 사람마저 떠나고 나면 오랑은 이제 적막강산에 홀로 남아야 한다. 걸승의 말대로 주승은 영영 돌아오지 않을지도 모른다. 날이 밝으면서 가을잎사귀들은 안개 알갱이를 모아 빗방울로 떨어뜨리고 있었다. 사내는 걸승의 뒤를 따라 내려가다가 물끄러미 바라보는 오랑을 향해 여러 번 뒤를 돌아다봤다. 사내답지 않게 다소곳이 오랑에게 고개를 숙여 보이고 내려가는 긴 머리채는 절 앞으로 흐르는 계곡에 참나무를 엮어 건너지른 다리를 건너 오솔길 모롱이로 돌아 사라졌다. 그렇게 떠나간 사람들은 거개가 되찾아오는 법이 없이 상원사를 잊어버렸다. 저 사내도 그럴 수밖에 없어보였다. 절 마당에 조 알갱이라도 뿌려놓아야 다시 모여드는 새들만이 오랑의 유일한 친구가 될 것이다.

승은 승이로되

오랑은 차라리 속을 감춘 그대로 꾹 참고서 상진마을 함정머리 여숙에서 중노미 노릇이나 하는 게 나을 걸 그랬다. 그 시절에는 집집마다 곡간이 비었어도 길가는 나그네들 주머니에서는 쩔렁거리는 엽전소리가 났다. 그 엽전을 하나둘씩 얻어 챙겨 노끈에 꿰다보면 꾸러미는 얼마안가 묵직해졌다. 그날 주승을 만나지만 않았어도 예까지 올라오지는 않았다. 절에 들어앉아서 밥만 해주면 평생 배곯지 않게 해주겠다기에 따라 올라왔는데, 삼 년을 배불리 먹다가 나라에 왜인들이 들어왔다는 소문이 돌기 시작하면서부터 절을 찾아오는 사람이 줄어들고, 시주가 끊겨 공양간에 양식이 줄어들더니 주승이 먹을 것을 구하러 탁발을 나서야 하는 지경에까지 이르게 되었다.

오랑은 요사로 들어가서 오랜만에 사내가 머물던 자리에 벌러덩 드러누웠다. 난데없이 조약돌만한 돌멩이 같은 것이 등에 박여왔다. 무언가. 손

148

으로 방바닥을 쓰다듬어 봤더니 만져지는 게 조그만 종지 같기도 한데 제법 모양을 낸 놋쇠붙이 종(鐘)이었다. 전에 못 보던 물건이니 사내가 수중에 지니고 있었다가 떨어뜨리고 간 게 분명해보였다. 얼마나 손으로 주물렀던지 겉에는 반질반질한 손때가 묻어 있었다. 꽤나 귀하게 여기던 물건인 모양이다. 오랑은 그걸 들고 황급히 뛰쳐나가 내려가는 오솔길 모롱이를 돌아서려다 멈칫 섰다. 손 안에 감싸이는 종이 땀에 젖었지만 꽉 움켜쥐었던 온기로 따뜻했다. 쫓아가서 이마저 주어버리면 그 사내의 흔적은 오랑의 손에 아무것도 남지 않게 된다는 생각이 들자 내려가려던 발길을 멈췄다. 종은 반질반질하여 그 사내의 냄새가 풍겼다. 오랑은 그걸 허리에 달린 주머니, 염낭 안에 넣었다. 혹 다시 찾으러 올라오더라도 상원을 떠나기 전에는 절대로 내주지 않으리라. 기회 봐서 어떻게든 따라나섰어야 할 사내였는데 걸승한테 뺏겼다.

상원사 주승이 절을 등지고 길을 나서기 얼마 전이었다.

해 저무는 가람에 바랑을 멘 걸승 하나가 찾아들었다. 오랑은 그를 요사로 안내하려고 하자, 걸승은 하루 묵기를 청하는 게 아니라 주승을 만나자고 했다. 오랑이 주승을 부르러 가고 말고 할 것도 없이 마침 본전에서 저녁예불을 마치고 나오다가 자기네들끼리 마주쳤다.

"어느 절에서 오셨는지요."

"떠도는 땡추요."

주승은 딱해보여서 물었지만 걸승은 합장도 안하고 되바라지게 대답했다.

"그래도 어느 절엔가 승적은 있을 테지요."

"배고픈 중들이 모두 먹고살겠다고 너도나도 환속하는 마당에 승적은 무슨 적이요. 떠돌면서 한 술 밥에 하루 살면 그만인 것을."

"이 깊은 곳까지 한 술 밥을 구하러 온 건 아닌 것 같구려."

주승은 걸승의 속내를 얼른 알아채지 못해 되물었다.

"조선의 불도가 다 망가져 가고 있어 답답해서 이렇게 절마다 찾아다닌다오."

기왓장 사이로 풀이 무성하게 자라도록 내버려둔 요사의 지붕을 보고 걸승이 혀를 차며 한숨을 내쉬고 마음 아픈 시름을 해댔다.

"그런다고 쇠해가는 사부대중의 불심이 살아난답디까. 도학과 유학쟁이들로 판치는 나라가 이미 석가모니를 버렸는데도?"

걸승은 주승의 눈치를 보며 기회를 잡아챘다고 생각했는지 눈을 똑바로 뜨고 본격적인 얘기를 시작했다.

"귀승의 말씀이 옳아요. 나라가 우리 불자들을 버린 지가 오래요. 나라에서 필요할 때는 노비처럼 끌어다가 축성에 쓰고 궐 짓는데 쓰고, 난리 때는 창칼 들려서 부처 말씀까지 어겨가며 사람의 목숨마저 끊는 살생을 하라고 하더니. 유학쟁이가 판을 치는 조정에 관리들은 벼슬자리에 방해가 된다고 절에 발길을 뚝 끊고 있어요. 애먼 백성까지 지레 겁을 먹어 중을 무당 보듯 하고 절을 당집처럼 알고 있잖아요."

그의 말을 듣고 있던 주승이 찔끔했다. 절을 장천사로 삼고 도교의 시조인 장도릉의 초상까지 걸어놓은 걸 물리치지 못하고 있는 정일관을 두고 하는 소리 같았다.

"그래서 말씀이요. 들리는 소문에 멀리 부산포에는 바다 건너 일인들이 들어와서 모여 사는 초량왜관이라는 곳이 있는데, 일본 본토에서 건너온 대사 하나가 절을 세우고 들어앉았대요. 그 절 이름이 바다 건너 본토에 동본원사라는 큰 절의 포교소인지 출장소인지 그렇답니다. 나중에는 본토 본 절에 딸린 별원이라고 부르더랍니다. 그러니까 그게 우리 조선에 있는 절과는 뿌리와 갈래가 아주 다른 거래요. 거기도 파가 있어서 무슨 파냐 하면 대곡파라고요. 그 절이 서고 일승이 왔다는 소문이 부산포 바닥에 쫙 퍼지자마자 조선에서 번듯한 절에 주승들은 그 일본 절에 본전 문지방이 닳도록 드나들고 있대요. 그 중의 이름이 오촌원심(奧村願心)이라나 아니 그쪽 나라 말로 오쿠무라라고 하던가, 엔싱이라고 하던가? 어쨌든 우리와 다르게 이름이 네 자나 되는데 그네들이 믿는 대곡파에 대해서는 통변하는 사람이 알아듣기 쉽고 자세하게 얘기해준다고 하네요."

잠자코 듣고만 있던 주승은 배고픈 침을 꿀꺽 삼켰다.

"절을 지키는 승뿐만 아니라 드나드는 신도들이라도 거길 찾아가면 한문을 웬만큼 깨우친 사람에게는 책을 한 권씩 나눠준대요. 그게 '진종교지(眞宗敎旨)'라는 서책인데 대곡파의 정토진종이라는 게 뭔지 읽기 쉽고 알아보기 쉽게 적어놨대요. 그걸 읽어본 우리 조선에 승들은 자기가 들어있는 절을 아예 일본 절로 바꾸고 있대요. 그뿐인가요. 그 일본 절에서는 거리에서 밥을 얻어먹던 사람들을 데려다가 먹여주고, 갈 곳 없는 사람들을 재워주기도 하면서 글을 모르는 사람들은 글까지도 가르쳐 준다고 하네요. 그 사람들이 왜글을 알고 나면 그 일본 중의 설법을 듣게 되겠지요."

주승은 구미가 당겨 걸승의 입만 바라보고 눈을 떼지 않았다. 어디서 온 누구인지는 몰라도 요즈음 절을 버리고 떠날까 하는 주승의 속을 꿰뚫어 보고 하는 말 같으니. 불상 머리에 앉으려는 파리만 날려 보내면서 이 절을 계속 지키고 있다가는, 본당 안에서 가부좌한 채로 경을 읽다가 굶어

죽을 게 빤한 이때에 귀가 솔깃한 소식이었다. 불법을 깨우치려고 불가에 들어왔지만 빈 배를 움켜쥐고서는 눈에 아무것도 들어오지 않았고, 목탁을 있는 힘껏 내리쳐도 귀만 아팠지 가슴엔 아무것도 울려오지 않았다.

"그래 거길 가려면 어떻게 가야 하고 그 용하다는 일승을 만나려면 어떻게 만나야 되지요."

걸승이 미리부터 말해주고 싶었지만 참고 물어오길 기다리던 대답이었다.

"예. 부산포라는 데를 가면 바다 가까운 곳에 송현산인가 용두산인가 하는 산이 하나 있는데 바다 쪽에서 반대편 산 밑으로 동본원사 부산별원이라고 하는 절이 있어요. 그 절 안에 들어앉아있는 사람을 만나야 돼요. 그 절 이름이 그 나라 말로 하면 히가시 혼간지라나 뭐라나. 하여튼 오구무린지 오쿠무란지 그 중을 만나야 된대요. 같이 온 중이 하나 더 있는데 히~뭐라더라. 아, 히라노. 그쪽은 불력(佛力)이 좀 빠지는 것 같고요."

"여기서 부산까지 가려면 달포는 잡고 걸어야 할 텐데요."

"그럴 필요까지 없고요. 벌써 경성에도 목멱산 밑에 그 절이 들어와 있대요. 거긴 경성별원이라고 부르는데 부산에 이어 원산별원을 세우고 인천별원을 세운 다음에 세워 논 일본 사람들의 절이래요. 그러니까 도성 안으로 들어가서 그 일승을 만나면 부산까지 먼 발걸음을 안 해도 되겠지요."

"대체 일본 중이 어떤 중이고 전하는 불법이 어떤 내용이기에."

"그 사람이 나눠주는 진종교지에 다 적혀 있다는데 그 속 내용이 무언고 하면."

걸승은 여기서 입맛을 쓰윽 다셨다. 주승이 연잎 우려낸 차를 건네며 눈짓으로 어서 목을 축이고 얘기하라고 재촉했다.

"가셔서 직접 들으시는 게 나을 거요. 밥이나 얻어먹고 다니는 걸승의 입으로 그걸 함부로 전하고 다닌다는 게 또 그 불법의 도를 그르치는 일이오. 산사가 참 조용하고 산세도 장엄하군요. 주승."

걸승은 숨이 넘어가도록 궁금증만 키워놓고 나서 딴전을 피워댔다. 눈치 빠른 주승이 그를 밤새 잡아두고 얘기를 더 들을 양으로 밖에다 대고 오랑에게 공양 준비하라고 일렀다.

"내가 절을 떠나서 탁발로 세상을 떠돈 지가 십오 년이 넘어가는데 앞으로 몇 년을 더 이 짓하다가 죽을지는 모르겠지만 이 조선은 이제 서쪽으로 저무는 해요. 조선에 새아침이 오려면 동쪽에서 새로운 해가 떠올라야 한단 말이오."

"꼭 그렇지만은 않아요. 이 나라 조정에서 아무리 유학군자를 앞세우고 불자들을 천시한다고 하지만 내로라하는 사대부들은 알게 모르게 원찰로 제 절 하나씩 다 갖고 있어요. 우리가 그 줄을 제대로 못 타서 이 모양이지요."

"절이 줄을 타야 한다? 중이 광대놀이를 해야 한다는 얘긴가 본데 그건 부처의 뜻이 아니지요. 어쨌든 여기서만 밥줄을 기대지 말고 한 번 찾아가 봐요."

오는 삼월 열아흐레 날, 보름달이 반쯤으로 줄어들 때에 경성에서 큰 법회가 열린다고 하는데 생각이 있으면 그리 가보시오. 그 어른의 설법을 한 번 들어보시란 말이오. 흥인문으로 들어가서 그길로 쭉 따라가다 탑골로 들어가는 길목에 개울을 건너면 갑신년에 사라졌다는 유대치 선생이 하던 큰 약방이 나와요. 그 약방에서 왜성대 밑, 주동에 진종대곡파 포교소

로 가는 길이 어디냐고 물으면 잘 알려줄 거요. 아니면 흥인문에서 수구
문 쪽으로 성곽 길을 타고 사뭇 가다가 목멱산에서 밑자락으로 돌든가. 그
날짜가 삼 월 열아흐레요."

이 대목에서 걸승은 걸승답지 않게 근엄하고 신중했다. 할 말을 다 마쳤
는지 벗어놓았던 바랑을 메며 일어섰다.

"공양 준비하고 있는데요."

"아니오. 이 안에 공양거리는 갖고 다니니 걱정 마시오. 소승은 사흘 안
으로 미지산에 들어 있는 절들을 다 돌아야 하오."

알고 보니 걸승이 아니었다.

"귀승의 법명이라도 남기고 가신다면."

"십오 년 탁발승에게 법명이 어디 남아있겠소. 거리에서 주린 배 채우려
다가 이름까지 떼 내서 개천(開川: 淸溪川)에 버렸지요. 경성 땅 개천에서 용
이 못나고 승은 나왔으니 그냥 개천승이라고 기억해두시오."

그러며 걸승은 휑하니 바람만 일으키고 나가버렸다. 주승은 걸승이 떠
난 뒤 허공을 바라보자니 묘한 기분이 들었다. 요즈음 대처에 나가서 언뜻
일승이 들어왔다는 얘기를 듣기는 들은 적은 있었다. 그냥 시류 따라 이곳
저곳으로 들어오는 일인들의 모양 중에 하나일 뿐이라고 생각했는데, 나
라 안에 승이란 승은 다 모여들고 신도들도 저 다니던 절을 버려두고 그
리 모여들고 있다는 소문을 듣던 차에 걸승이 나타나서 용한 일승이 경성
에도 왔다는 바람을 일으켜놓고 갔으니, 그가 대체 어떠한 인물인지 궁금
한 마음만 더해갔다.

주승은 그날 밤 이런 저런 생각으로 뒤치락거리며 잠을 설쳤다. 겨우 잠
이 들었는가 싶었는데 사천왕들이 눈앞에서 희죽 희죽 웃으면서 으르고

겁주고 희롱을 해댔다. 이게 무슨 짓들이냐. 네놈들은 이 절을 지을 때에 내가 만들었다. 만들어준 은공도 모르느냐. 그러나 사천왕상은 막무가내로 덤벼들었다. 부처를 지키라고 수문장으로 만들었으면 먹여 살려야지. 석 달 열흘 굶겨놓고 무슨 놈에 부처를 지키라는 건지. 절지키는 수문장은 이슬이나 먹고 사나? 부처님 앞에 시주로 올리고 남은 공양이라도 얻어먹어야 살지.

쫓는 사천왕들을 피해서 주승은 밤새도록 산을 치뛰고 내리뛰며 피해다녔다. 새벽녘에 깨어나니 온 몸에 식은땀이 흘렀다. 그간 섭생이 부실했던 탓에 몸이 허약해졌을 게다. 아니다 수행이 부족한 탓이다. 잠꼬대를 해댔는지 오랑이 불안해서 깨우며 물었다.

"무슨 꿈을 그렇게 꾸셨어요. 밤새도록 물러가라. 물러가라. 하시던데요. 절더러 물러가라고 하시는 건지요. 이 절 안에 저 말고 누가 더 있다고요."

깨어난 주승은 입에서 흘러내린 침 자국을 손으로 닦아내며 방 안을 두리번거렸다. 엊저녁에 걸승이 앉아있던 자리는 비어있었다. 주승은 벌떡 일어나 사천왕문으로 내달렸다. 날이 막 밝아오는 참이니 사천왕들이 눈을 비비며 깨어나는 듯 했다.

"물러가라는 것들이 아직도 물러가지 않았나요?"

뒤따라온 오랑이 아직도 영문을 모르겠어서 주승에게 야금야금 물어왔다.

"여기도 공양을 갖다 놔라."

"에이, 스님. 시주미가 독에서 바닥난 지가 오늘이 벌써 며칠 짼대요. 어제 왔던 그 걸승, 참 눈치 빠르대요. 우리 절에 공양거리 떨어진 줄 알고

휑하니 나가버리잖아요. 그 스님 보통 스님이 아니죠? 그리고요, 스님. 절
문 앞을 지키는 사천왕이 언제 우리가 올리는 공양을 먹고 지켰나요? 어
떤 보살님한테 들었는데 쟤들은 구천을 떠도는 악귀 중에서도 쫄깃쫄깃
한 귀신들로만 골라서 잡아먹고 여길 지킨다면서요."

"그 입 닥쳐라. 허언이 과하구나. 내 말 잘 들어라. 내 오늘 산에서 내려
가면 한 달 남짓 걸려야 한다. 잘 지켜라. 찾아오는 사람 그냥 보내지 말
고, 요사 뒷방에 보면 저 아래 연안막에서 가져온 감자 몇 바가지가 더 있
을 거다. 그거라도 먹고 지켜라. 그리고 정 못 견디겠으면 불전 앞에 시주
함을 열어봐라. 시주미 몇 됫박은 더 남아있을 거다. 이제 봄이니 풀포기
가 싹이 난다. 나물을 삶아 섞으면 곱으로 늘려 먹을 수 있겠다. 한 달이
면 돌아올 테니 그때까지 잘 지켜라."

주승은 그길로 요사에 올라가 바랑을 메고 본전으로 들어갔다. 부처에
게 떠남을 고할 참이다. 정일관(正一館). 편액은 전(殿)이 아니고 관(館)이었
다. 불전에 가부좌한 부처는 형상이고 벽에 걸린 장도릉(張道陵)은 초상이
었지만 정일관 안에서 어색하게 동거하고 있었다. 절이 쇠하자 장천사(張
天師)교도들이 아예 차고 들어앉았다. 미지산에서 남향으로 칠 부쯤 되는
기슭, 상원(上元)에 자리 잡은 상원사는 본래 이 산에 중심이었는데, 연안막
합수머리에 미지사라는 절이 다시 일어나고 용문사와 사나사, 윤필암, 죽
장암이 들어서자 초라한 암자로 절의 맥만 잇다가 장천사 교도들이 들어
와서 절을 차지하고 말았다. 겉에 정일관이라고 내걸었으니 제 집에 부처
가 곁방살이로 밀려나 절지기가 된 셈이다.

주승은 그걸 물리치지 않았다. 살생을 금하라 하였다면 뭇 신(神)의 목
숨도 소중한지라. 그가 법당 안 벽에 걸려있다고 해서 불력으로 내치지는

156

않고 동거하는 자비를 베푸는 게 마땅하다는 생각이었다. 그러니 밖에 대웅전 이름을 갈아 정일관이라고 고친들 그게 다 껍데기에 불과한데 아무려면 어떠랴 싶어서였다.

주승은 불전 앞에 따로 서 있는 입상금불을 흰 천에 고이 싸서 바랑에 넣었다. 끝까지 지켜야 할 금불이었다. 그길로 사천왕문을 나가 오랑에게는 달포쯤 지나서 오마 이르고 장삼 뒷자락을 펄럭거려 보이며 산을 내려 갔다. 이 절의 주승인데 객으로 들어온 오랑의 눈에는 떠나는 그의 뒷모습이 다시는 돌아오지 않을지도 모른다는 생각이 들었다.

그렇다면 얼마나 이대로 상원사 안에서 더 머물러 있어야 할까. 주승이 한 달 후에 돌아온다고 했지만 산이 짙푸르고 난 후에 활엽 단풍이 들어 떨어지기까지도 소식이 없었다. 본당 앞마당에는 이름 모를 풀들이 무성하게 자라다가 꽃을 피우고 누렇게 말라갔다. 얼마 안 있으면 추위까지 닥친다. 덜 무른 다래를 따먹고 배탈이 나서 혼쭐이 났고, 입이 검도록 머루로 끼니를 이어서 씨만 그득한 변을 보았지만, 겨울이 오면 그마저도 없으니 주워 모은 도토리와 밤 몇 알 외에 버틸 양식이 없었다. 이대로 가다가는 얼어 죽기 전에 굶어죽어 있을지도 모른다. 오랑은 하릴없이 주머니 안에 종만 만지작거렸다. 처음에야 허전하고 안타까웠겠지만, 그 사내는 지금쯤 이 종을 잃어버렸다는 사실마저 잊고 있을지도 모른다.

본당 안에 있던 시주미가 바닥이 났을 때 오랑은 요사 안으로 들어가서 숨겨놓았던 개짐까지 꺼내 주섬주섬 옷가지를 모아 보따리를 쌌다. 이럴 수밖에 없었다. 언제 돌아올지도 모르는 주승을 이제는 배만 움켜잡고 더 오래 기다릴 수가 없었다. 어디로든 가야 한다.

해가 산 너머로 떨어지려면 집게뼘으로 한 뼘쯤 남아있었다.

요사 방 한 구석에다 빨아서 차곡차곡 개켜놓았던 잿물치마와 허리가 긴 저고리로 갈아입었다. 길 떠나는 마당에 이제는 숨길 것도 없었다. 방 안에 길게 늘여놓았던 빨랫줄을 끊어 사렸다. 보따리를 들고 나와 절을 한 바퀴 돌면서 문이라는 문의 문고리는 모두 빨래 널던 끈으로 묶어 잠갔다. 짐승 때문이다. 마지막으로 본당 좌측 문을 열어 안을 둘러봤다. 부처는 여전히 인자한 눈으로 내려다보는데 장도릉의 초상이 합장 배례하는 오랑을 동그란 눈으로 노려보고 있었다. 떠난 장천사 교도들마저 돌아오지 않으니 아무리 초상이라지만 그도 아마 몹시 외롭고 배가 고파서일 게다.

오랑은 그 눈을 피하여 문이란 문은 모두 잠가 고리를 묶은 다음에 돌계단을 막 내려섰을 때였다. 주승이 드나들던 우측 문이 덜거덕거렸다. 누군가 안에 숨어 있었던 모양이다. 저런데도 여태껏 이 절에는 혼자인줄로 알았다니 몸에 난 솜털까지도 모두 솟아 일어나는 기분이었다. 머뭇거리다가 마당으로 내려서서 줄달음칠 양으로 보따리를 가슴에 안았다. 그런데.

"밖에 누구 있소? 이 문 좀 열어 줘요."

아마도 불상 밑으로 숨어들었던 자가 오랑이 나가면 기회를 봐서 도망하려고 했었는데 갇혀버린 모양이다. 사정사정하는 목소리는 남자였지만 힘없이 애처롭게 들렸다. 어떻게 할까. 오랑이 머뭇거리는 사이에 안에서 세차게 밀어 제낀 문고리가 이미 빠지고 고리를 묶었던 줄이 끊어지면서 문이 열렸다. 밖으로 나온 남자는 초췌한 모습이었다. 옷은 언제 적에 갈아입었는지 낡아 찢어지고 해어지고 얼굴은 수염으로 가득해서 입만 빨갛게 드러내고 있었다. 오랑은 질겁하여 뒤로 몇 걸음 더 물러서다가 털썩 주저앉았다. 남자는 계단을 내려와 오랑에게 바싹 다가오고 있었다.

"여기서 혼자 살았냐?"

158

오랑의 앳되어 보이는 얼굴을 알아보고 사내는 아이 다루듯 말을 걸어왔다.

"네에."

"겁낼 것 없다. 먹을 것 좀 있음 내놔봐라."

오랑은 도리질을 하며 보따리를 가슴에 꼭 안았다.

"그쪽 귀신이죠?"

"귀신? 허허, 석 달 굶은 걸신이다. 어디로 갈참이었냐?" 사내가 오랑의 보따리를 보고 묻자 오랑은 덜덜 떨면서 말은 못하고 잿빛 치맛자락을 여미다가 손가락으로 절에서 내려가는 쪽 반대편을 가리켰다.

"산꼭대기로 올라가겠다고? 말해 봐라. 이 절에 주지는 널 혼자 두고 어디 갔냐?"

수세미 머리는 마당에 수북한 풀을 보며 오랑에게 한 걸음 더 다가왔다. 그가 다가올 때마다 오랑은 한 걸음씩 뒤로 물러섰다.

"피할 것 없다. 오랫동안 산에 숨어살아 이렇다."

"스님은 양식 구하러 갔다가 여적껏 돌아오지 않았어요. 벌써 몇 달이 지났는데도 안와요. 아저씬 죄지었죠? 그래서 이런데 숨어 있었던 거죠"

"죄 지은 건 맞다. 나라와 황제를 지키지 못한 큰 죄를 지었다. 그런데 사람을 찾고 있다. 키가 크다. 얼굴이 됫박 같고 입으로 말은 못한다. 듣지도 못한다. 혹 여기 왔던 적이 없었냐?"

이미 떠난 그 사내를 두고 하는 말이었다.

"갔어요. 오래전에."

"주지가 잡아다 나라에 바치려고 데려갔냐?"

"아뇨. 거지같은 중이 와서 데려갔어요. 참, 그 사람 잔뜩 겁을 먹고 있었어요. 거지같은 중이 오더니 그 사람을 찾아내서 죄를 짓지 않았는데 자기가 죄인인줄 알고 있다나요. 그걸 알게 해주려고 데려간다고요."

"죄인? 이름이 뭐라더냐?"

"몰라요. 말을 못했어요. 나이가 스물이 훨씬 넘어 보이는 데 걸승의 말로는 아직 이름이 없다고 했어요. 그런데 그런 걸 왜 그렇게 꼬치꼬치 묻죠? 아저씬 이름이 뭐예요? 이름 못 대는 걸 보니 아저씬 그쪽과 다른 패거린가요?"

"어른의 이름부터 물어? 못 배웠구나. 넌 누구냐?"

"오랑이요."

"오랑이라. 거 듣기 좋고 부르기 좋은 이름이다. 난 지남세다. 여길 떠나려는 모양인데 어디로 가려느냐."

갈 곳이 딱히 없었다. 여웅이라는 승의 손에 잡혀 떠난 사내를 찾아가고 싶었지만 간 곳을 알 수 없으니 방향을 잡을 수도 없었다. 그렇다고 이 모양을 하고 예전에 있던 함정머리로 다시 갈 마음은 내키지 않았다. 대답을 못하고 머뭇거리는 오랑을 보고 지남세는 길을 일러주었다.

"산꼭대기나 산 아래로 내려가지 말고 이쪽 옆구리로 여러 굽이를 돌아서 조금만 내려가면 큰 절이 보이고 큰 나무가 나온다. 지금 떠나서 땀 솟도록 걸으면 어둡기 전에는 갈 수 있다. 거기 가면 절이 크니 신도들도 많아서 먹고 남기는 밥만 얻어먹어도 배는 곯지 않을 거다."

"아저씬 어떡하고요."

"난 여기 있겠다. 나라를 못 지키게 됐으니 절이나 지키련다."

"아저씨가 나랄 지켰어요? 그럼 군인?"

"그래. 대한제국 시위대의 군인이었다. 비록 병졸로 있다가 지금은 해산

160

을 당해 쫓겨 와서 숨어 있지만."

오랑은 그 말을 못 알아듣고 제 얘기만 열중이다.

"아저씨. 저 위에 삼성각 뒤로 돌아가면 토굴이 하나 있어요. 그게 대치굴이래요. 우리 주스님이 그러는데 한양에서 유명한 대치라는 사람이 숨었던 굴이래요. 나라에 변란을 피해 거기서 오랫동안 있었는데 어느 날 갑자기 간 곳을 모르게 사라졌대요. 숨으려면 거기 숨으세요. 거긴 아무도 몰라요. 아니 대치 귀신이 거기 있을지도 몰라요."

"굴은 내가 더 잘 안다. 귀신이라면 네가 걱정할 일이 아니다. 부디 산짐승 조심해 가라."

나이 어린 처자에게 허를 보였다 싶어 지남세는 태연하려고 애를 썼다.

"오랑아. 노승이 데리고 간 사내가 말을 못한다고 했지?"

지남세는 문득 생각나서 저만치 떠나는 오랑을 다시 불러 세웠다.

"네. 듣지도 못했고요. 왜요? 잘 아는 사람이었나요."

"아니다. 어서 가라."

"싱겁군요. 아저씬."

아내는 분명 일이 터지자마자 망설임도 없이 그 사내가 미지산으로 갔을 테니 그리 가라고 했다. 말을 못한다는, 듣지도 못한다는 사내의 마음속을 어떻게 알아냈을까. 아니면 미리 통하는 게 있었을까. 그렇다고 믿음직한 아내를 이제 와서 부쩍 의심할 일은 아니었다. 무언가 곡절이 있었을 테니. 지남세와 방녀 사이에 끼어들어 이 고생을 시키는 사내가 도대체 어떤 인물이기에. 경성을 떠나오면서 내내 머릿속에서 뱅뱅 돌던 의문은 아직도 답을 못 찾아 허공을 헤맸다.

오랑이 상원사를 떠나고 지남세는 홀로 남았다. 빈 절을 마음대로 둘러보며 양식거리를 뒤졌지만 콩 한 톨도 나오지 않았다. 아직까지도 들키지 않고 잡히지 않고 굶어죽지 않은 것은 어려서부터 산에서 익숙하게 자라온 덕분이다. 곳곳에 아무도 모르게 숨을 만한 곳을 알고 있었고 사람의 소리가 나면 반대쪽으로 피할 곳도 잘 알고 있었다. 다람쥐굴을 파서 도토리를 씹다가 떫은맛을 못 삭여 뱉어냈고, 운이 좋으면 놈들이 모아다 놓은 밤도 캐먹고 칡뿌리도 씹었다. 보름이 넘도록 제 얼굴을 못 봤으니 그 몰골을 본 오랑이 놀라 자빠질 만도 했다. 딱 한 번 조중석이 윤필암 터로 밥덩어리와 절인 무를 보자기에 싸서 갖다 주고는 그만이었다.

일인들이 군인 뿐 아니라 순경까지 풀어서 지남세를 찾고 있다고 겁을 먹인 탓에 가까운 민가로 먹을 것을 구하러가고 싶어도 내려갈 수가 없었다. 조중석도 지남세가 산으로 온지 며칠 후에 일본군대가 산을 한바탕 뒤지고부터는 저도 몸을 사리고 있는 모양이다. 제 몸을 사린다기보다 어설피 먹을 것을 갖다 주다가 뒤라도 밟히면 오히려 숨은 곳을 알려주는 꼴이 될까봐 발길을 끊었다. 그 후로 며칠 동안은 산 아래 세상이 어떻게 돌아가는지 도통 알 수가 없었다. 가끔 총소리에 개 짖는 소리가 났고 멀리 큰길 쪽에서는 말을 탄 군인들이 지나가는 모습도 보였다. 멀리 보려면 높이 올라가야 한다. 지남세는 거의 매일 미지산에서 동남방으로 흘러내린 끝 봉우리에 올라가서 사방을 내려다봤다. 한여름 복중 더위를 서늘한 산에서 다 보냈다. 곧 찬바람이 불고 낙엽이 진다. 그때는 숨을 곳이 더 궁해진다.

바람은 왜 또 그렇게 불어치는가. 장맛비가 오려는지 골짜기를 타고 올라오는 바람은 상원사를 쓸고 정상으로 치솟았다. 며칠 산에서 지냈지만 이렇게 세찬 바람을 맞아보기는 처음이었다. 팔월 중순인데도 산바람은 홑바지저고리를 뚫고 속살을 쓸어 소름을 돋우고 지나갔다. 지남세는 바람이 채이지 않는 요사 밑에 아늑한 곳으로 내려갔다. 골짜기 중에 그나마 세찬 바람이 피해가는 곳이었다. 바람이 자는 곳에는 햇볕도 사정을 봐주지 않았다. 요사 쪽마루에 쪼그려 앉아 눈을 감았다.

방녀는 어찌되었을까. 일인들에게 잡혀가서 얼마나 모진 곤욕을 당하고 있을까. 잡혀갈 줄 빤히 알면서 함께 도망치지 않고 왜 홀로 집에 남겠다고 했을까. 하긴 그 사내가 사람을 해친 걸 똑똑히 봤으니 그걸 떳떳하게 발명하려면 아내라도 남아있어야 했다. 모두 함께 도망을 쳤다면 여지없이 둘 다 죄인으로 몰려 쫓겨야 한다. 그런데 아내가 제대로 발명했다면 일본군과 순사들이 왜 자신을 잡으려고 할까.

더욱 알 수 없는 것은 그때 그 사내의 행방이었다. 아내는 분명히 미지산으로 갔을 거라고 했다. 그 남자가 알고 있는 곳은 미지산 밖에 없다고 했으니. 몇 달째 온 산을 헤매고 다녔지만 사람의 그림자도 볼 수가 없었다. 하루 이틀이 지나면서 이름도 모르는 사내에 대한 의문이 더해갔다. 도대체 어떤 사내이기에 자신과 방녀에게 끼어들어 이 고생을 시키는 걸까.

골짜기로 바람이 몰아쳤다. 나뭇가지를 후려치고 지나가는 바람은 윙윙거리며 사나운 티를 냈다. 윙윙거리기만 하는 줄 알았더니 영 다른 소리가 섞여 올라오고 있었다. 어디서 나는 소리일까. 지남세는 눈을 꼭 감고 소리가 들려오는 쪽이 어딘지 가늠했다. 쇳소리다. 굿을 하는 징소리 같기도 했다. 자세히 들어보니 징보다 더 두껍고 무거운 소리였다. 햇볕을 쬐던 쪽마루에서 내려서서 눈을 감고 소리가 나는 쪽으로 발을 옮겨 조심스럽게 디뎠다. 요사의 모퉁이를 돌아가자 소리의 정체가 드러났다. 지남세의 키만 한 범종을 끈 풀린 당목이 때리고 있었다. 여전히 바람은 범종각 기둥사이를 쓸고 지나갔다. 그럴 때마다 종은 당목에 스스로 맞아 울고 있었다.

모두 떠난 절에 홀로 남은 외로운 종이었다. 울려고 태어난 종인데 제 몸을 때려 울려줄 게 없으니 바람의 힘을 빌려 스스로 울고 있다. 항상 거기에 있었던 종이다. 어려서부터 들어왔고 지남세가 나무를 베면서부터, 사냥을 하면서부터는 오르내리다가도 있는 듯 없는 듯 모른 채 지나치던 종이었다. 지남세는 서서히 종 옆으로 다가가서 당목을 끌어당겼다가 세차게 밀어 쳤다. 풍경처럼 감질나게 부딪치던 소리가 이제야 제대로 울렸다. 그렇게 여러 번을 밀어 쳤다. 또 한 번을 밀어치려다가 떠오르는 생각이 있어 당목을 잡았다. 멀리서 종소리를 듣고 사람이 있는 줄 알고 올라올 수도 있었다. 정신을 차리고 풀린 당목을 기둥에 묶었다.

어디로 가서 먹을 것을 구할까. 차라리 오랑이 넘어간 용문사 쪽으로 갈까보다 했다. 하지만 거긴 드나드는 사람들이 많아 대처나 마찬가지니 언제 누구의 눈에 띨지 모른다.

"거기 누구시오?"

바람이 잠시 비켜가는 사이에 등 뒤에서 들리는 사람의 목소리였다. 어떻게 할까? 뒤도 돌아다보지 말고 산으로 치 뛰어야 할까? 맞닥뜨려 싸워야 할까. 잠깐 동안 많은 생각이 스쳤다. 앞으로 산에서 버틴다면 얼마나 더 버틸까. 찾으려는 그 남자는 온 산을 헤매고 뒤져도 없으니 아내 말이 틀렸거나 오랑이라는 처자의 말대로 이미 어느 손엔가 잡혀갔을지도 모르는 일이었다. 그렇다면 혼자서 영문도 모르고 산속에서 무작정 썩어 문드러질 일만도 아니었다. 잠시 이 생각 저 생각하다가 슬그머니 고개를 돌려 봤다.

복은 승복인데 머리와 수염은 자랄 대로 자라서 바랑은 제 주인의 등이 아닌 듯 건들거렸다. 하지만 낯은 익었다. 상원과 연안이 십리길이라도 한 골짜기를 타고 위아래 있으니 뭘 주고받지는 않았지만 오가는 인사는 하고 살던 사이였다.

"아니, 스님께서 어떻게."

"중이 내 절을 찾아왔는데 어떻게라니요. 요 아랫말에 살던 처사 같은데 그쪽이야말로 지금 이 지경에 이 산중에는 웬일이요. 몰골이 그게 뭐고."

몰골이라면 중도 말이 아니었다.

"나야 사정이 그리 되었지만 스님은 절 마당에 풀이 무성하도록 비워두시고 어디를 다녀오시는지요. 득실대던 장천사 쪽 사람들에게 쫓겨 나간 줄 알았는데 절을 둘러보니 그것도 아닌 것 같고요."

한때 몰려들었던 도교의 교도들을 두고 하는 얘기였다. 상원이 그들의 세상이었던 흔적은 곳곳에 남아있었다.

"다 잃었소. 세상도 잃고 부처도 잃고. 헛것만 쫓다가 돌아왔소."

"이 절에 불목하니 하는 말이 먹을 것을 구하러 내려 간지 벌써 몇 달이 되었다고요."

"오랑이 그 아이가 여태 있었소?"

"뼈다귀에 살가죽이 서로 맞붙었기에 저 넘어 용문사 쪽으로 가라고 했어요. 거기 가면 그래도 먹을 것이 있을 테니. 내가 송장 하나 치룰 일을 도왔소."

주승은 고개를 끄덕이고 눈으로 경내를 한 바퀴 휘둘러보았다.

"스님, 그 안에 허기라도 면할 게 있을까요?"

지남세는 염치고 뭐고 바랑을 바라보며 물었다.

"기다리시오."

주승은 본당 안으로 들더니 바랑에서 시루떡을 서너 켜 꺼내 불전에 놓고 합장하여 여러 번 절했다. 입속으로 웅얼거리며 한동안을 그리했다. 뒤에서 지루하게 바라보는 지남세의 시간만 더디게 흘러갔다.

"이리 들어와서 떼어 보시오."

예불을 끝내고서야 주승은 지남세를 안으로 들어오게 했다. 시루떡인데 언제 적에 쪘는지 돌처럼 딱딱하게 굳어있었다. 깨끗 부숴서 한 덩이 입에 넣고 우물거리니 회가 동한다.

"내 여길 떠날 때에 내려가다가 함정머리 여숙에 조 처사에게 듣기를 지 처사는 한성으로 나무장사 하러 떠났다고 하던데, 어떻게 여길."

"그랬지요. 거기서 시위대 군인으로 나가서 나라 일에 출세도 한 번 해 보고요."

"군인이 되었다고요? 시위대가 해산이 되었다는 소문이 파다했잖아요. 고종황제가 물러나고 그 아들이 들어앉았다는데, 그게 모두 일인들이 저지른 일이라고 한성부 장안에서는 난리가 났던데요. 이렇게 산속으로 숨어든 걸 보니 해산당한 군인들 의병 쪽에 끼어들었군요."

경성 소식을 속속들이 알고 있는 걸 보면 그때쯤 주승도 도성 안에 있었던 모양이다.

"아니요. 다른 일로 일인에게 쫓겨 왔어요. 얘기하자면 길지요."

"의병들이 도처에서 일어나고 있어요. 여기도 곧 의병들이 올라올 거요."

산 속에 여름날이 저물고 있었다. 비가 올 것 같이 하늘은 검은 구름이 덮었고 바람이 멈추자 누더기 속에 몸은 축축한 물기에 끈적거렸다. 주승은 절을 한 바퀴 돌아보더니 한숨을 내쉬었다.

"스님께선 꽤 오랫동안 절을 떠나계셨던데요. 어디서 무얼 하시다가 이렇게."

"말도 마오. 우리 중들도 이제는 도성 안에 마음대로 드나들 수 있게 되었다고 하기에 한양으로 갔었지요. 과연 바뀌긴 바뀌었지요. 그게 다 사노(사노젠레이)라고 하는 일승이 이 나라에 들어와서 황제께 청해 얻어낸 일이라니. 우리 조선 절에 이름을 걸어둔 벼슬자리들은 그동안 뭘 했다는 건지. 부아가 돋아서. 거기다가 부산으로 들어왔다는 대곡판가 뭔가가 퍼지면서 우리네 절이 이 모양이 되었으니 절이 망가진 게 다 그자들 때문일 법도 한데, 알고 보니 그 이전에 썩어빠진 조선 조정 사람들 때문이었다지요. 이 절을 바꾸려고 그쪽을 찾아갔던 거요. 지금까지 헛것만 쫓던 조선불교를 버리고 일본 본토에서 건너온 동본원사 중이 되기로 작정하고 말이오. 그런데 거길 갔다가 지니고 갔던 금불만 뺏기고 돌아왔소. 참 간교한 놈들이오."

주승이 앉은 쪽 문에서 새의 부리가 문종이를 쪼아댔다. 주승이 서안 밑에 작은 종지 뚜껑을 열더니 실백을 서너 알 꺼내 살문으로 다가가 문살에 대고 손바닥을 펼쳤다. 새의 부리가 찢어진 종이 틈으로 들어와 잣을 쪼아 먹고 달아났다.

"그건 잣이 아니오? 사람이 먹기도 귀한데."

지남세는 서안 밑에 잣알이 있으리라고는 생각도 못했다. 알았다면 남아나지 않았을 것이다. 새는 다시 날아와 문살에 앉아 부리를 들이밀고 쩍쩍 거렸다. 주승은 다시 실백 서너 알을 꺼내 손바닥에 올려놓고 새에게 먹였다. 새가 주승의 손바닥을 쪼는 모습은 익숙해보였다.

"허허. 저들이 내 불제자요. 잣을 얻어먹고부터는 내게 불법을 배워요. 욕심을 내는 법이 없어요. 제 몫을 얻어먹으면 다른 놈이 오고 다른 놈을 위해서 세 알 이상은 더 안 먹어요. 예불 목탁 소리를 어떻게 알아듣고 모여드는지."

그 모습을 물끄러미 바라보는 지남세는 잠시 넋을 놓았다.

"그걸 어떻게 알지요. 모두 그 놈이 그 놈인데."

"저것들에게 공양을 줘 보면 알아요."

"절에 양식이 떨어져서 나가셨다던데요. 새들의 양식은 떨구지 않았군요."

"내가 돌아온 걸 알고 저렇게 모여드는데 이 걸 없앨 수가 있나요."

그렇게 몇 번을 더 새에게 잣을 먹이는 종지에는 아직 잣알이 차 있었다. 지남세가 침을 꿀꺽 삼키자.

"하나 드셔보시겠어요? 새가 되어 보시겠냔 말이오."

손바닥에 놓인 잣알 몇 개를 지남세가 집으려 하자 주승이 손을 뺐다.

"사람이 손으로 잣을 주워 먹으면 새가 굶어요. 자시려면 부리로 쪼아야지요. 이 잣은 부리로 쪼아야 먹을 수 있어요. 우리네 인간들처럼 한 입에 통째로 털어 먹을 수가 없는 거란 말이오. 자 어서요."

지남세는 얼굴을 붉히며 물러앉았다. 잣이 먹고 싶으면 새가 되라는 얘기다.

"잠시 스님의 뜻을 몰랐습니다."

그러고 있는데 갑자기 밖에서 떠들썩하는 소리가 들렸다. 지남세는 벌떡 일어나 밖을 살폈다. 장총을 메고 등에 양식을 진 의병들이었다. 어림짐작으로 적게 잡아도 일백 오십여 인은 될 듯싶었다. 주승은 밖으로 나

168

가 그들을 요사로 안내했다.

앞장서 올라온 사람은 총을 잡았고 발목과 허리와 팔목을 모두 끈으로 조여 맨 의병들이었다. 의심할 여유도 없이 주승에게 다가와서 스스로 누구임을 밝혔다.

"권득수라 하오. 양근 창말에서 왜놈들 혼을 내주고 비호고개 넘어 학골로 타고 왔으니 오늘 밤 놈들이 우릴 찾으러 이리 몰려올지도 모르오. 혹이 절 안에 사람이 또 있으면 우리가 떠날 때까지 만이라도 밖으로 못나가게 해주시오. 들통 나지 않게끔."

말이 빠르고 다급했다.

"이제야 빈 절에 사람냄새가 나는구려. 이 절엔 아무도 없으니 안심하시고 며칠 아니라 몇 달 몇 년이라도 좋소."

주승은 언제나 찾아오는 사람이 반가웠다.

"아무도 없다더니 이쪽은 뉘시오. 나는 조인환이오."

조인환은 고개를 갸우뚱하면서 경계하는 눈으로 지남세를 바라봤다.

"염려 마시오. 그쪽은 해산당한 시위대의 군인이요. 우리와 한편이요."

"해산군? 우리 쪽은 아닌데 어느 소속이었소?"

"해산 전에 시위대 3대대 소속 상등병으로 있던 지남세요."

"좋소. 어떻게 낙오되었는지는 모르지만 오늘밤 우리와 합류하시오. 오늘 밤 적과 큰 전투가 시작될 것이오. 실전경험이 있는지 모르지만 각오해야 하오. 총을 다룰 수 있소?"

대장의 명으로 의병이 총 한 자루를 갖다 줬다. 뒤따라 들어오는 의병들 등에 쌀자루가 업혀 왔다. 누가 시키지도 않았는데 공양간으로 들여가 차곡차곡 쌓았다.

"여기서 원주 쪽 의병들이 들어올 때까지 며칠 버티다가 한성부로 왜놈들을 치러 갈 작정이요."

부탁이 아니라 당분간 시끄러울 테니 그리 알라는 대장의 통고였다. 몇몇은 벌써 공양간으로 들더니 쌀을 씻어 안쳐 밥을 짓고 국솥에 물을 부어 된장을 풀었다. 일부는 방으로 들어가고 일부는 마당에 진을 쳤다. 의병들은 이른 저녁을 해먹고 상원의 지형을 살핀 다음에 주변으로 흩어졌다.

"성과 이름자가 무어요?"

"지남세요."

권득수가 물어 답하자 무리 중에 누군가 뛰어나왔다.

"지남세? 어이 지남세. 많이 듣던 이름이네. 자넬 여기서 만나다니. 날세, 반갑네."

어깨를 툭 치고 손을 내민 사람은 시위대에 있을 때 같은 분대에 있던 고 하사였다. 귀에 익숙한 이름자를 듣고 귀가 번쩍 뜨였던 모양이다. 꽤나 반가운 표정이지만 지남세는 난처한 생각부터 들었다. 해산식장에서 함께 싸우자고 붙드는 걸 마다하고 주는 은사금만 손에 쥔 채 나왔으니 말이다.

"왜. 싸움이 겁나나. 기왕 이렇게 만났으니 함께 싸워보세. 이렇게 자넬 만나 힘을 더하니 얼마나 좋은가."

고 하사는 정말로 반가와 하는 눈치였다. 저 자가 지남세의 속을 알았다면 어땠을까. 지남세는 어정쩡한 몸짓으로 그가 내민 손을 맞잡았다. 얼결에 지남세는 의병이 되었다. 일인의 집을 드나들며 일을 하는 방녀의 얼굴이 떠올랐다.

"그때 훈련원에서 놈들한테 당하고 이쪽으로 왔지. 대장은 황제께서 물러나시자 의병을 모으셨지. 어제 강변 창말에서 일본 놈들과 한판 붙었어.

약이 바짝 올라서 쫓고 있을 테니 오늘 밤 아무래도 큰 싸움이 한 판 벌어질 걸세. 단단히 각오를 해야지."

대장의 목소리가 우렁차게 퍼졌다.

"우리가 여기서 버티면 원주진위대에 민긍호 의병들과 합치게 될 거다. 그때까지 버텨서 싸우다가 경성을 치러 간다."

고 하사의 결기가 넘쳤다. 조용하던 절 마당이 떠들래하며 술렁거리고 상원사 경내는 언제 터질지 모르는 전운이 감돌았다.

상원사의 뒤로는 험한 암벽이 있어 자연방어가 되었지만 둘러싸인 산이 앞이고 옆이고 능선만 선점하면 마음대로 포위해서 공격해올 수 있는 불리한 위치였다. 의병들은 서둘러 저녁을 마치고 배치 받은 진지로 각 대장을 따라 무리지어 내려가고 올라갔다. 지남세는 요사 앞에서 총을 들고 초병을 섰다. 이미 절 아래쪽 외곽에 한 겹으로 방어막을 쳤으니 접전을 하더라도 몸을 피할 여유는 있었다. 모두들 한바탕 싸움을 벌이고 오는 중이라서 옷차림이 산에서 살고 있는 지남세보다 별반 더 낫지 않았다.

이토가 고종을 강제로 퇴위시켜 그 자리에 아들을 앉혀놓고 군대를 해산했다는 소문이 나라 안에 퍼지자 권득수(權得洙)와 조인환(曺仁煥)은 의병들을 이끌고 양근과 지평에서 우편취급소와 순사분파소를 습격하여 불태웠다. 양근군수 정원모라는 자를 잡으러 갔으나 그는 이미 경성 쪽으로 몸을 피한 뒤였다. 다시 지평군 관아에 들어가 일본군 병사들에게 소를 잡아 먹인 군수 김태식을 잡아내 저자거리에서 총살하였다. 이와 같은 소식을 들은 주차군은 수비대 제13사단 1개 중대를 양근에 보내 의병들을 뒤쫓고 있는 중이었다.

양근과 지평에서 일어난 의병들의 심각성을 알아차린 주차군 사령부는 정규군인 보병 제52연대 제9중대 아카시(明石) 중위가 이끄는 토벌대를 보내 미지산 일대를 수색하도록 하였다. 산속으로 피한 의병들은 결전을 각오하고 당분간 은신할 수 있는 절로 찾아든 것이다. 대장은 절 외곽으로 초병들을 배치하고 올라오는 길목에 이백 보마다 두 명씩 매복을 시켜 일본군의 동태를 살피도록 했다. 상대는 주차군사령부 소속 1개 중대. 의병들이 일백오십이라도 무기가 열세라 대적하기 유리한 구부능선으로 퍼져서 상원사가 내려다보이는 곳에 진을 쳤다.

창말에서 의병들의 습격을 받았다는 첩보를 받은 지평에 주차군 주둔지에서는 이미 용문 중진에서 이른 저녁을 마치고 상진 함정머리 쪽으로 길을 잡아 의심이 나는 곳마다 수색하며 연안막 쪽으로 들어오고 있는 중이었다. 중간 중간에 매복해 있던 의병들이 산을 타고 속속 돌아와서 대장에게 일본군들이 가까이 오고 있음을 알렸다.

모두 한 바탕 큰 싸움이 벌어지리라 예상하고 각자의 몸을 산 속에 감췄다.

하늘을 태우는 불꽃

미지산에 불고 있는 바람은 때가 복중인데도 벌써 며칠째 서늘한 기운만 감돌고 있었다. 언제 살육전이 벌어질지 모르는 살벌함 때문이었다. 쌀을 만난 지남세만 은근히 생기가 돌았다. 권득수가 이끄는 의병들이 가져온 쌀로 보름을 굶다시피 하던 허기도 면하고 든든한 힘을 얻었으니 말이다. 수일동안 머무를 작정을 하여 갖고 간 식량들은 공양간 뒤 창고에 쌓고 나뭇단으로 덮어 두었다. 대장은 상원사로 오르는 십여 리 밖에 골짜기 길을 가운데로 두고 양쪽 능선에 거리를 띄어 2개 소대씩 배치했다. 수의 열세를 메우기 위해서는 상원으로 들어오는 길목에 매복하여 기습 공격하지 않고는 달리 방법이 없었다. 명석을 펼쳐주어야 한다. 풀과 나뭇잎으로 무성한 숲이 의병들 곳곳에 잠복한 의병들을 감춰주고 있었다.

밤이 되자 일본군도 이곳 지세에 밝은 척후병들을 앞세워 조심스럽게 길을 따라 올라오고 있었다. 대장은 상원사 경내에 유인조만 남기고 모두 능선 쪽으로 올려 보냈다. 상원을 가운데 두고 자연적으로 포위망이 만들어졌다. 골짜기 초입을 지키는 매복조에서 토벌군이 올라온다는 소식은 능선 지름길을 타고 올라오는 발 빠른 의병이 대장에게 전해왔다. 차츰 접근해 들어오는 토벌대가 1개 분대씩 올라오고 있다는 소식이 속속 대장에게 들어왔다. 토벌대 쪽의 추격군은 2개조뿐이었다. 총으로 무장한 그들은 충분한 총알과 신형 소총을 믿고 있는 모양이다. 절에 남기로 한 지남세는 아직 낯이 설은 의병 넷과 함께 절 입구에서 올라오는 길목을 내려다보고 있었다.

산모롱이를 돌아서는 일본군 병력의 선두가 보이자 모두 숨을 죽였다. 매복조가 놓친 모양이다. 아니면 한꺼번에 몰려오는 숫자와 조총과 저들의 신식 총을 빗대보고 겁이 나서 포기했는지도 모른다. 흩어져 사주경계하면서 오르는 주차군 무리의 후미가 보일락 말락 할 즈음에 맨 앞에 사천왕문의 문지방을 엄폐물로 삼아 엎드려 있던 의병이 그들을 향해 조총사격을 가했다. 추격군의 맨 앞에 오던 일본 병사 하나가 쓰러지면 뒤따르던 일병들이 사천왕상을 향해 총질을 해댔다.

재어 놨던 조총을 쏘고 난 의병들은 주력군이 잠복해 있는 역방향 쪽 산으로 뛰었다. 예상된 수순이었다. 지남세도 그 뒤를 쫓았다. 뒤따라 오르던 토벌군들은 쫓기를 포기하고 사주경계하며 경내로 들어와서 이곳저곳을 뒤지기 시작했다. 자기들끼리 뭐라고 짖어대는지 까까노노 하는 소리가 골짜기에 가득 찼다. 바짝 긴장하고 올라왔다가 비어 있는 걸 알고 허탕 쳤다고 생각한 모양이다. 경내를 뒤지고 나서 우두머리처럼 보이는 일병이 본당 앞마당에 분대 정도 되는 병사들을 집결시켰다.

상원사를 가운데 두고 멀리 능선에 올라가서 지켜보던 일백여 명의 의병들은 칠 부 능선 아래로 포위선을 좁혀 내려왔다. 일부는 아직도 전각의 여기저기를 뒤지고 일부는 앉아서 물을 마시고 있었다. 포위망이 숨을 죽이며 사정거리까지 내려왔을 때였다. 먼저 조인환의 총탄이 신호탄이 되어 마당에 분대장으로 보이는 일본군을 정조준 사격해 고꾸라트렸다. 그와 동시에 상원사 경내를 중심으로 사방에서 포위했던 의병들의 조총이 불을 뿜기 시작했다. 일병들이 보기 좋게 쓰러졌고 일부는 도망갈 곳을 몰라 갈팡질팡 하면서 돌탑을 엄폐물 삼아 몸을 숨겼다. 두어 명이 포위망의 허술한 곳으로 빠져나갔고 모두 몰살이었다. 이쪽을 가볍게 보고 올라온 수색조였던 모양이다. 의병들은 쓰러진 일병들의 무기와 총탄을 모았다. 대장의 생각대로 그들이 춤출 수 있도록 마당에 펼쳐준 멍석작전은 대 성공이었다. 콩 볶듯 하는 총성이 한바탕 지나고 나서 화약 냄새만 풍기는 산사는 조용했다.

지남세는 총격이 오가는 내내 아름드리나무 뒤에서 머리를 박고 숨어있었지만 다른 의병들은 그동안 겪은 경험으로 노련하게 총질을 해대고 모여들었다. 처음 당하는 총질 싸움이었다. 원 도상이 지남세를 바로 본 셈이다. 쫓기는 노루나 토끼사냥은 해봤어도 덤벼드는 사람과 맞붙어 싸워본 적은 없었다. 눈앞에서 총을 맞고 쓰러지는 사람을 똑똑히 봤다.

대장은 승리감에 도취될 여유가 없었다.

"두 놈이 산채로 도망쳤다. 반드시 다시 올 것이다. 다시 능선으로 올라간다."

그날 밤 의병들은 무장도 풀지 않은 채 마른 식량 주머니만 어깨에 걸고 등성이로 올라갔다. 무려 일백 오십여 명 중 가볍게 다친 사람을 빼고 이쪽 피해는 거의 없었다. 지남세도 일행을 따라 올라갔다. 명색이 군인이 없을 때에는 싸움 한번 못해보더니 해산을 당해 고향에 돌아와서야 총을 잡고 싸울 일이 생겼다. 포수시절에 잡는 짐승이 아니라 사람을 잡기다.

예상했던 대로 일본군들은 이튿날 다시 올라왔다. 절이 텅 비어 있음을 확인하고 들고 온 통을 거꾸로 잡아 여기저기 흔들어 대고 있었다. 바람에 쏠쏠 등잔기름 냄새가 풍겨 올라왔다. 지남세와 함께 가까이 다가가서 망보던 고 하사가 작은 목소리로 외쳤다.

"석유다. 절에다 불을 지른다. 식량이 모두 숯검정 된다."

불을 막지 못하면 어렵게 가져온 식량을 모두 잃는다. 상대는 대여섯 밖에 안 된다. 다시 어제의 전법으로 포위망을 좁혀들었다.

불은 이미 곳곳에 붙어 번지고 있었다. 요사 쪽 마루부터 공양간 지붕에도 붙었다. 순식간에 본전 법당만 남기고 절 전체가 불길에 휩싸였다. 경내를 휘두른 불길은 순식간에 하늘로 치솟고 있었다. 그렇지 않아도 해를 받아 뜨겁던 하늘이 상원을 태우는 불길까지 치붙어 하늘을 태울 듯이 붉게 타오르고 있었다. 포위망을 좁혀 몰려든 의병들은 일병들이 도망치자 물을 나르고 불끄기에 여념이 없었다. 식량포대가 쌓인 공양간에 불을 끄려고 급한 김에 오줌동이까지 들어 던졌다. 소용없는 일이었다. 불은 물을 이기고 있었다.

모두 요사에 번진 불을 끄느라고 정신이 없는데 법당 맞은편에서 쿵하는 소리와 비명 같은 소리가 들렸다.

"종각이 무너진다!"

며칠 전 바람에 당목을 얻어맞아 울리던 그 종이었다. 네 기둥으로 지탱하던 종각에 불이 붙어 지붕이 무너지자 걸려있던 종이 쿵하고 바닥에 내려앉았다. 의병들은 타들어가는 공양간에 물을 끼얹고 주승은 미친 듯 함지에 물을 퍼다 무너진 종각에 타고 있는 불을 향해 끼얹었다. 지남세가 주승을 도와 물을 퍼 날랐지만 모두가 헛일이었다. 어차피 탈것들은 모두 탔다. 앙상한 뼈대는 물동이를 든 지남세 앞에서 해체되고 무너졌다. 순간 물을 퍼 나르는 지남세의 뒤로 총탄이 날아들었다. 지남세는 바닥에 내려앉은 종 뒤로 몸을 숨겼다. 불을 끄느라고 정신이 팔려 총탄은 어디로부터 날아오는지도 몰랐다.

"피융."

지남세가 피하는 간발의 차이로 총알인지 돌멩인지 연기사이로 날아와 종을 때렸다. 지남세의 등을 향해 쏘았는데 빗맞은 모양이다. 종 뒤로 몸을 숨기자 또 한 발이 종을 때렸다. 불을 튀기며 총알이 튕겨나갔다. 종이 총알을 대신 막았으니 지남세의 방패가 되었다. 지남세는 종각 옆 풀숲으로 뛰어들어 죽은 듯 엎드려 있었다.

불을 지르고 내려간 일본군들은 철수한 게 아니었다. 불을 놓아 의병들이 끄도록 유인해놓고 빠지는 척 하다가 두 개 소대 쯤 되는 병력이 몰려오면서 신식총탄을 퍼붓기 시작했다. 정신없이 불을 끄던 의병 하나가 쓰러지더니 갈팡질팡하며 여기저기서 비명과 피 냄새가 퍼졌다. 재빠른 의병들은 숲으로 몸을 던져 산비탈을 치뛰고 있었다.

이번엔 당했다. 우박 쏟아지듯 하는 총탄에 수십여 명의 의병들이 절 마당에 피를 흘리고 쓰러졌다. 어제 일병들을 쓰러뜨리던 그 자리였다. 무려 오십여 명이 죽었다. 조인환은 남은 의병들을 모아 겨우 목숨을 건져 허겁지겁 산을 넘어 사나사 쪽으로 후퇴했다. 어제의 승리감에 도취되었던 자만의 결과였다. 식량을 지키는 데에만 급급했지 숨어 있는 의병들을 끌어내리기 위해서 고의로 불을 질렀다는 일병들의 속셈은 알아채지 못했다.

토벌군들은 법당 앞마당에 쓰러진 오십여 구의 시신을 일일이 확인하고 철수했다. 참으로 어처구니없는 피습이었다. 주승은 잿더미가 된 요사 앞에서 넋이 나가 털퍼덕 주저앉아있었다.

"스님. 이렇게 된 마당에 망자의 혼이나 위로해 주시오."

허겁지겁 후퇴했다 돌아온 대장이 주승에게 다가가서 수습해 놓은 의병들의 시신 쪽을 가리키며 진혼을 청했다. 그때서야 정신을 차린 듯 주승은 놓쳤던 목탁과 채를 들고 의병들 쪽으로 다가왔다. 시신 앞에서 주승은 목탁을 두드리며 망자를 위한 독경을 시작했다. 불길에 치솟던 연기는 구름이 되어 하늘을 검게 그을렸다. 여전히 뙤약볕은 내리쬐고 있었다.

여기저기 물그릇이 내동댕이쳐져 있고 불길이 사위어 군데군데 연기가 피어오르고 있었다. 지남세는 종을 한 바퀴 돌아봤다. 범종의 중대(中帶)에 쇳조각이 총알만큼 떨어져나갔다. 이 놈을 맞았다면 어찌 됐을까 하는 생각에 등골이 오싹했다. 손바닥으로 파편이 떨어져나간 자리를 쓰다듬었다.

옆에 타다 만 나무 등걸을 들어 무심코 종을 때리니 쿵쿵거리며 울려 퍼지지 않았다. 종은 총 맞은 신음을 하고 있었다. 몇몇 의병들이 주승의 독경소리를 들으며 숨진 의병들의 주검 앞에 넋이 나가 서 있는데 쇠를 때리는 소리가 울리자 모두 뒤를 돌아봤다. 나무 등걸로 아무리 내리쳐도 쿵쿵하는 소리만 낼뿐 종소리는 울려 퍼지지 않았다.

의병들은 속으로 삭여내던 울음을 숫제 목청껏 터뜨리며 엉엉 울기 시작했다. 통곡이었다. 설움이었다. 눈앞에 보이는 죽음이래서가 아니라 그동안 당해온 설움의 복받침이고 이 나라에서 이대로 살아가야 할 막막한 앞날의 막연한 불안 때문이었다. 주승이 목탁을 치며 시신의 주위를 돌았고 대장이 땅바닥에 주저앉아 발버둥치는 의병들을 진정시켰다. 대장의 가슴 속에 분과 한과 슬픔은 의병들보다 더했다. 억장이 무너지는 가슴을 움켜쥐고 대장은 냉정을 되찾았다. 주저앉았던 몸을 일으켜 벌떡 일어나더니 총구를 허공으로 향해 방아쇠를 당겼다.

팔월 스무닷새. 뜨거운 햇볕이 여전히 절 마당을 태우고 있었다. 총소리를 듣고 울부짖던 마당에 울음이 뚝 그쳤다.

"자, 모두 여길 보시오. 견디기 어렵겠지만 우린 오늘 형제들 주검 앞에 무한정 머물러 있을 수가 없소. 저세상으로 간 동지들을 편안히 잠들게 묻어주고 여길 떠나야 하오. 진정하고 오늘 당한 이 한을 수백 배로 되갚아 먼저 간 동지들의 원을 풀어줘야 하오. 그리한 연후에 우린 원주에서 오는 의병들과 합류하여 적들이 차지한 한양 땅, 도성을 치러 갈 것이니 떠날 준비하시오."

그 음성이 하늘을 찌르고 의병들의 가슴을 흔들었다.

용문사에서 총소리를 듣고 있던 오랑은 밤새도록 불안하여 덜덜 떨었다. 상원을 태우던 매캐한 연기까지 바람을 타고 넘어왔다. 오랑뿐만이 아니었다. 산 너머 쪽에서 큰 싸움이 벌어진 것을 모두 알아채고 걱정하고 있었다.

"오랑이라고 했지? 상원사에서 왔다고."

"예."

"거기서 큰 일이 난 모양이네. 어젯밤에도 총소리가 들리더니 오늘 또. 아무래도 큰 난리가 난 모양으로."

"저어. 보살님도 들으셨어요? 쇳소리를."

"난 귀가 어두워서 잘은 못 들어. 그런데 총소리는 들었는걸. 우리 집 양반 잡아간 소리라서 그건 내가 못 잊어."

"총 소리가 아니고 종소리요. 웅, 웅 하는 소리 못 들었느냐고요."

보살이 여전히 고개를 흔들자 오랑은 보살의 귀에 대고 한 마디씩 똑똑히 물었다.

"총소리도 나긴 났어요. 산에 군인들이 들어왔나 봐요."

어두운 귀라도 간간히 듣고는 있었다. 보살은 여전히 고개를 흔들었지만 총소리, 의병이라는 말에 귀가 번쩍 뜨이며 가슴이 오두방정을 떨더니 울적하여 옛날 일이 떠올렸다. 별로 오래되지 않은 일이었다.

"우리 시동생이 의병을 나갔어. 우리 사낸 왜군한테 토벌군으로 잡혀갔고, 양쪽에서 서로 총질을 하고 있을 텐데 여태껏 안 와."

보살의 눈의 축축해지면서 자신이 겪었던 얘기를 꺼냈다.

날이 저물고 굴뚝에는 연기가 피어오르는 저녁이었다. 나무 주걱으로 솥바닥을 긁어 눌어붙은 누룽지를 걷어내는 순내의 뒷목덜미에 닿는 차가운 기운이 섬뜩하게 느껴졌다. 놀라고 말고 할 틈도 없이 큼직한 손이 누룽지 담은 소쿠리를 잡아챘다.

"여기다가 쌀 좀 채워서."

다른 한 손이 내민 건 광목자루였다. 아직 눅진한 누룽지는 어느새 말끝을 자른 입 안에서 우물거리고 있었다. 고개를 돌아보니 칼 꽂힌 장총을 어깨에 메고 있었다. 순내는 칼끝에 눈이 갔다. 부엌간에 식칼보다 조금 더 길었다. 날이 시퍼렇게 서 있었다. 필시 저 총이 성하다면 저토록 칼날에 의지하지는 않을 것이다. 순내의 몸뚱어리가 그 자리에서 굳었다. 날선 칼끝을 그렇게 눈앞 가까이서 마주해보기는 처음이었다. 부엌간에서 칼은 언제나 그녀의 손끝에 있었는데도.

"어서!" 하는 소리에 정신을 겨우 차렸는데도 건네준 광목자루를 잡은 손이 오들오들 떨고 있었다. 갑자기 가슴까지 차가운 한기를 느끼며 온몸이 바르르 떨려왔다. 그때서야 잠시 잠깐 굳었던 몸이 풀린 거다.

순내는 쌀독을 덮은 소래기를 열고 바가지로 쌀을 퍼 담았다. 퍼 넣는 손이 주체를 못하고 풍기가 들린 것처럼 떨려 쌀알이 부엌바닥에 떨어졌다. 보다 못한 큼직한 손이 자루를 낚아채서 아예 아가리를 독 안에 넣고 퍼 담아 주둥이를 옹쳐맸다. 사내는 상에 놓인 무 조각을 손으로 집어 베어 물고 한 손으로는 소쿠리에 누룽지를 계속 입에 넣었다.

순내는 그제야 정신을 차리고 국솥에서 시래기된장국을 한 바가지 퍼서 아직 부뚜막에 놓여있는 밥 한 사발을 텀벙 말아 사내에게 건넸다.

"고맙수."

사내가 숟가락으로 대강 풀어서 입에 대고 후후 불더니 물마시듯 들이켰다.

"뭐, 더 가진 것 좀 없소?"

사내가 자루 목을 잡아 어깨에 메면서 순내에게 던진 말이다. 장총 끝에 꽂힌 칼날이 벽에 걸린 등불에 번쩍였다. 머리에서 화약 냄새가 나고 몸에서 피 냄새가 풍겼다. 토벌군으로 나갔다가 어젯밤에 급히 다녀간 남편의 몸 냄새와 같았다. 사내가 순내에게 그런 남편이 있다는 걸 알았다면 부엌에 들자마자 칼끝을 목에 들이댔을 것이다. 배고픈 자일뿐이다. 밖에서 번듯한 집을 보고 있어 보여서 들어왔을 텐데 순내에겐 더 이상 가진 게 없었다. 쌀과 밥만으로는 차지 않는 모양이다. 순내는 감췄던 손에 금가락지를 만지작거리다가 쑥 잡아 뺐다. 의병을 나간 시동생 같아서였다.

"이거라도." 건네주기도 전에 이미 사내가 낚아챘다. 이로 깨물어보고 불씨가 남은 아궁이 불빛에 비춰보더니 허리춤에 넣고 여몄다.

"내 잊지 않겠소."

사내는 부엌문을 빼꼼히 열고 밖을 살피더니 총총히 대문 밖으로 사라졌다.

"누가 왔냐?"

"아니에요. 어머니."

순내는 정신을 차리고 대접에 국을 퍼 담아 방으로 들어갔다.

"네 해는?"

"전 생각이 없어요. 어머니."

"애빈 여태 소식이 없지?"

순내는 고개를 끄덕였다. 놀라 떨리던 가슴이 아직 가라앉지 않았다. 부엌으로 다시 나오자 사내가 사라진 문이 굴처럼 열려있었다. 남편이 문단속 잘하라고 단단히 이르고 신발 끈을 매며 나간 게 어제 새벽이다. 관에서 토벌군으로 나오라며 으름장을 놓고 가자 겁을 못 털고 나선 것이다. 의병들이 동쪽에서 도성을 치러 떼 지어 몰려온다는 소문이 돌자 총칼 멘 관군이 경성에서 올라와 토벌대로 나갈 사람들을 모았다.

그들이 토비라 부르는 의병들은 밤이면 주린 배로 마을에 내려왔다. 구걸 반 강탈 반으로 식은 밥을 먹고 땟거리로 알곡을 빼앗듯 얻어갔다. 초가집보다 기와지붕 밑에 사는 사람들이 표적이 되었다. 앞집에서는 어젯밤에 들이닥쳐 돈을 내놓으라고 칼을 들이대서 딸 시집보낼 혼수 돈을 고스란히 바쳤다고 했다. 의병의 탈을 쓴 패병이라고들 했다.

넋 나간 채 헌병분견대로 가서 일러바친 그의 아범은 '빠가야로' 소리를 들으며 비적 떼를 도왔다고 정강이를 가죽구두에 여러 번 걷어차였다. 낮에는 일본 헌병들을 등에 업은 토벌꾼들이 판을 쳤고 밤에는 의병들이 들어와서 먹을 것과 몸에 걸칠 것들을 걷어갔다.

양근 땅 이수두에서 진을 치고 있던 토벌군들은 의병들을 쫓아 지평에 미지산으로 들어간다고 했다. 머잖아 미지산에서는 큰 싸움이 벌어질 것이라고 했다. 미지산은 난리가 날 때마다 큰 싸움터였다. 순내가 토벌대로 나갔다가 돌아오지 않는 남편을 찾아 나섰던 게 벌써 십여 년이 넘어갔다. 남편이든 시동생이든 찾으려고 산에 온 절을 헤매고 다니다가 용문사에서 아예 눌러앉았다. 남편이 토벌대로 간 게 알려지자 의병들이 와서 위협했고 시동생이 의병으로 간 걸 아는 헌병들이 시시때때로 찾아와서 혹시라도 시동생 들어오면 지체 말고 토벌대에 알리라고 윽박질렀다. 돌아오지 않는 아들을 걱정하던 시모가 어쩔 줄 모르며 토벌대원을 붙잡고 욕을 해대자 밀친다는 게 그대로 땅에 자빠져 일어나지 못했다. 그 험한 일을 순내는 홀로 치루고 홀로 남게 되자 부처 하나 의지하며 살자고 용문사로 들어왔다. 남편을 못 찾는다면 의병 나갔다는 시동생이라도 만나보고 싶었다. 남편과 시동생은 분명 서로 몰라보고 양쪽에서 총질을 해댔을지도 모른다.

용문사 홍 보살. 순내의 과거가 이러했으니 총소리와 의병소리를 듣고 또다시 가슴이 오두방정을 떨어대는 건 당연한 일이었다. 염려는 눈앞에 위험으로 닥쳐왔다.

밤새 총소리가 콩 볶는듯하며 매캐한 단내가 바람을 타고 넘어와서 용문사를 뒤덮을 무렵, 일백여 의병들이 올라와서 골짜기 곳곳에 숨어들었다. 저녁이었다. 절에다 양식을 감춰놓고 소대별로 은신할 곳을 찾아들었을 때 일본군들이 올라왔다. 승방에 문을 열어 제키고 의병들이 간 곳을 대라고 윽박지르고 있을 때 홍 보살과 오랑은 이미 절에서 벗어나 근처 골짜기에 바위 밑으로 죽은 듯 숨어들었다.

일본군 장교는 의병들이 분명히 이리로 올라왔으니 숨은 곳을 대라며 추궁했고 주승은 시치미 떼며 전혀 모른다고 했다. 토벌군들은 대웅전에서부터 요사와 산신각까지 속속들이 뒤지기 시작했다. 양식만 감춰놓고 사라진 의병들이 눈에 띌 턱이 없었다. 토벌대는 이미 추격대로부터 의병들 일백여 명이 이리로 올라왔다는 사실을 알고 왔으니 그냥 물러날 리가 없었다. 감춰둔 양식을 발견한 토벌군들은 의병들을 찾지 못하자 바짝 약이 오른 모양이다.

"모두 불을 질러라. 숨어 있으면 타죽을 것이고 도망을 갔으면 다시는 여기로 돌아와서 은거하지 못할 것이다."

일본군 장교의 명령이 끝나기가 무섭게 곳곳에 불덩어리가 던져졌고 순식간에 불바다가 되었다. 불덩이는 산을 들어낼 듯이 하늘로 치솟고 있었다. 어두워지는 하늘에서 뜨거움을 견디는 은행나무 가지가 그 모습을 다 지켜보고 있었다. 산 속에 들어가서 그 모습을 내려다보는 오랑과 홍보살은 오줌을 지릴 듯이 겁에 질려 어쩔 줄 모르며 한여름임에도 덜덜 떨고 있었다. 천년 고찰 용문사가 그렇게 모두 불에 타고 있었다. 불길에 주변은 대낮같이 밝았고 열기가 녹음 짙은 숲까지 태우려고 널름거렸다.

"보살님, 이 소리가 들리죠?"

"또 무슨 소리가 들린다는 거냐?"

"응웅 소리요. 뭔가 울고 있어요."

두 사람은 눈을 감았다. 여기저기서 불이 튀며 요사와 크고 작은 전각들이 무너지는 소리에 섞여 끊어지지 않고 이어지는 울음소리가 들리긴 들리고 있었다.

"김성(짐승)이 아니다."

홍 보살이 입을 열었다.

"그렇지요? 뭔가 울긴 울고 있는 거죠?"

두 사람이 소리를 찾고 있는 사이에 대웅전에서부터 불이 붙기 시작해서 요사, 나한전, 산신각, 누마루, 어실각, 노전, 범종루가 모두 불에 탔다.

오랑이 남장으로 입었던 바지를 치마로 갈아입고 보따리를 싸들어 상원사에서 구절양장 산길을 돌아 용문사로 왔을 때, 홍 보살은 공양간으로 데리고 들어가서 보리가 반쯤 섞인 찬밥덩이를 물에 말아주었다. 홍보살 당신도 남편과 시동생을 잃고 시모까지 그렇게 당한 뒤로 아예 보따리 하나 싸들고 이리 올라왔다고 했다. 오랑이 용문사로 온지 며칠 안 되었지만 벌써 세 차례나 듣는 이야기다.

오랑은 주머니에서 종을 꺼내 흔들었다.

"이런 소릴 못 들었느냐고요."

여전히 보살은 고개를 흔들었다. 오랑이 들은 소리는 지금 흔든 손종 소리처럼 방정맞은 소리가 아니라 묵직한 산을 흔들며 멀리 상원사 쪽에서 들려온 쇳소리였다. 오랑은 분명히 그 소리를 들었다. 주승이 있을 때는 새벽 예불 때마다 듣던 소리였고 주승이 나간 이후로는 들어보지 못한 소리였는데 어젯밤에 그 소릴 들었다. 물론 하늘을 찢는 총소리도 들었다. 머지않아 어떤 불안이 그녀에게도 찾아오리라는 염려가 어금니를 앙다물게 했다.

오랑은 흔들던 종을 손바닥에 얹어놓고 그날 떠나가던 사내의 뒷머리채를 떠올렸다. 그 사내는 몇 번이나 뒤를 돌아봤지만 아무 말도 하지 않았다. 아니다. 하고 싶은 말이 있었는데 못했을 것이다. 무슨 말을 하려고 했을까. 틈이 날 때마다 오랑은 종을 만지작거려서 그의 손 땀내가 묻었던 종은 이제 오랑의 손때로 바뀌었다. 사내의 냄새가 나던 종에서는 오랑의 냄새가 나고 있었다. 이렇게 그 사내의 냄새는 사라지는 걸까. 차라리 그 때 남장을 벗고 여인의 얼굴로 눈 맞춤이라도 해두었더라면 어디에 있더라도 머릿속으로든지 가슴속으로든지 새겨두기라도 했을 텐데.

정신을 차리고 오랑은 고개를 흔들었다. 내가 지금 무슨 생각하고 있는 거지.

용문사라고 조용하지는 않았다. 벌써 여러 번 순사와 헌병들이 다녀갔다. 삼성각 신당 밑까지 뒤지며 사람이 숨어있을 만한 곳은 모두 들쑤셔놓았다. 그럴 때마다 절 사람들은 뒤따르는 일본 순사보다 이곳저곳 뒤지라고 가리켜주는 조선인 앞잡이에게 더 눈총을 쏘아댔다. 호가호위하는 앞잡이는 말이 통하는 조선 사람이었다. 번번이 허탕지고 내려가는 그의 입에서는 협박과 위협이 빠지지 않았다.

불에 타버린 절에서 한동안 광목으로 차일을 쳐서 겨우 햇볕을 가리고 지냈다. 낮에는 정신없이 보살을 도와 허드렛일을 하고 저녁에는 절 일을 배웠다. 보고 들으면서 오랑은 서서히 까막눈을 뜨기 시작했다. 승에게서 글도 배웠다. 승이 빌려준 책을 펴놓고 땅바닥에 쓰고 손바닥으로 지우기를 거듭하며 하루 한 자씩 익혔다. 승은 글을 알아야 조선을 안다고 했다. 조선을 알아야 조선을 지킨다고 했다. 의병은 총으로 나라를 지키려고 나섰고 승은 경으로 지킨다고 했다. 왜인들이 야금야금 베어 물듯 잃어간 나라는 지키는 게 아니라 이미 빼앗겨서 다시 찾아내야 할 나라였다. 오랑이 그걸 알게 된 것은 대웅전 앞에 버티고 서 있는 노목 때문이었다.

상원사에서 용문사로 마지막 고개를 넘어 내려올 때 눈앞을 가로막는 커다란 숲 덩어리가 하늘 가운데 떠 있는 것처럼 보였다. 홍 보살이 오랑을 승 앞에 데려갔을 때에 승은 노목 이야기부터 했다.

"이 땅에 모든 살아있는 것들 중 제일 오래된 생체가 이 나무다. 천년이 넘는 세월을 지켜왔으니 옛날 고려와 조선을 모두 지켜보고 살았다. 이 나무 앞에서 수많은 사람들이 살고 죽어갔다. 나무는 그 사람들을 모두 다 알고 있다. 망한 신라와 망한 고려, 망해가는 조선을 이 나무는 똑똑히 보고 있었다. 아녀자라고 방에만 들어앉아있다고 나라를 남자들의 나라로만 볼 것이 아니다."

승의 묵직한 말이었다. 그래서 어쩌란 말인가.

"묵묵히 서 있는 이 나무는 작은 일에 방정을 떨지 않는다. 작은 바람에는 흔들리지도 않는다. 물론 큰 바람이라도 흔들리지 않는다. 꼿꼿하게 몸을 버티고 서서 잔가지로만 바람에 몸을 줄 뿐이다. 땅이 살아있는 한 이 나무도 영원히 죽지 않고 살아있을 것이다. 나무가 오래 살면 사람의 혼(魂)과 같은 영(靈)이 생긴다. 그러니 이 노목은 영목이다."

"그래서 여태껏 이렇게 절을 지키고 있는 거네요."

"절을 지키고 있는 게 아니라 나라를 지키고 있는 것이다. 신라고 고려고 조선이고 간에 서로 뺏고 빼앗기는 듯 했지만 뺏은 사람도 빼앗긴 사람도 모두 이 땅 조선 안에 사람들이었다. 나라가 바뀐 게 아니라 다스리겠다고 나선 자들이 바뀌었을 뿐이다. 그런데 요즘 나라가 돌아가는 걸 보니 이 영목이 보기 민망할 정도로 위험하다. 오래 전에 일인 몇이 이 영목을 보고 갔다. 눈이 휘둥그러지고 놀라서 돌아갔다. 톱을 대고 베려다가 부러진 가지에 머리를 맞아 모두 혀를 빼물고 죽었다. 이 영목은 천년 넘게 살아온 힘으로 자기를 지키고 있다. 조선 땅에 나라가 천 년이 넘어 이천 년 쪽으로 가까워지는데 그 안에 살고 있는 사람이 그 땅을 못 지킨다면 말이 되느냐. 섬 나라 사람들이 넘보고 있다. 지켜야 한다."

보잘 것 없이 연약한 오랑에게 너무 무거운 말이었다.

"스님. 저 같은 계집아이에게 어쩌라고 그런 말씀을 하세요."

"내 너를 보니 몸은 계집이나 상은 장부의 상이다. 장차 큰일을 할 상이다. 그래서 얘기가 길었다. 오랑이라고 했느냐?"

"예."

오랑의 얼굴이 빨개졌다. 그날로 승은 공양간 일이 끝나면 오랑을 불러 글을 가르쳤다. 처음에는 글자를 가르치고 글월을 깨우치면서 문장을 가르쳐서 세상에 대한 문리가 트이기 시작했다. 오랑은 거기서 된 스승을 만났다. 알아 가면 갈수록 승은 더 혹독하게 오랑을 가르쳤다.

공양 짓는 일을 함께하는 홍 보살이 오랑을 대견해 했다. 꼭 죽은 자기 아들 같다고 했다. 보살이 읽지 못하는 걸 알게 되고 보살이 듣지 못하는 경구를 듣게 되었다. 그런데 종소리는 보살이나 오랑에게 다 들렸을 법도 한데 오랑의 귀로만 알아들은 것이다. 물론 보살의 귀가 어두워서였겠지만 그래도 들을만한 소리는 다 들었다. 오랑이 그걸 알고 있기 때문에 물었던 것이다.

오랑은 쪼르르 승방으로 달려갔다.

"저어, 스님. 오늘 낮에 쇳소리 들으셨어요? 저 넘어 상원에 사람이 들어온 모양이에요. 주승도 나가고 아무도 없었는데. 아 걸인 같은 사람이 딱 하나 있었어요. 그 사람이 쇳소리를 냈을까요? 오늘 낮에 바람이 그쪽에서 세게 불어왔으니 쇳소리를 바람이 실어왔을 거예요. 상원사에 불이 난 모양이에요. 소리보다 조금 늦게 연기 냄새가 바람을 타고 왔어요."

"쇳소리라면 이 절의 풍경소리였을 테지. 냇내라면 우리 용문사가 타던 냄새였을 테고. 상원사에서 쇳소리가 나다니. 바람이 쇳소리를 싣고 왔다고? 에라, 차라리 총알이 화살을 타고 날아간다고 해라. 거기가 여기서 얼만데. 알 수 없는 소리만 하는구나. 내가 준 금강경을 어디까지 외웠느냐?"

오랑은 묵묵부답이었다. 외워도, 외워도 그 글이 그 글 같고, 앞이 뒤 같고 뒤가 앞 같으니 눈에조차 들어오지 않는 글이 머리에 들어올 리 없었다. 승이 몇 자 몇 구절씩 적어주는 글은 쉽게 익히고 읽었는데. 책에 꽉 들어찬 글자들은 종이게 찰싹 달라붙어서 도무지 밖으로 튀어나올 줄 몰랐다.

"왜 대답이 없느냐?"

"스님. 저는요. 홍 보살님과 함께 공양을 맛있게 지어 올리는 걸로 이 절 귀신이 될래요."

"그럼 그림을 그려라. 글로 부족한 건 그림이 대신하느니라. 사람들이 글은 몰라 까막눈이라도 그림은 읽을 줄 안다."

승은 말이 끝나기가 무섭게 영목을 그렸다. 잎이 홀랑 떨어진 앙상한 가지였다. 밑에서 올려본 하늘을 뒤로 두었기 때문에 가지는 무성했지만 외로워보였다. 많은 수목들 가운데 홀로 하늘에 올랐기 때문이리라. 승은 그걸 알고 그리는 것이다.

"그림을 그리는 필법은 글씨 쓰는 법과 다름없다. 흘러야 할 때 흐르고 삐쳐야 할 때 삐치고 머물러야 할 때 머물러야 한다. 내가 불(佛) 자를 쓰면 남들이 불자로 알아보듯이 토끼를 그리면 남도 토끼로 알아봐야 한다. 그래야 쓸모 있는 그림이다. 토끼를 오소리로 알아보면 바른 그림이 아니다."

오랑은 붓만 잡으면 떨리는 손이 매끈한 난을 치려는 데도 거친 톱날만 만들어냈다. 승처럼 매끈하고 힘 있게 내리치려고 하면 뿌리가 하늘을 날았다. 그러기를 꽤 여러 날이 지나서야 승으로부터 제법이라는 말을 들었다. 종이를 펼칠 때마다 승은 열심히 설명을 하면서 붓을 놀렸지만 오랑은 들려오던 쇳소리가 여전히 귓가에 남아 뱅뱅 돌았다. 그것도 세상 만물이 깨어 있는 벌건 대낮에 울리던 종소리가.

오랑은 벌써 열흘째 홍 보살과 함께 바위 같은 나무 밑동을 돌면서 쿠린내 나는 은행을 바구니에 주워 담고 있었다. 이제 그만 떨어질 때가 되었는데도 매일 몇 바구니씩 주워내면 다음날 또 다시 땅을 덮었다. 홍 보살이 앞장서다 광목천으로 코를 막아 얼굴을 두른 오랑을 보고 못마땅해했다.

"오랑 아가씨는, 더한 걸 뱃속에 넣고 다니면서 쯧쯧."

바구니가 차면 모래에 비벼서 골짜기 물을 막아 고인 웅덩이에 넣고 주물럭거려 흔들흔들 일어내면 흰 알맹이가 깨끗하게 씻겨 남았다. 냄새가 몸에까지 배어서 진동한다. 홍 보살은 일어낸 은행알을 바구니채로 번쩍 들어다 햇볕 좋은 마당에 펼쳐 널었다. 광목자루에 담아 요사에 모아놓은 은행알이 벌써 대여섯 가마가 넘게 모였다.

"양근하고 지평 바닥에서 은행목이라면 이 나무의 자손 아닌 놈이 없다.

올핸 씨알이 굵어서 더 튼실한 나무를 만들 거다."

홍 보살의 얼굴에 땀방울이 맺힌다. 오랑은 쪼그리고 앉아 눈썰미로 은행알 거두는 일을 모두 배웠다. 앞으로 이 절에서 지내려면 은행알 줍는 일이 제일 큰일이라 잘 배워둬야 한다고 했다.

"나무는 땅이 내준 시주고 은행은 하늘이 내려준 시주라지. 그래서 이 나무는 아무도 못 건드려. 건드리면 큰 벌 받아."

"나무에 고드름이 달렸네요."

오랑이 영목에서 자라나는 유주(乳柱)를 손으로 잡으며 신기해했다. 중등에서 뭉툭한 움이 솟아 땅으로 내리 자라고 있었다. 가지가 아닌 몸체로 태어나려는 움이었다.

"아서요. 거기다가 손대지 마."

홍 보살은 오랑이 들으라고 대수롭지 않게 타일렀지만 오랑은 흠칫 놀라서 손을 떼었다. 오랑은 그걸 나무고드름이라고 하면서 대견해했다.

"오랑 아씨가 이리로 오기 메칠 전에 의병들이 왔더랬다. 밥을 해 맥여서 뒷산으로 올려 보냈는데 왜군들이 뒤따라 왔다. 저 영목에 유주를 보고 왜인들이 덤벼들어서 잘라가려고 도끼질을 했는데 가지가 부러져서 그 자리에서 뻗어 혀 빼물고 죽었다. 천살이 넘는 영목에 덤벼들다가 급살을 맞은 거다. 이 절을 둘러싸고 불을 지르려는데 벼락이 치면서 비가 쏟아졌다. 놀란 왜놈들이 비를 쫄딱 맞고 내려갔다. 걱정 마라. 우리 용문사는 이 영목이 지켜줄 거다."

"유주요? 나무에도 젖이 있다고요? 그럼 이건 암나무?"

"그래. 맞다. 암나무다. 은행나무는 서방 노릇하는 수나무가 따로 있다. 그런데 뭐하는 거야."

홍 보살의 말은 건성으로 들으며 은행알을 뒤적이는 오랑에게 물었다.

"암알 수알을 골라요. 동그란 게 암알이고 길쭉한 게 수알이겠지요?"

"사람은 모른다. 모두 같은 알인데 암수는 싹이 날 때에 땅이 점지한다."

홍 보살은 땀을 훔치며 나무를 쳐다봤다.

"부처가 점지하는 게 아니고요?"

"오랑 아가씨가 경을 깨우치더니 불심이 나보다 더 앞서네."

홍 보살이 눈을 흘겼다.

"경(經) 속에 박혀 있는 글자가 은행알처럼 딱딱해서 좀체 깨지지가 않아요."

"난 당최 무슨 말인지 알아듣질 못하겠네. 원."

영목은 밑동이 불에 그슬려 있었고 상한 속은 푹 파여 있었다. 옛날을 살아온 나무의 속은 썩었어도 튼튼한 껍질로 꿋꿋이 제 몸의 아픔을 견디고 있었다.

"오랑 아씨도 짝을 찾을 때가 된 모양이군."

그 말을 듣는 오랑의 얼굴이 빨개졌다. 한 손으로 주머니에 놋종을 만지작거렸다.

바람이 치불자 노란 잎이 금 잎처럼 바닥을 덮고 있었다. 곧 겨울 온다. 오랑은 상원사에서 만난 털북숭이 남자의 말을 듣고 이곳으로 오길 잘했다는 생각을 하고 있었다. 상원사는 지금쯤 어찌 되었을까. 며칠 전에 매캐한 단내가 그쪽에서 넘어오고 언젠가 한밤중에는 꽤 여러 번 쳐대는 종소리도 희미하게 들렸다. 주승이 돌아온 걸까. 대처에서 올라온 사람들 말로는 미지산 골짜기마다 들어선 절들은 의병들이 숨어있지 못하도록 일본군이 모두 불을 질렀다는 소문이 돌았다. 용문사도 곳곳이 불에 그슬렸지만 폭삭 주저앉은 다른 절들에 비하면 그중 나았다.

하룻볕을 쬐인 은행을 그러모아 자루에 담고 갈무리할 때쯤 해가 기울기 시작했다. 오랑이 저녁 공양을 지으려고 공양간에 들리고 할 때 뒤에서 부르는 남자의 목소리가 들렸다.

"처자, 나 밥 한술만 주시우."

뒤를 돌아보니 상원사에서 본 털북숭이 그 남자였다. 상원사를 떠나올 때에 놀라고 이번에 두 번째 놀란다. 수염은 더 자라 있었고 수염 사이로 보이는 얼굴에 살가죽은 쭈그러들어 더 수척해 보였다. 그동안 더 굶은 모양이다. 깊숙이 남겨둔 감자라도 꺼내 먹으라고 했는데, 그걸 못 찾아내고 견디다 못해 이리 넘어온 모양이다. 오랑은 그의 앞에서 말을 못 하고 멍하니 서 있었다.

"이봐요. 공양상을 마당에다 떠받쳐요? 안으로 들어가야지."

멀리서 낌새를 알아챈 홍 보살이 벌써 대궁밥을 발우에 퍼 담고 있었다. 이게 얼마만인가. 지남세는 절인 배추를 국물째로 발우에 붓고 쓱쓱 비비더니 입에 퍼 넣었다. 우적거리며 씹을 때마다 수염이 덩달아 움직이는 모양을 오랑이 물끄러미 바라보고 있었다. 아무리 상원사 일이 궁금해도 거기에다 말을 붙여볼 틈이 없었다. 오랑은 한동안을 쪼그려 앉아 지켜봤다.

"불에 홀라당 다 탔어."

지남세는 남은 김칫국물을 대접에 들어붓듯 해서 입을 부셔 목구멍에 넣고 숨을 참았다가 내뱉듯 말문을 열었다. 오랑이 더 물을 말을 못 찾아 지남세의 눈만 보며 허둥대자 한마디 더했다.

"일본군들이 들이닥쳐서 의병들이 많이 죽었어. 난 그때 의병 쪽에 들어갔지."

오랑이 듣고 싶은 건 주승의 소식인데 지남세는 묻지도 않은 대답을 하고 알지도 못하는 말만 해댔다. 더 물을까 하던 오랑이 물린 상을 들어 올리다가 허리춤에 찬 염낭을 바닥에 떨어뜨렸다. 상을 놓고 염낭을 집으려는 오랑의 마음보다 지남세의 손이 빨랐다. 염낭을 집어든 지남세가 손의 감각으로 속에 들어있는 걸 가늠했다. 보통의 아녀자 염낭이라면 몸에 소용이 되는 노리개거나 치장거리인데 작은 종지 같은 게 만져졌다.

"이게 무언가."

말보다 손이 빨랐다. 주머니 끈을 벌여 안에서 꺼내낸 건 한손아귀 안에 잡히는 누른 놋종이었다. 지남세가 그걸 보고 아연했다. 지금까지 이놈에 종을 지닌 자를 찾아다녔는데. 그자는 어디가고 종만 이 처자의 손에 있다니.

"바로 대라. 이놈은 어디서 난 거냐?"

지남세는 오랑의 저고리 앞섶을 바투 잡고 비틀었다.

"어머. 밥 맥여 놨더니 이게 무슨 망측한 짓이래요. 보살님."

숨이 턱 막혀 소리가 목구멍에서 잦아들고 밖으로 새나가지 않았다.

"어느 놈 품에 안겨서 훔쳐냈느냐 말이다. 아니 그 놈이 지금 어디 있냐 말이다. 내 그놈을 잡아야 한다."

객지를 돌면서 여태껏 굴러먹은 오랑의 눈치가 그 소릴 못 알아들을 리 없었다.

"괜히 잘못 넘겨짚다 헛짚고 넘어지지 마셔요. 상원사 요사 방에서."

"그럼 그 놈이 그 절 요사 방에서 자고 갔단 말이렷다."

오랑은 고개만 끄덕였다.

"함께?"

오랑은 목 잡힌 머리를 옆으로 힘주어 흔들었다.

"언제 어디로 갔느냐."

"몰러유. 절방에 드나드는 객이 어디 한둘이랍디까. 괜스리 사람을 도적취급하구선."

지남세가 더 바짝 죄려던 손을 풀었다. 잡혔던 저고리가 풀리자 오랑은 묻은 남자의 손길을 털어내듯 옷섶을 툭툭 털고 비틀렸던 저고리 매무새를 고쳤다.

"사람의 목숨이 달려있다. 그 종 임자를 내가 꼭 찾아야 한다. 사람 하나 살리는 셈 치고 알려줘라."

"이깟 종 하나에 무슨 사람의 목숨이 달려요."

그러면서도 오랑은 여응이라는 승에게 잡혀가던 사내의 심상찮은 분위기를 기억했다. 잠시 잊고 있던 그 남자는 지금 어디로 가 있는 걸까.

"잡혀갔어요. 낯도 모르는 키 큰 걸승한테로. 근데 우리 주스님은 돌아왔어요?"

지남세는 고개만 끄덕였다. 그리로 말꼬리를 돌릴 일이 아니었다.

"좀 더 자세히 말해 달라. 어떻게 이 종이 네 손에 들에 되었는지."

오랑으로부터 자초지종 얘기를 듣고 난 지남세는 생각이 복잡했다. 방녀의 말대로 그자가 미지산으로 숨어들어오긴 왔는데 잡혀갔다. 잡아간 사람이 순사나 헌병이 아니고 걸승이라니. 그렇다면 일인 무사가 변복했나? 오랑의 말을 들어보면 꼭 그렇지만은 않았다. 이미 미지산을 떠난 사실만은 분명해보였다. 조선천지 어디를 가서 그 남자를 찾는다? 대신 잡혀 들어가 있을 아내 방녀를 생각하니 당장이라도 경성으로 뛰어올라가고 싶은 생각이 간절했지만 간다고 해서 마땅한 방도도 없었다.

그날 밤 오랑은 한숨도 잠을 못 이뤘다. 털북숭이 남자가 오더니 잠시 잊고 있던 그 사내의 기억을 새삼 불러일으켰다. 긴 머리채를 등 뒤로 내리고 참한 얼굴로 앉아서 갖다 주는 끼니를 받아먹던 그 사람. 체구와 다르게 오랑을 바라보는 그때의 눈빛이 퍽 애잔했다. 그자는 남장했던 오랑에게 하고 싶은 말이 꽤 있었을 텐데 한마디도 못 나누어보고 떠났다. 낮에 은행알을 고르느라 은행냄새가 밴 옷을 벗어 뭉쳐놓고 회색빛 허리 긴 저고리와 치마로 갈아입었다. 자르지 못한 머리채를 등 뒤에 옷 속으로 넣었다. 은행잎이 지고나면 곧 가을 끝일 텐데 여기서 겨울을 맞으면 영영 떠나지 못할지도 모른다는 생각이 들었다.

홍 보살에게 여기다가 뼈를 묻겠다고 했던 말을 후회했다. 가겠다고 하면 자기는 벌써 이십 년을 넘게 일심으로 견디고 있었는데 조석으로 변하는 게 여인네 마음이라고 타박할 것이다. 내일 아침이면 또 변할 테니 참고 있어보라고 할지도 모른다.

잠 못 들기는 지남세도 마찬가지였다. 오랑이라는 저 처자가 뭔가를 알고 있기는 한데 더 이상 얘기를 해주지 않으니 답답하기만 할 뿐. 그렇다고 자신의 처지가 드러나도록 더 다그쳐 물을 일도 아니었다.

참으로 오랜만에 밥 같은 밥을 얻어먹었으니 배가 불러 저절로 잠이 들 텐데도 절방에서 뒤척거리기만 했다. 신도들이 번잡하게 드나드는 용문사는 오래 머무를 곳이 못된다. 허기는 면했으니 험한 일을 무릅쓰고라도 조만간 경성으로 방녀를 찾아 가든지 며칠 배를 채워 기력을 회복하면 상원사로 다시 돌아가야겠다고 생각한다.

갈라지는 틈새로

오쿠무라가 송현산 밑에 별원을 세운지 삼 년 만에 원산, 사 년 만에 인천에다 별원을 잇달아 열고, 일천팔백구십 년 시월에 경성 남산 밑 주동(鑄洞 주자동)에 부산별원 경성포교소를 열어 윤번으로 아카마쓰(赤松慶惠)를 올려 보냈다.

한성 땅 목멱산 밑, 북으로 비탈진 왜성대에 모여 사는 일본 사람들이 늘어나고 있었다. 대부분 본토에서 어려움을 겪다가 혈혈단신으로 건너와서 장사 터전을 잡은 사람들이었다.

아카마쓰는 이곳을 중심으로 경성지역에 사는 일본인 자제들의 교육과 경성별원을 세우는 일을 맡았다. 오쿠무라가 이미 여러 번 부산에서 경성을 오가면서 유대치와 김옥균, 박영효 등을 만나 포교소 자리를 알아보고 준비했었다.

아카마쓰는 마땅히 번듯한 별원 본당 세울 자리를 정하지 못하자 남산 기슭에 야마구치의 자택을 찾아갔다. 야마구치의 저택은 왜성대에서 서쪽으로 조금 떨어진 둑길 너머 남산정 3정목 26번지에 있었다. 아카마쓰가 그를 찾아간 뜻은 바로 옆에 땅을 동본원사의 본당 터로 구하기 위해서였다. 남산 숲에 나뭇잎이 물들기 시작하는 가을밤이었다. 숲으로 둘러싸인 저택에서 야마구치가 기모노에 게다차림으로 나와 아카마쓰을 맞았다.

"이 밤중에 윤번이 무슨 일이오. 나를 부르시지 않고 여기까지 직접."

야마구치. 그는 나가사키에서 조선무역을 하던 아버지가 사업에 실패하자 열일곱 살 때 동경으로 가서 쌀장사하다가 스무 살에 부산으로 건너와서 무역사업을 벌였다. 나가사키에서 중국무역상을 하는 사업가의 딸카메코와 결혼하여 이곳에 집을 짓고 몇 해 째 신혼생활에 빠져있는 중이었다. 일인 관료의 뒷받침이 힘이 되어 제법 돈을 모아 결혼도 하고 집을 지어 조선 땅에서 이제 안정된 생활을 하고 있었다. 안정을 넘어 조선에 와 있는 일본 고위관료와 친분도 깊게 지내서 비록 젊었지만 탄탄한 사업바탕을 갖고 있었다. 그런 그에게 밤중에 집으로 찾아온 손님이 누구이든 간에 그리 반가울 수만은 없었다. 맞아들이는 표정에만 없을 뿐이다.

"야마구치 상. 밤중에 예가 아니지만 급하고 긴한 얘기가 있어서요."

야마구치가 안으로 들자는 걸 마다하고 아카마쓰는 잔디가 가꾸어진 앞뜰 의자에 앉았다.

"무슨 얘긴데 이런데서 밤중에 이렇게."

"일이 급하게 됐어요. 오래전부터 이쪽에다 별원을 지으려는데 도와주셔야겠어요."

"그럼 우리가 사들이면 되지요."

"그게 그렇게 쉽지가 않아서요."

"아니, 우리 일본이 조선 땅에서 하기 어려운 게 아직도 있었어요? 결정만 하면 우린 하는 거요. 이젠 거칠 것이 없잖아요."

"이 문제만은 방해꾼이 끼어서요. 별원을 지을 땅이 사천여 평 조금 넘는데 금원은 접어두고 지주가 마음을 돌렸어요."

"돌리다니요?"

"둑도에서 장사를 크게 하는 노근민이라는 작자의 땅이라는데, 우리와 얘기가 잘 되어가다가 갑자기 마음이 변했는지 안 내놓겠다고 거둬들였어요. 뒤로 알아보니까 거둬들인 게 아니고 탁지아문에 드나드는 민 뭣인가 하는 자와 끈이 닿아서 그쪽으로 넘기기로 했다고요."

"그쪽에서 금을 더 불렀겠지요."

"그런 게 아니고 우리 내지인들 거류지가 늘어나면 장차 경성 땅이 모두 우리 일인들 차지가 될 것이라면서 우리한테는 안내놓겠다는 거요."

"탁지아문에 끈이 닿아있다면 우리 손에 달렸잖소. 하야시 공사께서 찾아가 한마디 하면 될 일을 가지고."

"그게 그렇지가 않아서요. 그 지주가 양근 땅에 있는 어느 조선절에 살림을 아예 대다시피 할 만큼 시주를 많이 하고 있는 사람인데, 그쪽에서 원매자가 우리라는 걸 알고 다른 수작을 부리는 걸로. 노근민 뒤에는 또 광나루에서 충주 쪽으로 오가는 물상들이 줄줄이 걸려 있는데 모두 뱃길을 무사 평안히 하기 위해 양근 땅 미지산 어느 곳 큰 절에 이름을 걸어놓았으니 그게 바로 지주가 시주하는 절이더라는 얘기로 얽혀 있어요. 섣불리 손을 댔다가는 벌떼처럼 덤벼들 것 같아서 선생께 이렇게 의론하자고 왔어요."

"알아듣겠어요. 비용이 필요한 일이라면 내가 나서지요. 그런데 조선정부에 힘이 필요하다면 요 너머 공사관에 하야시 남작을 찾아가 봐야지요."

윤번 아카마쓰는 고개를 끄덕였다. 둑도 상인들의 목을 조를 수 있는 사람은 야마구치밖에 없었다. 일본에서 제물포로 들어오는 배는 거류민들이 쓸 물건들을 잔뜩 싣고 들어왔다. 석유, 램프, 석류황에 생전 보도 듣도 못하던 물건들을 잔뜩 들여와서 조선 사람들을 눈을 홀렸다.

아카마쓰는 다짐을 받아놓고 야마구치의 집에서 비탈길을 내려가 공사관을 찾았다. 주동에서 오르는 길과 만나 다시 동쪽으로 걸어 오르니 안에서 비치는 환한 불빛과 외등이 대낮같이 밝혀지고 수백 년을 묵었다는 은행나무에 노란 단풍이 황금조각처럼 흩날렸다. 아카마쓰는 그 잎들을 밟고 조심스럽게 현관으로 들어섰다. 현관을 지키던 무관이 2층 접견실로 그를 안내했다. 지난해 2층으로 지은 건물은 향긋한 나무냄새를 풍겼다. 본토 동경에서 대목수(棟梁大木)로 소문난 나카무라 신고(中村辰吾)를 데려다가 지어 공사관으로 쓰고 있는 집이었다.

아직 잠자리에 들지 않았는지 문을 두드리자 하야시가 곧 나왔다.

하야시 곤스케(林權助) 남작. 지금의 포교소를 옮기기 위해서는 그의 도움이 필요했다.

"윤번이 이 밤중에 웬일이오"

"낮에는 공사를 만나 뵐 수가 있어야지요. 그래서 이렇게 밤에."

하야시는 아카마쓰가 하는 말을 잠자코 다 들어주었다.

"그래, 아이들 교육도 잘 돼가지요? 윤번. 별원을 세우는 일은 어떻게 돼 가고 있어요? 우리 왜성대에서 경성 장안을 내려다보는 근사한 별원을 세워야지요. 아, 그리고 신궁보다는 아래에 세워야 하오. 그걸 잊지 마오. 별원이 신궁보다 위에 설 수는 없는 것 아니오. 아하하하. 우리 동본원사가 조선에 건너와서 대일본제국을 위해 큰일을 하고 있어요."

늙은 은행나무 가지에서 잠든 새가 놀라 깰 정도로 하야시는 창문을 열어놓고 크게 웃어 젖혔다.

"그래서 드리는 말씀입니다. 아이들 교육도 교육이지만 조선인 포교가 시급합니다. 신도들이 점점 늘어나서 한꺼번에 모아놓고 설교를 할 수 있는 널찍한 설교장을 지어야 합니다. 야마구치의 저택이 있는 바로 옆에 땅이 적지입니다. 이 일은 아무래도 공사께서 도와주셔야 합니다."

"도와주다니요. 당연히 내가 할 일이지요. 이제 조선 땅에서 우리 힘으로 안 될 게 뭐 있어요. 그래 뭐가 문제요?"

"지주 노 뭣이라는 자를 만나서 얘기해보니까 처음에는 토지를 내놓겠다고 하다가 며칠 후에 안 되겠다는 연락이 왔어요. 아무래도 우리 일을 뒤에서 누가 방해하고 있다는 생각이 들어서요. 지주가 둑도에서 한강에 강배 상인들과 거래하는 거상인데 그자를 알아보니 우리 본원사가 조선에 들어온 걸 좋지 않게 여기는 패거리와 줄이 닿아있다고요."

"방해를 한다고요? 감히 우리 일을?"

하야시가 불끈했다.

"우리 동본원사가 경성까지 와서 포교활동을 하는 걸 못마땅해 하는 조선 중들 때문에."

"누구요. 그 조선 절에 중이."

"여응이라고 구걸승이 이 절 저 절을 떠돌아다닌다고 하는데요. 우리가 별원 세울 땅을 구한다는 소문이 어떻게 샜는지 탁지아문에 있는 민 아무개에게까지 손을 뻗쳐 지주에게 땅을 내놓지 못하게끔 일을 꾸몄대요."

"여응? 부산 별원에서 오쿠무라에게 대들었던 그 거지같은 늙은 중

말이요?"

아카마쓰가 고개만 끄덕였다.

"염려 마시오. 내가 깨끗이 해결해 놓을 테니 땅이 마련되면 본당 지을 준비나 하시오."

왜성대에서 서편으로 야마구치 자택 옆에 사천삼백여 평이나 되는 넓은 땅이었다. 경성 장안 평지에다 번듯한 기와집 짓는 일은 엄두도 못 내는 사람들이 남산에서 북서로 흘러내린 비탈에 의지하여 토담을 쌓아 집을 짓고 옹기종기 모여 있는 곳이었다. 거기에다 별원을 세운다면 하루 벌어 하루 먹는 이들의 잠자리가 없어지게 된다. 빈민을 구호하고 무학자에게 글을 가르치며 조선 사람에게 진종대곡파 불도를 포교하겠다고 들어온 대곡파의 아카마쓰는 이곳에 살고 있는 사람들을 몰아내고 커다랗게 별원을 세울 궁리로 꽉 차 있었다.

노근민. 그는 독섬에서 배 수십 척을 갖고 한강을 오르내리면서 겹으로 장사하는 거상이었다. 그의 집으로 원 목상이 찾아왔다. 한강 줄기를 타고 내려온 배들 중에서 궁으로 가는 물목을 실은 배는 더 흘러 용산나루까지 내려갔고, 경성 장안 여염집에 소용이 되는 물건을 실은 배는 광나루나 독섬에서 짐을 풀었다. 독섬에 드는 물건들은 노근민의 상단으로 모이고 풀려났다.

"뜸하던 원 목상이 우리 집에 어인 발걸음이시오?"

"아하. 다 조선을 위한 일이오. 노 대인께서 협조를 좀 해 주셔야 하겠소이다."

찾아온 원 목상은 뜸을 들이지 않았다.

"목멱산 밑 왜성대 옆에다 일인들이 동본원사 경성별원을 짓는대요. 사천삼백여 평이 들어가는데 그 중에 거개가 노 대인의 땅이라서."

"거긴 우리 선단에 사람들이 집을 짓고 살고 있는데요. 원 목상이 지난번에 지 뭣인가 하는 사람 집 지을 땅이 없다고 해서 내 허락해주지 않았소. 그 사람들은 어쩌라고요. 거길 나가라면 오갈 데가 없을 텐데요."

원 목상도 신세를 졌듯이 노근민은 자기 배를 부리는 사람들에게 쓰도록 그 터를 내주고 있었다.

"그 문제라면 염려 마오. 이 일이 잘 되면 다른 곳에 따로 땅을 마련해준다고 했소."

"그렇다면 땅을 아주 내놓으라는 얘긴데 그 대가는 어떻게 생각하오."

원 목상이 이 일에 끼어들었다.

"그건 지주 되시는 노 대인께서 결정해야지요."

"그쪽 시세로 봐서 사천삼백 평이면 일 원씩만 치더라도 사천삼백 원이나 되는 큰돈인데요."

"맞아요. 큰돈이니 거기에 절을 짓고 차차 마련해 가면서 치루지요. 좋은 일 하는 셈 치시오."

"좋은 일이라면 누구한테 좋은 일이오. 거기 사는 사람을 내쫓는 일인데. 그리고 차차 마련해준다면 조선 사람들이 내는 시주를 긁어모아서 주겠다는 얘긴데, 그게 조선 땅에 와서 조선 사람 돈을 거둬 자기네는 돈을 한 푼 안들이고 땅을 차지하겠다는 얘기잖소. 아무리 내가 이문을 보는 장사꾼이라지만 조선 사람 돈으로 땅차지만 하려는 일인들에겐 못 내놓겠으니 그리 아시오."

워낙 많은 재산을 갖고 있어서 그쯤이야 쉽게 허하리라 생각하고 찾아왔던 원 목상은 면구스러워서 낯만 붉히고 돌아갔다. 원 목상이 그 일에 나선 것은 지남세와의 인연으로 야마구치에게 닿았고, 야마구치는 별원에 윤번 아카마쓰의 부탁을 받아 같은 강배 장사하는 원 목상을 보낸 것이다. 호기롭게 원 목상을 물리친 노근민은 마음이 개운치가 않았다. 그 자들의 생리를 잘 알고 있었기 때문이다. 언젠가는 다시 오리라. 다시 올 때에는 거절 못할 청을 갖고 온다. 청을 들어준다고 하더라도 그동안 장사를 도와 준 보답으로 하나둘씩 목멱산 밑 땅을 조금씩 떼어주며 집을 지어 살게 한 상단 사람들은 어디로 옮겨 가나. 모두 노근민이 지켜줘야 할 사람들이었다.

예상했던 일은 오래가지 않았다. 용산에서 잡화를 구해 싣고 충주지방으로 올라가려던 배가 물목을 실으려고 내려갔다가 텅 빈 채로 독섬에 돌아왔다.

일본 본토에서 들어온 옷, 수건, 우산, 신발, 석류황, 식초, 설탕, 석유, 화장비누, 담배 같은 물건들을 받아다가 충주 제천까지 오르면서 팔고 곡물과 약재들로 바꿈질하여 내려왔는데 이번엔 빈 배로 올라가야 할 판이었다. 상단 사람들이 멀찌감치 떨어져서 지켜보니 눈치가 빤하게도 노근민 상단의 배에만 물건이 떨어졌다고 내놓지 않더란다.

그뿐이 아니었다. 곡물을 싣고 내려가는 날은 곡물 값이 바닥에 떨어졌고 약재를 싣고 가는 날은 낯익은 단골 의원들이 왔는데 질 좋은 약재를 쳐다보지도 않았다. 나룻가 창고에다 버리다시피 쌓아두고 그대로 올라온 배에는 되팔아야 할 짐이 없는 텅 빈 배였다.

노근민은 그 뒤가 누구라는 걸 짐작하고 있었지만 달리 해볼 방법이 없었다. 장사하는 쪽은 총칼을 휘두르는 자들에게 항상 당할 수밖에 없었다. 이대로 장사가 죽을 쑤다가는 밑천을 들어먹을 수밖에 없었다. 하는 수 없이 노근민은 사람을 보내 저쪽에서 요구하는 대로 땅을 내주고 말았다.

왜성대에서 목멱산 중턱 공지로 올라가는 길옆에 사천삼백 평의 부지를 동본원사 경성별원에서 사들이면서 빈터에 옹기종기 모여 살던 사람들 중에 더러는 쫓겨나고 더러는 스스로 물러났다.

윤번 아카마쓰는 부지를 구해서 고리부터 지어 앉히고 승방을 만들어 주동 포교소에 있던 포교승들이 와서 머물도록 했다. 처음에는 동본원사 부산별원에 딸린 경성지원으로 부르더니 나중에는 경성별원이라고 이름을 바꿔놓고 아카마쓰는 본국으로 돌아갔다. 그 뒤를 이어 부임한 동본원사 경성별원의 윤번 이나미(井波潜彰)는 대단한 결심을 하고 경운궁 중화전으로 황제를 직접 찾아갔다.

"황제폐하. 경성에 동본원사 별원이 들어선 후부터 장안에 많은 신도들이 모여들고 있습니다. 이는 우리 진종대곡파가 진정으로 중생을 구제하고 영생극락의 세상으로 인도하는데 다른 어떤 교보다 월등하다는 증거이옵니다. 하여 앞으로 포교지역을 더 넓혀나가 부처의 자비가 넘치는 조선을 만들도록 하겠습니다. 이 진종교지라는 책에 그 뜻이 다 들어 있는데 이를 본 사람들은 새로운 믿음을 가지고 살아갈 수 있다고 하여 기뻐하고 있습니다. 이런 연유로 목멱산 밑에 마련한 터에 본당을 세우려고 합니다. 폐하께서도 이번 불사에 참여하시어서 황실의 영복을 기원하는 원당으로 삼으소서."

처음에 황제는 이나미의 청을 마다했다.

"대사가 말하는 뜻은 짐이 알아듣겠으나 우리 황실에는 오래전부터 대대로 내려오는 나라의 원찰이 있잖소. 그대들의 교를 이 땅에 포교하겠다는 뜻은 이해가 되오. 하지만 지금까지 지켜온 황실의 원찰까지 그리로 들라 하는 건 너무 지나치지 않소."

"황제폐하. 주동에 포교소를 세우고 우리 별원이 경성에 들어온 지 오년밖에 안 되었는데 도성 안에서 모여든 조선인 신도가 오천이나 됩니다. 수많은 조선절이 있는데도 경성에 하나뿐인 우리 동본원사에 왜 이렇게 많은 신도가 모여들었는지는 황제께서 생각해보신 적이 있습니까. 만일 청을 거절하신다면 통감께서 불편해하실 것이고, 이는 곳 백성들의 불편으로 이어질 것인즉 황제께서는 그 뜻을 진정 모르시옵니까?"

점잖았지만 무서운 협박이었다. 황제는 쉽게 대답을 못 내렸다.

"이번에 새로 짓는 우리 동본원사 경성별원에다 약소하게라도 황제폐하의 뜻을 내리고 원당으로 삼는다면. 도성 안에 모든 백성들이 평안할 것이며 나아가서는 조선 전체를 평안하게 하는 길이옵니다."

황제는 이토 통감의 뜻이라며 통감의 이름을 등에 업고 들어와서 백성을 평안하게 하는 일이라는 윤번 이나미의 협박 섞인 청을 거절할 수가 없었다.

"백성을 편안케 하는 일이라면 그리하시오." 결국 황제는 황실재정에서 시주금으로 오천구백 원과 열두 주의 대목을 내렸다. 본당 신축 낙성에 이르러서 황제는 별원에 대한아미타본원사(大韓阿彌陀本願寺)라는 편액을 내리고 황실의 기복 사찰(勅願所)로 삼았다. 담판을 끝내고 경운궁 중화전을 나서는 이나미의 표정이 활짝 피었다. 황제를 앞세워야 조선 백성이 따라온다는 걸 잘 알고 있는 이나미의 협박조 계략이 먹혀든 순간이었다.

황제가 직접 시주금을 내리고 대목과 편액을 내렸다니 대신들은 따를 수밖에 없었다. 그러나 이미 일인 쪽으로 붙은 관리들은 시주금을 선뜻 먼저 내놓기가 어려워 눈치를 보다가 황제가 그리했다는 소식을 듣고 속으로 반기며 본당 짓는 데에 쓰라고 숨겨둔 재물을 앞 다퉈 시주로 내놓았다.

동쪽을 바라보고 선 별원 본당은 지붕만 높아 하늘을 찌르고 있었다.

십삼 칸 사 면의 널찍한 대가람을 낙성하던 날 조정에 여러 대신과 통감부에 이사청까지 왜색의 고위관료들이 다 모였다. 부산에서 올라온 오쿠무라는 감개무량하여 별원의 지붕 끝만 바라보았다.

경성 장안에 진종대곡파 신도가 오천이라고 했다. 목멱산 중턱에서 여응과 극일문이 그 모습을 물끄러미 내려다보고 있었다. 별원 안팎에 발 디딜 틈이 없이 사람들로 들어찼다. 모여 있는 사람들의 목소리가 들려오기 시작했다. 새로운 축원일 텐데 그 소리는 경성 장안을 무겁게 누르고 있었다. 목소리들은 여응이 지켜보고 있는 목멱산 중턱까지 올라오면서 신음으로 변하였다. 대곡파로 점령당한 경성 장안의 불쌍한 영혼들이 섧게 흐느끼고 있었다.

메마르기만 하던 여응의 눈에 찔끔 눈물이 고였다. 극일문이 그 모습을 보고 고개를 돌렸다. 앞으로 얼마나 더 많은 영혼들이 저렇게 흐느껴야 할까.

오쿠무라는 흡족해하면서 가득 찬 신도들을 내려다보고 있었다.

조선 불교는 이제 대곡파 안으로 들어왔다. 멀미나는 섬에서 벗어나 거침없이 대륙으로 나아갈 것이다. 웃고 있었다. 본토에서 건너와 부산에 별원을 세운 이래로 원산, 인천을 거쳐 경성까지 들어왔으니 계획했던 포교는 완성된 것이나 다름없었다.

낙성식에서 이토가 오쿠무라를 보자 칭찬을 늘어놨다.

"오쿠무라 대사, 이제야 조선은 일본과 하나가 되어가고 있소. 이게 다 오쿠무라 대사가 노력한 공이요. 내 대사의 공을 본국에 올려 큰 상을 내리도록 하겠소."

그날 밤 본당으로 행색이 말끔한 승려가 찾아들었다.

"대사, 소승 개천이옵니다."

"오, 들어오시게나. 개천승. 그동안 우리 포교에 앞장서느라 얼마나 고생이 많았소. 이 동본원사 경성별원을 세우는데도 개천승이 들인 공이 크다고 들었소. 대사는 대한제국의 보배와 같은 사람이오. 대사로 인하여 모두가 편안하니 말이오."

오쿠무라는 개천이 나라 곳곳을 돌아다니며 포교를 도운 짓거리를 잘 알고 공이라며 추켜세웠다. 개천승. 그는 조선팔도에 절이란 절은 모두 찾아다니다시피 하면서 진종대곡파 동본원사를 알리는 포교활동을 했다. 절마다 다니면서 새로 일본에서 들어온 진종대곡파로 들자는 권유와 설득에 반쯤은 동본원사 쪽으로 넘어오고 반쯤은 정신을 차려 제절을 지켰다. 개천승은 그 행적으로 보면 바다 건너온 포교승보다 더한 자였다.

"대사께서 무슨 그리 과분한 칭찬을. 소승은 단지 조선에 허물어져가는 불도를 새롭게 세우려고 했을 뿐인데요. 이제 남은 절들도 우리 진종대곡파 안으로 다 들어올 겁니다."

본당을 나서는 오쿠무라 뒤로 윤번 이나미와 개천이 따라가며 흐뭇한 표정으로 본당을 둘러보았다.

성대한 낙성식을 끝낸 동본원사 경성별원의 본당은 높이 솟은 지붕이 주변에 자잘하게 깔린 검은 기와집들을 내려다보고 있었다. 동쪽을 바라보고 앉은 별원은 급한 물매를 잡은 팔작지붕으로 조선의 대궐 짓는 흉내를 냈는데. 앞에는 추녀를 늘여 빼고 누마루를 따라 활주(活柱)를 삥 돌려 세웠으니 조선절과 다르게 본전은 햇볕을 피해 깊숙이 들어앉았다. 목멱산에 나무를 베어다 지은 13간 4면의 설교장 안은 조선을 한 입에 삼키려는 일본의 속셈처럼 음침했다.

조선의 부처는 햇볕을 받으려고 양지를 향했지만 그들은 모든 귀신들을 음침한 곳에 숨겼다. 신당이고 신궁이고 머물러 있는 일본의 잡귀신은 어둡고 침침한 곳에 머물러 인간의 허약한 영혼들을 망치려고 유혹하듯 불러들였다.

"윤번. 저 개천승만 앞세우면 조선에서 안 될 일이 없으니 잘 받아쓰시오. 저 자는 우리 일본을 위해서 태어난 사람이오. 허허허허."

오쿠무라는 개천승이 부산에서 포교를 위해 앞장서 바람잡이 하던 때를 기억하며 윤번에게 이 말을 남기고 돌아갔다.

"내 개천승에게 조선을 위하여 할 일을 더 부탁해도 되겠소?"

"부. 부탁이라니요. 윤번. 무슨 일이든지 명을 내려주시면 저는 그저 이 몸이 바스러질 때까지 뛰어다니면서 명을 받들어 행할 뿐이지요. 이게 다 조선을 위한 일이니까요."

개천승은 그 앞에 엎드리다시피 고개를 숙였다.

"동본원사에 아직 부족한 게 많아요. 이 참에 내 귀한 분을 소개하려 하오."

이나미는 잠시 뜸을 들이더니 낙성식에 참석한 고관들을 배웅하고 나서 본당을 둘러보고 있는 야마구치와 긴토를 본당으로 들어오도록 했다.

"내 오늘 두 분께 조선의 귀한 분을 소개해드리려고 하오. 개천이라고 하는데 우리 대곡파를 위해서 몸을 불사르다시피 한 분이오. 앞으로 조선에서 어려운 일은 이 분을 통하면 될 것이오. 거기 자부동에 모두 앉아들 보시오."

야마구치와 긴토가 목례하고 개천승이 합장하여 고개를 숙였다. 네 사람은 본당 안 방석 위에 서로의 무릎을 맞대고 앉았다.

"대사가 이번에 큰일을 해내셨소이다."

"정말이오. 조선의 경성 땅에다 교토 동본원사 절영당을 그대로 옮겨 놓은 것 같은 훌륭한 별원을 세우다니요. 놀랍습니다."

야마구치가 이나미를 극찬하자 긴토가 송진 냄새로 가득 찬 본당 안을 둘러보며 맞장구를 쳤다.

"이게 다 내지에서 건너온 거류민단과 상업회의소 여러분들이 도와주신 덕분이지요."

이나미는 겸손해 하면서도 퍽 흡족해 했다.

"내 오늘 야마구치 선생과 긴토 상께 긴히 드릴 말씀이 있어서 이렇게 모셨어요."

"말씀해 보셔요."

"어서 말씀하세요.

두 사람이 입을 맞춘 듯 궁금해 하며 자기들을 불러들인 이유를 얼른 말해주길 기다렸다.

"본당은 세웠는데 세상에다 울릴 범종이 아직 없어요. 여기서 직접 만들기도 쉬운 일이 아니고요."

두 사람은 대답이 막혔다. 본당에 걸맞게 종을 마련하자면 웬만큼 큰 종이 아니기 때문이다.

"당분간 설교장 안에는 나무망치로 본국에서 가져온 소종을 치겠지만 높은 지붕이 내려다보고 있는 만큼 경성장안 끝까지 퍼져나갈 소리가 있어야 한단 말이오. 소리만 듣고도 우리 동본원사 경성별원에서 들려오는 종소리인 줄 알 수 있게끔. 일 년 내내 우렁차고 큰 소릴 낼 수 있는 종을 마련해야겠어요. 그래야 우리 경성별원의 불사가 비로소 완성되는 것이오. 야마구치 선생. 거류민단과 상업인회의에서 그걸 맡아주셔야겠어요."

야마구치는 오복점을 열면서 거류민단 대표를 맡고 있었고, 긴토상은 진고개에서 골동품점을 차려놓고 거류민단과 상업회의의 일원으로 함께 일을 하며 지내왔다. 이나미가 두 사람을 부른 뜻은 야마구치 쪽에서 필요한 금원을 모아 대고, 긴토상이 골동품을 모으는 지식으로 범종 구하기를 책임지라는 무언의 당부였다. 그렇다고 장안에 구리붙이를 걷어다가 경성별원 안에서 종을 만들 일도 아니었다. 조선의 종을 따라갈 만큼의 기술이 그들에게는 없었다. 그러니 조선 어느 절에라도 걸려있는 종을 가져오자는 얘기다. 이쯤은 알아듣고 야마구치가 먼저 입을 열었다.

"경성에 별원을 세우고부터 우리 쪽으로 들어온 절이 많지만 중이 절을 떠나고 나서 스스로 폐사되는 절도 많아요. 그 중에서 마땅한 종이 있는지 어디 한번 알아봅시다."

"범종이라면 한 군데 알고 있기는 한데요."

개천승이 슬그머니 끼어들었다.

"어디요? 거기가."

"조선절로 포교를 다닐 적에 미지산엘 갔었는데 주지가 혼자서 종만 지키고 있는 절이 있더라고요. 종이 꽤 컸지요, 아마. 그 땐 대수롭지 않게 봐서 자세히는 모르지만 소승의 키가 종두와 맞먹는 정도니까 대종이라고 봐야 하겠지요."

검은 깡통 모자를 쓴 윤번 이나미의 눈이 번뜩였다.

"미지사라면 양근에 용문 땅이 아니요? 얼마 전에 의병들하고 우리 주차군이 격전을 치렀다던 곳. 거기라면 나도 고총을 캐러 여러 번 갔었지요."

긴토의 응대로 모여 앉은 세 사람이 모두 반색했다.

"개천이 우리 대곡파에 큰일을 하는군요."

이나미는 흡족해하며 칭찬을 하자 개천은 뒷머리를 긁으면서 머쓱해했다.

"우선 야마구치 선생과 제가 함께 가서 보기로 하지요. 개천스님이 길잡이를 해주시지요. 어떻게 생긴 종인지 얼른 보고 싶군요."

"소승이 앞서기는 좀."

"왜요? 중이 절에 다시 못갈 이유라도 있소?"

개천이 고개를 끄덕였다. 그곳 주승에게 뺏다시피 얻어낸 금불 때문이었다. 주승에게 오쿠무라를 만나게 해준다고 데려와서 바랑에 갖고 온 금불을 제 손에 넣고 말았다. 주승을 다시 만난다면 원수같이 덤벼들 게 뻔하다.

"양근 분원에 번조소(燔造所)가 있는데 공소에 야소교가 자리를 잡는다는 소문이 있어서 그를 막고 우리 대곡파를 앉히려고 준비하느라 일이 분주해서요."

개천은 이나미를 보며 눈치를 살피자 윤번은 고개를 끄덕였다.

"그곳 공소에 교인 하나가 우리보다 먼저 들어온 야소교에 빠져서 거길 밑바탕으로 삼고 강변을 따라 포교하러 나서고 있어요. 얼른 우리 쪽이 손을 쓰지 않으면."

"개천은 앞으로도 우리 대곡파에 더 큰 공을 세울 사람이요. 훌륭하오."

이나미가 허락을 하자 긴토와 야마구치는 다른 방도로 다녀오기로 하고 별원을 나왔다.

개천이 상원사 주승을 꾀어내 금불을 손에 넣은 일은 아무도 모르고 있었다.

야마구치와 긴토는 칼 찬 무사 하나를 앞세워 양근으로 가려고 용산나루에서 목선 한 척을 빌려 탔다. 사공은 야마구치의 입 양끝으로 꼬부라진 수염과 사각이 진 얼굴에 꾹 다문 긴토의 입, 칼 찬 무사의 날카로운 눈매를 보고 겁에 질려 노질에 열중이었다.

배는 하늘 닮은 푸른 물길을 타고 올라갔다. 날이 저물면서 당정리를 지나 마제에 이르러 일행이 배를 우천나루에 대고 장터거리에서 저녁 요기하고 있을 때였다. 맥고모자를 앞으로 눌러쓴 자가 객점 안으로 조심스럽게 문을 열고 들어와 야마구치와 긴토 옆에서 넙죽 절을 하며 바싹 다가와 앉았다.

"개천입니다. 야마구치 선생. 얼마 전에 동본원사에서 뵈었던."

"어이구 개천승, 여기서 만나는군요. 그래 그때 얘기하던 포교는 잘 되어 가시오."

개천은 윤번에게 고하듯이 묻지도 않은 말을 길게 했다.

"여기서 안으로 한 마장 더 들어가면 도기를 굽는 번조소가 있는 분원이라는 곳인데요. 얼마 전부터 그 공소에 야소곤지 천도곤지가 들어왔어요. 분원공소를 아예 회당으로 쓰고 있어요. 공소에 공인(貢人)으로 있는 자가 아예 예배를 주관하고 있다고 하네요. 세상천지를 우리 대곡파로 덮어도 시원찮을 판인데 서양귀신을 떠받들고 있다니 내 그자들 버릇 좀 단단히 고쳐주려고 왔어요. 마침 요기나 하려고 장터거리로 나왔다가 멀찌감치 보이는 모습이 야마구치 선생과 긴토 상이라 반가워서 이렇게 왔어요."

"오, 개천승. 조선을 위해 큰일을 하시는구려."

야마구치가 찬사를 해댔다.

"이게 다 대일본제국을 위해서 하는 일이지요. 우리 조선의 절들은 통하는 게 있어 대곡파로 쉽게 넘어왔는데 야소교는 도통 우리하고는 말조차 섞으려 하지 않으니. 내 오늘 밤중에 분원 공소에 지 뭣인가 하는 그자를 찾아가서 혼쭐을 내줘야겠어요. 어제는 당장 우리 진종대곡파로 바꾸라는 장문에 협박 섞은 권고문을 써서 그 안에 들여놨지요. 아마 지금쯤 줄담배를 피워대면서 고민하고 있을 거요."

"개천승. 미지산에 종이 그대로 잘 있을까요?"

묻지도 않는 말을 설레발이치며 지껄여대는 개천에게 말을 끊으면서 긴토가 물었다.

"조선의 종이 동본원사에 걸리면 그 종은 벼락출세하는 거지요. 그런데 거기 주승도 만만치 않을 거요. 내 얼마 전에 절 마당에 풀만 키우지 말고 포교소에 와서 대곡파 교리를 배우고 우리 동본원사에 적을 두라고 했더니만, 와서 보고는 뭣이 못 마땅한지 그냥 갔습디다. 소문을 들으니 시주금깨나 밝힌다고도 하고 앞뒤 꽉 막힌 불통이라고도 하는데, 도무지 어느 쪽이 맞는 얘긴지는 모르겠으나 종을 순순히 내놓지는 않을 거요."

"값을 치르고 가져오겠다는데 아무리 절간에서 늙은 중이라도 돈이 싫다는 사람이 있겠어요?"

"그 범종이라면 그 사람 손에서 구해오기 어려울 거요. 그 큰 놋쇠범종을 황금덩이처럼 여기는 사람이니까요."

"알았소, 개천승. 분원 공손지 뭔지 하는 데 가서 오늘 밤 포교나 잘 하시오."

긴토 일행은 소내(牛川)장터에서 다시 배를 타고 물을 따라 오르면서 이수두를 지나 상심에 이르러 경성으로 내려가는 떼배를 만났다. 큰여울을 타고 내려오다 떼가 엉켜서 바위에 걸린 쪽에 떼 묶음을 도끼로 잘라내는 중이었다. 그대로 두면 모두 망가져 사공까지 물귀신이 될 처지다.

"긴토 상. 종을 갖고 내려오려면 여기가 위험할 텐데요. 아무리 능한 사공이라도 저 꼴이 날까봐서."

야마구치가 걱정스럽게 말했다.

"우선 종을 본 다음에 걱정하기로 하지요."

"이 여울엔 아무나 함부로 들지 못하는 곳입지요. 워낙 사나워서 한 해에도 배고 사람이고 꽤 여럿을 집어 삼킵지요. 우리 같은 사공이 아니면 조심해야 할 겁니다."

앞 사공은 은근히 뻐기며 무사에게 묻지도 않은 말을 했다. 양근 우천에서 잔뼈가 굵은 사공은 길고 넓은 여울바닥을 갈지(之)자로 헤엄치듯 올라갔다.

"물 가운데 있는 저놈의 바위 때문에 떼꾼들이 여기서 황천길로 꽤 여럿이 갔지요."

양쪽으로 솟은 바위 가운데로 흐르는 물살이 세찼다. 그의 말대로 노련한 사공이 아니라면 함부로 들 곳이 아니라 하는 얘기지만 말을 알아듣는 무사는 선가나 더 얹어달라는 얘기로 듣고 시큰둥했다. 어렴풋이 알아들은 야마구치가 긴토에게 한마디 더했다.

"긴토 상. 아무래도 안 되겠소. 이 급한 여울하며 저 바위 사이로 흐르는 물길이 만만치가 않아요. 종을 구하더라도 배로는 어려울 것 같은데."

"종을 보고나서 그때 궁리를 해도 늦지 않을 거요. 우선은 종을 구하는 일이 급하오."

지루한 거스름으로 여울 물길을 오르면서 이틀, 땅 길을 따라 걸어서 하루. 경성을 떠난 지 사흘 만에 상진에 이르자 날이 저물었다. 의병들과 한바탕 불붙는 싸움이 끝난 지 꽤 여러 날이 지났는데도 상진을 지나 장수 쪽으로 들어서자 바람에 실려 오는 냇내가 코에 진동했다. 큰 불이 난 뒤에 불어오는 바람이었다. 일본군이 미지산을 들쑤셔대며 대규모 토벌작전을 벌였다지만 이 정도일 줄은 몰랐다. 상진에서 장수리로 오르는 길가에 듬성듬성 모여 있던 집들은 까맣게 타서 주저앉아있었다. 불에 탄 집들이 무려 이백여 채. 검은 숯덩이 위로 비치는 노을빛은 괴괴한 마을을 감춰주지 못하고 긴토상 일행을 기다렸던 듯 꾸물거리며 능선에 걸려있었다.

야마구치 일행은 오랜 출행에 지쳐 장수로 들어가는 동구에서 쉬고 있는데 멀리서 봇짐을 걸머멘 두건머리가 장수 쪽으로 올라오고 있었다. 보이는 곳마다 된통 불을 맞은 숯덩이뿐이라 사람이 거처할 집이라고는 없을 법 한데 두건머리는 등에 멘 봇짐이 무겁다거나 앞에 있는 낯선 사람들이 무서운 기색도 없이 성큼성큼 지나가려 하고 있었다. 허리에 칼 찬 통역겸 무사가 그 앞을 가로막았다. 두건머리는 일인 차림의 야마구치와 긴토를 번갈아 보더니 눈길이 무사의 칼끝에 와서야 허리를 굽혔다.

"어디 가는 누구냐?"

"이 칼 좀 치우고 얘기하시오."

"집들이 왜 이렇게 숯검정이냐?"

"모르고 왔소? 이게 다 토벌군들 짓이오. 태우려면 의병들 숨었다는 산속에 절간이나 태울 일이지 배고픈 사람들에게 밥 한 끼 먹여준 앙갚음한다고 애꿎게 민가에다 불을 질러요? 천하에 못된 것들."

두건머리는 거침이 없었다. 이렇게 된 마당에 무엇이 두려우랴. 토벌대는 상원사에서 불을 지르고 내려와 연안과 장수에 민가 이백여 채를 불태웠다. 의병들이 상원사로 오르기 전날 밤에 닭을 잡아 대접했다고 해서다. 불씨를 든 토벌군에게 매달리는 부녀자를 발길로 내지르고, 낫을 들고 덤벼드는 사내들에게 총질을 해댔다. 총에 맞건 발길질을 맞건 쓰러져서 일어나지 못하는 사람들은 모두 헹가래를 쳐서 불구덩이에 집어넣었다. 그때 산으로 아랫마을로 도망친 사람들은 여태 돌아오지 않아 허물어진 집은 기둥과 대들보가 검은 숯덩이만 드러낸 채로 하늘을 찌르는 숯내는 여전히 남아있는 장수 사람들의 숨통을 메우고 있었다.

"상원사가 여기서 얼마나 되냐?"

"예서 한 십 리는 더 올라가야 하오."

"앞장서서 길잡이 해라."

"거긴 왜요. 가봤자 숯덩이에 재티만 날릴 텐데."

"아직 목이 성한가 보구나."

"내 목은 성한데 우리 노모의 목숨이 경각간이오. 오늘 이 약을 안 대려드시면."

야마구치가 무사에게 칼을 거두라고 눈짓했다.

"그럼 네 집부터 앞서 가라. 헛말하면 용서 없다."

장수리를 내려다보고 서 있던 연안리 초입에 산비탈 초가삼간은 숯이 되어 폭삭 주저앉은 채 흔적만 남아있었다. 불을 끄려고 덤벼든 흔적도 없었다. 아궁이쪽에 불탄 나무 등걸을 걷어낸 바닥에는 검게 그을린 솥이 걸려있고, 그 옆에 타다 만 짚 이엉을 깔고 노모가 누워있었다. 이슬마저 가릴 곳이 없었다. 노모는 불에 타다 만 누더기를 덮어 겨우 몸을 가렸다. 무너진 부엌간으로 두건머리가 들어서자 신음소리가 더 커졌다. 며느리로 보이는 아낙이 깨진 사기대접으로 솥에서 물을 떠 노모의 손에 쥐어주자 겨우 몸을 일으켜서 받아마셨다.

"으음. 천벌 받을 놈들."

아낙은 낯선 사내들이 몰려들자 그을린 기직자리를 깔았다. 손님이 들었으니 거기라도 앉으라는 뜻일 게다. 그러나 노모의 눈에 기모노차림이 보이자 뼈에 가죽만 남아 움푹 들어간 눈으로 금세 메마른 독기가 서렸다. '천벌 받을 놈들'은 불이 나던 그날부터 입에 달고 하는 소리였다. 천벌을 받을 놈들이라고는 했지만 지금까지 그래왔듯이 공평치 못한 하늘에서 벌이 어디로 내릴지는 아직도 알 수 없는 일이다. 며칠 전 마을이 불길에 휩싸여 벌건 불덩이가 하늘로 치솟는 걸 그대로 지켜봤다. 더러는 타죽고 데이고 개가죽처럼 끄슬러 익은 살을 싸맨 채 대개는 달아나고 까무러쳤다. 그 날로 노모를 업든지 부축하여 상진으로 내려가려했지만 죽어도 그 자리에서 죽겠다고 꼼짝하지 않았다. 두건머리는 생각다 못해 중진에 장터거리로 나가서 탕약을 지어갖고 올라오는 길이다. 요행히 불을 피한 그도 속이 숯검정처럼 타들어가기는 마찬가지였다.

일인 야마구치가 보기에도 군데군데 숯 더미가 된 마을은 참담했다. 긴토가 머뭇거리는 야마구치를 잡아끌었다.

"속히 가야 하오."

"날이 어둡고 길도 선데."

야마구치는 아무래도 자신이 서지 않아 머뭇거렸지만 긴토는 무사에게 눈짓을 하며 갈 길을 재촉했다. 무슨 수로든지 두건머리, 그 사내를 앞세우자는 것이다. 무사가 다시 칼등을 두건머리 등에 대고 앞서라 하자 그는 아예 땅바닥에 주저앉았다.

"이대론 못 간다. 차라리 우리 두 모자의 목숨을 끊어놓고 가라. 절을 찾아간다는 인간들이 이 지경을 보고서도, 짐승만도 못한."

그 말이 끝나기도 전에 무사의 칼이 노모의 몸을 겨눴다. 기겁을 하여 아낙이 칼을 막아섰다. 무사가 칼을 번쩍 치켜드는 걸 긴토가 나서서 막았다.

"칼이 너무 헤프구나. 치워라."

"멈추시오. 가겠소."

두건머리는 부랴부랴 봇짐을 풀더니 무릎을 꿇고 대통을 열어 노모의 입에 미음을 흘려 넣었다. 노모의 입은 열리지 않고 그대로 식은 미음 물을 흘려버렸다.

'어머니!' 하면서 두건머리는 연안막 골짜기가 떠나가도록 복받쳐 오르는 통곡을 토해냈다. 아낙이 어쩔 줄 모르며 눈이 감기는 노모를 흔들었다. 이대로 임종인지 졸도인지 혼란스러웠다. 잠시 정신 줄을 놓았던 노모의 팔을 주무르고 얼굴을 비비며 얼마간 지나서야 겨우 눈을 뜨고 아낙이 숟갈로 떠서 입으로 넣어주는 미음 물을 받아 넘겼다. 두건머리는 아낙이 약탕기를 올리려 풍로에 불을 피우는 걸 보고 그제야 안도의 한숨을 돌렸다.

"자, 이제 앞장서라."

아낙이 어서 가라고 손짓하자 두건머리가 일어나서 앞장섰다. 얼른 이

철천지원수 같은 인간들을 끌고 어디로든 나가라는 뜻이었다.

"이름이 뭐냐?"

"조두상."

"상원사라는 데에 큰 종이 있다고 들었다. 그걸 보러 간다."

"불에 타죽은 사람은 궁금치도 않고 종을 보러 간다고?"

두상은 그날 상원에서 솟아오른 불길을 보고 거기에도 큰 불이 났을 것이라는 짐작만 했었다. 새삼 종을 찾는다고 찾아온 사람들의 말에, 어려서 가끔 또래 아이들끼리 올라가서 보았던 종을 떠올렸다. 어렸을 때 보고 까마득히 잊고 살았던 종이었다.

아무도 조두상에게 더 이상 말을 붙이지 않고 그의 뒤를 따라 산길로 들어섰다. 날은 이미 어두워져서 켜든 남폿불이 밤길을 밝히기에 요긴했다. 땀내를 맡은 모기떼가 일행을 따라오며 물어뜯기 시작하자 여기저기 철썩거리는 소리가 잠들려는 숲을 깨웠다. 한창 때에는 반질반질하던 절 길이 요 몇 해째 사람들의 발길이 뜸해 군데군데 마른풀이 발끝에 스쳤다. 오르는 길로 마른 단풍냄새가 짙게 났다.

불은 요사와 전각에 돌과 흙만 남긴 채 태울 것은 먹이 먹듯 깡그리 태워 없애고 사라졌다. 부처가 있는 본당만 겨우 남겼으니 거긴 감히 불을 지르지 못한 것이다. 법당 앞에 정일관(正一館)이라는 편액이 새삼 낯설었다. 의병들이 지고 온 양식이 요사에 있었던 걸 알았는지 요사만 된불을 만났다.

토벌대가 상원사에서 빠져나가고 이틀 동안이나 타던 불길이 사위자 주승은 지남세와 함께 물을 퍼다 붓고 숯이 되다시피 한 양식포대 중에 그나마 물을 맞아서 성한 것을 가려냈다. 숯이 된 검정 쌀알이 흩어졌고 불길만 스친 누런 쌀알이 더러 있었다. 탄 쌀을 긁어모아 법당 안으로 들여놓았다.

"스님. 그 놈들이 전부 태워놓고 왜 법당엔 불을 안 질렀을까요? 용문사는 대웅전까지 죄다 태웠다는데요."

옆에 누운 사람이 연안막에 살 때 어려서부터 보아오던 낯설지 않은 승이어서 다행이었다. 멀리서만 보던 주승과 이렇게 나란히 누워서 밤하늘을 바라보는 날이 있게 될 줄이야. 미지산을 밥 먹듯 오르내리던 나무꾼이었음에도 승은 언제나 멀리 있던 사람이었다.

"법당마저도 태웠으면 좋았을 걸 그랬나요?"

주승은 승답지 않게 대처에 속인 같은 말투로 걸어왔다.

"성한 법당을 그대로 둘 자들이 아니니까 하는 말이지요."

"저 초상 덕분이요. 장도릉이. 하하하하."

주승은 알 수 없는 말만 하고 있었다.

"초상 덕분이라니요. 스님. 한때 저 장천사 교도들이 여기 들어앉아서 주인 행세를 했었잖아요. 연안 장수에서도 불교도와 장천사 교도들로 패가 갈렸고요."

"바로 그것 때문이요. 예전처럼 상원이 올곧게 석가모니불을 지켜왔다면 모두 불을 질렀겠지요. 불력이 세서 그자들의 대곡파가 힘을 뻗칠 틈이 없었을 테니까. 그런데 이 절은 조선불심이 허약하니 그대로 둬도 된다고 봤겠지요. 나중에 자기네들 포교지로도 쓸 수도 있으니까요. 의병들 숨을 곳을 없앤다는 건 핑계지요. 산 속에 절 몇 군데 없앤다고 의병들이 숨을 곳이 없어지겠어요? 또, 의병들이 어디 숨어 있기만 한답디까?"

주승은 열을 올리며 지남세 혼자 듣는 앞인데도 목소리를 높였다.

"미지산에 절만 찾아다니면서 불을 놓은 뜻은 그자들이 조선절을 모두 태워 대곡파의 세를 불리기 위한 속셈을 숨기고 의병을 토벌한다는 명분을 내세워 벌이는 짓들이란 말이오."

"그럼 정일관이 장천사의 본당인줄 알고서 놔두었다고요."

주승은 고개만 끄덕였다. 대답 없는 침묵뿐이었다.

상원사에 불길이 치솟던 그날 지남세는 해산군에 고성돌 하사가 의병들과 함께 산을 넘어 사나사 쪽으로 가자는 걸 거절했다. 거기서 하루를 묵고 함께 경성을 치러 가자고 했었는데. 의병들 무리에 함께 휩쓸렸다가는 아내 방녀를 영영 만나지 못할지도 모른다는 걱정 때문이었다. 일이 잘 되었으면 방녀는 지금쯤 경성에서 다시 왜성대에 드나들며 자신을 기다리고 있을 것이고, 잘 못되었으면 그 사내나 남편이 달아난 곳을 대라는 추궁을 당하며 혹독하게 곤욕을 겪고 있을 것이다. 하늘에 별을 바라보니 불난리를 겪으면서 잊고 있었던 경성 생각이 또 났다. 경성을 떠나온 지가 벌써 두 달이 되어간다. 나뭇짐을 지고 멋대로 오르내리던 산에 이렇게 들어와서 꼬박 두 달째 갇혀 눌러있으니.

222

붉은 음자리

주승과 지남세는 공양간에 타다 남은 양식을 긁어모아 물에 흙을 씻어 내고 지은 숯쌀이 섞인 밥에 소금물로 간을 하여 배를 채웠다. 의병들이 군량으로 쓰려고 가져왔던 양식이다. 의병들은 경성을 치러 간다고 했으니 지금쯤 양근 땅을 벗어나 강물 건너 양주에 닿았을지도 모른다. 훈련원에서 집으로 돌아가지 말고 함께 싸우자던 고 하사가 자꾸 눈에 어렸다. 여기서 만나 반갑다며 함께 넘어가자던 사람이었다. 죽음을 앞에 두고 있을지도 모르는 고 하사에게 두 번째 거절을 했다. 야마구치의 주선으로 시위대까지 들어가게 되었고 방녀가 왜성대에 나가기 시작하면서 한편인줄 알았던 일본군을 여기서 적으로 만나 싸우게 될 줄은 몰랐다. 의병들을 향해 무자비한 총질을 해댄 걸 보면 일본군은 분명 적이었다. 하물며 상원에서 연안 장수를 내려다보며 미지산을 지키고 있던 수백 년 묵은 절을 이 지경으로 만들어놓았음에랴.

"스님. 주무세요?"

"듣고 있어요."

"그러니까 여길 영영 떠나지 않고 지키시겠다는 거지요?"

"그래요. 이번에는 절이 불에 탔지만 나중에는 여기서 내 살과 뼈를 태우게 될 거요."

"소신공양이라도 하셔서 입적하시려고요?"

"내가 잠시 여길 떠나서 한때 바다를 건너온 악귀들에 홀려서 나돌아다녔소."

"바다 건너온 악귀라고요?"

"왜절 말이오. 왜절."

그래놓고 또 한동안 이어지는 말이 없었다. 지남세에게는 뜬금없는 얘기였다.

"왜절이라면 경성 남산 밑에 있는 그 동본원사 대곡파 말인가요?"

"그래요. 경성에 있는 바로 그 왜절. 처사도 잘 아시는구려."

"그 절에 악귀가 있단 말인가요?"

"내. 여길 찾아온 어느 객승 얘길 듣고 거길 갔었더랬지요. 바랑에 넣어 갖고 갔던 금불만 뺏기고 돌아왔어요. 그런 걸 몸에 지니고 다닌다고 극락정토에 갈 것 같으냐. 조선불교가 이렇게 부처의 몸 하나만 신주단지 모시듯 해서 이 꼴이 된 거라고. 그쪽 사람들하고 불도에 대해서도 얘기를 많이 나누었고, 그쪽에서 보여준 포교지라는 걸 봤는데 그게 순전히 조선 불자들을 꼬여내기 위한 요망한 책이란 걸 알았지요. 내 아무리 배가 고프기로서니 저들에게 배를 채울 양식을 얻으려고 이 먼 길을 왔나싶어 쥐구멍이라도 들어가고 싶은 심정이었지요."

지남세가 산에 들어 주승을 처음 만났을 때에 하던 그 얘기였다. 주승은 그때의 이탈이 평생 뇌리에서 사라지지 않고 자신을 괴롭힐지도 모른다는 걱정을 하고 있었다.

　지남세로서는 쉽게 알아듣기 어려운 얘기였지만, 방녀가 일인 여자와 그 절에 드나들고 있었기 때문에 쉽게 맞장구를 칠 일도 아니었고, 그렇다고 드러내놓고 반박할 일도 아니었다.

　"그랬었군요."

　"절은 비록 숯 더미가 되었지만 난 입적할 때까지 여길 지킬 거요. 저 종이 이 절을 지켜온 세월이 일천 년이 되는지 몇 백 년이 되는지는 아무도 모르오. 수많은 범부가 머리를 깎고 이 절에 들어와서 저 종을 지켜보면서 불도를 깨우치다 타계했겠지요. 그러니 저 종소리를 지키다가 떠나간 승들이 줄잡아 오백 년을 쳐도 일천 인이 넘을 거요. 한 몸에 머리가 둘인 용이 종 머리에 앉았는데 그 용이 살아서 세상을 지키고 보아왔다면 사라져간 그 승들을 똑똑히 새겨두고 있을 테지요. 둘러보면 우리네 사람보다 명줄이 더 길게 세상을 지키고 있는 것들이 얼마나 많은가요. 우리가 보기에는 미물일지 모르나 끈질기게 세상에 남아있는 그것들에게도 목숨이 있다면 그게 소중히 지켜야 할 명줄인 게지요. 세상 이치가 이런데도 잠시잠깐을 살다 가는 중생들이 저보다 명줄 더 긴 것들을 하찮게 보고 있지 않소. 이 절에서 수백 년을 살고 있는 저 종과 내가 만난 게 얼마나 기가 막히는 인연이고 역사냔 말이오. 그러니 내 불자가 된 도리로 저 종은 꼭 지켜내야 한단 말이오."

　주승은 속을 드러내는 게 힘에 부치는 지 잠시 말을 끊었다.

　"지 처사도 여기가 태 버린 땅 아니요. 여태껏 저 종이 처사를 지켜왔을 것이니 혹여 내가 죽더라도 저 종을 혈육처럼 꼭 지켜 주시오."

지남세에게 종을 지켜달라니 이게 무슨 묘한 인연인가. 의병들이 들어왔을 때에 총탄을 피해 종 뒤로 숨었던 걸 주승이 알기라도 하고서 하는 말일까. 종소리를 듣던 그날 밤에 형제와 부모를 모두 잃던 지남세를 알고 하는 청일까. 지남세는 쉽게 대답을 못했다. 어렸을 때에 아련히 들리던 종소리가 다시 들리는 듯 했고, 무부리를 찾으러 왔다가 어둠에 홀려 길을 잃고 헤맬 때에 아이들과 함께 당목으로 치던 종이 지금 다시 왜 지남세의 앞에서 생명처럼 살아나려는 걸까. 잊고 있던 부모와 형제들을 잃은 회한이 몰아쳤다. 옛날에 아련하게 들리던 종소리가 귓속에 남아 윙윙거렸다.

아무래도 쉽게 잠이 들지 못할 것 같았다.

"지 처사. 내 얘기 좀 들어보지 않겠소? 저 종이 태어나던 때에 관한 얘기요. 내 이제 나이가 들어 언젠가. 누군가에게는 해두려고 했는데 지 처사를 보니 얘기를 꼭 해주어야 할 사람이고, 지금이 바로 그때라는 생각이 드는군요. 대대로 이 절을 지켜온 승들이 대물림해오는 얘기요. 이제 내겐 대물림할 승조차 없으니."

"그럼 절더러 중이 되라고요?"

지남세는 넘겨짚는 눈치가 빨랐다.

"아니요. 절이 이 모양이 됐으니 저 종이 여길 떠날지도 모른다는 생각이 들어서요. 지 처사가 나보다 세상에 더 오래 남아있을 것처럼 보여서 그러오. 당연한 얘기지만."

지남세는 주승의 얘기를 잠자코 듣기 시작했다.

주종장의 몸이 기우는 나라의 운명처럼 쇠해가고 있었다. 이제는 종을 만들 동이나 놋은 나라 안에 남아있지 않았다. 새로 종을 만들려면 덜 귀한 놈을 깨서 녹여내야 한다. 비록 스스로 울 수 없는 종이지만 혼을 섞어 만든 종이니 모두가 살아서 숨을 쉬고 있을 텐데, 생명처럼 각자 다른 모습으로 태어난 많은 종들 중에서 어느 종을 깬단 말인가. 한쪽 팔을 잘라 다른 팔을 만들란 말인가. 도저히 못할 짓이다.

나라에서 명이 내린지 한 해를 넘겼지만 주종장은 아무것도 시작하지 못했다. 임금을 모시는 선승이 기다리다 못해 주종장을 찾아 나섰다.

"아무리 때려도 울지 않는 그 종 있지 않소. 그 놈을 깨시오."

"선승. 그 놈은 내가 제일 아끼는 종이오."

당목(撞木)을 맞으면 퉁퉁 소리만 내고 울리지 않아 잘못 태어난 종이다. 너무 두꺼워 울리지 못하니 그의 아이를 닮았다. 그 즈음에 태어난 아기가 말을 못하고 몸만 붇다가 종의 주물을 마쳤을 때에 죽었다. 주종장은 울리지도 않는 그 종을 제 아이처럼 찾아가서 몸을 훔치고 닦고 아꼈다. 그런데 선승은 그게 다른 놈보다 쇳물이 더 많이 나올 테니 깨잔다.

"종이라면 종루에 걸려서 울려야 하는데 울리지도 못하는 종을 그토록 아끼다니요?"

"그 종은 내 자식 놈 같아서 그러오."

옛날 같으면 어림도 없었지만 선승은 주종장의 말에 고개를 끄덕였다. 투박한 종의 겉면에 붙은 악사의 피리에서는 금방이라도 오묘한 선율이 울려나올 것만 같았다. 옷깃을 휘날리며 하늘로 날아가려는 또 하나의 주악천인은 비파를 타고 있었다. 그 종을 바라보는 주종장은 떨리는 손, 휘청거리는 다리, 침침한 눈, 어두워지는 귀, 어느 곳 하나 성한 곳이 없었다. 오로지 그동안 겪어온 기억을 살려 입으로만 여러 장인들을 데리고 종을 만들었다.

임금은 선승의 말을 듣고 나서 주종장을 궁 안으로 불러 들였다. 울리지 않는 종을 녹인다면 대종 하나는 어렵지 않게 만들어낼 수 있는 동인데도 임금은 그걸 살려두자는 주종장의 뜻을 기꺼이 받아들였다. 그러고 나서 변방으로 가라는 명을 내렸다.

"예서 서북방으로 천 리를 가면 미지산이 나온다. 지금은 나라의 변방이나 장차 중심이 될 것이다. 주봉은 가섭봉이니 미지는 미륵의 지혜요, 가섭은 불제자라. 동서남북으로 등과 골을 탔으나 북은 음지이니 버릴 것이고, 동남서로 흐르는 골마다 부처가 자리할 것인즉, 그 정남 끝이 미지사, 상원(上元)에 상원암이 있느니라. 주종장은 장인들을 데리고 속히 그리로 가라."

임금의 용안은 어두웠고 명은 비장했다.

한주, 삭주부터 무주, 강주까지 9주에 중원경, 북원경을 모두 돌아 발해 국경까지 다녀온 선승이 자리를 함께 한 가운데 임금의 명이 계속되었다.

"가는 길은 멀고 고될 것이다. 험해도 끝이 없는 수행의 길이라고 여겨라. 이제 이 나라는 머지않아 기울게 될 것이다. 나라의 명운이 다하여 이름을 달리하고, 사람 역시 명이 다해 사라지더라도 땅은 영원할 것이니, 멀리 삭주 땅 북원경에 미지산은 머잖은 장래에 새로운 나라를 세우는 이 나라의 중원(衆園)으로 자리할 것이다. 미지산에서 남으로 내려앉은 상원은 암(菴)이라. 미지사에 딸렸으나 장차는 미지산에 본찰이 될 것이다. 귀승은 속히 미지산으로 가서 천 년 만 년 세상에 울릴 범종불사를 맡도록 하라."

선승은 임금의 부름을 받고 궁 안에 들기 전, 천리 길을 멀다 않고 나라 곳곳에 산을 찾아다니면서 지세를 살폈다. 장차 나라의 기운이 미지산 쪽으로 기우리라 믿고 있었다. 서라벌 궁성에서 천 리 밖, 선승이 이런 곳이 있음을 임금에게 고하자 임금은 주종장을 궁으로 불러들였던 것이다.

주종장은 서라벌 대종천에서 왕명을 받들어 범종불사를 도모하여 이룩한 연후에, 장인들을 이끌고 태백줄기에 들어가서 이미 신라명찰의 여러 군데 범종 주종을 마친 끝이었다. 명을 받은 주종장은 수제자 데길리칼과 여러 장인들을 이끌고 삭풍을 맞으며 천 리나 떨어진 먼 길을 걸어왔다. 장인들은 지쳐 있었고 주종장 일행을 맞은 산은 때가 겨울이므로 낯선 손님치레를 호되게 한답시고 바람이 매웠다.

"불을 피워라."

미지사에서 승들이 나와 장인들을 맞았지만 합장하던 양손바닥만으로 객승들의 언 몸을 녹일 수는 없었다. 주종장이 도착했음을 하늘에 고하듯 붉은 불길은 언 땅을 녹이고 하늘 높이 치솟아 올랐다. 나라가 쇠해가는 즈음에 임금이 굳이 변방에 있는 절에다 그리도 공을 들이는 뜻은 이미 마음을 정하였기 때문이다. 신라의 명이 다하는 날까지 이 나라를 소리로 다스려 지옥에 빠진 중생 같은 백성을 살려내겠다는 작정이었다.

궁에 들어가 임금의 명을 받고 나오던 주종장의 마음은 매우 무거웠다. 오랜 세월동안 많은 종을 만들어 왔지만 이번엔 마지막 주종이 될 지도 모르기 때문이다. 속틀과 겉틀을 만드는 형틀장, 그림을 그리는 화장, 부조를 새기는 조각장, 황랍을 맡은 밀랍장, 불을 다루는 소장, 쇳물을 다루는 주물장과 잡일을 돕는 잡장들까지 수십 년 고락을 함께 하던 식구들을 모두 데려왔다.

미지사에는 본래 대종이 있었는데 어느 해 난리에 참혹하게 녹고 깨져 조각조각 흩어졌다. 장인들은 그 동종의 파편을 주워 모으고 땅속에 묻힌 동편(銅片)을 파냈다. 탁발을 다니던 승들은 주종에 필요한 동을 보태기 위해여 거친 바람에도 사가(私家)를 돌며 동(銅)과 납과 주석 조각을 시주로 받아왔다. 주종장은 마지막이 될지도 모르는 주종법을 가르쳐 남기려 작심했다.

매번 그랬듯이 장인들을 모아놓고 심혈을 가다듬어 주종법을 다시 한 번 설파하기 시작했다.

"적동은 그대로 쓰되 비상을 넣은 백동과 명반이나 초석을 넣은 청동과 아연을 섞은 황동은 녹여 잡물을 걸러내고 써야 한다. 노 안에서 납은 먼저 녹고 구리는 맨 나중에 녹으므로, 납을 섞은 동은 노 밑에 구멍을 뚫어 먼저 녹아 흐르는 쇳물을 받아 낸 다음에 나중 녹은 순물을 쓰고, 은을 섞은 동은 은이 위에 떠서 응결하고 구리는 가라앉으니 가려 써야 한다. 주물 전에 합금하더라도 주종을 위한 구리는 합하는 양을 바로 가늠하기 위해서 아무것도 섞지 않은 적동을 써야 한다."

황랍을 만들 벌집과 쇠기름을 구하고 종틀을 굳힐 석회도 구해왔다. 불 지필 나무와 형틀을 올릴 재목을 베어왔다. 종틀을 가운데로 두어 사방으로 노를 걸고 나서, 법회를 열어 명부에 빠져 고통 받는 영혼을 소리로서 구할 범종불사를 널리 알리고, 절 밖에 사람들을 모두 불러들였다. 범종불사를 시작하기 전날 밤 사승(師僧)인 주종장은 미지산 상원으로 올라가서 상골 차디찬 물에 몸을 씻고 방에 들어 옷을 갈아입은 후 묵상기도를 시작했다. 그때, 밖에서 기다리다 못한 수제자 데길리칼이 사승의 방으로 인기척을 내며 찾아들었다.

"사승! 소승 칼이옵니다."

"들어오너라."

"소승은 이번 불사를 끝으로 떠날까 하옵니다."

"떠난다고? 어디로?"

"그걸 모르겠어서 이렇게 왔사옵니다."

떠난다고 하는 말은 이번이 처음이 아니었다. 데길리칼이 사승에게 돌아간다고 했을 때 사승은 '너에게 돌아갈 나라가 있느냐'며 그의 가슴에 대못을 박았다. 그에게 이젠 돌아갈 나라가 없었다. 그래서 어디라고 정처를 두지 않고 무작정 사승에게 떠나겠다고만 했다.

"이런 싱거운 사람. 네 갈 길을 네가 모른단 말이냐?"

"사승께오서 가르쳐주시옵길."

"물러가라. 지금껏 나를 이을 수제자로 여겨 갈 곳 없던 널 거둬 길러왔건만, 네 뱃속에 욕심을 버리면 갈 곳이 없고, 욕심이 들면 갈 곳이 생기는 법인데. 그새 꼬리를 못 참고 어디 가서 머리 노릇을 하면서 주인이 되겠다고? 쯧쯧."

"소승이 아직 못 깨우친 일이라도 있사옵니까? 벌써 범종불사를 수십여 차례나 마쳤는데도요. 국화문과 연화문에서 시작하여 당초문, 완자문, 비천문에 쌍두룡까지. 사승의 죽비를 맞아가며 굳은 밀랍에 부조를 새겼고, 얼굴에 쇳물 튀겨가며 합금 제련 주물까지 다 마쳤지 않사옵니까."

"형체는 알았으되 소리를 아직 모른다. 너는 이제 겨우 화공의 때를 벗어 조각을 흉내 내고 형틀과 주물을 깨우쳤다. 그런데 어떠한 틀에 부어서 굳혀낸 주물이 어떠한 소리가 나는지 터득했느냐?"

칼이 대답이 없다.

"종은 보이는 게 전부가 아니다. 소리로서 완성되는 것이다. 같은 모습이라도 다른 소리를 내는 것은 주종에 들인 공덕이 각기 다르기 때문이다.

종은 네가 빚는 게 아니라 부처가 네 손을 빌어 세상에 태어내는 것이다. 그러한데 네 손이 어찌 너의 것이더냐. 어서 법당에 올라가 일천 배를 올려 네 뱃속에 든 그 탐욕과 오만을 말끔히 씻어내라."

데길리칼은 냉큼 물러나지 않고 머뭇거렸다. 이쯤 되면 어디를 가더라도 주종장으로 이름을 걸고 종을 만들어도 되리라는 생각으로 꽉 차있었다.

"잘 들어라. 네가 천명이 다해 이 세상에서 사라져도 네가 만든 종은 분신처럼 영원히 이 땅에 남아있을 것이다. 그러면 너는 죽어서 종이다. 종을 터득하고 이 땅에서 영원히 살아가려면 너는 영영 벙어리가 되고 귀머거리가 되어야 한다. 소리 없이 눈으로 보긴 보되 말하지 말고 듣지도 말아라. 세상 희비에 흔들리지 않고 오로지 홀로 울음 울고 웃음 지어 살아갈 뿐이다. 네가 동에서 태어났다고 하면 서에서 너를 죽이려 할 것이고, 서라고 하면 동에서 널 가만두지 않을 것이다. 태어난 때도 알리지 마라. 너의 전에 나온 자는 너를 누르려 할 것이고, 너의 후에 나온 자는 너를 자르려 할 것이다. 너의 근본을 보이면 싹이 드러날 것이고 싹을 알면 베려 할 것이니 네가 태어난 근원을 아무도 몰라야 한다. 언제 어디서 누구의 몸으로 태어났는지도 모르게 하라. 그러자면 평생 이름 없는 종으로 살아야 한다. 이게 살아갈 수 있는 길임을 명심커라."

주종장은 주문을 외듯 앞으로 태어날 종을 말하고 있었다. 그래도 꼼짝 않고 기어이 답을 들으려 하자 사승은 죽비로 데길리칼의 머리를 내리쳤다.

"어서 가서 일천 배를 올려라. 그래도 떠나고 싶은 마음이면 일만 배를 더 올려라. 네가 여기를 뜨든지 아예 세상을 뜨든지 때와 곳을 알려주는 이는 내가 아니고 부처다."

칼은 찔끔 솟는 눈물이 보일까봐 얼른 등을 돌려 사승의 방을 나와 법당으로 뛰어올라갔다. 사승이 사라지는 그의 등을 바라보며 손안에 조그마한 놋종을 만지작거리고 있었다. 이 종을 언제나 저 자의 손에 쥐어줄 것인가.

불은 밖에서 밤새도록 타올랐다. 불은 알곡을 익혀 장인들의 허기를 면하게 하고도 하늘로 치솟으며 언 땅을 더 질축하게 녹였다.

쓸쓸했던 산사가 갑자기 북적거렸다. 종을 만들 재료와 도구를 모으기로 여러 날을 보냈다. 날이 덥기 전 추위를 틈타 형틀을 만들어야 한다. 답전지에 씨를 뿌릴 때가 오기 전에 주종(鑄鐘)의 씨부터 뿌려야 한다. 종장은 일의 마디마다 엄한 명을 내렸다.

"종이 태어날 땅은 산모의 뱃속처럼 따뜻하게 데워야 한다. 괭이로 파낼때에 김이 모락모락 오르도록 해야 한다. 땅이 다 녹았으면 이제부터 종의 형틀을 앉힐 구덩이를 파라. 깊이가 여섯 자, 너비도 여섯 자로 동그랗게 파라. 파낸 흙에 돌을 골라내 뜨거운 물을 붓고 반죽하여 벽돌을 찍어라. 굳혀서 속 틀에 쓴다."

구덩이는 종이 생겨날 자궁과 같다. 무너지지 않도록 소중하게 다루어야 한다. 벽돌을 굳혀 구덩이 안에서 쌓아 속틀을 만들고 석회와 진흙과 모래를 물에 반죽한 삼화토(三和土)를 속틀에 맥질하여 매끄럽게 발랐다. 한쪽에선 솥을 걸고 불을 때서 시주로 모아온 벌집과 쇠기름을 녹여 황랍을 만들었다. 황랍과 기름은 이팔로 한다. 그런데 황납과 기름을 넣는 데에 참견해야 할 칼이 아직도 보이지 않았다.

"아니 이놈이 아직껏. 어서 법당에 올라가서 칼을 오라고 해라."

밀랍장이 법당에 올라가 문을 열었으나 주승만 홀로 앉아있을 뿐, 칼은 보이지 않았다.

"없어졌다고? 못난 놈."

주종장은 또다시 품 안에 작은 놋종을 만지작거렸다.

하루가 지나고 이틀이 지나도록 칼은 돌아오지 않았다. 종장은 괘씸한 생각을 지우지 못했다. 날로 몸이 쇠해가니 마지막 주종이라는 생각이 들었으므로 이번 주종은 칼에게 모두 맡기려고 했는데.

"모두 들어라. 소리를 만들지 않고 아직도 종만 만들려느냐?"

모두 묻는 뜻을 몰라 묵묵부답이다.

"눈에 보이는 종을 만들지 말고 소리가 살아나는 종을 만들라는 말이다. 그래야만 죽을 듯 사라지다가도 다시 일어나는 종성(鐘聲)을 들을 수 있다. 이러한 종소리는 사람의 핏줄이 뛰는 것과 같아 맥놀이라고 이른다. 종의 소리는 사람의 피가 흐름과 같다. 종벽이 두꺼우면 맥이 세지만 소리가 짧고, 얇으면 맥은 약하나 여운이 길다. 명심커라."

속틀에 바른 삼화토가 말라 굳을 즈음에 가마솥에 끓이던 황랍이 곤죽이 되었다.

"이제부터 속틀에다 황랍을 한 겹 한 겹씩 차근차근 발라라. 바르는 황납의 두께가 종의 두께다. 중대 위로는 한 치 반. 하대 아래로는 두 치다. 너무 두꺼우면 소리가 속에서만 흐느끼고, 얇으면 방정떨고, 두께가 고르지 못하면 소리가 미친다. 고르게 발라야 태어날 종의 몸이 고르게 된다. 밤새 추위에 황랍이 속히 굳도록 어둡기 전에 마쳐라."

한 고비를 넘겼다. 혹여 있을지도 모르는 산짐승의 범접이 염려되어 속틀 앞에 서넛이 번을 서고 나머지는 요사에 들어가 몸을 녹여 깊은 잠에 빠져들었다. 밤이 추우니 밀랍은 견고하게 굳을 것이다. 본당에서 주승의

234

목탁과 독경 소리만 잠이 들지 않았다. 나라에서 명으로 내린 이 거대한 불사를 부처의 공덕으로 무사히 마치려는 작심이다.

방 안에서는 화공이 종의 몸을 장식할 밑그림을 그렸다. 종의 겉면을 네 등분하여 승려의 옷자락을 닮은 가사문(袈裟紋) 띠 안에 당좌를 중심으로 잡아 상대에는 아홉 송이의 꽃을 그린 곽을 네 군데 만들고, 중대에는 주악하는 한 쌍의 천인상을 떠서 띠 줄로 사분한 방에 붙였다. 하대에는 꽃으로 장식한 반원문을 엇이어 가며 띠를 둘렀다. 그림을 넘겨받은 조각공은 황랍이 굳은 종의 몸에 넣을 부조를 새겨나가기 시작했다. 조각공들의 손으로 새기는 부조에서 고사리 손 같은 당초문 덩굴이 벋고 꽃이 피고 종적과 비파소리가 들려오기 시작했다.

"화공. 문 좀 열어보시오."

밑그림을 마친 화공의 방문이 흔들렸다.

"칼이 아니오. 사승께서 그토록 찾았는데 어디를 갔다가 이렇게."

사라졌던 데길리칼이었다. 화공이 문을 열자 칼은 어디서 헤매다 왔는지 온몸을 사시나무 떨듯하면서 보자기에 싼 물건을 내려놨다.

"이게 뭐요."

"풀어보오."

화공은 보자기를 풀고 영문을 몰라 칼의 얼굴과 보자기에 싸였던 물건을 번갈아 보았다.

"이걸 속틀에 새겨주오. 아무도 모르게."

명판이었다. 주종장이 허락할 리가 없었다. 그래서 보이지 않는 속틀에다 황랍을 바르기 전에 박아 넣었어야 할 명판이다.

무슨 년 무슨 달 무슨 날에 어디에 사는 누가 모인의 명으로 무엇을 기원하기 위하여 이 종을 만들다.

명색이 임금의 명을 받아 만드는 나라의 종이니 이러한 명판을 새겨 넣으려면 적어도 글을 써서 주종장의 손을 거쳐 임금의 윤허까지 받았어야 한다. 아무리 장인들 중의 두 번째 자리인 칼이라도 함부로 이러한 글을 새겨 넣게 할 수는 없는 일이다. 화공이 받아들고 어찌할 줄을 몰라 덜덜 떨고 있었다.

"나는 이제 떠나오. 이번에 태어나는 종은 백수를 넘어 천수 만수를 할 것 같은 생각이 들어 그러오. 내 다시 올지는 모르나 후에 이 종을 보고 장차 사라질지도 모르는 이 나라를 영원히 기억하게 하려 함이오."

데길리칼은 나라를 잃어 돌아갈 곳이 없어진 게 한이었다. 그래도 들어줄 수 없는 청이었다. 이 놈을 새겨 넣으려면 지금이라도 바른 황랍을 도려내고 속틀에 붙여야 한다. 구덩이를 파고 틀을 앉힌 터에는 서넛씩이나 번을 서고 있는데 어림도 없는 일이다. 화공은 고개를 흔들었다.

"어서 사승께로 가보시오. 아직도 기다리고 계실 것이오."

화공의 거부에 칼은 비장하게 입을 열었다.

"여태껏 사승은 수많은 우리 장인들의 이름을 어느 종에도 새겨 넣지 않았소. 장인들이 죽어 뼈마저 삭고 나면 이 땅 어느 종에도 남아있지 않을 것이오. 오로지 임금과 사승의 종으로만 남겠지요. 그렇다면 이제껏 우린 뭐요. 떠나서 나를 남기는 종을 만들 생각이오. 사승에게 마지막으로 청해보려고 했지만, 들어주지도 않겠거니와 난 떠나야 하는데 사승은 또 날 붙잡고 놓지 않을 거요. 정 못하겠다면 이거라도 넣어주시오. 평생 소릴 듣지 못하던 내 아비를 위한 마지막 부탁이오."

그러고서 칼은 그림종이 한 장과 명판 보자기를 남기고 홀연히 떠났다.

236

화공은 그가 준 보자기에 명판을 훑어보았다. 외로 쓴 글자들이 빼곡히 들어 있었다. 주종장부터 장인들의 이름이 모두 새겨져 있었다. 주종하는 해와 달과 일의 간지까지 넣었다. 그림 종이를 펼쳤다. 악사가 비파를 타는데 거꾸로 들고 있었다. 왼 손으로 줄을 잡고 울림통이 가슴에 닿았으니 줄을 감는 주아(周兒)가 아래로 향했다. 이건 잘못 그린 그림이 아닌가.

곰곰이 생각하던 화공은 무릎을 쳤다.

칼에게 소리를 듣지 못하던 아비가 있었다고 했었다. 듣지 못하는데 비파를 탄다면 가슴으로 소리를 느껴야 한다. 그래서 울림통이 가슴에 붙어 있고 비파를 거꾸로 들었다는 걸까. 화승은 칼이 주고 간 화지를 품안에 간직했다. 명판을 넣는 소원을 들어주지 못한다면 그가 준 그림이라도 넣어야 했다. 그게 떠나겠다는 자에 대한 마지막 정리였다.

주종장이 화공과 조각공을 종틀 앞에 세우고 태어날 종의 대강을 설명했다.

"천판과 맞닿은 쪽이 상대(上帶)고 주악상이 자리할 곳이 중대(中帶), 당좌부터가 하대(下帶)다. 먼저 종의 몸을 위 아래로 삼분하여 각 대에 가로줄 띠를 두르고 둘레를 사분하여 당좌의 자리 앞뒤에 가사 모양으로 띠를 모아라. 줄띠를 두르는 뜻은 나눔이고 이음이며 뭉침이다."

속틀에 황랍을 여러 번 발라 굳혔다. 황랍의 두께가 종의 두께다. 황랍장이 그림을 판에 새겨 황랍을 붓고 주악상의 형을 만들어 황랍 바른 종틀에 붙였다. 주종장은 상대에 꽃방과 하대의 덩굴무늬 띠도 돌리라 이른다.

"상대의 꽃방 안에는 아홉 송이의 꽃을 피워라. 네 개의 꽃방에 모두 서른여섯 송이의 꽃이 필 것이다. 상대와 중대사이는 당초문(덩굴무늬)으로 돌리고 중대에 띠로 생긴 곽 안에는 가부좌한 악사를 살려라. 앉은 곳은 꽃방석이요, 악기는 종적과 비파다. 악사는 하늘로 오르려는 비천이 아니다. 사바에서 종각에 매달려 종소리에 어울리기 위함이다. 사부대중이 종소리를 들을 때에 귀가 막힌 자는 비파와 종적소리를 볼 것이다. 종은 본래 소리를 위하여 태어나지만 못 듣는 중생을 위하여 소리를 보게 하기 위한 게 주악상이다. 성한 귀가 종소리를 듣듯이 막힌 귀는 눈으로 그림을 봄으로써 비파소리와 종적소리를 보게 될 것이다."

사승은 이번 주종의 특별한 백미를 장인들에게 알려줬다.

"종이 오로지 소리를 위하여 이 땅에 태어난다지만 그 소리를 내는 몸도 소홀히 할 수 없다. 하대는 꽃무늬 반원문을 돌리되 돌아가면서 둥근 면은 서로 엇바꿔 돌려라. 새김칼을 든 손으로 꽃을 피우고 풀을 새겨 자라기를 기다리듯 종의 몸에 피우고 키워라. 그러면 비로소 풀과 꽃과 비파와 피리는 소리로 살아날 것이다. 조각장들은 숨을 고르고 마음을 정케 하라. 나날을 급해하지 말고 흐트러짐을 경계하여 그림과 종의 몸을 하나같이 하라."

종의 몸에 새기는 부조는 주종의 일 중에서 가장 공을 들여야 하고 오래 걸리는 일이었다. 여전히 주승은 불공중이다.

"사승. 명문은 어찌하옵니까? 모년 모월 모일에 누가 어디서 만들었다고 하는 명문이 없는데. 더구나 이 불사는 임금의 명이온데."

며칠을 걸려 부조의 조각을 마치자 조각장은 무언가 빠진 것처럼 개운치 않아 빤한 대답이 나올 줄 알면서 사승에게 물었다.

"아직도 못 알아들었느냐? 이 종은 생겨난 때와 곳을 모르고 누구의 몸에서 태어났는지 아비를 모른다. 때를 새기면 죽을 때가 있어야 하고 만든 곳을 새기면 언젠가 떠나야 하며 주종한 자를 새기면 그자의 종이 되느니라. 이 땅에 돌과 나무와 같이 만물이 생겨남에 그게 어디 있었더냐? 모두 인간이 헛된 욕망으로 만들려는 게 이름이다. 아무것도 남기지 말아야 이 종이 영원할 수 있는 것이다. 그게 이 종의 숙명인데 명문이 어찌 필요하냐?"

종에 망한 나라의 이름을 새긴다면 후일에 그대로 두지 않을 터이니 장차 명이 다해가는 나라의 운명을 짐작하고 하는 말이다.

"태생일이나 사승의 명(名)이라도 새겨 남기는 것이."

그래야만 제 이름이 따라 새겨지리라고 생각했던 조각장은 뒷말을 흐렸다.

"이름이라고? 이 세상에서 두 갑(甲)도 못 살고 가는 인축의 이름을 남겨 무얼 하겠느냐? 만든 종은 사람이 깨지만 않는다면 제 소리로 지옥 고통 속에 헤매는 영혼을 구제하며 만년 억겁이 지나도 그대로일 텐데, 사람의 이름자가 종에 남는다고 해서 그만 하겠느냐? 지금 우리가 살아있음은 누대로 우릴 낳은 조상이 있어서겠지만, 세를 잇기 위해 몸으로 낳은 자손이 이 손으로 빚은 종보다 더 오랫동안 이 땅에 살아있겠느냔 말이다."

조각장은 더 이상 아무 말도 못했다.

"알아들었으면 부조 위로 겉틀이 될 흙을 발라라. 흙이 고와야 부조가 매끈하다. 흙과 숯가루를 섞어 곱게 빻아 가는 체로 쳐서 물에 반죽해 부조가 상하지 않도록 조심하여 여러 번을 덧발라라. 바르는 흙의 두께는 황랍을 바른 종의 두께보다 두 배 넘게 하라. 자 이제 천판과 용두에도 겉틀을 바르고 덮어 마르기를 기다려라."

반복하는 종장의 명으로 주종 작업의 또 한 마디가 끝났다. 조각장들이 물러났고 형틀장이 반죽한 흙 바르기를 마쳤다.

"틀을 채우려면 속을 비워야 하느니라. 종틀 아래에 불을 피워라."

겉틀이 마르자 틀 아래에 불을 지펴 속에 꽉 차 있던 황랍을 녹여 내렸다. 형틀 끝, 종 아가리에 뚫어 놓은 구멍으로 녹은 황랍이 흘러내렸다.

"흘러나온 황랍을 저울로 달아보라. 넣은 황랍과 중량이 같으면 속이 비었을 것이고 부족하면 불을 더 피워 남은 찌꺼기를 깨끗이 녹여 내려라."

바른 황랍과 녹아내려 받아낸 황랍의 중량이 같아졌을 때 불을 끄고 종 아가리 쪽에 황랍이 흘러내린 틈을 막았다. 쇳물을 넣기 전에 사승은 법당으로 올라서 다시 살폈다. 주승만 홀로 불전을 떠나지 않고 있을 뿐 수제자 데길리칼은 여전히 보이지 않았다.

사승은 형틀을 지키는 장인 둘을 남겨두고 다른 장인들과 함께 가섭봉에 올라가 동편 먼 산에서 떠오르는 햇덩이를 바라보며 눈을 감았다. 폐종을 모으고 붉은 구리쇠를 모아다 보태고 땅을 파서 틀을 만들기 시작한지 벌써 삼백여 일째다. 녹은 구리물은 떠오르는 저 해와 같아야 한다. 모두의 얼굴이 해를 받아 끓는 구리물처럼 붉어졌다. 침묵기도가 시작되었다. 가슴 터질 것 같은 해를 바라보고 침묵하는 뜻은 형틀에 쇳물을 넣기 전 한 방울도 새지 않고 제자리로 찾아들어가 굳어지기를 바라는 간절한 기원이고, 사승이 상원에 들어 주종을 시작한 후에 해를 향한 마지막 소원이었다.

남으로 내려다보이는 상원은 골짜기와 능선 가운데 가장 높고 막힘이 없어 생명이 살아갈 양지바른 보금자리였다. 미지산에 이곳저곳이 모두 명산이라고 하나 불당을 앉힐만한 자리는 이만한 곳이 없었다. 하늘이 내린 자리가 아니라면 부처가 예비해둔 자리였다.

어느 옛날 누군가가 이러한 상원에 작은 가람을 세웠다. 서라벌에서 예까지 와 삼백여 날 가까이 머물면서 쇠를 모으고 틀을 지어 주종하게 된 건 선승(禪僧)이 임금의 입을 통해 남긴 마지막 뜻이었기 때문이었다. 사승에게도 이번이 마지막 주종이었다.

"노(爐)를 빚을 준비를 하라. 노는 돋움 있는 철근으로 뼈대를 엮고 진흙을 발라 그늘에 말리되 노 아래로 구멍을 뚫고 조경(槽梗 마개)으로 막아라. 풍로에 바람통을 잇고 노에서 구덩이로 잇는 형틀로 구리물이 흘러갈 길을 어슷하게 파두어라. 길이 유하면 용액의 흐름이 늦어 굳을 것이요, 급하면 자칫 넘칠 것이니 편안하게 흐를 수 있도록 하고, 구리 녹은 물이 흘러가는 길은 식지 않도록 숯불을 괄하게 피워 덥혀라."

주물공들의 손발이 척척 맞아 형틀 주변으로 네 개의 노를 걸어 네 몫으로 나눈 구리 편을 노(爐)에 앉혔다. 종두(鐘頭)가 될 천판 위에는 한 몸에 머리가 둘인 쌍두룡의 종걸이 형틀을 만들어 붙였다.

"자, 이제부터 노 안에 동편(銅片)을 넣어라. 녹아나온 황랍이 사십 관이니 들어갈 주물이 사백 관이라. 형틀에서 나온 황랍 중량의 열배니라. 노는 네 군데다 걸어 놨다. 납이 열세 관, 주석이 쉰일곱 관, 구리가 삼백삼십 관이니 각각을 사분하면 일분의 합이 모두 일백관이니라."

한쪽에서 주물장이 적동과 주석과 납을 사분하고 있었지만 여전히 칼은 보이지 않았다. 말은 안하고 있어도 사승은 수시로 살펴 찾는 눈치다. 어떻게 가르쳐서 키워온 놈인데.

얼마나 불을 땠을까. 노에 불이 달아 서서히 동편이 녹기 시작하면서 모두 숨을 죽이고 불덩이처럼 붉게 끓는 쇳물을 바라보고 있었다. 이 순간은 가르치기만 하던 사승이 직접 나섰다.

"네 군데 노에서 녹은 구리용액의 색이 모두 동트는 하늘과 같이 붉어야 한다. 불은 홀로 살지 못한다. 끓임 없이 태워야 자기가 산다. 좋은 불로 만들었으므로 종소리는 불꽃과 같다. 누군가 쳐주지 않으면 소리가 살지 못한다. 이게 불과 종의 같은 운명이다. 종에 부을 구리물을 어느 불로 어떻게 녹여 붓느냐에 따라서 소리는 달라진다. 몰두하지 않으면 깨지고 흩어져 태어나더라도 제소리를 내는 종으로 살아가지 못한다. 명심커라."

그러면서 사승은 잘 못 태어나 울리지 못하는 종을 떠올리고 있었다. 깨지 못하겠다고 버텼지만 자신이 세상에서 떠나고 나면 언제 노 안에 들어갈지 모르는 운명이다. 끝까지 지켜주지 못할 것이다.

사승은 네 개의 노에 구리가 녹은 물이 같은 색으로 끓자 다음을 명했다.

"이제부터 구리 용탕에 주석을 넣고 주석이 녹으면 납을 넣어라."

납이 제일 먼저 녹고 주석과 구리가 늦게 녹으므로 섞임을 고르게 하기 위해서다. 가까이 다가가지 못하니 긴 쇠자루가 달린 삽으로 주석 조각을 노에 퍼 넣고 주석이 녹을 즈음에 납을 넣었다. 종이 되기 위한 붉은 구리와 주석과 납이 골고루 섞이면서 끓고 있었다. 모두 마음을 졸이며 지켜보고 있었다.

"쇳물이 땅으로 흐를 길을 따라 식어 굳지 않도록 불을 피웠느냐? 속히 불을 일으켜 땅을 덥혀라."

노 주변에 익숙한 장인의 손이 재빠르게 움직였다. 노에서 쇳물이 바닥에 파놓은 길을 타고 형틀에 흘러들어갈 때에 차가운 땅에 닿아 식지 않도록 불을 피워 땅을 뜨겁게 달구고 나서야 모든 준비를 마쳤다.

"열어라!"

도가니 밑창에 네 군데서 조경을 일시에 열자 빈 틀을 채울 붉은 물이 뻗쳐 흘러 내렸다. 붉은 줄기는 실도랑 같은 물길을 타고 형틀 안으로 천천히 흘러들어가고 있었다. 형틀을 마친지 벌써 사흘째, 법당 안에만 있던 승이 나와 형틀 주위로 돌며 목탁을 치고 독송을 계속했다. 장인들은 침묵하며 숨죽이고 가슴을 졸여가며 붉은 물이 흘러드는 형틀의 네 군데 주둥이만 바라보고 있었다. 밑에서부터 붉은 빛이 타오르면서 겉틀을 달구고 땅에서 김이 서려 올라갔다.

붉게 타올라라. 더 붉게. 붉은 소리로 고통 받는 지옥의 영혼을 구제하라.

주종장이 붉게 달아오르는 종을 바라보며 읊조렸다. 이제 불기는 식어가고 소리만 남을 것이다. 쇳물을 붓는 동안은 주승의 목탁 소리도 멈춰 숨을 죽이며 바라보고 있었다. 구덩이를 파서 틀을 짓기 시작한지 삼백여 날이나 되는 오랜 시간이 걸렸으나, 용액을 붓는 시간은 잠깐이었다. 모두 숨죽이며 붉은 물이 차오르는 틀을 들여다보고 있었다. 서서히 붉게 달아오르는 빛이 상대까지 올라와 종두에 찼을 때.

"그만!"

이제 쇳물을 넣은 형틀은 종으로 태어나기 위하여 서서히 식어갈 것이다. 장인들이 꽤 오랜 시간이 흘렀다고 생각하며 일어났을 때 주승은 붉은 종 틀 주위로 돌기 시작했다. 언제 모여들었는지 수십여 신도들이 에워싸고 합장하여 주승의 목탁소리를 따라 돌고 있었다. 모두 종이 무사히 굳어 나오기를 기원했다.

소리는 거짓이 없다. 동편이 덜 녹아 거칠면 탁하고 순하면 곱다. 부족한 양을 폐종과 잡동으로 뒤섞어 채웠으니 주종장의 마음이 편치 않았다. 뜻하는 소리가 날 것인가. 칼이 여전히 보이지 않았다. 하필이면 이런 때에 어디로 간 것일까. 속에서 고얀 마음이 떠나지 않았다.

날이 밝으면서 주종장은 장인들을 이끌고 가쁜 숨을 몰아쉬며 가섭봉에

다시 올랐다. 종이 곱게 태어나도록 하기 위함이다. 동편 먼 산에서 주황 구릿빛이 올라오기 시작했다. 주종장이 동편을 향해 가부좌를 틀고 앉아 손을 모으고 눈을 감자 장인들이 모두 따라했다. 이 자리에 함께 있어야 할 칼이 없음에 정결하려는 주종장의 마음이 혼란스러웠다. 그래도 붉은 빛은 먼 산을 뚫고 올라온다. 손에 놋종을 만지작거리며 주물을 마친 종이 온전하게 태어나기를 기도하고 있었다.

"이 땅에 자비로운 소리를 잉태하여 주옵소서." 사승의 종은 햇볕을 받아 머릿속에서 이글이글 타오르고 있었다. 그래. 저 불을 견뎌야 소리를 낳는다. 붉게 타올라라. 더 붉게.

종은 이틀 밤 사흘 낮 동안 열기를 식히고 나서 주물장이 망치로 조심스럽게 겉틀을 깼다. 닭이 알을 깨고 나오듯 겉틀이 부서지면서 종의 모습이 드러났다. 둘러서서 모두 숨을 죽이고 지켜보면서 가슴들을 졸이는 순간, 쇳물이 온전하게 들어차서 자리를 잡은 종의 몸이 서서히 세상에 드러나기 시작했다.

"잠깐. 멈춰라!"

지켜보고 있던 주종장은 손을 번쩍 들어 겉틀을 깨는 주물공의 일손을 멈추게 했다.

"중대에 악공의 상을 보자. 종적(縱笛)은 제대로 불고 있는데 비파는 왜 거꾸로 들었느냐? 화공! 조각공! 이게 누구 짓이냐?"

사승이 대노하여 화공과 조각공을 향해 호통을 쳤다. 둘 모두 답을 못한다.

자세히 살펴보니 비파의 둥그런 음통은 연주자의 왼편 가슴에 와 있고 줄을 조이는 주아(周兒 줄감개) 쪽이 아래로 향했는데 줄을 뜯는 손이 왼손이다. 엄지와 식지가 선명한 것을 보면 실수로 비파를 거꾸로 든 게 아니다. 보통의 비파 연주라면 오른쪽 허리 아래에 줄과 음통부분을 놓고 왼손으로 괘(棵)를 잡아야 하는데 그 반대다. 주종장이 보기에는 바르지 못한 모양이다. 이미 그림을 그렸고 밀랍에 조각했고 주물까지 끝냈으니 되돌릴 수 없는 일이다. 결코 실수가 아닐 것이다. 오랫동안 함께 종을 만들어 온 장인들을 믿고 그림과 부조에는 소홀했던 주종장의 탓이었다.

"모두 산을 샅샅이 뒤져서 도망간 칼, 그 놈을 잡아와라."

사승의 목소리는 댓가지로 장인들의 종아리를 때리듯 따가웠다. 지켜보고 있던 장인들이 암자 주변에 숲을 샅샅이 뒤졌다. 사승은 홀로 겉틀을 깨다만 종 앞에 서 있었다. 화공과 조각공을 불러 놓고 치도곤을 한다면 대답은 나올 것이다. 나온다고 어쩔 것인가. 그토록 공을 들여서 만든 종인데. 마지막이 될지도 모르는 범종을 이 지경으로 만들어 놓고 말 것인가. 스스로도 어찌지 못하고 있는 사승은 속이 구리 용탕처럼 끓고 있었다.

저물도록 아무도 내려오지 않았다. 주승 혼자만 종을 돌며 경을 암송하고 있었다.

"주승! 이것도 진정 부처의 뜻이요?"

답답한 사승이 너무도 태연한 주승의 등 뒤에 대고 물었다. 그 소릴 들은 주승은 멈춰 서서 뒤도 안 돌아보고 고개만 끄덕였다.

"말해 주시오. 내 공덕이 부족했는지 부처의 꾸짖음이 과한지."

"모두 아니오."

"아니라면."

"부처의 뜻이오. 나무관세음……"

"그 뜻이 진정 무어란 말이요?"

"숨은 자만이 알 수 있을 거요."

"점점 알 수 없는 답만 하시는 구려."

"기다리시오. 세상은 만년억겁이 지나도록 사람의 뜻으로 된 게 하나도 없소."

"허면 귀신의 뜻은 아닐 테고 이 일도 부처의 뜻이라고요?"

"비파를 거꾸로 들었다고 소리가 거꾸로 들리던가요?"

"그렇지는 않지만."

"비파를 거꾸로 탄다는 게 사람의 생각이요. 비파를 거꾸로 타나 바로 타나 소리는 같은 소리요. 진정으로 지옥중생을 구제할 종이오. 지금껏 만든 종이 지옥중생을 구제한다고 하면서 사람의 마음은 비천으로 하늘에 오르려고만 했지 않소. 그런데 이 종은 지옥에서 고통 받는 영혼을 위하여 소리가 땅으로 스며들게 될 것이오. 이제 됐소?"

그때서야 사승은 다시 돌아가 나무망치를 들고 깨다만 겉틀을 조심스럽게 다시 깨기 시작했다.

저녁 무렵에서야 숲으로 들어갔던 장인들이 후줄근한 모습을 하고 하나둘씩 모여들었다. 매번 그래왔지만 겉틀을 깨기는 처음 맞는 여인의 옷을 벗기듯 긴장되고 떨리는 순간이었다. 모두 숨을 죽이고 사승의 나무망치 끝을 바라보며 온전히 종의 몸이 드러나기를 기다리고 있었다. 사승의 얼굴에 흐르는 땀이 등을 적실 때쯤 해서 종의 불기가 아직 식지 않은 채, 겉틀을 벗은 종의 모습이 온전하게 드러났다. 쌍두룡의 발밑에 꽃이 피었고 악사가 비파와 피리를 불며 하늘로 오르려 하고 있었다. 불을 내리 비추자 그 밑으로 두른 오묘한 덩굴무늬 반원문이 선명하게 드러났다.

사승은 불빛을 주악상에 다시 비췄다. 음통을 심장에 대고 왼 손으로 비파를 뜯는 악사가 주승을 보며 하소연이라도 할 듯이 보였다. 사승은 손으로 비파를 뜯고 종적을 부는 네 쌍의 악사를 돌아가며 모두 쓰다듬었다.

아무도 입을 열지 않는 정적이 오랫동안 깔려 있었다. 천릿길을 걸어와 낯선 땅에서 만든 종이었다. 사승이 주악상을 손으로 쓰다듬어 돌고 있을 때 화공과 조각공이 사다리를 타고 내려와 무릎을 꿇었다.

"알고 있었느냐?"

"칼이 그렇게 떠날 줄은 몰랐사옵니다."

화공이 머리를 조아려 답했다.

"그림이 뒤집힌 것 말이다. 화공과 조각공이 모두 몰랐다고 하지는 않겠지."

"뒤집히다니요?"

조각공이 머리를 갸우뚱하여 알아들을 수 없음을 표했다.

"머잖아 세상이 뒤집히리라는 것도 알고 있었느냐?"

"사승. 저희는 도무지 무슨 말씀하시는지 모르겠사옵니다."

"진정 모른단 말이냐. 비파를 뜯는 손이 왼손인데도. 조각공 네놈이 일부러 그림을 뒤집은 게 아니라면 화공의 짓이렸다."

"칼의 청을 거절할 수가 없었사옵니다."

"청이라? 칼이 그리하라 했단 말이구나."

"칼의 사연이 딱해서 그만."

화공은 그 자리에서 사승에게 칼이 사라지던 날 밤에 이야기를 꺼냈다.

"마지막으로 비파소리를 들을 수 있게 해달라고 했사옵니다. 부친이 자기네 나라에서 악사였답니다. 듣지 못하는 악사. 귀가 어두우니 울림통을 가슴에 대고 심장으로 소리를 들으면서 비파를 뜯었다고 했습니다. 이번이 마지막이니 하늘로 떠난 부친의 모습을 남기고 싶다고 해서. 소승이 나라의 범종불사에 사심을 받아 넣었으니 죽을죄인 줄 알고도 그만."

"그럼 조각장도 알고 있었느냐?"

"화공의 그림을 전해오면 절대로 뒤집지 말고 그대로 새겨달라고 칼이 눈물을 흘리면서 당부해서 그만. 비파의 몸통을 가슴에 그렸으니 거꾸로 타는 모양으로 나올 수밖에요."

"나만 모르고 있었구나."

"그의 말이 진실인지는 모르오나 세상에 악공들은 오른손으로 비파를 뜯고 귀로 소리를 듣는데, 천인은 왼손으로 뜯고 가슴으로 듣는다고 했사옵니다. 이 땅에 흔적도 없는 부친의 모습을 남겨달라고 사정하기는 했지만. 그날이 칼과 마지막이 될 줄은 미처 몰랐사옵니다."

"어디서 왔는지도 도통 알 수 없는 자였는데 간곳도 모르게 되었구나. 칼. 그자가 도대체 누구란 말이냐. 내가 손재주 하나 뛰어나서 그자를 각별히 썼더니만."

"사승. 어찌할까요."

주물공이 망치를 들고 사승의 결정을 기다렸다. 사승의 마음을 잘 아는 주물공은 여차하면 결정을 내려 종을 깨버리라 할지도 모르기 때문이다. 사승이 대답을 못하고 한동안 침묵했다.

"소리는 이미 잉태했다. 그대로 들어보자. 올려라."

도르래에 걸린 종의 줄을 잡아당겨 올렸다. 종이 땅의 모태에서 태어나듯 줄 끝에 매달려 구덩이 밖으로 나왔다.

"쳐라."

248

주물공이 나무망치로 당좌를 힘껏 때렸다. 세상에 태어난 첫 울음이었다.
뎅~.

그 소리를 놓치지 않으려고 모두 눈을 감았다. 첫 소리가 상원의 숲속으로 울려 퍼졌다. 이 소리가 지옥중생들에게까지 미쳤을까. 소리가 잦아들 즈음에 주물공은 또 한 번 종을 울렸다.

데엥~ 에엥~ 에엥~ 에엥~ 뎅

숨을 쉬듯 종의 맥이 뛰고 있었다. 몇 년 전 칼이 처음 찾아온 날 종을 배우겠다고 사정하던 모습을 떠올렸다.

"소리를 배우겠다고 했었는데 껍데기만 배우고 돌아갔구나. 이 소릴 못 듣고서."

두 번째 여음이 주변에 모인 사람들의 귀로 스며들고 있었다. 어느새 어디서 모여들었는지 수십여 인이 겹으로 종을 둘러싸고 있었다. 사승은 주물공에게 나무망치를 받아들어 두 손으로 잡고 당좌를 힘껏 때렸다. 소리는 떨리며 울고 있었다.

"첫 울음을 이렇게 떨다니. 험한 팔자를 타고 났구나. 임금의 명을 받고 태어났으니 제 몸 하나로 나라를 끝까지 지켜보겠다고. 애처롭다. 버린 자는 누구며, 지키는 자는 누구란 말인가. 종을 끌어올려라!"

사승이 나무망치를 내던지고 명했다. 멈췄던 종이 도르래 줄을 따라 땅 위로 온전하게 올라왔다. 종각을 지어 걸 때까지 그대로 걸려있어야 한다. 긴장이 풀렸기 때문일까. 사승은 가쁜 숨을 내몰아 쉬다가 화공의 부축을 받으며 앞서가는 주승을 따라 법당으로 올라갔다.

주승은 부처를 향해 눈감아 합장했고, 주종장이 그 뒤를 따라했다. 오랜 침묵이 깔리다가 주종장이 품에서 작고 노란 놋종을 꺼내 주승에게 내놓으며 입을 열었다.

"이걸 받아 두시오."

"손종이 아니요."

"그렇소. 종이오."

"그런데 이건 이번에 만든 종과 모양이 똑같지 않소."

"같지가 않아요. 비파를 타는 악사를 보시오."

주승은 놋종에 새긴 부조를 자세히 보더니 고개를 끄덕였다. 악사가 비파의 괘를 위로 잡아 바로 들고 있었다.

"내 명이 다해가니 이걸 지닐 자가 없어졌소. 부디 주승께서 맡아 주시오."

주종장은 겨우 몸을 가누어 암의 뒤편 토굴로 들어가 자리를 깔고 앉았다. 사람의 할 일은 이제 끝났다. 세상에 남길 말은 다 남겼다. 맥이 탁 풀리니 잠이 몰려왔다. 이대로 가는 걸까.

얼마나 지났는지 모르게 긴 시간이 지났을 무렵에 밖에서 사승을 부르는 소리가 들렸다. 데길리칼의 목소리였다.

"스승님. 소승이 종에 사심의 흔적을 남겼습니다."

"종을 더럽혀 너를 칭하는 어떤 흔적도 남기지 말라고 했는데도. 오로지 부처만 세상에 남을지니."

"세인의 비파소리는 땅에 깔릴 것이고 천인의 비파소리는 하늘에 퍼질 것입니다."

"그러면 그 것이 천인의 비파더냐?"

"상이 천인의 상인데 비파소리가 세인의 것이면, 소리는 종을 못 떠나고 그 안에서 맴돌기만 하겠지요."

"네 근본을 이제야 말하는 것이냐?"

주종장은 정신이 번쩍 들었다.

"이리와 앉아라."

"사승. 꿈결이오니 소승의 몸이 잡히지 않을 것이옵니다."

"오오. 꿈이라도 좋다. 너의 근본을 말해라. 어디서 왔는지. 어디로 갈 것인지."

"온 곳도 갈 곳도 모릅니다. 가르쳐주질 않았으니 ."

"그럼 천인은 어디서 보았더냐?"

"황량한 사막에 수백 개의 토굴이 있었습니다. 굴 안에서 주악천인들이 하늘을 날고 세상에다 소리를 내렸습니다. 천인은 음통을 왼 가슴에 안은 채 왼손으로 비파를 타고 있었습니다. 다른 굴에 세인은 비파의 주아를 위로 하여 탔습니다. 세인이 바르고 천인이 그릅니까? 천인이 바르고 세인이 그릅니까?"

사승은 말이 없었다.

"저어. 스승님은 이제 어디로 가실 건가요?"

"모른다."

"그럼 소승은 이제 어디로 가야 하나요?"

"모른다."

주종장은 뒤를 돌아다보았다. 목소리가 들렸던 뒤에는 아무 것도 보이지 않았다. 모두 헛것이었다. 그의 몸이 굴속에서 썩어 가면 주승에게 전해준 종만 남을 것이다. 곳이 어딘지 모른다. 때가 언제인지 모른다. 종을 만든 자가 누구인지 모른다. 글자로는 떠도는 의문들을 하나로 모았지만 글자 없는 그림은 각자의 생각대로 모습을 기억하고 의문을 풀이했다.

그 날 주종장은 스스로 찬물에 몸을 씻고 토굴에 누워 데길리칼의 상을 마지막으로 보고 잠이 든 채 깨어나지 않아. 이승에서 스스로 정한 명을 살고 갔다. 종이 태어난 구덩이 안에 벽돌로 쌓았던 속틀을 부셔내고 장작을 쌓았다. 그 위로 차디찬 주종장의 몸을 눕혔다. 장작에 불을 붙이자 붉은 불길은 구덩이 안을 휘돌아 하늘로 치솟았다. 보다 못한 화공은 종각으로 뛰어올라가서 종을 치기 시작했다.

뎅~ 뎅~ 뎅~

띄엄띄엄 울리는 종소리가 불길과 함께 하늘로 올라갔다. 불이 다 사월 때까지 종소리는 끊어지지 않고 그렇게 울렸다. 구덩이 안에 모든 것이 타고 사승의 재만 남았다. 종을 만들어낸 구덩이는 주종장 마저 태우고 나서 하늘을 향해 검은 아가리를 벌리고 있었다.

"묻어라."

누구의 목소리였는지 모른다. 둘러섰던 장인들은 파헤쳤던 흙을 되묻기 시작했다. 화공은 데길리칼에게서 받았던 조그만 보따리를 품안에서 꺼내 그 안으로 내던져 넣었다. 아무도 관심을 갖지 않았다. 종이 태어난 구덩이는 주종을 태우고 흙으로 메워졌다. 주종장은 묻히고 장인들은 뿔뿔이 흩어졌다. 그 해 나라에 난리가 터지고. 종을 녹여서 칼과 창을 만들 수 있는 사람들을 모두 잡아들였다.

주승은 얘기를 끝내놓고 꽤 오랫동안 말이 없었다. 지남세는 참고 기다리다 입을 열었다.

"도대체 어려서부터 날 이리로 끌어들이는 귀신이 뭔지 모르겠소. 어려서는 도깨비 같은 무부리 귀신한테 홀려서 엄니와 형제를 다 잃더니 이제

252

와서 저 종의 짐을 날더러 지고 가라고요."

"왜요. 너무 무거운가요?"

"무겁기도 하겠지만 솔직히 두렵소. 또 어떤 일이 닥칠지 몰라서요."

그때 절 마당 아래 산모롱이쪽에서 두런두런 사람이 올라오는 기척이
나자 두 사람은 말을 멈추고 숨을 죽였다.

별원 손님

밖에서 남자들의 목소리가 연이어 들렸다. 허물어져 숯덩이만 남은 절간 이곳저곳에 남폿불을 비춰 둘러보더니 불탄 요사 터 가까이로 왔다. 주승은 몸을 일으켜 헛기침하면서 그들에게 다가가 합장했다.

"어디서 온 뉘시오. 이 밤중에."

"경성에서 왔다. 범종은 어디 있느냐."

주승은 다짜고짜 범종을 찾는 그들의 입은 복색에서 일인임을 알아챘고, 뒤따르는 두건은 연안막에 사는 조두상임을 알아봤다. 그날 불길이 연안막에도 치솟아 올랐고, 상원사 못지않게 마을 전체가 불에 탄 쑥대밭이 된 걸 보고 올라왔다. 주승은 두상에게 안면이 있음에도 알은체를 안했다. 두상이 그들과 무슨 말을 통했는지 몰라서다.

지남세가 요사 터에서 얼핏 보니 야마구치에, 긴토에, 조두상이 모두 자신의 얼굴을 아는 사람들이었다. 조선 땅이 아무리 좁다 해도 경성에 있

254

는 야마구치와 긴토를 여기서 만나게 될 줄이야. 앞뒤 볼 것도 없이 절 뒤로 치뛰어 올라갔다. 이 밤중에 여기라면 틀림없이 자신을 잡으러 온 것이다. 어떻게 알고 왔을까. 혹시 조두상의 짓일까. 그들이 지남세가 여기와 있는 줄 알 리 없을 텐데. 지남세는 멀리 뒷산으로 피해 올라가 남포등 불빛을 내려다봤다.

"이 밤중에 범종은 웬일로."

주승이 잔뜩 의심하는 목소리로 그들을 경계했다. 이 밤에 이런 무리가 종을 찾아 올라왔으니 눈치는 빤한 것이다.

"절에다가 이렇게 불을 싸질러 놓고도 종이 걱정되어 왔느냐?"

주승이 보기에는 일본군 토벌대고 눈앞에 있는 일인이고 모두 하나였고, 주차군의 짓은 모두 일인들의 짓이었다. 지금 눈앞에 있는 기모노 차림의 일인들이 그 일본군 토벌대와 다를 게 없어보였다.

"조선의 중들은 본래 이렇게 말이 많으냐?"

기죽지 않고 또박또박 물어대니 긴토가 목소리를 높였다.

"종을 보려면 낮에나 오든가."

여전히 주승은 투덜거리며 종이 있는 쪽으로 앞장서 걸어갔다. 종은 터만 남은 종각 자리에 그대로 놓여있었다. 먼저 긴토가 돌계단으로 올라섰다. 통역이 들고 있던 남폿불을 긴토가 빼앗듯 받아들어 종을 몇 바퀴 둘러봤다. 모두들 아무 말 없이 그 모습을 지켜보면서 긴토가 입을 열기만 기다렸다.

"이 종이 언제부터 여기 있었나."

긴토가 주승을 향해 물었고 무사가 통변했다.

"모른다."

"모르다니. 이절에 주지승 아니냐?"

"좋은 사람이 만들었으되 깨지만 않는다면 영원히 남아 사람을 지킨다. 종보다 먼저 죽는 게 사람이니 종의 나이는 종만이 안다. 종보다 늦게 낳아 먼저 가는 사람들은 종에 대해서 아무것도 모른다."

통변을 듣고 긴토가 딱딱하던 말을 부드럽게 풀었다.

"난 조선에 고품수집가다. 이 종은 내가 지금까지 보던 종들과 다르기에 묻는 말이다. 종을 한번 쳐봐라."

바닥에 놓였으니 칠 수가 없었다. 칠 수가 없으니 그 소리가 어떨지 들을 수가 없었다. 주승은 옆에 타다 만 나무토막을 들어 종을 툭툭 두드렸다.

"매달리지 못하고 땅바닥에 주저앉았으니 벙어리 종이다. 이게 종을 매달았던 나무토막이다."

긴토가 보기에도 어쩔 수 없는 노릇이었다.

"야마구치 선생. 오늘 조선 땅에 와서 참으로 별난 종을 보았소."

"별나다니요?"

"그동안 보던 종들과는 다르오. 이건 생긴 게 범상치 않은 종이오."

"나는 어두워서 도통."

"지금은 말로 다하기 어려우니 오늘은 여기서 묵고 내일 날이 밝으면 다시 봅시다."

모두 등에 지고 온 짐을 절 마당에 풀어 포장을 펼쳤다. 일행은 마당에서 포장을 치고 잠자리를 준비했다.

"그대가 이 절에 주지냐?"

"절이 죄다 타버렸는데 주지는 무슨. 종만 겨우 살아남았으니 그냥 종지기라면 모를까."

"이 종에 대한 얘길 듣고 왔다. 실은 우리가 저 종을 갖고 가려 해서 보러왔다."

"가당찮은 소리. 갖고 가려면 날 죽이고 가져가라. 그 전에는 못 가져간다."

"알았다. 거저 내달라는 게 아니다. 적당한 대가는 생각하고 왔다. 절이 불에 탔는데 이 절을 다시 세울 만큼의 돈을 종 값으로 주겠다."

"대가라고? 돈을 주겠다고? 부처를 팔아 절을 다시 지으면 빈 절 안에 무얼 앉힐지. 부처가 없는 절이 무슨 소용이며, 돈을 주면 종이 없는 종각이나 지으란 말인가."

은근히 걸어오는 흥정에 주승은 물러서지 않았다.

"그럼 주승은 이 절터에서 앞으로 어쩔 것이냐?"

"종이 살아있으니 종지기나 한다고 했다. 종이 절을 지켜왔으니 이제부터는 내가 종을 지키다가 죽을 차례다."

입씨름이 계속되자 야마구치가 나섰다.

"종 값으로 팔백 원을 주겠다. 팔백 원이면 쌀이 쉰 가마다. 경성 땅을 한 평에 일원 잡아도 팔백 평이나 살 수 있는 큰돈이다. 환속하여 논을 산다면 남부럽지 않게 살 것이다. 어떠냐? 돈을 받고 내놓더라도 순순히 있어준다면 우리 히가시혼간지에 큰 시주하는 것이나 다름없다. 그러나 계속 고집을 부리면 우리도 따로 생각이 있다."

주승의 생각이 복잡했다. 바랑에 넣어갖고 간 금불을 빼앗은 자들과 한 패거리다. 그렇다고 버텨봤자 쉽게 물러설 자들이 아니란 걸 잘 알고 있었다. 수백 수천 년 동안 지켜온 종을 일인들에게 넘긴다는 건 나라를 내놓는 짓과 다를 바 없었다. 잠시 허기증이 들어서 대처에 나가 헤매다가 저들이 갖고 들어온 이교에 한눈을 팔았을 뿐이지. 정신이 제대로 돌아왔는데 눈을 뜨고 종을 그대로 내줄 수는 없었다. 종 앞에서 몸을 불살라 소신공양을 하는 한이 있더라도 지켜야 한다.

"그대들이 묵을 수 있는 방이 모두 불타 없으니 마당이 편치는 않을 테지만 잠이나 고이 자고 가라. 종을 사겠다는 말은 내가 못들은 걸로 하겠다."

주승은 발을 돌려 요사 쪽 거처로 향했다. 연안막에서 함께 올라왔던 두 건머리 조두상도 주승을 뒤따라갔다. 무사가 주승의 등에 칼끝을 들이댔다. 주승이 등으로 찔림을 느끼자 그 자리에 멈춰 섰다.

"찔러라. 왜놈의 무사는 칼을 빼면 반드시 찌르고야 거둔다고 들었다. 지금 당장 찌르지 못하면 넌 무사가 아니다."

야마구치가 기겁하여 무사의 칼 잡은 팔을 낚아챘다. 긴토도 놀라서 소리를 질러 멈추게 했다. 주승의 목숨이 귀하기보다 새로 지은 동본원사 경성별원에 시납할 종을 구하는데 피를 보는 건 상서롭지 못한 일임을 그들도 먼저 걱정했기 때문이다.

"저 주둥이라도 막아놓아야."

"네놈은 주둥이를 가졌지만 난 부처의 말씀을 대신 전하는 귀한 구공(口公)이시다. 불법을 전하는 입을 해치고 네놈이 여기서 성하게 돌아갈 것 같으냐."

둘 사이에 고성이 어둠에 묻힌 산을 울리며 오고 가자, 야마구치가 인자한 척 주승을 말리고 긴토가 성미 거친 무사를 말렸다. 알아듣지 못하는 그들도 두 사람의 오가는 말이 곱지 않음은 알아챈 것이다. 무사가 씩씩거리며 칼을 거두고 펼친 포장 아래 털썩 주저앉았다.

"종소리를 들었으면 좋았을 것을. 종을 쳐볼 수 없을까."

긴토가 여전히 중얼거렸다. 매달려야 치는데 땅에 놓여 있으니 종이 매
맞아 울 일은 없었다.

"날이 밝으면 나무에 걸고라도."

무사가 굽실거리며 칼에 어울리지 않게 종을 못 울리는 게 제 잘못인 것
처럼 말끝을 못 맺었다. 주승도 절을 떠나고 나서 오랫동안 치지 못하고
종각에서 떨어졌던 종이었다. 주승과 조두상은 긴토가 무슨 말을 했는지
알아들을 수 있는 것은 그나마 무사의 입을 통해서다.

"내일 아침에 방도를 찾아봅시다."

야마구치 일행은 절 마당에다 친 포장 안으로 들어갔다. 조두상은 주승
을 따라와서 불탄 요사 터로 들었다.

"칼을 빼들고 길잡이 하라는데, 우환중인 어머니 앞이라 목숨 걸고 대들
수도 없어 이렇게 끌려왔어요."

조두상은 변명하듯 하면서 어둠속에 주승의 말을 기다렸다.

"장수, 연안이 모두 잿더미가 되었는데."

보이지 않아도 주승은 어둠 속에 좌정하고 앉아 염주 알을 굴리고 있
을 것이다.

날이 밝으면서 야마구치 일행이 깨어났다.

"올라올 때는 들리지 않던 계곡에 물소리가 잠들려고 하니 왜 그렇게
크던지."

야마구치가 중얼대며 흐르는 물에 얼굴을 씻고 옷을 갖춰 입었다. 긴토
는 어느새 일어났는지 종 앞에 섰다. 해가 뜨면서 어젯밤에 어렴풋이 보았
던 종의 온몸이 어둠의 옷을 벗고 드러났다.

긴토의 손이 종을 쓰다듬듯 더듬어 한 바퀴를 휘돌았다. 조선에 건너와서 이런 종을 보기는 처음이다. 긴토의 얼굴에 묘한 웃음이 흘렀지만 빛을 등진 그림자 속에 감춰져 있었다. 긴토는 혹여 종에 새겨져 있을지도 모르는 글자를 찾아 겉면을 샅샅이 훑었다. 이 정도의 종이라면 언제 누가 만들었는지 기록으로 남겼을 것이다. 이런 대종이 있는 걸 보면 이 절이 조선의 명찰은 아니라도 보통 절은 아니었을 것이다. 묘한 호기심이 긴토의 가슴을 들뜨게 했다.

"야마구치 선생. 오늘 조선에서 대물을 만난 것 같소."

긴토는 가벼운 흥분을 감추지 못하고 목소리가 사뭇 들떠 있었다.

"뭐가 짚이는 게 있소? 언제 적 종인데요."

"그걸 모르겠단 말이오. 당연히 있어야 할 글자가 없어요. 한 글자도."

없었다. 주승이 보면 이미 오랫동안 지켜온 종이기에 글자 없는 게 당연했지만 긴토는 조선에서 여러 종을 보아오면서 이 정도의 크기에 글자 한 자 없는 종을 만난 건 보기드믄 일이었다. 그러기에 더욱 더 호기심을 불러일으키고 있었다.

"음. 그런데 이건."

긴토는 놀라움을 신음처럼 토해냈다.

종의 몸 중간에 부조된 그림은 꽃방석 위에 악사가 둘이 앉아서 연주하고 있었다. 다른 종에서 보았던 것처럼 하늘로 오르려는 비천이 아니었다. 오른 쪽 악사는 피리를 불고 있었고 왼 쪽에 악사는 비파를 타고 있었다. 그런데 비파를 거꾸로 들었다. 비파의 소리통을 악사의 가슴에 안고 있지 않은가. 긴토는 혹시 부조가 잘못되었나 하고 옆으로 불빛을 돌렸다. 네 쌍의 악사가 모두 같았다.

"음. 별난 종이로군."

긴토는 중얼거리면서 종에 빠져들었다. 고개를 갸우뚱거리는 것을 보고 주승이 한마디 했다.

"왜? 저 자가 이 종에 대해 뭘 좀 아나?"

모두 긴토에게로 시선이 쏠려 통역을 하지 않았다.

"이 파편이 떨어진 자국. 야마구치 선생. 이걸 좀 보시오. 파편이 떨어져 나간 자국을. 종이 총을 맞았어요. 하마터면 깨질 뻔 했단 말이오."

"그게 종이 제 몸을 바쳐 사람을 살린 자국이다. 여기다 대고 총을 쏜 당신네들 짓이다."

긴토가 종의 중간에 돌린 줄띠를 따라가다 종의 살점이 떨어져간 곳을 유심히 보고 있자, 주승은 꾸중하듯 한마디 했다. 긴토는 주승의 말을 알아들으려고도 않고 등불을 비춰 아래를 살폈다. 여전히 종의 정체를 알아볼 만한 글자를 찾고 있었다.

"이게 여기 언제부터 있었나."

"당신네들이 조선에 오기 전부터다. 절이 있고부터 종이 있었고, 절이 불타서 다시 세우기를 몇 번이나 했지만, 이 절의 처음이 언제부터였는지 모르니 종도 언제부터 있었는지는 모른다."

"음."

긴토의 입에서 다시 신음 같은 음성이 튀어나왔다.

"이 종을 가져가야겠다."

"언감생심 꿈도 꾸지 마라."

이쯤에서 긴토가 속내를 드러냈지만 주승은 못을 박았다.

아침 해가 높다랗게 비춰오자 긴토는 종 둘레를 돌아가며 샅샅이 살폈다. 당좌와 맞은편으로 모인 줄띠는 종 전체를 얽어 묶은 것처럼 감싸고 있었다. 쇠를 녹여 부을 때에 형틀을 이은 자국, 중대(中帶)쯤 당좌 높이에 겉틀을 이은 자국. 여기까지는 그의 기억으로 일본 본토 고야사에 있는 종을 빼 닮았다. 그런데 비파를 거꾸로 들고 타는 악사와 피리 부는 악사, 하대에 두른 반원무늬 띠가 예사롭지 않았다. 일찍이 본 적이 없었던 솜씨였다. 종의 출생 내력을 알 수 있는 단 한자의 글자도 새겨져 있지 않았다. 상대(上帶) 바로 밑 둘레로 돌면서 네 개의 넝쿨무늬 유곽 띠 안으로 유두와 같은 꼭지가 삼삼으로 줄을 지어 아홉 개씩 네 군데 방에 차 있었고, 그 밑으로는 비파를 타고 피리를 부는 악사가 한 쌍씩 돌아가며 네 군데에 돋음으로 장식이 되어 있었다. 종의 몸을 묶듯 줄띠가 당좌로 모이고 반대편 당좌로도 모였다. 줄띠의 곧은 선처럼 종의 겉면 상대에서 하대까지 흐름도 항아리처럼 배가 부르지 않았고 거의 곧은 선으로 벋어 있었다. 긴토는 쪼그려 앉아서 종구 쪽 하대의 띠를 살피다가 무릎을 쳤다.

"이걸 봐요. 하대에 무늬를. 어떻게 이런 오묘한 부조를 만들 수 있을까요."

하대는 반원을 엇이어 가며 띠를 둘렀는데 덩굴무늬와 국화문은 오묘하기도 하거니와 중대에서 비파를 타는 선율이 들려올 듯 선명했다. 항상 보아오던 주승은 당연했지만 처음 보는 긴토에게는 경이로웠다.

"거꾸로 든 비파라." 야마구치는 오히려 중대에 있는 악사에 더 관심이 가 있었다.

"이 종은 우리 히가시혼간지로 갈 운명을 타고 난 거나 다름없어요. 조선과 일본을 함께 닮았잖소."

긴토가 종을 손으로 쓰다듬으려고 하자 주승이 밀쳐냈다.

262

"머리가 둘이고 당좌가 둘이다. 미련한 것들. 이게 뭘 뜻하는지 알기나 하고 하는 말이냐?"

주승이 하도 답답하여 한 말을 통역이 제대로 전했는지 모른다. 당좌가 정 반대편에 하나씩 있고 종두에 용의 몸은 하나인데 머리는 둘. 당목이 치는 방향이 다르고 용이 바라보는 곳이 서로 달랐다. 악사의 모습이 그러하듯 종소리가 하늘로 오르기는 애시 당초 글러버린 종이었다. 영영 하늘에 오르지 못하고 오로지 땅을 평정할 종이라. 긴토는 여전히 소리를 못 들어 안달을 하고 있었다.

불안하여 밤을 새우다시피 한 지남세가 그 모습을 멀리서 내려다보고 있었다. 이미 왜성대에는 자신의 소문이 파다하게 퍼져있을 것이니, 여기서 저들에게 들킨다면 꼼짝없이 잡히고 말 것이다. 그들 중 하나는 칼을 찼다. 혹 모든 낌새를 알아채고 자신을 잡으러 온 것인지도 모른다. 어느새 지남세의 발걸음은 미지산 허리를 돌고 있었다. 믿지 못할 것이 사람이라 토굴에 숨는다고 해도 언제 발각되어 잡혀갈지 모르는 일이다.

"지 처사. 지 처사."

주승이 멋도 모르고 올라와서 지남세를 찾았으나 대답이 없었다. 지남세를 찾다가 힘없이 내려간 주승에게 통변이 누런 봉투 하나를 내밀었다.

"이걸 받아라."

"이게 뭐냐?"

"종 값 약속조로 일부를 먼저 주고 가겠다. 경성에서 사람들을 데려와서 가져갈 때까지 이 종을 지켜라. 우선 무명천으로 감아놓을 테니 절대로 건드리거나 남에게 보이면 안 된다."

"치워라, 당장. 무려 천여 년 동안 미지산을 지켜온 종인데 어딜 간단 말이냐. 절이 불타버렸다고 우습게 보는 모양인데 이 미지산이 그렇게 호락호락할 곳으로 보였단 말이냐?"

긴토가 다시 전하는 말을 무사가 통변했다.

"야마구치 선생께서 오백을 더 주겠다고 하셨다."

"지금 부처와 다름없는 종을 앞에 놓고 나와 흥정을 하겠다는 거냐. 이 종은 억만 금을 준다고 해도 내 목이 달아나기 전에는 안 된다. 아니, 내 목이 달아난다고 해도 이 미지산이 가만히 있지 않을 거다." 그러면서 주승은 땅 바닥에다 발뒤꿈치를 세차게 굴렀다.

무사가 고개를 갸우뚱거리면서 긴토에게 그 말을 전하자 긴토는 고개를 끄덕이며 내려갈 채비를 했다. 밤중에 오르던 길과 낮에 내려오는 길이 모두 초행길처럼 생소했다. 절에서 내려가는 산모롱이를 돌아 수득골 쪽으로 길을 잡아 연안막 합수머리에 닿았을 때 폐허가 된 절터가 나왔다. 여기저기 정 맞은 돌덩이와 깨진 기왓장이 널려있었다. 골동품을 사들이는 긴토가 거기를 그냥 지나칠 리 없다. 어젯밤에 오를 때에는 어두워서 보이지 않던 곳이 눈에 들어왔기 때문이다.

"여기가 미지사 터요. 옛날에 아주 큰 절이었는데 삼백여 년 전 왜인들 난리 때에 불에 타고 나서 땡 중들이 들어와 제절을 세운다고 몇 번이나 자리를 잡았다가 무너지기를 여러 번 했소. 미지산에 기가 이리로 너무 쏠려 터가 센 곳이요."

무심코 던지는 두상의 말을 귀가 번쩍 뜨이게 전해들은 긴토의 눈이 벌써 절터를 훑고 있었다. 개가 코를 킁킁거리며 먹을 것을 찾듯 긴토는 깨진 기왓장 조각을 들춰보며 이곳저곳 뒤졌다.

"큰 절이라면 여기도 종이 있었을 텐데."

긴토는 무릎을 쳤다. 내려오는 내내 종이 태어난 근원을 알지 못해 망설이던 중이었다. 여기 미지사에 있던 종의 행방을 알 수 없다면, 상원사에 걸려있는 종을 미지사에서 가져갔다고 하면된다. 이 절에 관한 내력이 있을 터이니. 아무리 생김과 소리가 훌륭하다고 해도 만들어진 때와 곳을 알지 못하면 아비를 모르고 얻어다 기른 사생아 취급을 받을 수밖에 없었다. 믿을 수 있는 종의 근원을 만들어두어야 한다.

야마구치는 다른 곳에 눈이 가있었다. 땅에 드러누운 커다란 빗돌이었다. 비석의 머리는 떨어져 홀로 나뒹굴고 비신을 바치던 거북상도 따로 떨어져나갔다. 내리 새겨진 글을 읽어 내려갔다. 보리사, 대경대사, 고려, 여엄, 이런 글자들이 눈에 들어왔다.

야마구치가 글을 읽으려고 애쓰는 사이에 긴토는 더 넓게 폐사지 주변을 돌았다. 여기저기 정을 맞아 각진 돌들이 눈에 띄었다. 야마구치의 눈이 멈춘 곳은 산 밑에 풀숲이었다. 조그마한 돌탑이 쌓여 있고 풀로 뒤덮여 있었다. 야마구치는 풀을 걷어내면서 돌탑을 살폈다. 모든 게 다 허물어졌어도 돌탑만 얌전하게 제 모습을 지키고 있었다. 어느새 긴토가 야마구치에게 다가오더니 자세한 얘길 해줬다.

"이게 부도라는 거요. 이 절에 승이 입적하여 몸을 태우고 나온 사리를 안치한 탑이오."

"내 이걸 갖고 가겠소. 경성에 있는 내 집 정원에다 들여놓아야겠소."

"야마구치 선생도 이제 고품을 보는 법을 제법 터득했군요. 귀한 물건이지만 집안에 둘 물건은 아니요."

둘은 반듯한 돌에 앉아 쉬다가 연안에서 조두상을 남겨두고 종을 가져갈 길을 살피려고 사뭇 걸었다. 만만치 않은 길이다.

동본원사에 윤번 이나미는 미지산에 갔던 두 사람이 돌아온 걸 보고 사
뭇 들떠서 반갑게 맞았다.

"야마구치 선생의 키만 한 종이 어디서 많이 본 것 같은 모양인데, 마치
우리 동본원사를 위해서 미리 만들어 놓은 것 같은 종이오. 그쪽 주지의
말로는 종의 나이가 일천 년은 족히 된다고 하던데, 우리 별원에 가져다
걸면 앞으로 일천 년은 더 넘게 대곡파를 지킬 수 있을 거요. 이제 우린 조
선에서 일본의 천 년을 시작하게 되는 거요. 하하하하."

긴토의 웃음이 경내에 울려 퍼지자 듣기만 하던 야마구치가 입을 열었다.

"종 값으로 그쪽 주지승에게 팔백 원을 내놓기로 했는데, 그 비용은 모
두 내가 내겠소만 이리로 옮겨오는 일이 더 큰일이오. 배에 실으면 물길로
쉽게 내려온다고 해도 산속에서부터 강나루까지 가져오자면 적어도 한 달
은 넘게 잡아야 할 거요. 인부들도 많이 구해둬야 하고."

야마구치는 종 값을 모두 내겠다고 하면서 옮겨올 걱정을 먼저 했다.

"야마구치 선생이 우리 동본원사, 아니 나라를 위해서 번번이 큰일을 하
십니다. 내 이번 범종불사를 자세하게 적어서 후세에 남기도록 할 것이
오. 그런데 그쪽에서 종을 순순히 내놓겠다고는 하던가요? 온전한 중이
라면 쉽지가 않았을 텐데요."

윤번이 조심스럽게 두 사람을 지켜보며 종을 가져올 방법을 물었다.

"그쪽 주지도 만만치는 않던 걸요. 죽을 때까지 그걸 지키겠다고 미리
종 값으로 조금 내놓은 돈을 거들떠도 안 보던 걸요."

야마구치의 걱정스런 대답을 긴토는 바닥에 문지르듯 뒤엎고 나섰다.

"그리 말하는 조선 사람이 어디 한둘인가요. 처음에는 다 그렇게 버티다가 궁지로 몰아넣으면 순순히 말을 듣게 되어 있어요. 돈 싫다는 사람 있나요. 이 본당 지을 터를 구할 때도 그랬다지 않소. 야마구치 선생은 종 값을 내놓으시니 갖고 오는 일은 내게 맡기시오. 내게 다 생각이 있습니다."

"허허. 그럼 긴토 상만 믿겠소. 이게 어디 보통 큰 불사인가요? 조선과 일본제국이 하나로 합치는 대역사인데요."

윤번 이나미가 매우 흡족해했다.

"그렇기는 한데." 긴토는 개운치가 않은지 토를 달았다.

"또 문제가 있소?"

"언제 적에 누가 만든 종인지 명문이 없어요."

"어허. 별 걱정을 다하시는구려. 명문이 없는 게 오히려 다행이 아니오. 있다면 언젠가는 제집 찾아가려고 할 텐데. 세월이 오래 지나면 아예 우리 동본원사에서 태어난 걸로 해도 되고." 이나미는 어떻게든 종을 구해다 거는 일이 먼저였고 다른 말은 귀에 들어오지 않았다.

"그럼 내년 봄이 좋겠소. 아무래도 방해꾼들이 있으니 헌병대에도 도움을 청해놓아야 할 거요. 이건 우리 대곡파 만의 일이 아니라 조선과 일본, 두 나라가 하나 되는 중차대한 일이오. 그러니 나라에서는 이 종을 무사히 데려올 수 있도록 군사를 보내 도와야 해요."

긴토의 청에 이나미는 흔쾌히 응했다.

"그 문젠 걱정 마시오. 하세가와에게 미리 청을 해놓을 테니."

긴토가 나오면서 야마구치에게 흡족한 표정을 지었다.

"참. 야마구치 선생. 잡아 가뒀던 방녀라는 그 여자는 지금 어떻게 되었소."

이나미가 갑자기 생각 난 듯 밖으로 나가려는 야마구치를 부르며 방녀의 소식을 물었다.

"그 날 도망친 살인범이 이 자가 맞나?"

그날 경찰서로 끌려간 방녀는 미우라의 추궁에 대답을 못하고 있었다. 범인이라고 잡혀온 자는 이미 온몸이 묶인 채로 반죽음을 당하고 있었다.

"부인해도 소용이 없어. 야마구치 회장도 이 자가 범인이라고 확인을 하셨으니."

방녀는 야마구치의 창고에 잡혀 있다가 경찰서로 불려올 때 뒤에 대고 하던 야마구치의 말을 떠올렸다. 범인은 이미 잡혔고 가서 확인만 하면 된다. 당분간 방녀 상을 의심한 게 미안하다. 잘 다녀와라. 카메코와 함께 따라갔다. 카메코는 경찰서까지 가는 내내 방녀가 계속해서 자기 집에 있어주면서 일을 했으면 좋겠다는 말을 여러 번 했다.

지금 이 자리에서 무어라고 대답해야 할까? 극일문의 얼굴은 분명히 아니었다. 많은 생각들이 복잡하게 얽혔다. 어디서 어떻게 잡았는지는 모르지만 처음보는 남자였다.

"저어. 갑작스런 순간이라서 얼굴을 자세히 못 봤고. 도망가는 뒷모습만 봤는데."

"오호. 그래. 그 뒷모습이 이자가 맞단 말이지? 자 뒤로 돌아봐."

한참동안 고개를 갸우뚱하면서 바라보다가 방녀는 고개를 끄덕였다. 그 자가 그날 무사를 죽이고 도망친 자가 맞는다고 했다. 방녀는 목격자가 되어 범인을 대질하여 증언하고 카메코의 집으로 무사히 돌아왔다. 방녀는 남편과 극일문이 무사할 수 있다는 생각을 했지만 야마구치는 다른 꿈을 꾸고 있었다. 범인이 잡혀서 처형되었다는 소문을 내면 도망간 극일문이 제 발로 걸어 경성에 돌아올 것이다. 그때를 기다리고 있었다. 그때까지는 방녀를 풀어줄 수가 없다. 다시 돌아온 방녀는 창고에 다시 갇혔다. 혹여 주인에게 악심을 품을까 전전긍긍하면서 카메코는 먹을 것을 정성스럽게 넣어주며 방녀를 달래기에 애를 썼다.

"방녀 상 조금만 더 참아요. 우리 주인이 기다리는 사람이 있어서 그래요."

극일문. 주차군에 있는 아카시가 데려왔을 때에 첫눈에도 별나 보이는 자였다. 이름을 물었지만 대답이 없었고, 화가 나서 소리쳤지만 노여워하지 않았다. 야마구치는 그 사내가 주머니에서 종이를 펴 보이며 손가락으로 극일문(克日文) 세 글자와 자신의 가슴을 연달아 짚을 때에서야 그게 그자의 이름이라는 걸 알아챘다.

"청국인과 싸워서 얻어온 전리품이오. 가져다가 쓰시오. 며칠 두고 봤더니 곁에 두고 잔일을 시키기에는 꽤 쓸 만하오."

본토에서 군수품을 구해다가 주차군 부대에 납품하던 야마구치는 청과 일의 전쟁이 끝나갈 무렵 아카시로부터 극일문을 인계받았다. 어디서 어떻게 태어나고 자랐는지는 전혀 모르는 자였다.

"어느 절에서 종을 만들던 놈이라는데 밥만 축내며 짖어대는 사나운 개보다 낫소. 아주 순하고 일도 잘하고."

데려다가 따로 종을 만들 일도 없었기에 집에 바깥 잡일들을 시켰다. 말을 못하고 듣지 못할 뿐 잘만 다루면 보기보다 쓸 만한 젊은이였다. 아카시는 그가 어디서 종을 만들었는지 어떻게 그자를 얻게 되었는지 밝혀

주지 않았다. 단순히 군수물건을 납품하면서 미우라와 가깝게 지내게 된 인연으로 준 답례품이었다. 체구에 걸맞게 힘쓰는 게, 거친 일을 다 맡겨도 싫다거나 어려운 티를 안내고 해냈다. 처음에는 극일문이 복덩이였다.

야마구치의 극일문에 대한 미움은 품안에 지니고 있던 작은 종 때문이었다. 품에 간직하던 종을 꺼내 만지작거리다가 야마구치에게 들켰다. 야마구치가 내보여달라고 손짓을 하자 도둑질이라도 하다 들킨 것처럼 황급히 품속 깊숙이 집어넣었다. 그럴 수록에 더 보고 싶고, 알고 싶어지는 게 사람의 마음이라. 야마구치는 더욱더 그 종이 궁금해서 못 견딜 지경이었다. 그렇게 품속에 간직하고 있는 걸 보면 깊은 사연이 있거나, 꽤나 귀한 물건임에는 틀림이 없었다. 자기 수하에 일꾼인데도 몇 번이나 그 종을 빼앗아 손에 넣으려고 궁리했지만 번번이 허탕을 쳤다.

"뭘 그리 오래 생각을 해요?"

이나미의 재촉에 야마구치가 정신이 번쩍 들었다.

"예, 방녀요? 우리 집에 잘 있어요."

"잘 있기는. 아직도 창고에 있다고 들리던데요. 그 여자는 이제 풀어주시지요. 우리 별원에서는 착실한 일꾼이었는데."

비단 이나미의 청 때문만은 아니었다. 카메코도 창고에 가둔 방녀를 내보내달라고 야마구치에게 사정을 했다. 이나미의 청에 야마구치는 고개를 끄덕였다.

"그럼 그자는 어떻게 찾죠. 잡아들이지 못하면 어디에 있는지 알아내기라도 해야 하는데."

지남세와 극일문을 두고 하는 얘기다.

"어쨌든 아녀자가 혼자서 저지른 일이라고 볼 수는 없지 않소. 그것도

270

도끼로."

이나미는 딱 잘랐다.

"그래야 그 여자가 남편과 연락이 닿을 것 아니오. 미끼 없이 고기가 손에 들어오기만 바라면 되겠어요?"

그들은 그날 거기까지만 얘기하고 헤어졌다.

야마구치네 구석진 창고에서 야마구치 모르게 카메코가 구메밥처럼 가져다주는 밥덩이로 날을 보내던 방녀가 풀려났다. 아주 풀려난 게 아니라 창고에 갇히는 신세만 면한 것이다. 카메코가 자기 남편을 붙들고 사정했던 덕분이기도 했지만 동본원사 윤번 이나미가 '이쯤에서 풀어주고 용서해주면 더 큰 고기를 잡을 수 있을 것'이라는 말이 야마구치의 마음을 더 움직였다.

방녀가 별원과 카메코의 집을 오가면서 다시 일을 하기 시작한지 열흘이 못되어서 낯선 두 남자가 별원으로 찾아들었다. 하나는 죽립을 썼고 하나는 머리카락 한 올 없는 민머리 그대로였다.

"우리 부처는 진정 양지바른 곳에 자리를 잡고 해를 받아 중생을 제도하는데 일본 귀신들은 음침한 곳에 숨어서 이 인간들이 갖다 바치는 싱거워빠진 제물만 얻어먹고 산다. 봐라, 저들은 신궁이고 절이고 모두 햇볕이 두려워 깊숙한 음지에 감춰두고 그 안에 귀신을 모셔두니 모두 해를 피하여 북쪽으로 자리하고 있지 않느냐. 이게 저 자들이 신을 모시는 방법이다. 그걸 이 땅에 퍼뜨리려고 하는 게 저들의 음험한 속셈이다."

민머리는 주동 쪽에서 걸어 올라와 동본원사 마당에 들어서면서 죽립을 쓴 자가 듣든지 말든지 중얼거렸다. 불전 안으로 햇볕이 들지 않도록 길게 내뽑은 처마가 눈앞에 거북스럽게 막혀왔다. 조선 땅에 내뻗친 그들의 힘답게 절은 높고 컸지만 불전으로 보이는 당 안은 그늘졌고 음침했다. 두 사람은 거침없이 안으로 들었다.

동본원사 수행승이 보기에 낯은 설었지만 승복 차림을 알아보고 빈객을 맞는 방으로 들게 했다. 이나미가 그들을 맞았다.

"이제 여길 찾아오는 신도가 장안에서 오천이 넘는다지요?"

안에 들어서자마자 다짜고짜 묻는 말을 알아듣는 일승이 받았다.

"그렇소만. 어느 절에서 온 뉘신지요?"

"신도들이 모두 동본원사로 몰려들어 심산에 텅텅 빈 무명절을 버리고 나와 장안에서 탁발이나 하고 다니는 걸승이외다."

"경건해야 할 대 동본원사 본당에 들어와서 하는 첫 말씀이 매우 거칠구려. 이 나라 황제께서도 이곳에 대한아미타본원사라는 편액을 내리고 칙원소(勅願所)로 삼으셨는데."

"그거야 황제의 눈앞에 뚫려 있는 게 호랑이 굴밖에 없었으니, 어쩔 수 없이 그리로 들어갈 수밖에 없어 그리 말씀하셨던 게지요."

"어허. 그래도요."

양쪽의 신경이 날카롭게 부딪치고 있었다. 기모노 차림의 여인이 찻상을 들고 들어오지만 않았다면 이나미는 그 자리에서 윤번의 체통을 잃고 벌떡 일어섰을 것이다. 상대를 알 수 없었지만 승복차림인지라 손님으로 대접을 할 수밖에. 죽립을 들치던 자가 황급히 다시 내렸다.

"거 방 안에 들었으니 머리에 쓴 대갓 좀 벗으시오."

"듣지 못하고 말을 못하니 얼굴은 봐서 뭣하겠소."

듣지 못하고 말도 못한다는 말에 기모노 차림의 여인이 나가지 않고 멈춰 섰다.

"거 딱하게 되었구려. 그럼 독경도 힘들 텐데. 승려가 돼가지고서."

"그래서 이렇게 왔소이다. 얼마 전에 이 근방에서 야마구치네 무사 하나가 도끼로 머리를 맞았다고요."

"아, 그 일 말이오. 내 그 후 소식을 들으니 도망친 놈을 잡으면 목을 베겠다는 소문을 듣고 왔소이다. 이 자가 바로 그자요."

"험한 농을 하는 귀승은 누구요. 법명이 뭐요?"

"난 여웅이요. 이쪽은 극일문. 범인을 잡아왔으니 어서 이 사건 담당 경부를 이리로 부르시오."

이나미가 벌떡 일어섰다.

"극일문? 그자는 벌써 잡혀서 죽었다. 처형이 됐단 말이다. 어디 와서 협잡질이냐."

여웅은 정신을 가다듬었다. 뜻밖에 듣는 말이었다. 태연하게 정신을 가다듬어 앉아서 계속 물어댔다.

"부르고 안 부르고는 귀승 마음대로 하시오. 하지만 범인이 잡혀서 처형되었다면 그때에 극일문이 여기 이렇게 살아있는 한 경찰에서는 애먼 사람을 잡아 죽인 것이오. 잡혔다는 사람이 누구요. 대체 없는 죄를 뒤집어쓰고 처형을 당한 사람이 누구냐 말이오."

차를 놓고 나가던 기모노 차림의 여인은 여웅의 커진 목소리를 듣더니 몸을 밖으로 향한 채 뒤통수로 이나미와 여웅의 얘기를 그대로 다 듣고 있었다.

"자 보시오. 이 자가 극일문이오."

"이 보오. 내가 그자를 어찌 알겠소. 그런 일이라면 경찰에 가서 얘기하시오."

"아니. 이 자를 아는 사람들이 여기도 있지 않소. 왜성대 안에도 있고, 산구오복점에 야마구치 사장. 그의 부인 카메코 여사가 알고, 그 집에 조선인 여자 방녀라는 사람도 있다고 들었소. 모두 함께 가셔야지요."

이때 이나미의 입술이 파르르 떨리며 여웅의 입을 바라보고 있었다. 자신을 여웅이라고 하는 이 자의 정체를 알 수 없으니. 왜성대의 사정을 속속들이 알고 있는 이 자가 도대체 누군가. 오래지 않아 정복차림의 고등계 형사가 왔다. 일본군 대위에서 경찰 경부로 신분을 바꾼 미우라였다.

"어서 오시오. 미우라 경부. 지난번에 무사를 살해했던 범인이라는 자가 제 발로 걸어왔어요. 이게 어찌된 일이요?"

"그 사건은 범인이 잡혀서 처형을 받고 끝난 일이 아니오."

극일문의 본래 얼굴을 알 리 없는 미우라는 황당한 얼굴로 죽립을 등에 걸은 자에게 물었다.

"네가 극일문이 맞아?"

대답을 할 리가 없었다. 여웅이 거들었다.

"듣지를 못하오. 글로 써 보이시오. 이길 극, 날 일, 글월 문."

이나미가 내준 붓을 미우라가 잡고 그 앞에서 '克日文'이라고 써보이자 죽립이 고개를 끄덕였다. 미우라의 얼굴이 일그러지면서 붉게 달아올랐다.

"방녀 상. 이리와 봐요. 이 자가 극일문이 맞아요?"

이나미가 문을 향해 그들을 등지고 서 있는 방녀를 부르자 몸을 돌려 다가와 죽립 앞에서 눈을 감았다가 잠시 떴다. 얼굴에 수염만 자랐을 뿐이지 입 꼬리까지 내려오는 귓밥에 부리부리한 눈. 양볼 위에 솟은 광대골격과 움푹 파인 눈매가 그대로 극일문이었다. 미우라는 두 사람의 눈빛을 놓치

274

지 않았다. 극일문은 눈을 감고 입으로 무슨 말인지 읊조리며 태연하게 여응으로부터 얻은 염주알을 돌리고 있었다. 방녀에게나 잠시 그녀를 바라보고 있는 사람들에게나, '잠시'가 꽤 길다싶은 시간이었다. 여럿의 눈길이 쏠린 방녀가 고개를 좌우로 흔들었다.

"전 모르는 스님이에요."

"자, 들었소? 야마구치 댁에서 범인과 함께 일을 했던 방녀라는 여자요. 이 자가 극일문이 아니라고 하지 않소. 다 끝난 일을 가지고 엉뚱한 사람을 데려와서 범인이라고 하는 당신 속뜻이 뭐요? 우리 경찰을 뭐로 보고 이러는 거요."

미우라는 여응의 얼굴을 째려보며 당장 잡아가기라도 할 것처럼 야단을 쳤다. 순간 여응의 생각이 복잡하게 돌아갔다. 저 여자가 방녀가 맞다면 극일문을 살리기 위해서 거짓말을 하고 있는 것이다. 여응의 모험을 건 목적은 여기서 이루어졌다. 방녀라는 여인의 얼굴까지 알아보게 된 건 대단한 소득이었다. 예전부터 상원을 드나들면서 어렸을 때에 극일문의 얼굴은 알고 있었지만, 그자가 정말로 소문에 듣던 극일문인지 확인하기 위해서 아슬아슬한 모험을 감행했던 것이다. 여응은 극일문을 보자 당황해하는 방녀의 눈빛을 놓치지 않았다. 그때 극일문은 눈을 감았고 방녀는 고개를 돌렸다. 그러나 여기서 물러설 일이 아니었다.

"알아듣기는 하겠는데, 한 사람 더 확인해 주시오. 야마구치 댁에 카메코라는 부인이 있다고 들었소. 저 여인네보다 부인이 더 정확하게 볼 수 있을 것이오."

미우라가 벌떡 일어섰다.

"이봐. 땡중. 당장 일어나 나가지 못해! 여기가 어디라고 감히. 대일본제국의 경찰한테 이래라 저래라 해."

허리에 찬 권총까지 빼들 기세였다. 당황한 이나미가 미우라의 손을 잡고 말려 앉혔다.

"어려운 일이라면 실례했소이다. 내 장안에서 이 자가 극일문이라는 얘기가 하도 파다하게 돌아서 알아보려고 왔을 뿐이외다."

여응은 극일문의 손을 잡고 일어섰다. 정중하게 합장하여 이나미와 미우라에게 목례까지 하고 밖으로 나왔다. 카메코의 얼굴까지 보려고 했던 건 욕심이 과했다.

그들의 등 뒤를 바라보는 미우라의 마음이 개운치 않았다. 분명히 잡혔던 그자가 극일문이라고 했는데. 그를 아는 모든 자들이 와서 확인을 해주었는데. 처형을 당한 본인도 그렇다고 했고, 말도 못하고 듣지도 못한다고 했는데. 엉뚱한 자를 처형했다면 보통 문제가 아니었다. 미우라는 돌아가면서 이런 저런 생각을 하다가 고개를 흔들었다. 이 일은 옳게 처리되었다. 어디서 근원도 모르는 땡중이 나타나서 잠시 심정을 어지럽혔을 뿐이다.

찬간으로 돌아온 방녀는 바닥에 털썩 주저앉아서 반쯤 정신을 놓았다. 그날 일이 눈앞에서 가슴을 벌떡이며 되살아났다. 순식간에 벌어진 일이었다. 일이 터지려고 그랬든지 그날따라 남편은 왜 그리도 일찍 들어왔으며 극일문은 야마구치의 말을 안 듣고 그 고집을 부렸는지. 그의 몸에 지니고 있던 알 수 없는 종 때문이었다. 남편은 어떻게 된 걸까. 무소식이 희소식이라고, 여태껏 소식이 없으니 잡히지는 않았을 테고 어딘가에서 목숨 부지하고 견딜 것이다. 차라리 미지산에서 나무나 베어내면서 살걸 그랬다는 후회가 마음 한구석에 문득문득 일어났다.

나중에야 알았지만 자신이 경찰에 잡혀갔다가 풀린 것은 저들이 잡아넣은 가짜 범인 덕이었다. 서로 대질을 한다고 불려간 경찰서에서 본 남자는 극일문과 체구와 용모가 비슷했다. 그때 방녀는 눈을 딱 감고 고개를 끄덕였다. 이 자가 바로 그자라고. 그러고 나서 사건의 전말을 다 얘기했다. 그래야만 도망친 두 남자들이 살 수 있는 길이었다.

극일문이 살아있다. 오랜만에 보는 얼굴이었지만 예전 그대로였다. 그렇다면 남편도 살아있을 것이다. 어디에 있는 걸까. 방녀는 찬간에 들어가서 한동안 정신이 나가서 멍하니 앉아있었다.

"네놈들 정체가 도대체 뭐냐? 어느 절에 땡중인고?"

여웅과 극일문이 태연하게 동본원사를 나와 목멱산쪽으로 길을 잡아 오르고 있을 때였다. 민가가 끝나는 곳에 이르자 길 옆 풀숲에 숨어있던 일인 무사들이 칼을 들이대고 둘러쌌다. 그 수가 워낙 많아 어찌해볼 도리가 없었다.

보기 좋게 일을 마쳤다고 생각했는데 끝이 아니었다. 순사가 아닌 걸 보면 야마구치가 보낸 무사들이다. 자신의 뒤를 캐고 다니는 낯선 중의 정체가 알고 싶었던 모양이다. 윤번 이나미가 동본원사 안에서 칼부림을 하기를 꺼려했기 때문이다. 대답을 들을 것도 없이 우물쭈물하는 사이에 두 사람의 몸을 묶었다. 누군가 뒤에서 무엇으로 세게 쳤는데 정신을 잃었다.

"도승이라고 하더니 별것 아니네."

여웅과 극일문은 그대로 당했다. 어디론지 질질 끌려가고 있었다. 방심한 사이에 어처구니없이 당하고 말았다.

팔려가는 몸

미지산에 봄이 왔다. 주차군 토벌군의 습격으로 피란 나갔던 사람들이
돌아와서 불에 탔던 집의 잔해를 걷어내고 급한 대로 움막을 쳐서 견뎠지
만, 산골짝 곳곳에 크고 작은 암자는 숯검정이 된 채 그대로였다. 거기까
지는 손볼 여력이 없었다. 입으로야 철천지원수 같은 일본놈들이라고 욕
을 해댔지만, 토벌군들이 하루가 멀다 하고 드나들며 아직도 숨어있는 의
병 잔병들을 찾아내겠다고 설치며 나대고 다니는 총칼 앞에는 아무도 나
서서 덤벼들지 못했다.

세상물정 모르는 노인들은 왜 이기지도 못할 의병을 일으켜서 마을이
잿더미가 되게 만들었느냐고 나무라며 욕을 해댔고, 듣다 못한 젊은 사람
들은 그게 다 나라를 짓밟는 일본군 때문인데 도와주지는 못할망정 의병
들을 욕해서야 되겠느냐고 핏대를 세우며 설전을 해대다가 하루해가 저
무는 날이 많았다. 장수와 연안에서는 이를 두고 네 탓이네 내 탓이네 하

278

고 설전만 하다가 두 패로 갈렸다. 서울에서 부산까지 가는 철도가 하진을 거쳐 놓일 것이라는 소문이 돌고, 일인들이 가져온 석유와 남포가 조선의 어두운 밤을 밝히며 경성에는 도깨비불보다 더 밝은 전기불이라는 것이 들어왔는데, 기름도 없이 밤새도록 꺼지지도 않고 살아있더라는 소식이 보따리장수를 통해 전해졌다. 그뿐이 아니고 요즈음 배로 경성 쪽에서 올라오는 물건들을 보면 듣도 보도 못한 희귀물들이 모두 일본 본토에서 까만 증기선으로 들여오는 것들이란다.

조선에 고종황제가 이 나라 백성에게 뭘 잘했느냐며, 일본을 두둔하고 나서는 패거리들이 연안에 숨어든 의병 잔병들을 헌병 분견대에 고자질해서 잡혀가게 했다. 눈앞에 달콤한 먹이가 속을 썩게 하여 이 나라가 일인들에게 먹힐 것이라고 걱정하는 뜻깊은 사람들은 속에 울화병이 들어 밤마다 속을 앓았다. 연안리든 장수리든 모두 힘을 합하여 칼을 차고 껄떡대는 일본 헌병을 해치우자면 숫자로 보나 텃세로 보나 못할 일도 아닌데, 그쪽에 빌붙어서 팔자나 고쳐보려는 자들 때문에 모두 밧줄에 목을 매인 소떼 꼴이 되어있었다.

늘 있는 일이지만 조선인을 앞세운 일본 헌병이 장수리 쪽에서 연안리 조두상의 집 쪽으로 올라왔다. 조두상은 모친상을 치룬 다음에 불탄 터에 잔해를 걷어내고 급한 대로 나무를 베어다가 움막 같은 집을 세웠다. 헌병뿐만 아니라 이번에는 뒤에 따라오는 사람들이 있었다. 제법 차려입은 일인들이었다. 작정하고 상원으로 오르는 길목에 조두상의 집을 찾아오는 모양이다.

"어이 조 상. 오랜만이어. 그동안 잘 지냈는가?"

조선인 앞잡이는 두상을 보고 반갑게 아는 체했다.

"이번에 조 상이 우리에게 크게 협조할 일이 생겼네. 들어볼 텐가."

"의병들은 이제 없다."

움막 앞에다 채마라도 심어보려고 밭을 고르던 조두상은 고개도 안 들고 대꾸했다.

"그 일이 아니고 이번엔 아주 큰일이다."

"내겐 일 없다."

"크게 돈을 버는 일인데도 그럴 텐가?"

그때서야 두상은 앞잡이의 얼굴을 쳐다봤다. 옆에서 기모노에 게다를 신은 일인이 어디서 많이 본 것 같은 얼굴이다. 긴토가 조두상과 눈이 마주치자 씩 웃었다. 구면이라는 표정이다.

"그렇지 이 판국에 돈 버는 일이 생겼는데 내 말을 안 들을 리가 있나. 사람을 좀 모아주게나. 젊은 장정 오십여 인 써야 하는데."

"무슨 일을 하려고."

"경성으로 짐을 나르는 일이지. 못가도 한 달은 넘어 걸릴 테니 일거리가 될 거다. 내일까지 사람을 뫄서 상원으로 올라와라. 품삯은 두둑할 테니 염려들 말라 이르고."

일행은 조두상의 대답도 듣지 않고 상원사 쪽으로 앞장서서 오르고 있었다. 두상이 시큰둥했지만 앞잡이는 이미 장수에 들어서면서 만나는 사람마다 돈벌이 냄새를 풍기고 올라온 터다.

"상원사가 이사 가나? 거긴 이사 갈 것이 없는데."

지난 가을에 와서 한밤중에 거길 데려다달라고 하더니 이번에는 사람을 모아달란다.

대여섯이 떠들래하며 오르는 상원사 길은 푸른 잎이 짙어지기 시작했다. 산모롱이를 돌아 상원사에 이르자 긴토는 종각이 있던 곳으로 눈을 돌리다가 핏발이 올라 낯빛이 검게 변했다. 있어야 할 종이 그 자리에 없었다. 불과 몇 달 만에 종이 사라진 것이다. 뒤에 따라오던 사람들도 할 말을 잃고 텅 빈 종각 터만 바라보고 있었다. 사람 하나 겨우 몸을 누울 정도의 움막을 들췄지만 오래전에 비었는지 바닥에는 땅벌레만 기어 다니고 있었다.

긴토의 앙다문 이빨 사이에서 거친 숨소리가 새어나왔다.

"샅샅이 뒤져보시오. 종 값을 일부 치렀으므로 종이 없어졌다면 이건 중대한 도적질이요."

상상조차 할 수 없는 일이었다. 그 커다란 종을 옮기려면 적어도 장정 십여 인은 있어야 하고 눈에 띄지 않게 하려면 밤을 틈타야 하니 댓새 정도는 더 필요했다. 마을에서 힘을 써준 사람이 없고서야 이런 일이 절대로 벌어질 수가 없었다. 긴토는 중대한 불사를 앞에 두고 이런 황당한 일이 벌어진 것에 더 망연자실했다. 주변에 산속을 뒤져본다 한들 종의 간곳이 밝혀질 것 같지는 않았다.

이나미와 야마구치에게 자신 있게 얘기해놓고 왔으니 돌아갈 일이 막막했다. 어디로 갔단 말인가. 앞잡이와 함께 올라온 연안 장정들 몇몇과 함께 숲을 뒤졌지만 흔적을 발견할 수가 없었다. 긴토는 헌병 하사와 함께 종각 주변을 살폈다. 거인이 한 손으로 번쩍 들고 가지 않고서야 옮겨 간 자취는 반드시 남아있을 것이기 때문이다. 그러나 없었다. 아무런 흔적이 없었다. 헌병 하사는 앞잡이에게 뒤 따라 올라온 장수 연안리 장정들을 모이게 했다.

"지금 자수하면 용서해주겠다. 종을 옮기는 데 가담한 자는 말하라. 만일 숨기고 있다가 밝혀지면 평생 후회하고 살만큼 해주겠다. 말하라. 어서."

모두 영문을 모르고 서로 얼굴만 쳐다봤다. 그 커다란 종이 마을로 내려가려면 혼자 힘으로는 불가한데, 그렇다고 종이 연안 마을을 빠져나갔다는 걸 봤다는 사람이 없으니 환장할 노릇이었다. 가을에 보고 가서 겨울이 지나고 봄이 오도록 상원의 사정을 아는 사람은 한 사람도 없었다. 상원사는 이미 그때 폐사되다시피 하여 인적이 끊어진지 오래였다. 주승은 어디로 간 걸까.

삼성각 뒤 대치굴 속에 있다가 떠들썩하는 소리에 밖으로 나온 주승의 눈에는 마당 종각 터 옆에 대여섯의 일인과 헌병, 연안막 사람들이 보였다. 바위 뒤에 몸을 숨기고 귀만 열었다. 토벌대가 의병을 공격하기 위하여 까까거리며 뛰어다닐 때처럼 일인들의 목소리가 골진 산속에 더 크게 들려왔다.

주승은 긴토 일행이 숲을 뒤지는 걸 보고 토굴 안으로 들어가서 몸을 숨겼다. 위에서 굴러 떨어졌는지 본래 거기에 있었는지 바위는 토굴 앞을 막고 있어서 그리로 넘어가면 밖에서는 바위만 보일뿐 토굴의 존재를 아는 사람은 지남세와 주승 외에 아무도 없었다. 주승은 오랫동안 거기서 지냈다. 여기서 그대로 입적한다면 주승의 죽음 역시 아무도 아는 사람이 없게 될 것이다.

고약한 사람들의 눈에만 띄지 않는다면 사람의 손에 사라지지 않고 영원히 존재할 수 있는 가능성은 얼마든지 있다. 주승은 어두운 굴에 앉아 회심의 미소를 지었다. 그러나 그것도 잠시. 밖에서 '찾았다.' 하는 소리가 들렸다.

"긴토 상. 땅 속에 묻혀 있어요. 이리로 와 봐요. 종 냄새가 나요."

채마를 심어먹던 따비밭이었다. 밭 가장자리에 사람이 묻혀 있을 것 같은 어설픈 봉분이 보였고 위로는 늙은 호박만한 돌들이 수북이 쌓여있었다.

"헌병 코는 개 코라더니 소리 나는 종도 냄새를 맡아 찾는 모양이구먼."

함께 간 연안마을 장정 중에서 혼잣말이 들렸다. 헌병 앞잡이는 어디서 구했는지 괭이로 이미 봉분에 흙을 헐어내고 있었다. 흙속에 묶여있는 이불보가 드러났다. 긴토가 다가가더니 조심스럽게 이불보를 칼로 자르고 속을 비집어봤다. 칼끝으로 톡톡 건드려 본 물건은 분명 쇠붙이였다.

"종을 염해서 장사를 지냈구먼. 절이 불타서 폐사 됐으니 종도 운명을 다한 거지. 고이 장사를 지내주어야지."

침을 꿀꺽 삼킨 연안 장정 중에 하나가 한마디 더했다. 종의 몸은 땅속 깊이 묻혀 있었고 종두만 드러나 봉분처럼 흙으로 겨우 덮여 있었다. 언뜻 보기에 떼를 덮지 않은 가묘로 보였다. 이불로 종을 염하듯이 싸고 묶어서 땅을 파고 묻었는데 힘이 모자라 깊이 파지 못하고 다 묻지 못했으니 드러난 머리를 봉분처럼 만들어 감춘 것이다.

"주승 대신 종이 죽었구먼. 주승은 어디로 갔을까?

"종을 묻었으면 주승은 살아있었다는 얘긴데."

장정들은 여전히 입을 다물지 못하고 한 마디씩 보탰다. 그 말이 긴토의 귀에 걸렸다. 종 값을 선금조로 주려고 할 때에 주승은 마다했다. 범종에다가 시주하면 했지 종의 몸을 사려고 종 값을 내놓는 것은 부처를 통째로 사겠다는 것과 다를 바 없다.

"주승을 찾아야 해."

긴토는 혼자 중얼거리듯 했지만 헌병 하사가 대뜸 나섰다.

"주인 없는 종을 파내서 가져가면 일이 더 쉬워질 텐데요."

"그건 도적질이다. 이걸 가져가려면 조선 사람들 힘을 빌려야 하는데 그냥 가져간다고 해봐라. 당장 칼 찬 헌병이 와서 도적질을 해서 가져갔다고 소문이 좍 퍼질 텐데. 우린 물건을 절대로 도적질해가려는 게 아니다. 귀한 물건대로 값을 쳐서 가져가겠다는 거지. 그러니 주승을 찾아내서 제 값을 치러야 한다는 말이다."

"주승은 주승대로 찾아보고 어차피 가져갈 물건이니 종을 파내기로 하지요. 데려온 사람들도 있으니."

커다란 구덩이를 파내는데 한나절이 걸리도록 주승을 찾아내지 못하자 긴토의 몸이 달았을 때 연안과 장수에서 인부들이 올라왔다. 칡을 끊어 줄을 꼬고 들어내기 좋게 종을 얽어 묶었다. 나중에 올라온 인부들이 힘을 더하여 구덩이 앞에서 줄을 잡았다. 통나무를 잘라 종 밑에 깔고 구덩이에서 밖으로 흙을 돋우고 비탈을 만들어 끌어올렸다.

줄을 당기는 이영차 소리가 잠자던 상원 골짜기를 깨웠다. 해가 높이 솟으면서 모두 땀으로 흠뻑 젖고 있었다. 땅속에 묻혀있던 종은 해가 중천에 떠서야 밖으로 나왔다. 긴토는 종을 쌌던 이불보를 벗겼다. 몇 달 동안인지 땅속에 있던 종은 물 먹은 듯 축축한 겉면이 햇볕에 서서히 말라갔다.

한 몸통에 앞뒤로 머리가 달린 용의 허리를 걸어 고리를 만들고 몸을 새끼 띠로 둘러 묶었다. 위에는 넝쿨무늬 곽 안에 꽃을 아홉 송이씩 넣은 돌기가 돌아가면서 넷, 당좌선 위로는 비파를 거꾸로 들고 타는 선인과 피리를 부는 선인이 하늘에서 내려온 듯, 하늘로 오를 듯 앉아있는 모습이 돌아가면서 네 군데나 돋아났다. 아랫단은 반원과 반원 사이에 빈 곳을 넝쿨로 얼기설기 띠를 둘렀다.

"오호! 바로 이 종이로군."

긴토는 감탄을 자아냈다.

"이 절이 언제부터 여기 있었지?"

긴토는 마을에서 올라온 일꾼들 중에서 가장 나이가 지긋해 보이는 사람에게 물었다. 헌병 앞잡이로부터 전해들은 인부는 고개를 흔들었다. 이미 그들이 태어나기 전부터 절과 종은 거기에 있었다. 아무도 아는 사람이 없었고 연안에 나이 많은 사람들로부터도 절과 종이 언제부터 여기에 있었노라고 속 시원하게 말해주는 사람도 없었다. 그들은 소년이었을 적부터 그렇게 알고 자랐다. 그러나 긴토에게는 가벼운 긴장과 흥분이 일고 있었다. 먼저 찾아왔을 때에는 보이지 않던 것들이 이제 더 자세히 보이기 시작했다.

종의 허리에 줄을 매어 걸고 굴림목 위로 앉힌 다음에 연안에서 지어온 점심을 먹었다. 일꾼들이 오십여 명. 점심을 마친 인부들이 긴토가 가져온 무명천으로 종의 겉면을 둘러쌌다. 그 위로 덮었던 이불을 다시 덮고 밧줄로 한 번씩 더 둘러 묶었다. 혹 비탈에서 홀로 구르더라도 다치지는 않을 것이다. 산비탈을 내려가려면 굴림목 위에 놓인 종을 서서히 밀면서 뒤로 나오는 통나무 굴림목을 부지런히 앞으로 옮겨 놔주어야 한다. 한 패는 줄을 단단히 잡고 긴토의 손짓에 따라 서서히 놓아주면 종은 비탈을 미끄러져 내려가고, 한 패는 뒤로 줄줄이 나오는 굴림목을 주어다가 부지런히 종이 내려가는 앞길에 깔아주었다.

개미가 제 몸뚱이보다 큰 먹이를 물고 먼 길을 떠나는 것처럼 기나긴 여정이 시작되었다. 종이 산모롱이를 돌아서려 할 때였다.

"멈추시오."

긴토의 귀에 듣던 지친 목소리였다. 늘어진 머리에 끈을 둘렀고 지팡이를 짚었는데 겉차림은 장삼이었다.

"주지다."

종을 옮기는 연안마을 일꾼들 중에서 누군가가 소리쳤다. 모두 도둑질하다가 들킨 사람처럼 그 자리에서 손을 멈췄다. 긴토의 얼굴이 반가움 반, 난처함 반으로 어쩔 줄 모르고 있었다. 종을 둘러싼 무리로 다가서는 주승을 헌병 하사가 칼을 빼어들며 막아섰다.

"도적 치고는 너무 당당하고 떳떳하지 않소. 이렇게 사람을 잔뜩 데려와서 도적질을 하는 법이 어디 있소. 종을 훔치려면 그믐밤에 몰래 와서 주승인 나도 모르게 파갔어야지."

나무람은 이미 구면인 긴토를 향하고 있었다. 긴토도 목소리와 차림으로 멀리서 오는 그가 주승이라는 걸 벌써 알아챘다. 주승의 나무람에 변명 같은 대답이 나오기까지는 침묵이 너무 길었다. 해는 중천에서 그들을 뜨겁게 내리 쬐고 있었다. 긴토의 대답을 기다리다 못해 주승은 칼을 제치고 한 발 앞으로 나섰다.

"이게 무슨 점잖지 못한 짓이오. 나라를 통째로 훔쳤으면 나라 안에 있는 물건들은 제자리에 놔둬도 훔친 자의 것이 되는데 그 종을 어찌 가져가려는 거요. 그리고 종을 옮기는 처사들이 내가 아는 연안막 사람들 같은데, 종 도둑을 막지는 못할망정 저자들을 도와서 종을 끌어가도록 돕는단 말이요? 그걸 갖고 가려면 이 목숨을 끊어놓고 가시오. 살아서 종을 못 지켰다고 부처에게 가서 야단맞을까 두렵소. 자 어서."

주승은 턱을 치켜들고 긴토에게 대들자 헌병 하사는 이러지도 저러지도 못하고 주승이 움직이는 대로 칼을 목에 대고 따라갔다. 끈을 잡고 있는 패거리가 칡으로 꼰 끈을 나무에 비끄러맸다. 굴림목을 옮기던 패거리는 슬금슬금 뒤로 물러났다. 줄에 매달린 종만 댕그러니 남았다.

주승이 다가가서 종을 싸안고 얼굴을 이불보에 비비며 오열했다. 연안 장수 사람들은 그때야 꽁무니를 빼며 하나둘씩 주승의 눈길을 피해 산속으로 사라졌다. 헌병 하사의 눈짓이 앞잡이에게 오가자 주승에게 달려들어 종으로부터 몸을 떼어놓고 긴토는 슬금슬금 흩어지려는 사람들을 다시 불러 모았다. 주승은 양 겨드랑이를 잡은 헌병앞잡이의 팔을 세차게 뿌리쳤다. 긴토에게 다가가려 하자 앞잡이의 손이 우악스럽게 주승의 팔을 뒤로 틀더니 몸에 지녔던 밧줄로 능숙하게 묶어버렸다.

주승이 발버둥을 쳤지만 그 힘을 당해내지 못하고 이내 지쳐 씩씩거리며 주저앉아버렸다. 토굴 속에서 생쌀을 불려 먹으며 반년 넘게 지내던 몸이었다. 골짜기 속속들이 스며들도록 낭랑하게 독경하던 목청만 제대로 살아 소리쳤다.

"말도 안 되는 불법을 갖고 와서 조선 사람을 꾀어내더니, 그것도 모자라서 절이란 절은 모두 불 지르고, 그래도 모자라 절에 남은 걸 도적질하는 네놈들 망하는 꼴은 내 죽어서도 두 눈 똑바로 뜨고 지켜볼 것이다. 칼 잡은 네놈 들어라. 날 죽여서 눈 감기지 말고 저 나무에 걸쳐놔라. 내 이 두 눈 부릅뜨고 네 놈들 종말이 어떠한지 지켜보겠다."

이미 그는 눈을 부릅떴다.

"쓸모를 못 찾아 고이 묻은 종까지 파가려는 우두머리 네놈. 그 종이 당목을 맞아 울릴 때 네놈 눈에도 피눈물을 흘리며 통곡소리가 날 것이다. 그 종소리가 세상에 퍼질 때 네놈의 귀를 멀게 할 것이다."

아무렇게나 흘러내린 주승의 산발머리가 얼굴을 가렸다.

"주승. 그러지 말고 내 말 똑바로 잘 들어라. 이 종은 동본원사 경성별원에서 조선 최고의 대우를 받게 된다. 땅 속에 묻혀 영원히 잠들 뻔했던 종을 살려내려고 한다. 거저 갖고 가자는 게 아니라 제값 쳐서 가져가겠다는 거다. 자 받아라."

긴토는 앞잡이에게 받아든 일본돈 지전뭉치를 주승의 묶인 손에 쥐어줬다. 주승은 지전뭉치를 떨어뜨리고 발길로 찼다. 헌병 하사가 다시 지전뭉치를 가져다 묶인 손에 덧 묶었다. 꼼짝 못하고 종 값은 주승의 수중에 들어갔다. 앞잡이가 발버둥치는 주승을 검게 타다만 기둥에 묶었다.

"종을 무사히 가져갈 때까지만 참아주소. 이 돈이면 하진이나 중진에 내려가서 땅떼기 구해 평생 지어먹고 살 수 있는 돈이오. 산에서 이렇게 이슬만 자시지 말고요. 제발."

"에잇. 금수만도 못한 도적놈들. 퉤퉤."

소용없는 일이었다. 산으로 피했던 인부들이 다시 모였고 종은 서서히 주승에게서 멀어져가고 있었다. 인부들 중에 하나가 급히 연안 쪽으로 길을 잡아 뛰어 내려가고 있는 걸 본 사람은 아무도 없었다. 여전히 한 패거리는 종을 묶은 줄을 잡아 서서히 당겼고 한 패거리는 굴림목을 옮겨놓고 있었다. 그렇게 연안까지만 가려고 해도 얼마나 걸려야 할지 몰랐다. 내려가던 종을 연안막 앞에 두고 어둡기 시작했다.

모두 쉬고 있는 사이에 나이가 지긋한 연안 인부가 들으란 듯 한마디 했다. 긴토가 그 소리를 놓치지 않았다.

"제자리를 찾아왔다고? 그게 무슨 뜻인가?"

"이 종의 고향이 본래 여기요. 옛날 어느 임진년에 여기 걸려있던 종인데 미지사가 불에 타 폐사되고 나서 상원사로 가져갔다오."

조선에 와서 처음 듣는 얘기였다. 그러나 다른 노인이 반박했다.

"어허. 그 종은 미지사 터. 땅속 어디인지 묻혔어. 절에 불이 나든지 헐리든지 해서 폐절이 되면 불상이고 불구고 모두 그 땅에 깊숙이 묻는 것이 불가의 법도여. 불사를 다시 일으킬 임자를 만나면 다시 세상 빛을 보게 되는 것이고 그렇지 않으면 지옥 중생처럼 땅속에서 썩어 없어지는 것이지. 그 얘기는 미지사에 깊숙이 묻어 놓은 큰 종을 아무도 건드리지 못하게 대대로 퍼뜨려온 헛소문이여."

먼저 노인과 나중 말한 노인은 서로 비슷한 또래로 보였다.

"미지사에는 미지사종이 있고 상원사에는 상원사종이 따로 있는 거여. 어디에 어떻게 얼마나 깊이 묻었는지 모르지만 땅 속에 분명히 있어. 나무는 썩어 없어질 테지만 정 맞은 돌과 불 닿은 사기그릇, 쇳물 부은 불구들은 혹 깨지더라도 폐사된 절터에 장례 치르듯이 묻어주어야 하는 게야. 생각해보게. 여기서 게가 어디라고. 그 큰 종을 끌어올리려면 차라리 놋조각을 묻어서 다시 만드는 게 낫지. 저 옛날엔 길도 이만 못해서 제대로 뚫린 길이 없었을 텐데. 괜한 소리 말아."

긴토는 흘려듣지 않았다. 그렇지 않아도 미지사 이야기가 나왔을 때에 절 크기에 맞춤한 종이 있으리라고 야마구치와 얘기했던 적이 있었다. 짐작이 사실이라면 그 넓은 미지사 터를 다 뒤져서 땅을 파고 찾아낼 만도 하였다. 그보다 중한 건 지금 끌고 가는 종이 생겨난 연유였다. 태어난 근원을 모른다면 길바닥에서 버려진 아기를 주워다가 기르는 꼴이 될 테고 족보를 안다면 그 값을 더하게 된다.

"그게 다 땅속에 묻힌 미지사 유물을 도적들한테 털리지 않게 하려고 대대로 퍼트려온 소문이란 걸 알아야지."

두 사람이 옥신각신하는 얘기를 통역에게 간추려 듣고 긴토는 무릎을 치며 일어났다. 어둡기 전에 종을 연안 마을까지 옮기기 위해 일을 재촉하고 있을 때 멀리 장수 쪽에서 사람들이 몰려 올라오고 있었다.

"오호. 오늘 우리 종 운반을 도우러 오는구나."

헌병 하사가 쾌재를 불렀다. 종 운반에 붙은 사람들보다 훨씬 더 많아 그 수효가 모두 합하여 육칠십은 족히 될 것 같았다. 아녀자들도 끼어 있었다. 반복해서 굴림목을 옮겨놓으며 내려가는 종 앞으로 사람들이 다가오자마자 삥 둘러서 포위하다시피 했다.

"이 종을 어떤 연유로 가져가려는지 모르지만 여기서 절대로 못나간다. 이 종은 우리 연안 장수를 지키는 보물이다. 경성으로 가져간다는 소문을 듣고 왔는데 그리는 절대 못 간단 말이다. 이게 우리한테 어떤 종인데."

장수에서 올라오는 사람들을 반갑게 맞으려던 긴토가 순간 긴장했다. 앞장서서 칼을 휘두르려는 헌병 하사를 긴토가 제지했다.

"두상. 자네가 왜 거기 있냐? 이쪽에 붙어있어야지."

침묵을 깨고 저쪽에서 조중석이 말을 붙여왔다.

"일이 그렇게 됐네요."

"자네도 종을 팔아먹는 데 한몫 했구먼."

조중석이 비아냥거리며 만만해 보이는 두상부터 지목하여 말 공격을 해댔다. 조중석과 낯이 익은 몇몇은 뒤로 슬금슬금 빠졌고 연안에서 제일 나이가 많은 이만석이 조중석의 말에 토를 달았다.

"우린 돈 벌러 온 일꾼이어. 딴 생각일랑 말라고."

"그 종이 어떤 종인지 잘 알면서 머릿속에 혼을 비워놓고 그 짓들을 해? 차라리 지 에미 애비를 팔아먹지 종을 도적질해 가는데 힘을 더해?"

긴토와 헌병들이 뒤로 물러서고 같은 연안 장수 사람들 중에서 종을 옮기던 쪽과 막으러 온 쪽이 갈려서 입씨름을 시작하고 있었다.

"그래. 종 값 두둑이 받았지. 주지 영감은 불타버린 절에서 고생 안하고 논마지기나 사서 팔자 고치고 편케 살겠더라. 우린 날일 해서 돈 받아 좋고. 뭐가 어쨌다고 이렇게들 나서는 거여."

이만석이 지지 않고 물러서지 않은 채 중석을 향해 대들었다. 서로의 뒤에서는 각자 다른 마음으로 말없이 응원들만 하고 있었다.

"이런 밸 없는 인간들 같으니라고. 어디 밥 벌어 처먹을 일이 없어서 그 종을 팔아먹는데다 밥을 빌어. 그 종이 가는 데가 어딘지 알고나 덜 이러는 거여?"

"어디로 가든 내 알바 아니니 비켜. 우린 오늘 밤 안으로 이 종을 장수까지 갖고 가야 하니까. 그래야 하루 품삯을 받을 거고."

조중석이 나섰다.

"게 서 있는 여러 사람들. 어려서부터 저 종소리 못 듣고 자란 사람 있는가요? 새벽에는 깨우고 밤에는 재우던 종소리가 그치고 연안 장수가 모두 불에 타는 난리까지 치러왔잖소. 종소리가 끊어지고부터 나라가 뒤숭숭하고 저자들이 날뛰기 시작했소. 절을 불태우고 연안 장수를 잿더미로 만든 것도 모자라서 남아있는 저 종마저 가져다가 자기네들 절에 걸어놓겠다는 거요. 진정 저들의 속셈을 모르고들 이러는 거요? 총칼로도 모자라 조선 사람들이 부처 믿는 정성까지 망치려고, 제나라에서 요망한 교를 들여와서 조선 불교를 어지럽히고 있다는 소문을 진정 못 듣고 이러는 게요?"

듣고 있던 헌병 하사가 칼등으로 조중석의 등을 내리치려고 하자 뒤에 있던 사람들이 맨주먹으로 헌병 하사를 빙 둘러쌌다. 그가 들고 있는 칼이 두렵지 않았다. 헌병 하사가 칼을 휘두르려 하자 긴토가 말렸다.

"이 종은 우리가 상원사 주승에게 정당한 값을 치렀다. 여기 인부들이 눈으로 똑똑히 보았다. 의심이 나면 물어봐라. 내가 주승에게 종 값을 치르는 걸 봤는지 못 봤는지."

긴토의 말에 인부 중 하나가 "봤어요." 하자 모두 고개를 끄덕였다.

"자 이제 길을 비켜라. 만일 비키지 않으면 군대를 부를 것이다."

조중석 쪽이 물러서지 않고 버텼다.

"조선의 종은 어디에 있든 부처의 종이다. 상원사에 주승이 부처를 팔았겠느냐. 이 땅에서는 아무도 그 종의 대가를 받고 팔 수 없다. 사람이 종을 치더라도 부처의 뜻으로 소리를 울려 불법을 전하는 게 불사에 종이다. 그러한 불도도 제대로 모르는 일본 절에 끌려가서 매달린다면 우리 조선사람 대신해서 볼모로 가는 거나 마찬가지다. 우린 절대 그 종을 볼모로 보낼 수 없다. 절이 주승의 절이 아니니 종 또한 주승의 종이 아니다. 몇 푼을 던져주고 왔는지는 모르지만 영원히 그 자리에 걸려 울리면서 죄지은 지옥중생을 구제해야 할 종이 팔려간다는 게 우리 조선 땅에서는 절대로 있을 수 없는 일이다."

조중석은 끈질겼다.

그동안 여러 곳에서 종이고 불상이고 묘석이고 묘실 유물이고 모아왔던 긴토가 이렇게 성이 잔뜩 난 사람들을 만나기는 처음이었다. 조중석의 뒤에서 뚫어져라 긴토를 쳐다보는 눈매에 모두 날이 서 있었다. 여차하면 물불을 안 가리고 덤벼들 기세다. 그들에겐 총칼도 두렵지 않았다. 영악한 긴토가 앞에 버티고 있는 사람들이 길을 내주지 않으리라는 걸 잘 알고 있었다. 엄포대로 군사를 부르든지 관에 협조를 구하면 될 일지만 그렇게 하지 않았다.

두 패는 뜨거운 볕 아래 그렇게 한나절을 더 대치하다가 저녁을 맞았다. 각 패가 저녁을 마치고 어찌할 것인지 서로의 눈치만 살피다가 날이 어둡기 시작하였다. 긴토 측이 포기하든지 마을사람들이 길을 터주든지 서로 상대가 물러서기만 기다렸다. 옆 사람을 못 알아볼 정도로 날이 어두워졌는데도 긴토 측은 종을 둘러싸고 앉아있고 조중석의 패는 여전히 길에서 떠나지 않았다. 마차가 다니는 길인데 종을 번쩍 들지 않는 한 그 길이 아니면 빠져나갈 길이 없었다. 참고 있던 긴토가 위협했다.

"오늘 밤 여기서 잔다. 종도 함께 잔다. 내일까지 길을 열지 않으면 군대를 불러다 모두 잡아 가겠다. 그때는 한 사람도 용서 없이 대일본제국의 위대한 범종 불사를 방해한 죄로 엄히 처벌한다."

긴토 측 사람들이 종을 가운데 두고 길바닥에 이리저리 몸을 눕히자 조중석 쪽도 망을 보는 사람 둘을 세우고 길바닥에 드러누웠다. 조중석이 함께 온 젊은이 두 사람의 옆구리를 찌르더니 외진 곳으로 끌어냈다.

"오늘 밤 저 종을 우리가 되찾는다. 저들이 잠들면 우릴 도울 사람들이 이리로 올 것이다. 그때 저들을 밀어내고 종을 우리가 갖고 간다. 상원사로 다시 간다."

"예. 어르신. 준비는 다 되어 있습니다요."

잠이 들었지만 각 패에 무거운 짐을 진 자들은 귀에 잔뜩 날을 세워 조그만 소리도 놓치지 않고 듣고 있었다. 여기저기서 코를 고는 소리가 들리자 주변에 풀벌레 소리도 멈췄다. 달도 없이 별마저 구름 속에 들어 사방이 칠흑 같은 밤중이었다.

지남세가 용문사에서 여러 날 지내는 동안 밥값이라도 하겠다고 헛간으로 나무를 거둬들이고 있을 때 말쑥하게 차려입은 젊은 남자가 찾아왔다.

"고성돌 하사?"

"지 상등병?"

두 사람은 반갑고 놀라워서 손을 맞잡았다.

"여기에 있다는 소문을 듣고 혹시나 해서 왔는데 맞는군. 우린 그날 산을 넘어서 경성으로 가려다가 이수두에서 주차군 놈들과 한판 붙고 한발 뒤로 물러서서 양근 지평에 흩어진 의병들을 다시 모으고 있는 중이네. 지평 삼산리에서 이인영 대장이 의병들을 모으고 있고, 원주에서 민긍호 대장이 군사를 이끌고 오기로 돼 있어. 우린 당분간 상진 아무아무 곳에 잠복해 있을 것이니 언제라도 마음이 정해지면 그리로 오게. 아참. 그리고 고향이 요 넘어 연안막이라고 했지. 우리와 함께 못 떠날 사정이 있다면 우리 부대에 식량이나 물자를 좀 도와줘도 좋겠고."

어떻게 알고 왔을까. 이미 지남세의 뒤를 다 캐고 왔다. 지남세가 연안막 태생이고 상원사에서 용문사로 왔다는 것까지.

"이제 군인도 아니니 남세라고 부르지. 나이도 엇비슷하니 말도 트세. 남세. 내 경성에 갔던 길에 소문을 들으니 쫓기는 몸이 되었다는데 숨어 지내는 마음이 어떤가?"

"의병이 이기면 왜인들을 이길 수 있을까? 저쪽은 좋은 총이 있고 우린 없는데."

"싸움은 총으로 이기는 게 아니고 힘으로 이기는 거지."

"우리한테 그 힘이 있느냐고? 저쪽은 넉넉하고 우린 부족한데."

"남세. 저쪽은 바다 건너온 섬놈, 도적놈들이고 우리 육지 땅 주인이야.

294

주인이 도둑한테 져서 쩔쩔맨다? 이게 다 저자들한테 빌붙은 개돼지 같은 잡놈들 때문이라고."

지남세는 뜨끔했다. 생각해보면 자신도 일인의 덕으로 장사를 했고, 시위대에 들어가서 군인도 되어봤다. 아내가 데려온 사내의 엉뚱한 사건에 휘말려서 그렇지, 그 사건만 아니었다면 지금도 야마구치의 덕을 보고 있을지 모른다.

"먹는 게 힘이여. 우린 배고프고 저들은 배부른데."

"그게 누구 걸 가지고 배부른 건가?"

지남세는 대답을 잃었다.

"아참, 지남세. 가장 안전한 도피는 공격이라는 거 모르나. 쫓기지 말고 쫓아야 이기는 걸세."

"좋아. 오늘 밤에 가겠네. 진지가 상진에 어디쯤이라고 했지?"

"함정머리에 허름한 오두막 한 채가 있는데 거기서 고성돌을 찾으라고. 경성 땅에 들어가서 제대로 된 대한제국의 군인이 다시 되어보자고."

고 하사는 지남세의 어깨를 툭툭 쳤다. 원주에서 오는 민 대장의 부대와 합하여 경성으로 갈 것이니 꼭 함께하자는 말을 더 남기고 내려갔다. 지남세도 무작정 이곳에 눌러만 있을 게 아니라 어떻게든 마음을 정해야 했다. 아무도 모르게 숨어 있다고 생각했는데 몸은 밖에 두고 머리만 가랑잎 속에 쑤셔 박은 장끼 꼴이 되었다. 경성을 떠나온 지도 꽤 오랜 날이 지나서 궁금하기도 하고 방녀가 걱정이 되기도 했다. 그렇다고 불쑥 경성으로 가서 방녀를 만날 처지도 아니어서 때만 보던 중이었는데 고 하사가 지남세의 마음을 흔들어놓고 갔다.

다음날 지남세는 오랑에게 부탁하여 공양간에 남은 누룽지와 대궁밥을 몇 덩이를 싸 달래서 상원사 쪽으로 향했다. 주승이 마음에 걸려서다. 얼마 전 종을 묻었던 봉분도 궁금하고, 주승이 성불하겠다며 토굴에 들어가더니 생쌀만 씹고 통 나오지 않고 있어 마음이 놓이지 않았다. 둘이서 밧줄과 지레만으로 종을 끌어다 흙살이 드러난 비탈에 구덩이를 파서 묻기까지 거의 한 달이 걸렸다. 토굴 속에 있다가 혼자서 입적을 해버리면 홀로 남은 종이 가슴에 얹혀 눈을 못 감을 것 같은 염려 때문이라고 했다.

먹을 것을 가지고 용문사에서 지루한 산굽이를 돌아 벌써 몇 번을 주승에게 들렀지만 번번이 내물리고 여전히 생쌀만 입에 넣어 우물우물 씹어댔다. 이번에는 아예 힘으로 끌어내서 햇볕이라도 쬐게 하리라. 여러 굽이를 돌아 상원사가 내려다보이는 마지막 굽이에서 토굴 쪽으로 가려다가 마당을 내려다본 지남세는 깜짝 놀랐다.

"주승! 이게 웬 봉변이요?"

주승은 타다 남은 까만 기둥에 묶여서 잠이 들었는지 정신을 잃었는지 꿈쩍도 하지 않았다. 주승은 꽁꽁 묶인 줄을 스스로 풀려다가 지쳐 초주검이 다 되어있었다. 지남세는 묶여있던 몸부터 풀어주었다.

"지 처사. 그 놈들이 종을 캐갔소. 우리가 한 달이나 걸려서 땅에 고이 묻어준 그 종을 말이요."

지남세는 그때서야 채마밭에 봉분이 파헤쳐지고 거기에 묻었던 종이 사라진 걸 알았다. 주승의 몸에 묶여있는 돈을 보고 그동안 벌어졌을 사태를 직감했다. 자세한 내력을 묻고 말고 할 것도 없이 그자들이 종을 강탈해간 게 분명해보였다. 보통 완력이 아니었을 테니 검불 같은 주승의 몸으로 꼼짝없이 당할 수밖에.

"난 이제 틀렸소. 멀리는 못 갔을 테니 종을 되찾아 하오. 어서요. 이걸 묶어놓고 종 값을 치러 가져갔다고 하려는 도적놈들을 쫓아가서."

주승은 몸에 묶여있던 지전뭉치를 풀어 지남세에게 주었다.

"종을 갖고 오기 어려우면 어디든지 끝까지 따라가서 되돌리어 올 때까지 지켜줘요. 그 종은 부처의 뜻이라면 언젠가는 돌아올 거요. 상원에서 대대승승 지켜온 걸 내가 잃으니 죽어서도 면목이 없게 되오. 부탁이오, 지 처사."

지남세는 주승을 부축하여 움막으로 옮기고 지전뭉치를 품에 넣은 채 장수로 가는 능선길을 탔다. 짐작이 빤했다. 사람을 사서 끌고 갔을 테니 아무리 빨라도 오늘 중으로 상진까지는 못 갔을 것이다. 연안이나 장수 어디쯤에서 노숙할 것이다. 사냥할 때는 짐승을 쫓아 치뛰고, 베어낸 나무를 등에 진채로는 단숨에 내리 뛰던 익숙한 능선길이다.

능선을 타고 내려오던 지남세는 장수에서 길을 끊어 버덩 쪽으로 내려와 연안으로 되짚어 올라탔다. 우선 종을 옮기던 무리가 어디쯤 있는지 알아야 한다. 날이 저물어 어둠이 짙어졌는데 찾기 어렵지 않게 멀리서 인기척이 있었다. 중중거리는 소리가 한둘이 아니었다. 저쪽에서 이쪽을 먼저 알아챘다.

"거기 누구요?" 들릴락 말락 한 소리였다.

"나 이 동네 살던 지남세요. 혹시 조중석이 여기 없소?"

"남세? 한양 가서 출세했다고 들었는데 자네가 여기 웬일인가."

누군지는 모르지만 오랜만이라도 귀에 익히 듣던 목소리였다. 목소리의 주인을 가려낼 겨를이 없었다.

"남세가 왔다고? 산에서 살아있었단 말이지?"

반갑게도 조중석의 목소리였다. 어둠속에 희미한 손 하나가 지남세의 손을 덥석 잡았다. 머리를 더듬고 몸을 만져봤다.

"산짐승이 다된 줄 알았더니만."

부숭부숭한 차림이 손에 만져지자 조중석은 안심했다. 지남세는 조중석의 손을 잡아끌고 무리에서 멀리 떨어져 나왔다.

"종을 막느라고 대낮부터 길에서 버티고 있는데 저자들이 이상하게도 순하게 나오고 있어. 총칼을 쓰든지 순사를 부르든지 해도 될 텐데. 우릴 달래려는 눈치네. 일인이 셋인 것 같고 나머지는 지평바닥에서 돈에 걸신들린 망나니들이 몇 푼돈 던져준 돈 미끼를 덥석 물고 덤벼든 것 같고."

"자정까지만 버티고 있어. 종은 반드시 되돌려 갈 테니."

"무슨 수로."

지남세의 말이 반가웠지만 조중석이 미심쩍어 물었다.

"오늘 밤에 사람을 데려올 테니 기다려."

지남세는 조중석의 손을 한번 굳게 잡고 함정머리 쪽으로 뛰어 내려갔다. 미지산에서 내리뻗은 줄기가 끝나는 곳에 고 하사의 의병들이 진을 치고 있었다. 진으로 들어가는 길목 허름한 초가를 지키는 의병에게 고 하사를 찾노라고 알리니 안으로 전달이 되고 나서 곧바로 고 하사가 뛰어나와 맞았다.

"이게 뭐여?"

"돈. 일본 돈."

"이걸로 총을 구하라고?"

"구하려는 게 총이 아니라 종이네. 놈들이 상원에 있는 종을 갖고 가다가 지금 연안에서 우리 쪽과 대치해 있어. 그걸 뺏기면 우리 연안 장수를 통째로 뺏기는 거나 마찬가지지. 저쪽은 셋인데 헌병 하나만 총을 갖

298

고 나머지는 맨손이네. 그러니 오늘 밤에 힘을 더해주면 우리 손으로 되찾을 수 있어."

"의병에 들겠다고 찾아온 게 아니고? 그럼 자네는 우리 쪽으로 언제 들어올 건데."

"종을 되돌려 놓고 나서, 오게 될지 못 올지 모르지만 이건 받아서 쓰시게. 경성을 치러 가자면 아무래도 병력이 움직일 돈이 필요할 테니."

"이를테면 군자금이로구먼. 고맙군. 연안이라고 했지. 보답해야지."

고 하사는 지남세가 전해준 돈 뭉치를 들고 진영 안으로 들어갔고 지남세는 그길로 다시 연안막에 되돌아왔다.

누가 먼저랄 것도 없이 종을 밀고 내려오던 패들은 잠이 든 척하다가 마주보고 있던 안면을 못 견디고 하나둘씩 빠져나갔다. 낮에야 기세 좋게 큰 소리를 쳤지만, 각자 밤새도록 생각해도 날이 밝으면 얼굴 맞대고 지내던 사람들과 대척하며 싸울 수 있는 뻔뻔한 배짱이 더 이상 서지 않았다. 이 밤에 이 자리를 피하는 것으로 그들은 양심에 거리끼는 마음을 씻으려고 했다. 민망함과 걱정으로 끙끙대던 터에 하나둘씩 종을 지키던 자리가 비자 조중석 쪽 사람들이 슬금슬금 들어와서 그 자리를 채웠다. 긴토도 졸고 헌병 하사도 졸고 앞잡이도 졸고 있었다. 날이 밝으려면 한 시간은 더 있어야 했다.

이때 고 하사 쪽 의병들이 올라오는 기척을 지남세가 알아챘다. 총을 든 의병들이 하나둘씩 모여들더니 긴토 일행을 둘러싸고 순식간에 방심하고 졸던 헌병의 칼과 총을 빼앗아 몸을 묶었다. 비탈길을 내려오던 종이 수십 명에게 끌리고 밀려서 다시 올라가고 있었다. 묶인 긴토 일행이 발악했지만 이미 마을 사람들과 의병들에게 둘러싸인 뒤였다.

장수리 쪽으로 놓였던 굴림목이 상원사 쪽으로 돌려졌고 종은 다시 되돌아 올라가고 있었다. 승기를 잡았다고 생각한 연안 장수 사람들은 신이 올랐다. 뒤에서 있는 힘을 다해 종을 밀었고 앞에서는 줄을 당겼다. 지남세와 조중석은 날이 밝아오는 빛에 드러난 종을 뒤에서 바라보면서 웃고 있었다. 고 하사가 묶은 일인들을 끌고 근처 폐가로 들어갔다.

모두 땀을 흘리고 있었다. 연안 장수 사람들은 되찾은 종을 끌고 올라가면서 잔뜩 들떠 있었다. 잃었던 불국토의 세상이 다시 오는 것 같았다. 종을 올려가는 영차소리가 연안막 골짜기를 가득 메웠다. 미지사 터까지 올라온 종이 쉬고 있을 때 해는 중천을 넘어 긴 종의 긴 그림자를 만들어 내고 있었다.

"일본군이 올라온다!"

누군가 외쳤고 모두가 뒤를 돌아봤다. 장수리 쪽에서 누런 군복을 입은 군인들이 총을 들고 올라오고 있었다. 고 하사가 데려온 의병들이 길 옆 풀숲으로 숨어들고 종을 끌고 밀던 사람들은 그 자리에 엎드렸다. 자기네들끼리 밑받침 빠진 소리로 까까노 까까노 하면서 떠들썩하더니 종 가까이로 몰려오자 총을 들이대며 일꾼들에게 종의 방향 돌리라고 손짓을 해댔다. 십여 명 되는 고 하사의 인원으로 수십 명이나 되는, 그것도 신형 총을 가진 일본군을 상대하는 일은 무리였다. 고 하사는 풀숲에 숨어 앞서 지휘하는 장교를 정조준하고 불을 댕겼다. 누런 군복의 장교가 그 자리에서 고꾸라지자 일본군의 총구가 일제히 길가 숲으로 향하면서 불을 뿜었다. 한둘은 도망쳤지만 고 하사와 함께 온 의병들이 대부분 총탄을 맞고 그 자리에 쓰러졌다. 지남세는 일본군의 반대편에 몸을 숨겼다. 그때 '피융' 하면서 총알 하나가 종을 때렸다. 연기와 불빛이 동시에 번쩍이며 종에서 파편이 튀었다. 어디에 맞았는지 종은 두 번째로 방패가 되어 지남세를 살렸다. 언제 뒤따라 왔는지 긴토가 일본군의 총잡이를 막았다.

일인들에게 되찾았던 종은 한 나절 만에 도로 빼앗겼다. 상원사로 오르려다가 안타깝게도 일인들의 손에 들어가 다시 내려가고 있었다.

누군가 경성 하늘에서 달을 갉아먹고 있었다. 초저녁에는 분명히 만월이었는데 잠에서 깨어보니 이빨자국이 난 쪽 달이었다. 달이 무엇에 갉아먹힌 걸까. 아니면 열흘 넘도록 달이 기우는 줄도 모르고 잠만 잔걸까. 살창 사이로 갉아 먹힌 달마저 구름 속에 들자 다시 어두워졌다. 여응의 옆에 극일문은 세상모르게 깊은 잠에 빠졌다. 여응은 가부좌를 틀고 앉아서 염주알을 굴렸다. 멀리 보이던 불빛이 그들 가까이로 다가오고 있었다.

동본원사에서 이리로 끌려오기 전에는 얼굴에 흑건을 씌운 채 갇히고 묶여서 심하게 맞았는데 정신을 잃었으니, 얼마나 지났는지 때가 분간이 안 되었다. 검은 양복을 입은 키가 작달막한 자가 남폿불을 든 자를 앞세워 살창 앞으로 다가왔다. 둘은 잠긴 문을 열고 들어오더니 무엇을 찾으려는지 다짜고짜로 극일문의 몸을 뒤졌다. 양복 입은 자가 한사코 피하며 묶인 채로 몸을 뒤트는 극일문의 머리를 한 대 쥐어박았다. 몸에서 아무것도 나오는 게 없었다.

"벗겨라. 모두."

명령의 목소리는 키 작은 야마구치였다.

남포를 들고 들어온 자가 불을 기둥에 걸더니 달려들어 묶여있는 극일문의 바지저고리를 모두 벗겼다. 옷을 받아든 야마구치는 뒤집고 털며 이 잡듯 뒤졌지만 아무것도 나오지 않았다. 양복 입은 야마구치가 손으로 극일문의 턱을 치켜들고 손짓을 하며 무언가를 내놓으라고 다그쳤지만 고개만 흔들 뿐이었다. 야마구치는 낭패한 듯 잡고 있던 턱을 내동댕이쳤다. 극일문은 벌거벗겨진 채 그대로 짚북데기 바닥에 쓰러졌다. 그 커다란 체구가 어린아이처럼 울고 있었다.

"그자에게서 무얼 찾는지는 모르겠으나 아무리 찾아봤자 없을 거요."

야마구치는 그때서야 옆에 여웅이 있음을 새삼 깨달았다.

"이제 그자가 아무것도 갖지 않은 걸 알았으니 옷이나 입혀주시오."

야마구치는 묘한 웃음을 지으며 여웅의 앞으로 다가왔다. 키로 보자면 극일문이나 여웅에 비해 일어서면 가슴께로 머리가 닿는 단신이었지만 차려입은 양복에 빗어 넘긴 머리, 벌려 기른 꼬부랑콧수염 사이에는 바늘을 찔러도 부러질 것 같은 단단함이 풍겼다.

"오호라. 네놈의 짓이었구나. 이 자도 벗겨라."

여웅이 등에 지고 있던 바랑은 이미 홀라당 뒤집어서 샅샅이 털고 난 뒤였다. 따라온 자가 여웅에게 덤벼들어 장삼을 벗기려하자 여웅의 발끝이 그자의 명치 급소를 찔렀다. 뒤로 나가자빠져서 데굴데굴 구르며 나죽는다고 앙살을 부리자 야마구치는 뒤로 물러섰다.

"내게서 뭘 얻으려는 모양인데 이걸 풀어라. 옷은 내가 직접 벗겠다. 그럼 믿겠느냐?"

벌떡 일어선 여웅이 야마구치 앞으로 다가서자 야마구치는 밖에 서있는 문지기에게 눈짓했다. 문지기가 들어와서 묶인 여웅의 손을 풀었다. 여웅은 장삼을 홀홀 벗어던져 스스로 알몸이 되었다. 야마구치는 장삼자락을 주워 극일문에게 그랬던 것처럼 혹여 숨겼을지도 모르는 물건을 찾으려고 속속들이 뒤졌다. 아무것도 나오지 않자 장삼자락을 내던졌다. 그 장삼

자락을 벌거벗은 여웅이 받아드는가 싶었는데, 어느새 야마구치에게 달려들어 머리부터 발끝까지 뒤집어 씌웠다. 재빠르게 장삼자락의 팔로 야마구치의 몸을 묶자 바닥에 쓰러져서 버둥거리며 뒹굴었다. 문지기가 기겁하며 안으로 들어와서 여웅을 다시 묶으려고 했지만 그의 목은 여웅의 손아귀 안에 쥐어져 내동댕이쳐졌다.

밖으로 달아나려는 또 하나. 극일문과 맞먹는 큰 키였는데 등불을 들고 따라 들어왔던 그자의 목덜미를 잡아 같은 수법으로 조리를 돌리다 목 뒤에 급소를 눌러 그 자리에 눕혔다. 여웅이 그자의 옷을 훌훌 벗기자 극일문도 먼저 때려눕혀 정신을 잃은 자의 옷을 벗겼다. 두 사람 모두 어색하게 기모노를 입었다. 게다마저 벗겨 신고 갔혔던 창고를 나서는데 카메코와 방녀가 바깥문 앞에서 불안하게 서성거리다가 두 사람을 맞았다. 안에서 새어나오는 불빛이 어스름하게 얼굴을 비쳤으나 기모노로 바꿔 입은 여웅과 극일문이 그 안에 갇혔던 자였는지는 알아볼 수가 없었다.

"어떻게 됐어요? 찾았어요?"

카메코는 남편이 안 보이는 게 불안했지만 기모노를 입은 여웅에게 반갑게 물었다.

"안에 있으니 들어가서 물어보시오."

카메코가 안으로 들어가고 방녀가 뒤를 따라 들어가려고 할 때 극일문은 기다란 팔로 방녀의 허리를 감아 외문 밖으로 끌어내고 입을 막았다. 여웅이 그를 도와 잡아끌고 야마구치의 집을 나와 셋은 목멱산 잠두암 쪽으로 재빠르게 올라갔다.

"용서하시오. 이렇게 할 수밖에."

여웅이 방녀의 몸에 손을 댄 것이 민망하여 하는 말이다.

극일문이 방녀의 손을 넘겨잡고 앞장서서 산 위쪽으로 치뛰었다. 비탈을 오르는 거친 숨소리가 나고서야 비로소 극일문임을 알아봤다. 방녀는 억세게 잡아끄는 극일문의 손길에서 그가 이미 야마구치네 집에서 일하던 고분고분한 종이 아님을 깨달았다. 어울리지 않게 기모노를 입은 차림이며 행동거지가 두 사람 모두 야마구치 쪽 사람이 아님을 알았다. 방녀는 아무것도 묻지 않고 손을 잡힌 채 그들을 따라 올라갔다. 간간이 개 짖는 소리가 들렸고 닭 우는 소리도 들렸다. 바로 아래 왜성대 쪽 야마구치네 집안 곳곳에서 불이 켜지고 개 짖는 소리로 더욱 소란스러워지기 시작했다.

날이 밝아 서로의 얼굴이 보이기 시작하자 방녀는 극일문의 얼굴을 똑바로 확인해보고 겨우 마음을 놓았다. 어제 동본원사에서 벌어진 일로 불안해서 전전긍긍하다가 카메코가 낮에 있었던 일을 밤중에서야 집으로 들어온 야마구치에게 모두 고해바쳤는지 사람을 데리고 둘이 갇혀있는 창고로 갔던 것이다. 극일문이 잡혀왔다는 소릴 듣고 조그마한 손종을 다시 찾아보기 위함이었다. 이렇게 극일문이 다시 돌아오다니. 남편은 어찌된 걸까.

정신없이 더 오르다 지쳐 쉬면서 방녀가 극일문에게 손짓으로 물었다. 자기 가슴을 손가락질하고 두 손가락을 마주 붙인 다음에 한쪽 손가락을 두드렸다. 제 남편 지남세를 만났냐는 얘기다. 극일문이 머리를 흔드는 것도 모자라 손사래까지 쳤다.

"부인. 누굴 찾는 거요? 부군이요?"

어깨너머에서 두 사람의 손짓을 지켜보던 여응이 답답해서 방녀에게 물었다.

"네. 우리 바깥양반이 시위대에 있었는데 군대해산때에 엉뚱한 일에 연루되어 고향인 양근 쪽으로 도망쳤어요. 일 년이 다 되어 가는데 아직 소식을 모르고."

목소리는 울먹이고 있었다.

"얘기는 들었어요. 왜놈의 무사 하나를 해치우고 두 남자가 도망 쳤고, 여자 하나가 남아서 잡혀갔다고요. 그때 진고개 밑에서 장통교 개천가 빨래터에 나온 아낙들 사이에 소문이 파다했지요. 도망치려면 남자와 여자여야 하는데 왜 두 남자가 도망쳤는지. 칼 찬 일본 무사를 해치고 도망친 자라면 분명히 의병에 들어갔을 것이라고. 그자를 잡으려고 일본군은 의병들을 더 끈질기게 쫓을 것이라고. 그때에 별별 소문이 다 돌았지요."

여옹이 울먹거리는 방녀의 숨을 고르게 해주었다.

"사고였어요. 야마구치. 그 영감이 이 사람을 그렇게도 못살게 굴었어요. 무얼 뺏으려고 하는 데 이 사람은 빼앗기지 않으려 하고. 결국 내쫓겼는데 우리 집에서 재우기도 했지요. 우리 집 양반 눈총까지 받아가면서요. 말을 못하고 듣지도 못하니 자세한 걸 물어볼 수가 있어야지요. 답답하고 또 답답해서."

방녀는 한숨을 내쉬었다.

"나중에 야마구치와 그 부인 카메코가 하는 얘길 들었는데 이 사람을 어디선가 데려왔나 봐요. 그때가 청나라 사람들하고 벌어졌던 큰 싸움이 끝날 때였어요. 갈 곳 없는 사람을 집에서 일꾼으로 쓰려고 얻어왔대요. 조선사람 같기도 하고 어떻게 보면 일본 사람 같기도 한데 청나라 사람을 조금 닮은 것도 같고 딱히 이쪽도 저쪽도 아니니 주변에서 많이 수군거렸지요. 힘 잘 쓰고 묵묵하니 일은 잘했어요. 무거운 걸 번쩍번쩍 들어 옮기고 하여 장사하는 주인어른에게는 든든한 일꾼이었겠지요."

여응이 답답하여 어색한 기모노 자락을 풀어헤치려다 여인네 앞임을 깨닫고 옷섶을 다시 여몄다.

"예전에 이 사람이 가끔 내게만 보여주었는데 조그맣고 노란 손종이었어요. 손아귀에 움켜쥘 수 있는 종. 젓가락을 쳐서 소리가 나고요. 놋종이었던가 봐요. 놋쇠로 만든 조그마한 손종. 그게 뭐 그리도 소중한 건지 이 사람은 목숨처럼 빼앗기지 않으려 하고 주인어른은 그걸 빼앗으려 하고 그랬어요. 군대가 해산되던 날 일본군들이 왜성대에 대포를 끌고 올라오면서 경성 장안에 난리가 났다고 어수선했어요. 주인어른이 밖에서 들어오더니 이 사람의 몸을 뒤지고 마구 패서 내쫓은 거예요. 그 전에도 여러 번 그랬기에 또 그러나보다 했는데 이번에는 아예 내쫓으려는 모양이었더라고요. 일도 일이지만 말을 못하고 듣지도 못하는 이 사람이 나가면 어디 가서 입에 풀칠하겠어요?"

방녀의 목소리가 새벽이슬 맞은 듯 축축했다.

"그래서 우리 집으로 데려갔던 거죠. 어떻게 된 일인지 무사가 뒤쫓아 들어왔어요. 이 사람이 숨어 있다가 자기를 잡으러 온 걸 알고 장작 패는 도끼로 그만."

방녀는 여기서 말을 끊었다. 듣고 있던 여응이 고개를 끄덕였다.

"듣던 소문대로군요. 그런데 어떻게 먼 미지산까지 가서."

"거기가 자기 고향이래요. 말은 안 해도 쓸 줄은 알아요."

그들은 봉수대까지 올라가서 야마구치네 집이 보이는 쪽을 내려다 봤다. 왜성대와 야마구치네 저택 사이에 동본원사가 내려다 보였다. 방녀가 이런 곳에 올라와보기는 처음이다. 그것도 낯선 노승과 함께.

306

"저 아래 보이는 작은 기와지붕이 극일문하고 내가 잠시 머물고 있는 곳이오. 내 이름 붙이기를 선암이라고 했어요. 어차피 그쪽에서 도망쳐 온 셈이니 당분간 저기서 묵는 게 좋을 거요. 우리 둘뿐이니 염려 놓으시오."

선암은 작은 암자였다. 여응의 말대로 누추한 요사에는 여응과 극일문 뿐이었다.

소리를 만져보니

불에 탔던 용문사는 사람들이 기거할 수 있는 요사부터 급하게 세웠다. 오랑은 홍 보살과 함께 눈코 뜰 사이도 없이 바쁘게 절에 궂은일을 도왔다. 그러면서도 염낭에 넣어둔 놋종을 꺼내서 만져보는 버릇은 날로 심해졌다. 코에 대고 들이마시면 그 사내의 땀 냄새가 짙게 배어나왔다. 그럴 때마다 그가 떠나던 날 뒤를 따라가지 못한 걸 후회했지만 이제는 죽어 미지산 귀신이 될 수밖에 없다고 생각하니 봄볕에 따스한 요사 뒤편 뜨락으로 나서기만 하면 가슴이 울렁거렸다. 요사가 상원사의 그곳과 비슷했으므로, 방에 들어가 앉을 때면 저만치서 말없는 그 사내가 앉아서 바라보고 있을 것만 같은 착각 때문에 문득문득 다가가서 손으로 허공을 헤쳐보곤 하였다. 여옹이라는 그 걸승이 어디로 데려갔을까.

"뭘 그렇게 넋을 잃고 생각해? 할 일이 없으면 은행이라도 까야지."

홍 보살이 발우에 하얀 은행을 가득 담아다 오랑 앞에 놓고 마주앉았다.

"보살님. 혹시 여웅이라는 걸승을 본 적이 있어요?"

"여웅. 으응. 그 키가 크고 아는 체 잘하면서 다니던 그 걸승. 여기도 몇 번 왔었지. 여기 와서 공양 한 상 받으면 그냥 안 갔어. 꼭 얘기 한 자락씩 깔아놓고 갔지. 경성으로 아주 갔다는 얘기를 내가 누구한테 들었더라. 요 짐엔 안 오네. 그런데 그 사람은 왜?"

"아, 아니에요. 그냥 궁금해서요."

"그 걸승 얘기자락이 듣고 싶어서 그러는구먼. 내 눈만 봐도 다 알아. 내가 그 걸승 대신 얘기 한 자락 하지. 들어봐."

그러는데 밖에서 누군가 홍 보살을 호들갑스럽게 불러댔다.

"보살님. 어제 저 넘어 연안막에서 큰 싸움이 또 한판 벌어졌다는구먼요. 상원사에 범종을 왜놈들이 몰래 갖고 나가려다가 연안 장수 사람들한테 들켜서 빼앗겼는데 일본군대가 와서 총질하면서 도로 뺏어갔대요. 이제 상원사는 아무것도 없는 빈 절이 됐네요. 불쌍한 주스님은 지금 어찌하고 있을까 몰라."

오랑은 그때서야 엊저녁에 지 남세가 누룽지를 싸 달래서 나간 일을 떠올렸다. 상원사 소식이 궁금해서 거길 가본다고 했었다. 지남세에게 상원사가 모두 불에 타고 주승도 돌아왔다는 소식은 들었지만 오랑은 그리로 되돌아가지 않았다. 주승은 지금 어찌되었을까 생각하니, 은행을 까던 손이 떨리고 마음이 산란해졌다. 여인네 차림을 한 오랑을 보면 주승이 뭐라고 할까? 걱정근심에 궁금하긴 했지만, 그래도 되돌아가고 싶지는 않았다. 그보다 지 처사가 거기로 가고 나서 일인들이 들어와 종을 가져갔다니 곱게 가져가지는 않았을 테고, 밖에서 들리는 얘기가 그 종을 두고 싸움이 한판 벌어졌더란다.

"일인들이 그 종을 가져다가 경성에 커다랗게 지은 왜절에 걸겠다고 한 대요."

"왜 그렇게 수선이오. 들어오지 않구."

밖에 여자는 신을 벗으려고도 하지 않았다.

"그자들이 오늘 밤에 여기 와서 또 불을 지르면 어떻게 해요?"

그 신도는 불당에 들러서 마을로 내려가려던 차에 홍 보살에게 안부삼아 전한 얘기였다.

"보살님, 오늘들이 은행이 잘 안까지네요."

홍 보살이 손을 멈추자 오랑은 까다 만 은행이 담긴 발우를 밀어 놨다. 일본군대가 또 들어왔다면 오늘 밤에는 이리로 올지도 모른다. 지난번에도 상원사 다음에는 용문사였다. 낮에 의병들 몇 명이 올라와서 피신할 곳을 봐두고 갔기 때문이다.

연안 장수리 쪽으로 끌고 나가려는 종을 막으려던 사람들의 기세가 꺾이고 나자 종은 굴림목 위에서 거침없이 밀려 내려갔다. 긴토는 잠도 안 자고 주야로 사람을 바꿔가며 종을 밀고 나갔다. 반은 끌리고 반은 자발로 온 일꾼들이 장수에서 하진까지 종을 밀고 끌었다. 장수리를 지나고 상진부터는 사람들의 구경거리가 되었다. 하얀 천으로 싸서 묶은 것이 무언지 잔뜩 호기심을 갖고 따라오는 아이들, 그것이 어디로 가는지를 더 궁금해하는 어른들, 기웃거리며 끼어들어 품삯이나 몇 푼 뜯어보려는 날품꾼들, 양근으로 가면서 신작로를 따라 내리막은 당기고 오르막은 끌며 어영차 어영차 하는 소리가 길을 메웠다.

지남세는 함정머리 조중구의 여숙에서 머물렀다. 종을 되찾으려고 나섰던 고 하사 쪽 사람들의 피해가 컸다.

"남세. 그 종의 값이 얼마나 되지? 얼마나 값이 나가는 종인데 연안 장수 사람들이 뭉쳐서 찾으려는가 말이네."

"종 값? 종의 값이 있었던가? 그건 사고팔 종이 아니라네. 연안 장수에 살지 않은 사람들은 그 종을 몰라."

"그럼. 그토록 되찾으려고 하는 이유가?"

"종소리를 잃어버리기 때문이지. 우린 이제 영영 그 종소릴 들을 수 없게 되었단 말이네."

"아, 종소리를 되찾으려는 거로구먼. 절이 불에 타서 목탁소리를 못 들으면 종소리라도 찾아야겠지."

고 하사의 말에 지남세가 그렇다는 뜻으로 고개를 끄덕여보였다.

"좋은 수가 있어. 종이 양근 쪽으로 갔다면 배를 타겠지. 갈 곳이 경성일 테고."

마주 앉아 잠시 생각하던 고 하사가 툇마루바닥을 손바닥으로 쳤다.

"배를 타면 좋은 수라도 있나? 주승의 부탁도 있고 하니 난 종이나 쫓아가려는데. 가는 곳 끝까지라도." 하는 말에 고 하사가 관심을 보였지만 지남세는 시큰둥했다.

함정머리 조중구의 여숙에서 머물고 있는 지남세는 절에 올라오는 사람들의 입에서 상원사를 떠난 종이 열흘이 돼서야 양근나루 쪽으로 가고 있다는 소식을 들었다. 경성으로 가려면 양근나루에서 배를 타는 길 외에는 방법이 없다. 지남세는 용문사로 다시 올라가서 봇짐을 쌌다. 그동안 자란 머리와 수염이 얼굴을 덮었다. 절 마당을 쓸고 눈을 치우고 땔나무를 해다 쌓고 하면서 지낸 날이 벌써 반년. 주승과 홍 보살에게도 작별인사하고 나서자 오랑이 따라나섰다.

"자네도 가려구? 여기서 늙어 죽겠다구 했잖아. 그새 맘이 변했구먼."

홍 보살이 서운해서 오랑을 붙잡으려 했다.

"예, 주인을 찾아주어야 할 물건이 있어서요." 오랑은 저고리 아랫단 밑에 염낭을 만지작거리며 몰래 싸놓았던 보따리를 찾아들었다. 떠나겠단다. 어차피 이곳저곳 떠돌아온 몸인데 어디엔들 못 가랴. 어미 애비가 누군지도 모르고 태어난 곳이 어딘지도 모르는데, 터 잡고 사는 곳이 고향이고 마음 맞는 사람에게 정붙여 살면 부모나 다름없겠지. 그런 오랑이었다.

지남세와 오랑은 상원사로 가서 주승을 만나 미숫가루와 말린 누룽지를 토굴에 넣어주고 양근으로 가는 지름길. 학골을 따라 올라가서 비호고개를 넘었다. 상진 중진으로 가는 신작로로 나섰다가는 어느 놈의 손에 잡혀갈지 모를 일이다. 인적이 뜸한 비호고개를 타는 게 지름길이고 몸도 안전했다. 예전에 마른 장작을 져 나르던 익숙한 길이었다.

"나를 따라 나서는 속셈이 있을 텐데."

용문사에서 상원사로 오기까지도 아무 말이 없던 지남세가 학골로 들어서 비호고개로 오르면서 오랑에게 입을 떼었다. 오랑은 가슴에 안은 보따리를 더 움켜 안았다. 나이는 열댓 살이나 위라 숙질 같았지만 사내를 따라나서는 일말의 두려움을 감추기 위함이다.

"찾아야 할 사람이 있어요."

"피붙이?"

오랑은 고개를 흔들었다.

"그 놋종?"

오랑이 고개를 끄덕였다.

"내가 찾으려는 자 하고 같구먼. 길동무는 되겠구먼."

지남세는 종에 대해서 더 이상 캐묻지 않았다. 종이야 어쨌든 그자만 찾으면 된다. 그 실마리를 오랑이 쥐고 있을지도 모르니.

"어떻게 하다가 이렇게 의지가지없는 신세가 되었나?"

빠른 걸음을 따르는 오랑의 숨이 차올라 대답할 숨이 남아있지 않았다. 낌새를 알고 앞서가던 지남세가 멈춰 서서 오랑이 앞서 오르기를 기다렸다.

"함정머리로 밥값에 팔려 와서 이 꼴이지. 이래 뵈도 한양 땅 밟고 자랐어요."

"어쩌다 남의 것이 되었나."

"부모 없이 독섬에서 배꾼들 밥해주면서 남의 집 밥을 얻어먹었는데, 배 주인이 집적거리면서 자기 품안에 들라는 걸 뿌리쳤더니 양근나루까지 싣고 와서 팔아버렸대요. 그동안 길러주고 먹여준 밥값이라도 받아내겠다고요."

"쯧쯧. 엔간히도 치근덕거렸겠군. 그래서 함정머리 여숙까지 갔었다고? 조 처사가 거기서 되팔아먹을 사람은 아니었을 텐데."

"주스님이 꾀어서 상원까지 따라갔어요. 산 속에서 평생 편안하게 밥해먹고 살 줄 알았지요."

지남세는 고개를 끄덕였다.

"경성으로 가면 어쩔 텐가. 발붙일 곳 봐둔 데라도."

"찾아봐야죠."

오랑은 허리춤에 염낭을 지남세에게 들어보였다.

"오라. 놋종보다 그 주인에게 맘이 있었구먼."

오랑이 눈을 흘기며 번번이 앞서는 지남세의 걸음을 못 따라서 여전히 숨 가빠 종종 걸음을 쳤다. 비호고개 서낭에 올라서자 양근 땅이 한눈에 들어오고 멀리 강이 보였다. 눈앞에 잡힐 듯해도 가려면 해 지기 전에 겨우 닿을 듯싶었다. 아무려면 지름길로 왔는데 신작로로 종을 밀고 가는 패거리보다 늦으랴 싶어 자신하고 내리막길을 줄달음치다시피 내려갔다.

양근나루에 막 도착한 종은 배에 실리고 있었다. 어둡기 전에 일을 마치려고 헌병과 긴토가 설쳐대며 인부들을 독촉했다. 어차피 밤에는 뜨지 못할 테니 나루터 객점에서 묵고 내일 아침 일찌감치 떠날 작정인 모양이다. 지남세는 그들이 든 주막 맞은편으로 들어가 자리를 잡았다. 경성으로 가려고 밤에 뜨는 강배는 없었다.

머리가 자랄 대로 자라고 차림이 바뀐 지남세를 연안막에서부터 양근나루로 올 때까지 알아보는 사람은 없었다. 반짝하던 헌병과 순사들의 연안. 장수리 집뒤짐이 끝나고 순검도 뜸해졌다. 아내 방녀는 어떻게 되었을까. 상원사 주승을 그대로 두고 온 게 마음속에 걸렸다. 몸이 많이 상해 있었다. 그대로 빈 절터에서 버티다가 무슨 일을 당할지도 모른다.

따라온 오랑은 주모가 자는 방에 함께 자게 했다. 길 떠나는 마음이 편치 않기는 오랑도 마찬가지다. 어디서부터 떠도는 아이일까. 당돌하게 따라나서는 오랑이 생면부지였던 자를 찾겠다고 나섰다니. 제부모도 세상에 없다던데.

봉놋방에는 지남세와 나그네 셋이 더 들었다.

"이보우. 저녁에 보니 처자 하나가 따라오던데 잠은 따로 자는 거요? 내일 저대로 내려가다가는 이수두나 우천에서 지키고 있는 일병들한테 봉변이나 당할 텐데. 그쪽 처자가 아니라면 내 집사람으로라도 임자 삼고 내려가야 남들이 집적대지 못할 거요. 어떻소. 그쪽과 남남이라면 내게 넘겨서 그리 하는 게."

내일 아침 배를 타려는 자가 군침을 흘리며 슬슬 수작을 걸어왔다.

"제 서방한테 가는 내 누이동생이오. 행여 건드릴 생각은 아예 접어두시오."

지남세가 퉁명스럽게 던지고 잠을 청했다. 종이 가는 곳이 목멱산 밑에 있는 일본절이라고 했다. 방녀가 아직 거기에 있다면 눈에 익은 종을 보게 될 것이다. 상원사가 불에 탄 지 반년이 다 되어가고 극일문이라는 자도 이제 그곳을 떠났다. 어쩌면 한양으로 벌써 들어갔는지도 모른다. 지남세는 누워서 이리저리 생각하다가 옆 사내가 코를 드르렁거리며 고는 소리도 잊은 채 모처럼만에 깊은 단잠에 빠져들었다.

겨우 단잠이 들었는가 싶었는데 천둥소리가 들렸다. 낮에는 구름 한 점 없이 맑은 날이었다. 봄밤에 천둥소리라니. 어렴풋이 선잠에서 깨었는데 문이 열리더니 누군가 어깨를 흔들고 있었다.

"지 서방 맞지요."

성까지 짚어보는 걸 보니 지남세를 알고 있는 자다. 어깨를 흔들던 손이 지남세의 입을 가볍게 막았다.

"쉬잇. 듣기만 하시오. 밖에서 기다리는 사람이 있소. 나와 보오."

목소리는 귀에 설었다. 이 밤중에. 따라 나가야 하나, 도망쳐야 하나. 지남세는 눈을 비비는 척하면서 잠시 동안 많은 생각이 스쳤다. 잡으려면 대낮에 잡았을 텐데. 이름을 알고 만나자니 긴한 용건이 있는 모양이었다. 더듬거리며 댓돌에 짚신을 발에 끼고 객점 마당을 휘둘러봤다.

"지 서방. 여기."

귀에 익은 목소리가 반갑게도 원 목상이다. 어떻게 알고 왔단 말인가. 일부러 오지는 않았을 텐데 지남세가 여기에 온 걸 어떻게 알았는가.

"아니, 원 목상이 여긴 어쩐 일로." 해놓고 말을 잃었다.

"소문을 들으니 여기서도 일을 저질렀다면서. 저 종 때문에 왜인들하고 한판 붙었다고."

누구에겐가 전해 들었을 것이다.

"같이 온 처자는 누구고. 방녀를 두고 다른 년을 꿰찬 건 아녀? 그렇다면 눈이 빠지도록 기다리고 있는 우리 조카 방녀는 어쩌고."

지남세와 원 목상. 양쪽을 다 알고 있는 자가 원 목상에게 알려준 모양이다.

"난 오늘 밤 경성으로 떠나. 저녁을 먹다가 지 서방을 본 사람이 있다는 얘길 듣고 밤을 틈타서 이렇게 불러냈지. 이 사람아 방녀 걱정도 안 되나. 어디서 어떻게 사는지, 잡혀가서 죽었는지. 도망만 치면 상순가." 핀잔을 주려고 불러낸 것은 아니다.

"밤에?"

원 목상은 강가에 묶여있는 배를 향해 손가락 짓을 했다. 흰 광목으로 둘러싼 종이 실려 있는 그 배다.

"그럼 저게 원 목상 배라고?"

원 목상은 도리질을 쳤다.

"저걸 따라 가려고."

"밤에 종배가 떠난다고?"

원 목상이 고개를 끄덕였다. 우연이라니. 이렇게 만나는구나.

"저놈이 뜨면 멀찌감치 뒤쫓아 갈 걸세. 자네도 함께 가야지?"

316

아직도 영문을 몰라 하는 지남세에게 원 목상은 태연하게 함께 가자고
했다.

"고 하사가 자넬 돕겠다고 왔어."

"고 하사는 또 어떻게 알고."

"차차 알게 돼."

종배가 뜨고 있었다. 멀찌감치 기다리던 배가 서서히 움직이자 원 목상
이 지남세의 팔을 잡아끌었다.

"잠시만 기다리게."

오랑을 데려가야 했다. 지남세는 주모의 방문을 두드려 오랑을 깨워냈
다. 영문을 모르는 오랑은 눈을 비비며 보따리를 안고 지남세를 따라왔다.
그를 본 원 목상이 난처해하면서 망설였다.

"저 처자가 배에 타기는 좀."

"그냥 짐으로 치면 되지요."

눈치 빠른 오랑이 원 목상에게 다소곳이 고개를 숙이며 함께 타기를 원
했다.

"짐배가 아니라 싸움배라서."

배에는 검은 옷을 입은 장정 대여섯이 타고 있었다. 사공이 배를 강가
로 붙이자 셋이 더듬거리며 조심스럽게 올랐다. 고 하사가 반갑게 지남세
의 손을 잡았다. 일이 이쯤 되니 지남세도 대강은 짐작이 갔다. 모두 총을
한 자루씩 잡고 있었다. 장정 하나가 돛을 반쯤 올렸다. 바람도 없는데 이
밤중에 돛이라니. 가림 돛이었다. 사공만 앞서고 지남세와 원 목상, 오랑
이 앞에서 웅크려 앉았고 검은 옷을 입은 장정들은 모두 돛 뒤에 몸을 숨
겼다. 먼저 떠난 종배의 등불이 점점 멀어졌다.

지남세가 탄 배가 서서히 그 뒤를 좇고 있었다.

"밤중이니 일을 저지르게 좋은데, 저자들을 해치우면 우리배가 될 것이고, 그리 못하더라도 끝까지 따라가 보는 거지."

지남세는 종을 꼭 지켜달라는 주승의 말을 떠올렸다. 저 종과 무슨 팔자이고 운명이란 말인가.

"듣자니 긴토라는 자가 조선 땅에 고품들은 모두 걷어다 제 나라로 빼간다는 소문이 경성 바닥에 파다하던데 자네만 모르고 있었나?"

지남세는 앞사공 밑에 원 목상과 쪼그려 앉아 앞서가는 불빛만 바라보고 있었다.

"낮에 한여울 쪽에서 천둥소리가 들렸으니 바위는 깼겠지. 제 놈들이 종을 가져가려다 보니까 뱃길에 걸리던 바위를 그에나 깨게 되네 그려. 저종이 남산 밑에 왜절로 들어간다고 하니 광나루쯤에서 부리게 될 걸세. 만약에 일이 잘못되면 어떻게든 다른 배를 얻어 타고 용산 나루 장작 받는 곳까지만 오면 돼. 우천나루쯤 내려가면 험한 일이 벌어질지도 모르니까 조심하고."

원 목상이 지남세의 귀에 대고 소곤거렸다.

"아, 그리고 방녀는 목멱산 동남쪽 기슭에 선암이라는 곳에 잘 지내고 있으니 걱정 말게. 조그만 암자에서 늙은 중의 밥을 해주고 있다는데, 말을 못하는 젊은 중도 하나 있다는 것 같고."

"젊은 중?"

"허우대가 멀쩡한데, 중이라는 자가 염불도 못하고 사람을 보면 웃기만 하니."

지남세가 어둠 속에서 고개를 끄덕였다. 바로 그자다. 제 발로 돌아간 모양이다.

"둘이 남산 밑 왜절에 들어가서 뗑깡을 부리다가 잡혀가 죽을 고비를 당했던 모양이야. 도망쳐 나왔대. 방녀가 용산 나루로 군불 지필 도낏밥을 주우러 나온 걸 내가 알아봤지. 경성에서 고향사람을 만났으니, 그것도 일가붙이를. 반갑긴 했는데 거기서 자네 얘길 들었지 뭔가. 양근으로 갔다고 해서 장작배가 올 때마다 이제나 올까 저제나 올까나 하고 기다렸는데 오늘에야 만났구먼."

"고 하사는 어떻게 알고?"

"고 하사가 경성에 의병 일로 연락하러 왔다가 양근으로 올라가는 배에서 안면을 트게 됐지. 장작배에서 우연히 만났어. 자금을 모으고 사람을 모은다고 해서 내가 고 하사 뒤를 좀 대줬지. 그러던 중에 연안막에 종 얘기를 듣고 자네 얘기도 듣게 됐지. 고 하사가 두둑한 자금을 구해준 자네한테 보답하기 위해서라도 종을 지켜주겠다고 해서. 물론 내 맘도 그 맘이고."

"저어, 그런데 내자와 애기는?"

지남세는 원 목상이 얘기해줄 때까지 기다리다가 못 참고 물었다.

"빨리도 물어보네. 왜 안 묻나 했지. 애기? 아, 잘못 됐어. 상심하진 말게. 애기라는 게 또 낳으면 되는 것이고. 아직은 젊지 않나?"

어떻게 잘못 됐는지 뒷말이 없었다. 지남세도 자기 마음이 아플까봐 더 이상 묻지 않았다. 잘못된 것만은 사실인 모양이었다. 그래, 잘못됐구나. 지남세는 다리에 힘이 쭉 빠졌다. 주저앉으려다 겨우 일어났다. 지남세와 오랑에게로 뒤에서 화약가루 냄새가 솔솔 풍겨왔다.

종배가 내려가는 물길에는 삐걱거리며 노를 젓는 소리와 첨벙 첨벙 삿대를 담구는 소리만 들렸다. 긴토는 대물을 낚은 기분으로 종을 여러 번이나 만지고 두드려보며 대견해했다. 이대로 밤을 새워 내려가면 내일 낮에는 광나루에 닿을 것이다. 물은 잔잔하다가도 여울져 흘렀다. 배에 앉힌 종을 밧줄로 묶었지만 기우뚱거릴 때마다 가슴을 철렁대며 놀라게 했다. 뒤에서 사공 하나가 노를 잡고 둘이 양쪽에서 삿대를 잡고 하나는 등불을 들었다. 헌병과 긴토가 종에 착 달라붙어 앉았다. 물에 빠진다면 붙잡고라도 따라 들어갈 몸짓이다.

"야마구치 선생. 대탄에 물길이 뚫렸을까요?"

"내 주차군에 있는 아카시 중위에게 특별히 부탁을 해 뒀지요. 우리 종배가 내려가는 길을 터 달라고."

팔짱을 끼고 있던 야마구치가 물결에 흔들리는 뱃전에 앉았다가 기우뚱하는 몸을 추스르고 돛대를 잡아 의지했다.

이수두가 가까워 오자 멀리 돌더미 쪽에는 조선조차군 중대 주둔지 불빛이 보였다. 배가 이수두나루에 이르렀을 때에 기찰을 나온 군인들에게 싣고 가는 종을 보여 알리고, 족자섬을 돌아 소내 쪽으로 내려갈 때였다. 마제 쪽에서 배 한 척이 삐걱거리는 소리를 내며 따라오고 있었다. 누굴까 이 밤중에. 물이 잔잔하여 흐르는 소리가 없으니 삐걱거리며 노 젓는 소리만 유난히 크게 귀로 들려왔다. 종을 실은 배에 등잡이가 불을 높이 들었다. 뒤 따라오는 배가 바람도 없는 밤중에 반돛을 달았다. 긴토의 종배 쪽으로 점점 가까이 다가왔다.

바짝 긴장한 긴토가 두려움을 감추고 소리를 질렀다.

"이 밤중에 어딜 가는 배냐. 멈춰라." 종배에 함께 탔던 헌병 하사가 총을 겨눴다.

반둣 위로 사람의 머리가 보이더니 호위하던 헌병이 비명과 함께 뱃전을 넘어 물로 쓰러지며 풍덩 빠져버렸다. 종배에 탄 사람들이 모두 엎드렸다. 고 하사 쪽에서 장정 하나가 헌병을 향해 총보다 빠르게 표창을 던진 것이다.

"저 배를 따라잡아야 하오. 어서 빨리."

지남세가 원 목상의 노질을 도왔다. 눈치를 챈 종배가 더 빠르게 달아났다. 장정들까지 급한 김에 손으로 물을 저어 배를 재촉했다.

"준비하시오. 저쪽은 모두 여섯이오. 하나씩 해치우면 되오."

고 하사가 함께 탄 검은 복색의 장정들과 한 번 더 확인했다.

"모두 죽이려고요?"

지남세가 들으니 동시에 표창을 던져 앞배에 탄 사람들을 모두 처치하고 배를 차지하겠다는 것이다. 야마구치, 긴토, 앞사공, 뒷사공, 남포잡이, 통역무사까지 여섯. 대적할 자는 칼을 든 통역무사 하나다. 사공이 무슨 죄가 있다고.

"어쩔 수 없지 않소. 종을 구하려면."

"아니 되오. 칼 찬 무사 하나만 처치한다면 몰라도 애먼 조선 사공까지 죽인다면 종을 구하려는 뜻이 그건 아니잖소."

"지금 그자들을 분간할 수 없지 않소. 저 종을 구하려면 모두 각오 하시오."

"이 보오. 고 하사. 우리 주승의 뜻도 이게 아닐 거요. 사람을 죽여서 종을 구하자는 게 아니란 말이오."

"그럼 지금 사람을 살리고 종을 구할 방도가 있소? 모두 한 배를 탔으니 한 통속이고 모두 적이요. 지금 이 상황에서 부처의 자비를 생각하는 거요? 종을 잃는 게 더 부처의 뜻을 그르치는 것이잖소."

지남세는 고 하사의 날카로운 지적에 대답을 못했다. 종배 쪽으로 가까이 다가가고 있었다. 투창 거리가 되었다고 판단했는지 지남세의 배에서 장정 하나가 일어서서 표창을 던지려고 할 때였다. 뒤에서 불이 번쩍하더니 총성이 들렸고, 표창을 들었던 장정이 등에 총을 맞아 그대로 고꾸라졌다.

"멈춰라."

뒤에서 두 발의 위협사격이 지남세의 배 양 옆으로 스쳐갔다. 따라온 일본군 배에 꼬리를 잡혔다. 역공을 당한 것이다.

"물속으로."

장정들은 어느새 물속으로 첨벙첨벙 뛰어들었다. 지남세는 보따리를 안고 있는 오랑을 붙잡고 강으로 뛰어들었다. 그리 깊지 않은 물속으로 몸을 숨기고 배만 남았다. 몇 발의 총탄이 빈 배로 날아오고 물속으로 들어간 사람들은 강가 풀숲 가까운 곳으로 사력을 다해 헤엄쳤다. 지남세는 오랑의 옷깃을 잡아끌며 가장자리로 다가갔다.

이수두에서 뒤따르는 배를 수상히 여긴 주차군이 뒤쫓아 왔던 것이다. 모두 목숨만 살렸다. 주차군들이 강가 숲을 뒤지기 시작하자 지남세는 오랑을 끌고 산으로 들어갔다. 사공과 고 하사 쪽 장정들은 어느 틈에 어디로 사라졌는지 보이지도 않았다.

"경성은 이쪽이에요."

지남세는 방향을 못 잡아 두리번거리는데 오히려 오랑이 어둠속에서도 침착하게 길잡이를 했다.

주차군의 군선이 종배를 호위하여 날이 밝아오는 광나루까지 따라왔다. 해가 중천에 높다랗게 떴는데도 마중을 나와 기다리기로 했던 마차가 보이지 않았다. 대신에 동본원사 경성별원에 윤번 이나미가 보내서 왔다는 수행승이 일본군과 함께 야마구치의 종배를 기다리고 있었다.

"동대문 쪽에서 폭도가 일어났소. 회양리 고개부터는 넘어가는 길이 막혔으니 그 배로 용산 나루까지 내려가시오. 통감부와 윤번의 명이오."

종배는 광나루에서 종을 내려 마차로 가려다가 그 소식을 듣고 내쳐 용산까지 내려갔다.

용산나루에서는 수십 명이 마차를 대놓고 기다리다 배에서 내린 종을 싣고 삼각지를 지나 남대문으로 들어갔다. 길옆으로 구경꾼이 길게 늘어서서 하얀 광목에 싸인 정체모를 물건을 구경하고 있었다. 진고개에서 동본원사 별원으로 올라가는 비탈에 이르자 수십 명이 마차에 들러붙어 밀었다. 상원사에서 경성 동본원사 별원으로 오기까지 보름이 넘겨 걸렸다. 목멱산 기슭에 푸른 순이 돋기 시작하는 봄이었다. 이나미가 달려 나와 종을 맞았고 마차에서 내린 종은 별원으로 들어갔다.

"긴토상, 큰일 하느라고 노고가 많았소."

"아니오. 야마구치 선생이 더 큰일을 했지요."

구경꾼에 신도들에 동본원사 앞마당이 사람들로 꽉 들어찼다. 서서히 종을 쌌던 천과 때 묻은 이불보가 벗겨졌다. 커다란 항아리를 엎어놓은 것 같은 푸른 종이 드러나고 있었다. 이나미가 다가가서 손바닥으로 종을 쓰다듬었다.

"아니, 어디서 어떻게 이런 대종을."

어디선가 많이 본 것 같이 눈에 익은 종이었다.

"줄띠 하며 종의 생김이 본토에서 많이 보던 종과 닮았어요. 조선에도 이런 종이."

"대사. 나도 처음 보는 순간 놀랬소. 지금까지 보던 조선종과는 전혀 다른 종이 상원사에 있었소. 동본원사로 오게 된 건 이 종의 운명이나 다름없어요."

이나미가 고개를 끄덕였다.

동본원사 경성별원에 새로운 종이 들어왔다는 소문이 장안에 퍼지고 이틀 후에 성대한 법회를 열었다. 그동안 포교활동으로 끌어들인 장안에 대곡파 경성 신도들이 설교장을 메웠고, 이토의 힘으로 벼슬자리를 버티던 조선 관리들도 앞을 다퉈 축하한다고 시주금을 갖고 몰려들었다. 이나미를 비롯한 야마구치와 긴토, 그들로서는 그 모습만으로도 조선정신을 자기네들의 손에 넣었다는 기분으로 감격하는 순간이었다. 이나미가 이토 통감 앞에서 긴토와 야마구치를 극찬했다.

"긴토 상. 과연 듣던 대로군요. 어쩌면 본토에 있는 우리 종과 이렇게 닮았소. 이건 가히 우리 일본과 조선의 합작물이라 할 만하오. 이렇게 일본과 조선은 한나라가 되가는 것이오. 조선종도 닮았고 일본종도 닮았으니. 머잖아 세끼노(關野貞) 박사가 이 종을 보러 올 것이오."

세끼노 박사. 긴토의 손을 거치는 골동품 중에서 본토로 보내야겠다고 여겨지는 물건은 세키노 박사의 눈을 거쳤다. 이 종이 비록 조선 땅 동본원사에 걸려 있으나 조선 안에 일본에 있으나 다름없는 왜성대에서 값지게 울리려면. 그의 고증을 받아두는 게 꼭 필요하다며 떠벌렸다.

쌍두룡은 푸른 녹이 잔뜩 낀 종을 입으로 달고 있었다.

"자세히 보니 아니요. 처음엔 겉에 줄띠만 보고 낯이 익었다고 생각했는데 이 꽃방 하며, 비파를 타고 피리를 부는 악사, 하대에 두른 섬세한 반원무늬를 보시오. 일찍이 우리 본토에서는 볼 수 없었던 모양이지 않소. 반원 구슬 띠 안에 이 꽃을 좀 봐요. 그리고 반원 사이를 채운 파도무늬인지 넝쿨무늬. 오, 곡선이 오묘하지 않아요? 긴토 상. 내 본토에서 여러 곳을 다니며 종을 보았지만 이렇게 섬세한 모양은 처음이요. 틀은 우리 종을 닮았지만 종에 새겨진 무늬와 그림들이 우리가 만들어보지 못했던 모양이요."

그 말을 듣고 긴토가 고개를 끄덕이며 자기가 만든 종이라도 되는 것처럼 우쭐했다. 모두 일인들이었다. 그 자리에 조선 사람은 없었다.

"이 악사들을 좀 보시오. 비파와 피리 소리가 들리는 것 같지 않소."

흰 천을 모두 벗겨낸 종을 보고 모두 감탄해마지 않았다.

"종소리를 얼른 듣고 싶구려."

야마구치와 긴토가 조심스럽게 당목을 당겼다가 밀어 쳤다. 먼 길을 오느라고 지친 종이 이제 남의 절에서나마 자리를 잡고 매달려 첫 울음 소리를 냈다. 낯선 집에 들여진 닭처럼 울음소리가 매우 떨고 있었다. 그 떨림은 숨이 넘어갈 듯 그치려다가 또 다시 살아나 설교장 안을 울리고 그러기를 끈질기게 계속하다가 바닥으로 잦아들었다. 일인들의 그물에 꽁꽁 묶인 조선의 소리였다. 모여 있던 사람들은 종소리가 더 울리기를 기다렸지만 소리는 거기서 멈췄다.

야마구치에게서 달아나 목멱산을 넘어 도망쳐온 방녀와 극일문은 선암에서 당분간 바깥출입을 안 하고 방갓 쓴 여웅이 장안을 돌며 탁발해오는 대궁밥이나 보리쌀 몇 줌으로 끼니를 잇고 있었다. 방녀는 극일문을 만나자마자 손짓으로 알아봤지만 다른 사람들은 도리질만 당했다. 여웅도 손사래를 치기는 매한가지였다. 극일문이라도 이렇게 만났으니 남편이 무사할 것이라는 희망을 위안으로 삼고 지냈다.

그늘진 왜성대와 달리 남향받이 선암에는 섣달임에도 해가 길었다. 저녁 무렵이면 돌아오는 여웅의 바랑에는 찬밥덩이나 보리쌀이나 잡곡이 뒤섞여 있었다. 방녀는 그걸 받아 끓여서 극일문과 여웅이 함께 먹었다. 어둡기 시작하는데 밖에서 인기척이 났다. 방녀가 문을 살짝 열어보니 원 목상이 앞장서고 남편 지남세가 뒤따라 들어오는 게 아닌가. 방녀는 버선발로 뛰어나갔다. 이게 얼마만인가. 객지바람만 쐬다가 돌아온 사람치고는 차림이 제법 부숭부숭했다. 방녀가 지남세의 손을 덥석 잡으려다 뒤따라오는 처자를 보고 멈칫했다. 누군가. 혹시. 방녀는 순간적으로 별의별 생각이 다 스쳤다.

"누구예요, 저 처자."

반가운 얼굴이 표독스럽게 변했다. 오랑은 그 눈치를 아는지 모르는지 방녀 뒤를 따라 나오는 극일문을 향해 제 동기간 본 듯이 달려갔다. 극일문은 잠시 고개를 갸우뚱하며 머뭇거리자 방녀가 머쓱해 하는데, 극일문의 눈앞에 앳된 처자가 낯설어 보이더니 이내 기억을 되찾아 알아보고 얼굴에 반가워하는 빛이 비쳤다. 극일문은 남장만 하고 있던 오랑을 보았을 뿐, 여인네 복장을 하고 있는 모습을 본 적이 없었다. 오가는 눈빛을 보니 두 사람이 보통 사이가 아니다. 여웅 만이 둘 다 알뿐. 지남세나 방녀나 여전히 그 둘 사이를 눈치 채지 못해 어리둥절하고 있었다.

오랑은 어제 봤던 사람처럼 태연하게 고개를 까딱하며 극일문에게 다가

갔다. 극일문이 머뭇거리다가 오랑의 손을 덥석 잡자 오랑이 손을 빼지도 못하고 어쩔 줄 몰라 하며 얼굴이 발그레해졌다. 그들을 유심히 바라보던 여웅이 안으로 들기를 재촉했다.

"자. 이렇게 만났으니 우리 안으로 들어갑시다."

"여긴 어떻게 알았어요?"

방녀는 남편이 제 발로 찾아온 게 신통하고 이상해서 물었다.

"원 목상을 만났지."

그제야 방녀는 의문이 풀리는지 고개를 끄떡이며 여전히 오랑을 향해 눈을 흘끗거리고 있었다. 여웅이 그 분위기를 풀었다.

"이렇게 모이니 반갑구려. 상원에 있던 저 처자까지 따라왔으니 미지산이 경성으로 옮겨온 기분이군요."

무언가 할 말이 있는 것 같은데 뜸을 들였다. 그걸 못 참고 지남세가 물었다.

"요즘 왜성대쪽은 어때요."

"상원에서 가져온 종을 왜절에다 걸고 섣달 그믐밤에 제야의 종을 울린다고 야단들이오."

"종을 지키려면 그리로 가야 하는데."

원 목상으로부터 종이 일본 절에 무사히 도착하여 걸렸다는 소식은 들었지만, 그걸 보러 갔다가 일인에게 들키면 모두 잡혀갈 처지이므로 지남세가 결정을 못하고 머뭇거렸다.

"그때 무사를 죽이고 달아난 자가 잡혔어요."

"잡히다니."

방녀의 태연한 한마디에 지남세가 극일문의 얼굴을 보며 불안해 다시 물었다.

"범인이라며 잡아다 놓고 나를 불러서 이놈이 맞느냐고 하길래 무조건 맞는다고 했지요. 잡힌 사람이 당신이거나 저 총각이 아니었으니까. 뭐. 그러고 끝났어요. 더 찾지 않더라고요. 나한테 와서 다그치지도 않고요. 이젠 걱정 안 해도 돼요."

방녀는 태연하게 남의 일처럼 얘기했다.

"일이 잘 됐으니 돌아오라고 전하려 했는데 미지산에 의병들이 들끓는다는 소문을 듣고서 얼마나 가슴을 졸였는지 알아요."

방녀는 그제야 지남세의 손등을 꼬집으며 투정을 해댔다.

"해를 보내는 종을 울리겠다는 날이 오늘 밤이오. 밤인 게 다행이니 왜 성대쪽에 사정도 알아볼 겸 모두 함께 가봅시다."

여웅이 참고 있던 말을 꺼냈다. 사방이 칠흑같이 어두운 그믐밤이었다.

윤번 이나미가 주자동 포교소를 남산 밑으로 옮겨 새롭게 자리 잡은 히가시 혼간지(동본원사) 경성별원을 개창한 이듬해. 상원사에서 종을 가져다 걸고 나서 해를 넘기는 섣달그믐 날 밤이었다. 별원 안팎으로 경성 장안에서 모여든 신도들이 발 디딜 틈이 없이 빽빽하게 들어서서 숨을 죽이며 귀만 열어 추위를 견디고 있었다.

여웅의 주위로 극일문과 오랑. 지남세와 방녀가 둘러싸고 한 가족처럼 모여서 환하게 밝힌 불빛에도 입을 다문 채 종을 향해 귀만 열어두고 있었다. 쫓기는 자들은 주변에 사람들이 많을수록 더 안전한 은신처였다. 아무도 그들을 알아보지 못했고 이렇게 들뜬 날에는 그때 그 일을 모두 잊고 있었다. 이제나 저제나 하며 기다리던 사람들에게 '뎅~' 하는 종소리가 동본원사 밖으로 울려 퍼졌다. 여응이 눈을 감자 따라간 일행이 모두 눈을 감았다.

제야의 종소리.

경성에서는 잠시 울리고 사라지는 소리에 이름을 붙였다. 소리는 사라지고 이름은 남을 것이다. 숨죽이며 기다리는 가운데 뎅, 하는 종소리가 목멱산 기슭에 울려 퍼지다가 끊어질 때쯤 다시 울렸다.

분명 그 소리였다. 상원사에서 듣던 그 종소리. 연안막 궁한 자들의 주린 배를 흔드는 소리였다. 끊어질 듯 이어지는 소리가 오랫동안 사람들의 귓속으로 파고들었다. 여응이 고개를 끄덕이자 지남세는 방녀의 손을 잡고 오랑은 극일문의 손을 잡아. 종소리가 파동을 칠 때마다 잡은 손을 풀었다가 다시 쥐기를 반복했다. 그때서야 극일문도 고개를 끄덕이며 오랑과 눈을 마주쳤다. 주변에 몰려든 사람들에게는 생소했겠지만 그들에게는 귀에 익숙하던 바로 그 소리였다.

상원사에서 듣던 종소릴 경성 땅에서 듣게 되다니. 지남세와 방녀는 고향을 경성으로 떠온 것 같은 기분이었다. 당목이 세차게 종을 때릴 때마다 아픔을 참아내듯 놀라 비명을 지르다가, 서서히 흐느낌으로 변하여 오랫동안 그치지 않고 어깨를 들썩이는 한 많은 울음이 섞여 들려왔다. 종에 대한 사연을 아는 사람들은 많지 않지만 경성 하늘에 울려 퍼지는 종소리는 저문 해와 함께 나라의 운명도 저물어가는 걸 느끼고, 모두 침묵하며 사연 절절한 종의 울음소리를 가슴으로 듣고 있었다.

조선 불교가 왜절로 넘어가다 못해 조선 절의 종마저 왜절에 볼모로 잡혀 와서 울부짖고 있었다. 가슴으로 울려오는 종소리를 느끼는 사람들은 모두 눈물을 참으며 울고 있었다. 그 소리를 이름 하여 제야에 종소리. 일인들은 대한제국의 해가 넘어가고 자기네들의 해가 뜬다는 의미로 사람을 모아 제야의 종이라 이름 붙인 종소리를 들려줌으로써, 은연중 나라 잃는다는 서글픔을 잊어가게 하려는 속내를 종소리에 감춰두고 있는 줄을 아는 사람들은 그리 많지 않았다. 그 종소리를 끝으로 조선의 밤은 이제 서서히 사라지고 있었다. 조선의 밤을 울리던 종소리는 자정이 지나자 기모노를 입은 일본의 소리로 변하고 있었다. 숨죽이며 듣던 종소리가 끝나갈 무렵 오랑이 제일 먼저 입을 열었다.

"우리 상원사에서 듣던 그 종소리가 맞네요. 뭘."

모두 오랑을 쳐다봤고 여웅은 이렇다 저렇다 말이 없었다.

"으음."

종소리에 숨겨진 일인들의 음험한 속을 알고 있는 여웅은 무언가 떨떠름한 기분을 속으로 거북하게 삭혀내고 있었다.

"부처의 혼이 담긴 종을 사(詐)가 잔뜩 낀 왜절에 달아 울리니 서러워서 울고 있구나."

마지막 종소리가 울리고 잔잔히 땅 밑으로 스며들자 듣고 있던 사람들은 아무 일도 없었던 듯 하나둘씩 흩어지기 시작했다. 지남세는 눈을 감고 오랫동안 사라진 소리를 듣고 있었다.

산 속에서 듣던 소리가 이런 소리였던가. 골짜기로 은은하게 울려 퍼지다가 메아리쳐 되돌아오고 끊어지다가 다시 살아나며 연안 장수 사람들의 귀에 익었던 소리. 여웅의 말대로 종은 먼 길을 떠나와 일인의 절에 걸려서 서럽게 울고 있었다. 미지산 자락에서 살아본 사람만이 종의 소리를 울음으로 듣고 있었다.

타종이 끝나자 흩어지고 있던 사람들이 갑자기 발걸음을 멈췄다. 끝난 줄 알았던 종소리가 또 들리고 있었다. 투웅, 투웅 하면서 더 크고 무겁게 경성 장안에 깔리고 있었다. 사람들의 눈이 방금 울리던 범종으로 향했다. 아니었다. 제야의 종을 울린 종은 홀로 잠들고 있었다. 사람들이 소리의 근원을 못 찾아 어리둥절 하는 중에 또 한 번 종이 울렸다. 이번에는 당당하게 '투~웅' 하고 경성 장안에 퍼졌다. 소리만으로도 동본원사 경성별원에 걸린 종보다 훨씬 큰 종임을 모든 사람들이 짐작했다.

"광교 쪽이다."

"아니다. 보신각이다."

동본원사에서 진고개 쪽으로 내려가던 사람들의 눈과 귀가 모두 그쪽으로 쏠렸다. 매일 저녁과 새벽에 인경과 파루 소리를 들었지만 그 종은 거의 잊고 있었다. 제야의 종을 울린다는 소문 듣고 모여든 사람들은 누가 앞장서서 이끌지도 않는데 서서히 종소리가 나는 쪽으로 발걸음을 옮겼다. 귀에 익숙한 소리, 너무도 오랫동안 들어와서 잊고 있던 소리였다.

여응이 앞서고 그 뒤로 지남세와 극일문, 방녀와 오랑이 뒤를 따랐다. 아무도 그들을 알아보는 사람은 없었다. 왜 그곳으로 가는지도 모르고 홀린 듯, 취한 듯, 물이 흐르듯 흩어지지 않은 인파의 흐름을 무조건 따라가고 있었다.

"도성 안에 종이 둘이여. 해를 갈아 넘기는 제야의 종을 치려면 성문을 열고 닫을 때 치는 나라의 종, 보신각종을 쳐야지. 왜절에서 치는 종소릴 듣고 해를 넘기라고. 이 나라가 언제부터 진종대곡파의 나라가 되었다고."

누군가 홀로 외치는 머리에는 수건을 두르고 추위에도 팔을 걷어붙인 채 주먹을 불끈 쥐었다. 외로운 목소리를 거드는 사람이 있었다.

"도성 문을 열고 닫을 때 치던 종이 지나간 해를 닫고 오는 해를 열어야 하는 데, 듣도 보도 못하던 종을 갖다 놓고 이게 무슨 망측한 짓들이여."

딱히 누굴 대놓고 들으라는 말이 아니었다. 밤하늘 허공에 대고 지르는 소리였다.

"자, 가세. 보신각으로."

세 번째 종소리가 울리고 얼굴 없는 말을 따르는 사람들의 발걸음이 빨라졌다.

"오오. 참으로 부끄러운 일이로다."

함께 그들을 따라가던 여웅이 그 모습을 보다 못해 중얼거렸다. 지남세와 방녀, 극일문과 오랑이 무리에 밀려 걷고 있었다. 광교를 건너자 보신각을 둘러싼 불빛이 보였다.

뎅~

뎅~

뎅~

종은 사람들이 걸어서 보신각에 다다를 때까지 그렇게 느릿느릿 서른세 번을 울렸다. 종각을 둘러선 사람들이 그 소리를 숙연히 듣고 있었다. 누가 종을 치는가.

"아니, 저, 저, 저, 저, 저놈이."

앞서 호령하며 따라오던 벼슬자리가 실성한 듯 펄쩍 뛰면서 상전으로 보이는 자의 눈치를 살폈다. 종은 이미 울렸다. 목멱산 밑에서 울리던 종소리를 지워버리고 새로 울렸다. 그 울림이 땅을 흔드는 장중한 울림소리로 경성 땅 한가운데 터 잡고 있는 제 몸의 크기를 알렸다.

마지막 타종 음이 사라지자 사람들은 아직 귓전에 남은 종소리를 새기며 하나둘씩 흩어져서 집으로 돌아갔다. 거리는 불빛이 꺼지고 잠이 오기 시작했다.

"상원사종은 조선의 볼모로 잡혔다. 불쌍한 것. 언제 다시 돌아갈꼬."

"스님. 우리 상원사종이 죄라도 지었나요?"

여응의 말뜻을 이해할 수 없어 오랑이 묻자 여응은 대답을 않고 고개만 흔들었다. 사람들이 돌아가고 밤이 더 깊어지면서, 종각 옆에 송판으로 벽을 막고 지붕을 덮은 숙사 안에서 맨 상투의 종지기가 두리번거리며 등불을 들고 밖으로 나왔다. 종을 한 바퀴 돌면서 남아있는 사람이 있는지 살폈다. 종이 편안하게 잠들고 있음을 보고서야 다시 안으로 들려는 앞을 여응이 막아섰다.

"참으로 훌륭하시오."

"누, 누구냐. 이 밤중에."

등불을 든 자가 잔뜩 긴장하면서도 놀라움과 두려움을 감추려는지 호통을 쳤다.

"떠돌이 걸승이오. 어떻게 이 종을 칠 생각을 하셨소."

이경과 파루 외에는 치지 않던 종이었다. 종지기의 눈치가 빠르다. 호령하려던 기세가 수그러들었다.

"날이 추운데 안으로 들어오시든지."

"딸려온 식구가 많소. 그냥 여기서 몇 마디 여쭙고자."

종지기가 고개를 끄덕였다. 무엇이든지 물으라는 투다. 여응이 묻고 종지기가 답했다.

"동본원사에 종이 울린다는 걸 이미 알고 계셨구려."

종지기가 고개를 끄덕였다.

"혼자서 벌이신 일은 아닐 테고."

"그건 말할 수 없소. 내일이면 날 잡아다가 누가 시켰냐고 족쳐댈지도 모르는데 모두 나 혼자 한 일이오."

"동본원사에서 사람들을 이리로 이끌어온 이가 있던데요."

"난, 모르오. 목멱산 쪽에서 종을 친다는 말을 듣고 놀라서 이 종을 더 크게 울려야겠다고 결심한 거요. 그 뿐이오."

여웅이 발길을 돌리려는데 종지기가 등 뒤에 대고 한 마디 던졌다.

"도성 안에서 울리는 종이 둘이면 임금이 둘이 되는 거요. 저렇게 왜절에서 종이 울리면 장안에서 인경과 파루만 듣던 백성들은 어느 게 진정 따라야 할 종소리인가 몰라 갈팡질팡하게 될 거요."

여웅이 고개를 끄덕이며 종각에서 멀어지자 말없이 지남세 일행이 그 뒤를 따라갔다. 그들이 은거하고 있는 선암까지 가려면 밤이 이슥토록 걸어야 했다.

소리를 그리다니. 듣지를 못한다는 극일문에게 보여주려면 그럴 수밖에 없었다. 오랑이 가슴에 담은 뜻을 상원사와 용문사에서 주승으로부터 배운 짧은 글로 극일문에게 보여주었지만, 하늘에서 목멱산 골짜기로 내리치는 천둥소리는 극일문에게 보여줄 수가 없었다. 오랑은 머리를 때리는 것 같은 폭음이 나자 까무러칠 듯이 놀라서 몸을 움찔거렸다. 그 소리를 극일문이 듣는지 보는지 모르니 답답했다.

"저 자는 오로지 볼 수 있을 뿐이니 저 소리를 그려서 보여줘라."

여웅의 주문이 태연했다. 붓질은 용문사에서 겨우 배웠는데 귀에 들리는 소리를 그려낸다는 건 생각지도 못한 필법이었다.

334

"소리를 보여주라고요?"

"보이는 것만 그리더냐? 들리는 소리도 그려야지."

오랑은 눈을 감고 귀를 쫑긋거렸다.

"어허. 귀로 듣는 걸 그릴 수가 없다? 가슴으로 들어야지. 그래야만 손이 저절로 붓을 잡고 춤을 춰서 하늘에서 때리는 우레를 그릴 수가 있다. 그래야만 저 자가 가슴으로 그걸 듣는다."

"어렵단 말예요."

찍었던 먹물이 백지 위에 한 방울 뚝 떨어졌다. 굵은 방울에서 튄 잔 방울이 떨어져서 퍼졌다. 그걸 보고 극일문이 고개를 끄덕였다.

"바로 그것이다."

"그거라니요?"

오랑은 붓을 다시 놓고 백지 위에 떨어져 튀어버린 먹물방울을 보면서 어쩔 줄 몰라 했다.

"우레는 높은 하늘에서 땅으로 떨어져 퍼지고 부서지는 소리다. 너의 그림을 저 자가 제대로 들었다. 훌륭하다."

여응이 흡족해 했으나 오랑은 아직도 영문을 몰라 어안이 벙벙했다.

"네가 조금 전에 들은 우레 소리는 그 붓에 찍은 먹물로 다 그렸고 저 자가 그걸 제대로 들었다. 우레는 하늘이 세상에다 엄연히 때리는 소리다. 놀라는 것은 마음이 정치 못하기 때문이다. 마음속에 지은 죄가 있으면 두려워서 번개가 자신에게 내리는 하늘의 벌인 줄 알고 놀랄 것이고, 고요하기만 할 줄만 알았던 하늘이 폭음을 내여 놀랐다고 한다면 부처에 대한 네 믿음의 배신이다. 놀라지 않으려면 큰 소리라도 작게 들을 수 있어야 하는 게 수행의 근본이다. 그래야 세상 어떤 소리에도 휘둘리지 않고 수행에 몰두할 수 있는 법이다. 알아들었느냐."

오랑은 물끄러미 여응의 수염 움직이는 입만 바라보고 있었다. 극일문도 함께 보고 있었다.

"자, 이제 나가자."

여응이 앞서 가다가 문득 우물가에 멎었다.

"여기서 물을 한 대야 가득 떠라."

오랑이 물을 대야에 떠서 머리에 힘겹게 이려고 하자 극일문이 가볍게 받아들었다. 그 모습을 보고 여응이 만족스럽게 웃었다. 어떻게 알아챘는지 눈치 빠르게 극일문은 대야를 들고 여응을 따라갔고, 세 사람의 발걸음이 모두 범종각 앞에서 멈춰 섰다. 암자 치고는 제법 큰 종이다.

"이 물로 저걸 씻어요?"

"아니다. 저 종 밑에 대야를 놓아라."

오랑이 낑낑거리며 대야를 거들어 범종 밑 소리를 받는 구덩이로 겨우 밀어 넣었다. 무슨 일을 할 것인지 영문도 모르면서.

"이제 됐다. 종이를 펴고 붓을 들어라."

오랑이 투덜거리며 종이를 바닥에 깔고 붓을 잡았다.

"됐다. 지금부터 이 소리를 그려라."

여응은 당목을 힘껏 당겨서 종을 때렸다. 소리가 몸속으로 후벼 파고들어 오랑을 흔들어 놨다. 오랑의 붓을 든 손이 바르르 떨고 있었다.

"어서 그리라니까! 소리가 모두 달아나기 전에."

극일문은 종 밑에 놓은 대야만 뚫어져라 바라보고 있었다. 잔잔한 물이 가볍게 떨더니 파동이 일어나고 있었다. 두 번 세 번 여응이 당목으로 종을 칠 때마다 대야에 가득 담긴 물이 파르르 떨렸다. 그걸 꼼짝 않고 바라보는 극일문의 손을 여웅이 붙잡아다 종의 당좌 높이 중대에 갖다 댔다. 여웅이 눈을 감는 시늉했고 극일문이 따라서 눈을 감았다. 오랑이 덩달아 극일문을 따라서 한 손을 종에 댔다. 여웅은 당목으로 종을 여러 번 더 때렸다. 소리가 끝나갈 즈음에 누가 먼저랄 것도 없이 모두 눈을 떴다.

"그래. 잘 그렸구나. 이게 바로 소리다. 사라지는 소리를 잡아두려면 그려야 한다. 이 자에게는 소리라는 게 듣는 것이 아니라 가슴으로 울리고 눈에 보이는 것이다. 그걸 네가 해냈구나."

무얼 그렸다는 말인가. 오랑은 소리에 정신이 팔려 잊어버리고 있었던 붓 잡은 손과 백지를 봤다. 검은 먹줄기가 백지 끝에서 끝으로, 때로는 굵게 때로는 가늘게 바르르 떨리면서 흘러갔다. 종소리에 따라서 붓질이 백지에서 파동을 친 것이다. 그걸 극일문이 바라보면서 고개를 끄덕였다.

소리가 멎자 대야에서 파동 치던 물도 다시 잔잔해졌다.

"이름이 오랑이라고 했었더냐?"

"네."

"그 날 거기서 왜 사내 옷을 입고 있었느냐?"

오랑이 말을 못하고 얼굴이 붉어졌다.

"사내 옷을 입었으면서 왜 저 자와 한 방에서 안 자고 자리를 피해 공양간에서만 잠을 잤느냐 말이다."

"저어. 그건."

"얼굴이 뜨거우면 얘기하지 마라. 이제 네 염낭 속에 든 걸 감추지 말고 꺼내 봐라."

오랑이 화들짝 놀랐다. 꼭꼭 숨겨온 염낭 속에 놋종을 이 노승이 어찌 알았을까. 때를 봐서 사내에게 몰래 건네주려고 했는데 민망하게도 들켜버렸다.

　여웅은 이미 오랑의 염낭에 드러나는 놋종을 봐두었다. 얼른 봐도 오랑이 지니고 있을 물건이 아니었다. 극일문을 데려올 때에 몇 번이나 자기 허리춤을 더듬고 찾던 모습을 봐두었다. 극일문이 떠나올 때에 무언가 잃었는지 허전해하는 얼굴도 유심히 보아뒀었다. 마음이 내켰건 억지로 따라왔건 여웅을 따라온다고 하더라도 그 귀한 놋종을 잃어버릴 정도로 정신 빠진 극일문으로는 보이지는 않았다. 그렇다면 극일문은 오랑을 다시 만나기 위한 기대로 일부러 그 귀한 종을 방에 떨어뜨려 놓았음이 분명하다. 영원히 잃어버릴지도 모른다는 잘못을 감수하면서까지. 오랑이 그걸 들고 자신을 다시 찾아 주리라는 믿음으로 그랬을 것이다. 목숨처럼 귀하게 여기던 것을 두고 올 정도로 오랑을 다시 만나리라는 기대는 컸다. 목소리는 듣지 못했다고 하더라도 그 넓은 방을 두고 밤이면 밖에 나가 따로 자고 들어오던 오랑을 극일문이 눈치 못 챌 리 없었을 것이고, 이미 그녀의 행동거지에서 겉은 남장이지만 속은 과년한 처녀임을 알아봤을 테다.

　상원사를 떠나면서 몇 번이나 뒤를 돌아보던 극일문의 얼굴이 오랑의 눈에 선했다. 여웅이 그 눈치를 모를까보냐. 오랑은 놋종을 주인에게 찾아주겠다며 지남세를 따라 경성까지 올라왔고 원 목상의 도움으로 극일문과 여웅의 거처를 목멱산 밑에서 찾아냈다. 선암. 말이 암자였지 세상을 떠도는 여웅의 비밀스런 은신처다.

　오랑은 허리에서 염낭을 매었던 끈을 풀었다. 그걸 극일문의 허리에 매어주었다. 종소리를 듣고 언제 나왔는지 지남세와 방녀가 여웅의 뒤에서 그 모습을 보며 웃고 있었다. 그 시선을 눈치 채지 못하고 극일문은 오랑의 손을 덥석 잡았다. 오랑이 얼굴을 붉히며 슬며시 손을 빼고 주위를 둘

338

러보다 부끄러워 어쩔 줄 몰라 했다. 여응이 작심하고 큰기침하며 입을 열었다.

"자, 이렇게 모였으니 모두 들어보시오. 산 너머 왜절에 걸린 우리 범종 말이오. 우리가 그걸 지키자는 일이오. 그 종에다 눈독을 들이는 왜인들이 참 많소. 소문에 그 종은 앞으로 일본과 조선이 하나가 될 거라는 징표라고 떠들어대고 있대요. 일본에서 무슨 박사를 데려다가 보여주고는 그게 일본종을 닮은 귀한 종이라는 거예요. 일본 종이 우리 조선의 종을 닮으면 닮았지 세상에 애비가 자식을 닮는 집안도 다 있소? 쪽발이 집안에서나 그런 법이 있는지는 모르겠으나 우리 옛 백제가 건너가서 불법을 가르쳐주었는데 그 종이 왜종을 닮았다니요. 그러고, 상원사 주승이 옛날부터 재물은 좀 밝혔어도 순순히 돈을 받고 종을 내줄 사람은 절대로 아니요. 들리는 얘기로는 그 종을 상원사에서 값을 치루고 사왔다는데, 거기에 주승이 절에 불구를 팔아 제 목숨을 연명할 정도로 망가진 파계승은 아니라는 말이오. 그리고 언제부터 우리 조선에서 절에 있는 종을 팔고 샀소? 보나마나 이건 강탈이란 말이오. 해괴한 교리를 들여와서 조선불교를 망쳐놓더니 이제는 조선 절에 그 귀한 범종까지 가져다가 제 놈들 절에 걸어놓고 뜻도 모른 채 뎅뎅 울려대니 이게 큰일이오."

모두 멍하니 흰 수염이 씰룩거리는 여응의 입만 바라보고 있었다. 그 말을 알아듣는 지남세가 몸을 떨고 있었지만 방녀가 그의 말을 알아듣기에는 너무 벅찼다. 무어든지 배우려는 오랑만이 귀가 솔깃했고 극일문이 묵직한 분위기를 눈치 채고 두 눈만 껌벅거렸다.

"그 종은 우리 땅에서 가장 오래된 고귀한 종이오. 오래되었으니 그 내력을 밝히기 어려운 것이고 머무를 절마저 잃었으니 떠돌고 있는 중이오.

종은 그대로 있는데 그 종 앞에 사람만 명을 다해 죽고 바뀌어 태어나기를 거듭해왔을 터이니 그 종이 어떻다고 감히 말하는 게 불경스럽지만."

여웅의 말을 알아듣는 사람은 없었다.

"그럼 스님은 그 종 내력을 아시나요?"

지남세가 궁금해 물었다.

"음."

이런 어색함이 또 없었다. 지남세는 괜한 걸 물었다고 후회했고 여웅은 대답해주지 못하는 민망함을 숨기려고 애를 썼다. 오랫동안 뜸을 들이다가 여웅이 입을 열었다.

"참으로 귀한 종이오. 그 종의 내력을 알고 있는 사람이 종의 자손이오. 종의 곁에서 종을 대대로 지키면서 살아온 가문이 있어요. 그걸 저 자가 다 알고 있단 말이오."

모두 극일문을 바라보자 그는 알아듣기라도 하는 듯 굳은 표정을 지었다. 앉아있던 지남세와 방녀, 오랑에게 갑자기 여웅과 극일문의 모습이 달라보였다.

"어차피 이렇게 된 마당에 이젠 얘기를 해 봐라."

여웅이 누구에게 한 말인지 몰라 모두 서로의 얼굴을 쳐다만 봤다.

"그 종엔 아무 날 아무 시에 누가 왜 만들었다는 글이 없어요. 저 자가 바로 그 종의 명문(銘文)이오. 데길리칼의 자손."

여웅이 말을 하다가 데길리칼에서 툭 끊었다.

"데길리칼?" 지남세 뿐 아니라 모두 그 말뜻을 몰라 어리둥절했다.

방녀가 옆구리를 찌르며 난처하게 만들지 말라고 지남세의 입을 막으려 했다.

"조선 땅에 무슨 그런 사람의 이름이 다 있어요."

"조선이 아니오. 오래전 신라 때였지요."

"저 자에게 직접 듣는 게 좋겠어요. 죽음을 작정하고 입을 열지는 모르지만."

"죽다니요? 입을 열면 죽는다고요?"

방녀가 궁금해서 못 참겠다고 끼어들었다.

"저 자가 그렇게 알고 있어요."

여응은 말을 해놓고 여전히 후회하고 있었다. 입으로 토해내지 않고 대대로 물려내려야 할 이야기가 있었다. 무슨 얘기일까. 약속이라도 한 듯 모두 극일문의 얼굴만 쳐다봤다. 극일문은 오랑으로부터 받은 염낭 안에 놋종을 꺼내 만지작거렸다. 작은 손종을 보는 순간 지남세가 고개를 갸우뚱거리다가 참지 못하고 한마디 했다.

"닮았다. 저건 상원사 새끼종이다."

왜 그때서야 보이는 걸까. 오랑은 오랫동안 손에서 만지작거렸으면서도 그 모양이 상원사의 종 모양과 닮았다는 걸 미처 깨닫지 못하고 있었다.

여응이 고개를 끄덕였다.

"이제 얘기해야 할 때가 온 것 같소. 극일문 저자가 안하면 내가 하겠소. 혹 내가 없더라도 부디 입단속 하시오."

"스님. 저어."

처음 듣는 목소리였다. 그 울림이 그렁그렁 목구멍 안에서 구르고 있었다. 서로 얼굴을 쳐다보았다. 주변에 그런 목소리를 낼만한 사람이 없어서였다. 입을 벌린 사람은 극일문뿐이었다.

"말을 하네요. 저 사람이."

오랑이 소리치고 나서 자신도 놀랐는지 얼굴이 빨개졌다. 눈이 모두 오
랑을 쳐다보는 게 아니라 극일문의 입으로 쏠렸다. 말을 할 수 있는 자였
던가. 그럼 듣는 것도. 그런데 왜 지금까지. 눈앞에서 벌어지는 일이 놀
라울 뿐이었다. 여태껏 듣지 못하고 말을 못하던 자가 듣고 말을 하다니.

"네에. 여응 스님의 말씀이 옳아요."

주변에 놀라움도 아랑곳 않고 극일문이 옛 얘기를 이야기를 시작했다.

"지금부터 하는 얘기는 어려서 어른께 들었던 거예요."

"어른이라면?"

여응이 묻는다.

"우리 어른이요. 나를 가르치고 기른 무부리."

"무부리?"

지남세는 손가락으로 귀를 후벼 파며 다시 물었다. 여기서 무부리를 알
아듣는 사람은 지남세 혼자밖에 없었다.

"무부리가 어머니라면…… 키가 큰?"

"어머니가 아니오. 저를 가르친 어르신이오. 짧은 키에……."

"무부리가 사람을 가르쳐? 아기는 어쩌고. 잃어버렸던 아기."

"아기요? 그 어른이?"

두 사람의 대화를 방녀나 오랑이나 모두 알아듣지 못해 어리둥절하고
있었다. 여응만이 뭔가 아는 듯 눈을 깜박거렸다.

"무부리가 누구예요. 도대체."

못 참고 방녀가 나섰다. 지남세는 혼란스런 마음을 가누지 못해 방녀가
묻는 말조차 들리지 않았다. 소년이었을 적에 당했던 엄청난 일을 다시 떠
올리자니. 그동안 잊고 있던 세월이 바로 어제의 일처럼 가까운 과거로 되

돌아와 있었다. 그 충격에 반쯤은 정신이 나갔다.

"그래. 어른에게 들은 얘기를 하려는 것 같은데. 어디. 해봐라."

여웅은 침착하게 극일문을 바라보고 이야기를 재촉했다. 자신도 당황하여 머뭇거리던 극일문이 일천 년 전부터 전해 내려왔다는 이야기를 시작했다.

"전 어디서 누구에게서 태어났는지 몰라요. 저를 기르고 가르친 어른이 있어요. 미지산에서 자랄 때에 어려서부터 듣던 얘기예요. 이 손종을 대대로 잘 간직하라고 했어요. 일천 년이 넘는 종이라고."

얼마 만에 열어보는 말문인가. 모두 할 말을 잃고 극일문의 이야기가 더 이어지기를 기다렸다.

"천 년 전. 망해가는 신라의 주종장이 나라의 명으로 미지산에 가서 영원히 이 땅에 남을 종을 만들었대요. 아무런 글도 남기지 않고 그림만 넣어서요. 글을 남기면 나중에 누군가에게 깨뜨려질 거라는 염려 때문에. 행여 없어질 걸 염려해 모종(模鐘)까지 만들었대요. 주종장이 아끼던 애제자 장인에게 주려고 했는데 떠났어요. 주종장이 세상을 뜨면서 이 손종을 그 절의 주지에게 주었대요. 이게 대를 이은 상원의 주스님들의 손에서 손으로 이어져 내려왔대요. 저를 가르친 무부리 어른께서 마지막으로 어떻게 해서 이 종을 손에 넣었는지는 모르지만, 제 손에 쥐어주고 세상을 떠났어요. 꼭 지키라면서요. 근본도 모르는 오랑캐들에게 잡혀갔다가 일인에게 되잡혀 팔려왔어요. 야마구치네로요. 지키기 어려울 것 같아 상원에서 여웅 스님을 따라 경성으로 올 때에 요사 방에 놓고 왔어요. 저 사람이 이걸 지켜줄 거라고 믿었지요."

극일문은 오랑을 두고 저 사람이라고 했다. 띄엄띄엄 지루하고 답답하게 이어지던 극일문의 얘기는 여기서 끝이 났다. 모두 처음 들어보는 극일문의 목소리에 무거운 긴장이 방 안에 감돌아 오랫동안 아무도 말을 못했다. 지남세가 다가앉아 극일문의 손을 꼭 잡았다.

"오래 전이지만 내 이 손을 언젠가 잡아본 것 같은 생각이 드네. 듣고 보니 나도 어렸을 적에 언젠가 어디선가 들었던 얘기 같아 어렴풋이 생각이 나네. 자네가 결코 남 같지 않아. 이 손에 온기가 그래. 뒷얘기는 차차 더 들어보세."

그 모습을 보고 방녀가 안도의 한숨을 내쉬었다. 극일문은 속이 후련한지 지남세의 손을 맞잡았다. 여응이 뒤에서 그 모습을 흐뭇하게 바라보고 있었다.

"그런데 그동안 왜 말을 안했어요. 듣지도 않고."

오랑이 묻자 극일문은 대답 없이 웃기만 하였다.

"우리 내원 이제 여길 떠나야겠지요?"

지남세가 여응에게 하는 말이다.

"떠나다니요? 선암에선 떠나되 종은 지켜야 하오. 상원을 떠난 종을 지켜야 한단 말이오. 그 어른이 극일문에게 함구토록 한 건 종을 살려두기 위함이었어요."

"그럼 이 놋종이 그때 그 종이란 말인가요? 세상에 이렇게 귀한 걸 어떻게."

오랑이 극일문에게 묻자 대답 없이 고개만 끄덕였다.

그때서야 모두 고개를 끄덕였다. 방 안에 또 어색한 침묵이 흐르고 있었다.

죄 없는 귀양살이

별원에서 첫 제야의 종이 울리던 해 시월에 윤번 이나미와 야마구치와 긴토가 지켜보는 가운데 한 낯선 남자가 종각에 걸린 범종을 유심히 살피고 있었다.

"겉모습은 눈에 익은데 자세히 살펴보니 그림을 만든 솜씨가 범상치 않아요. 우리 일본도 닮았고 청국과도 비슷한데 겉에 새긴 무늬가 우리 것도 아니고 청국의 것도 아니요. 우리에겐 이런 종이 없어요. 아무튼 오래된 귀한 종이요. 잘 간수시오. 우리와 조선이 하나가 되면 조선의 역사가 우리 역사고 조선의 것은 모두 우리 것이 될 테니까. 결국 이 종도 우리 종이 되지 않겠소? 하하하하."

본토에서 건너온 세키노였다.

"이미 우리 종이잖소."

"하하. 이 종의 역사가 우리 역사가 되어야 우리 종이 되지요. 조선의 이름을 없애야 우리 일본만 남게 될 테니 모든 게 우리 차지가 되지 않겠소."

모두 고개를 끄덕였다. 벗겨진 머리 아래에 걸친 뿔테안경, 그 밑으로 입가에 양쪽으로 짙은 주름이 흘러내린 세키노 박사의 얼굴을 숨죽여 지켜보던 세 사람은 안도의 한숨을 내쉬었다.

"세키노 박사. 감정서를 써 주시오. 이미 예사로운 종이 아닌 건 알고 있었지만 글자 한자 새겨져 있지 않아서 보는 사람마다 의견이 분분하던 참이었소. 조선의 어느 산골에서 생겨나서 근본도 모르게 버려진 종을 가져다 달았다고 수군대는 사람들의 입을 막을 박사의 감정서가 필요해요. 그래야 우리 별원이 경성에서 제일가는 불사로 꼽혀 조선 사람들이 믿을 것이오."

윤번의 속셈은 거기에 있었다. 야마구치와 긴토의 속은 서로 다른 꿈을 꾸고 있었다. 미심쩍어 설마 할 때까지는 없었던 욕심이 세키노의 말을 듣고부터 슬그머니 움트기 시작했다. 요즈음 본토로 돌아가는 사람들마다 조선 땅을 밟은 기념으로 전리품을 취하듯이 귀한 물건을 하나씩 품고 가는데, 보기 드물게 귀한 종을 손아귀에 넣게 되었으니 그들도 언젠가는 한 몫 단단히 챙겨 본국으로 돌아갈 날을 기다리고 있었다. 윤번 이나미도 승려라고 해서 속이 다를 바 없었다.

이듬해 팔 월 스무 이튿날, 월요일이었다. 남산에 있는 통감 관저에서 데라우치 마사타케요와 한국의 총리대신 이완용이 한일합병조약 문서에 도장을 찍었다는 소문은 칠 일이 지난 팔 월 스무아흐레 날부터 세상에 알려지고, 왜성대 안에서는 조선과 일본이 하나라고 떠들어대며 은근히 조선에 있는 모든 것들은 일본 것이 되었다고 흡족해하고 있었다. 저녁에 찾아온 통감부 관리로부터 합방 소식을 전해들은 윤번도 회심의 미소를 감추지 못하고 그날따라 별스럽게 보이는 범종을 물끄러미 바라보고 있었다.

두 나라의 합방으로 상원사에서 범종을 가져다 시주한 야마구치와 긴토에게 기세등등한 날개가 달렸다. 이제 마음대로 조선 팔도를 휘돌아다니면서 값나가는 유물을 찾아내서 본토로 들여가든지 자기네들의 손아귀에 넣을 참이다. 귀하다고 생각되는 물건들은 은연중에 본토에 이름난 사람을 불러서 고증을 받아 놨다. 그렇게 긴토가 조선팔도를 돌면서 조선에 유물을 모아들이는 데에 정신이 팔려 있을 즈음에 긴토의 골동상으로 야마구치가 찾아왔다.

"긴토 상. 내 집에 귀한 물건을 한 점 들여왔는데 한 번 와서 보시겠소."

"야마구치 선생이 이제 이쪽으로 관심을 깊이 두었구려. 그래 어떤 물건이요?"

"석물을 한 점 가져왔지요."

"요즘엔 우리 골동점에 뜸하셨는데 어디로 다니셨는지."

"미지사 터에서 보았던 그 석물이요."

"아하. 거길 또 가셨군요. 그 부도요."

"그냥 돌탑이 아니고요. 우리 집 정원에 두면 한결 고풍스런 운치가 있을 것 같아서요."

"사리탑이요. 부도. 사리탑이라면 그게 산 사람의 집 안에 둘 게 아닌데요."

미지산으로 종을 구하러 갔을 때에 배워둔 눈썰미로 귀한 물건임을 알아보고 눈여겨보았던 석물을 긴토와는 말 한마디 의논도 없이 사람을 보내 가져왔다. 겉으로 보기에는 아무리 친분이 있어도 둘 사이가 장사꾼은 장사꾼이었다. 긴토가 야마구치에게 편치 않은 속내를 숨겼다.

야마구치는 야마구치대로 재물을 모으는 귀재에 긴토가 갖고 있는 고물에 대한 식견을 얻어 쓰려 하였고, 긴토는 야마구치의 재력을 고물 모으는 데에 빌려 썼다. 그런데 야마구치가 긴토의 고물 보는 식견을 뛰어 넘어 귀한 물건을 은근히 거둬들이고 있으니. 긴토가 점잖게 야마구치의 그 점을 지적해 주고 주의하라 일렀다.

그러고 나서 봄부터 경성 장안 곳곳에서 태극기를 흔들며 만세를 부르던 유월이 지나서 남산 기슭에 있는 야마구치 집으로 긴토가 찾아왔다.

"총독부가 경복궁 안으로 들어가니 번다하던 행인들이 뜸해져서 이제는 적적하시지요."

남산에 있던 총독부가 경복궁으로 옮겨가고 한산해진 왜성대 앞에 거리를 두고 하는 얘기다. 긴토는 들어서자마자 건성으로 인사치레를 하고 눈은 정원에 놓인 석물부터 살폈다.

"물건은 좋은 물건이지만 놓일 자리를 잘못 잡았어요."

"그럼, 어느 쪽에 놓는 것이. 저쪽 양지바른 곳으로 방향을 옮길까요?"

"조선 중의 사리를 안치한 탑이니 어디가 되었든지 간에 제 절로 돌아가야지요. 조선 승탑이라도 승은 승이니 차라리 동본원사 별원에나 앉히든가. 곁에 두고 그동안 꿈자리가 뒤숭숭하지 않았나요."

긴토는 관심이 없는 듯 딴전을 피워댔다. 그 석물이 고려 때에 고승 대경대사의 부도라는 걸 모를 리 없는데도.

"큰 물건 하나 건지신 걸 보니 장차 큰일 한번 치르시겠습니다."

긴토는 잔디밭에서 카메코 여사가 내온 차를 받아들며 아무렇지도 않게 한마디 했다. 야마구치는 그 큰일이 무언지 알아듣지 못하고 더 이상 물으려 하지 않았다. 귀한 물건이라는 말만 귀에 걸려져 남아있었다.

"우린 이미 큰일은 치렀지 않소. 지난 삼 월, 장안에서 폭도들이 일어나한창 혼란스러웠지만 이제는 겨우 진정되어 가던데요."

"하하하. 그건 나라에 일이지요."

그렇다면 집안에 큰일이 일어난다는 말인데. 긴토가 돌아갔지만 야마구치는 그가 얘기한 큰일이 무언지 마음 한 구석이 개운치 않았다. 그의 표정으로 보아 집안에 무슨 일이든지 닥칠 것이 분명해 보였다.

아직도 선암에서 은거하고 있는 지남세와 극일문, 방녀와 오랑은 나가서 닥치는 대로 남의 집 궂은일을 해주고 얻어오는 밥으로 살아갔다. 네사람은 저녁마다 모여서 이런 저런 궁리하고 있는데 여응이 들어오면서 뜻밖에 소식을 전했다.

"산 너머 왜절 옆에 사는 야마구치의 부인이 죽었대요."

방녀가 제일 먼저 놀랐다.

"어머머. 카메코 여사가요? 어쩌다가요. 사곤가요. 아직 젊은 사람이. 무슨 병이 있었나요."

"그건 모르오. 일인 대 사업가 야마구치의 부인이 조선에서 죽었으니 장안에는 국상이라도 난 것처럼 시끌벅적, 소문이 파다해요. 별원에 범종을 들여올 때 승탑을 덤으로 가져온 모양인데 아무래도 벌 받은 모양이오. 어쨌든 장례는 별원 안에서 치른다고요. 이번이 야마구치 상가에 조문을 핑계로 별원에 들어갈 기회요."

"호랑이 굴로요?"

지남세가 걱정스럽게 여응을 바라보며 방녀의 눈치를 살폈다.

"그렇소. 우리가 언제까지 여기서 이렇게 숨어만 있을 거요. 지금 때가 좋지 않소? 일인 무사를 죽인 일은 이미 오래 전에 끝난 일이요. 지 처사야 전에 일을 해주던 주인집 상가에 문상 간다는 데야 어쩌겠소. 우리 쪽을 잡아갔다가는 자기네들이 이미 잡아다 처형한 범인이 가짜라는 게 죄다 들통이 날 텐데요."

방녀가 알아들었는지 고개를 끄덕이는 걸 보고 지남세가 나섰다.

"굳이 그 놈의 소굴을 들어가야 할 이유라도."

"그 놈들 소굴이지만 종은 우리 종이요. 그걸 지켜야지요."

여응은 극일문의 눈치를 보듯이 표정을 살폈다.

"저 자들이 종을 별원에 갖다 놓은 건 임시방편이요. 귀한 종을 그대로 둘 자들이 아니란 말이요. 절마다 다니면서 불을 놓고 의병 토벌한다고 난리 치는 게 다 속셈은 다른 데에 있었던 거요. 귀한 물건들은 다 빼내기 위해서요. 별원에 있는 범종도 그만큼 컸기 망정이지 다루기만 쉬웠으면 벌써 자기네 본토로 가는 배를 탔을지도 모르는 일이요."

그제야 모두들 고개를 끄덕였다.

"스님의 말씀을 들으니 수긍이 가네요. 지난번에 극일문, 저 사람이 한 얘기도 있고 상원을 떠나올 때에 주스님 하던 말씀도 있고, 그보다도 어려서부터 듣고 자란 종소리가 아니오."

그렇다. 그 종소리였다. 무부리를 따라나섰다가 산속에서 길을 잃고 헤매다가 듣던 소리, 무부리에게 아기를 구해주겠다고 나섰다가 어렴풋이 들려오는 종소리를 듣고 잠이 들었는데 얼굴도 모르는 자들에게 잡혀가던 기억, 손목을 잘리려다가 모면하고 돌아와 형제를 잃은 기억, 어려서 한때 치기로 나서서 저지른 일의 근원이 어디서부터 잘못된 것인지, 그 암울한 기억에서 아직도 빠져나갈 실마리를 못 찾아 나무꾼으로 살아온 지남세의 머릿속에서 헤매고 있었다. 상원사 주승이 종을 지켜달라고 애원하다시피 하던 마지막 말이 이제야 지남세의 귓가에 되살아나서 그를 괴롭히고 있었다.

"저도 함께 가겠어요."

무거웠던 극일문의 입이 떨어지자 오랑이 그의 곁으로 바싹 다가앉았다. 이번 피신에서 자유로운 사람은 오랑뿐이었다.

"저도 가요."

오랑마저 나서자 방녀는 지남세에게 한마디 했다.

"거긴 호랑이 굴이잖아요."

"그러니까 가겠다는 거 아니오."

그게 그렇게 중한 종이라니. 어쩔 수가 없었지만 연안과 장수의 귀물임을 몰라보고 돌처럼 길바닥에 마구 굴려오게 한 일이 후회스럽고 부끄러웠다. 시위대에 들어가서 나라를 못 지키고 나온 몸이니 이제는 그 종이라도 지켜야 한다. 방녀도 더 이상 말리지 못했다.

"우리 셋이 갈 테니 임자는 여기서 여응 스님 공양을 챙겨드리면서 모시고 있어요. 이젠 연로하셔서 탁발도 어렵잖소. 우린 어차피 거처할 곳도 없는 몸이니까 어디든 가서 머무는 곳이 정처가 아니겠소. 내 가끔 넘어오리다."

여응은 흔쾌하게 응원했다.

"어서 나서요. 왜놈 무사를 죽인 자는 이미 잡혀서 처형이 되었다지 않소. 누구에게다 죄를 씌웠는지 모르지만. 이미 오래 지난 일이고 또 상중이니 박대는 못할 거요. 지금이 기회지만 앞으로 무슨 일이 닥칠지 몰라. 그 고통을 견디는 건 자청해서 나선 그대들 몫이오."

오랑이 따라나선 걸 보고 방녀는 안달이 났다. 기회를 봐서 가겠다는 생
각으로 지남세를 따라 나서고 싶은 마음을 참았다.

야마구치의 부인 카메코의 장례를 준비하는 동본원사는 조문객들로 넘
쳐났다.

"아니 이 사람, 지 상이 아닌가. 극일문 자네도."

야마구치가 적잖이 놀라고 있었다. 반가운 얼굴인지 놀라는 얼굴인지
어정쩡한 표정으로 야마구치는 빈소에서 조문하러 온 두 사람을 맞았다.
지남세가 그 앞에서 무조건 무릎을 꿇고 고개를 숙였다. 그걸 보고 극일
문도 지남세 옆에 엎드렸다. 그래. 엎드려야 한다. 종을 지키러 왔으니 엎
드려야 지키는 길이다.

"어허. 절은 이쪽으로 해야지."

"용서해 주시오. 야마구치 선생."

자신도 모르게 지남세의 입에서 튀어나온 말이다. 뭘 용서해달란 말인
가. 말을 해놓고도 지남세는 무얼 잘못했다는 말인지 물을까 조마조마하
며 야마구치가 물어오면 어디서부터 어디까지 얘기할까 궁리했다. 다행
이 상중이라 단단히 벼르고 있을 야마구치일 텐데도 꼬치꼬치 캐묻지 않
았다.

극일문은 다시 예전처럼 말문을 닫은 채였다.

"아니 저자가 여길 어떻게 알고 제 발로 이렇게 걸어 들어와? 어어. 저
놈도 따라왔네."

별원에서 이곳저곳을 참견하고 있던 긴토가 대경하여 벌떡 일어서며 팔
을 벋어 극일문에게 손가락질을 해댔다.

"야마구치 선생, 어서 연락해서 이놈들을 당장 잡아들여야죠."

하지만 야마구치는 태연하게 그들을 받아들였다.

"허허. 일어나게. 지금은 상중이니 내 집에 왔으면 손님이네. 옛 정리로 왔을 테니 어서 일을 도와야지."

지남세가 일어서자 극일문이 따라 일어나 그 즉시로 빈소를 나와 고리로 들어갔다. 지남세와 극일문이 여기저기 널려있는 초상집 일거리를 향해 팔을 걷어붙였다. 서로 모르는 사람이 태반이니 내 집 일처럼 익숙하게 일하는 그들을 보고 낯설게 여기는 사람은 아무도 없었다. 밖에서 기다리고 있던 오랑은 아녀자들이 모여 있는 고리의 공양간으로 들어가서 그릇을 씻는 아낙들 속에 휩싸였다.

카메코의 장례가 끝나고 나서 지남세와 극일문과 오랑은 윤번을 다시 찾아갔다.

"대사. 갈 곳 없는 저희들을 여기 머물게 해주십시오. 무슨 일이든지 하겠습니다."

"지 처사는 내가 듣기로 야마구치네 사람으로 알고 있는데 어떻게 여기로 오겠다고. 저 젊은 처자는 또 누구고."

"제 여젭니다."

"저쪽 젊은이는?"

"말을 못해요. 듣지도 못하고요."

지남세가 뒷머리를 긁적이며 변명 비슷하게 둘러대자 윤번은 고개를 끄덕였다.

"그렇겠지. 말도 못하고 듣지도 못하는 자가 우리 동본원사 아니면 조선 땅 어디 가서 발붙여 살 데가 있다던가."

매우 인자한 티를 냈으니 허락의 뜻이었다. 그날부터 그들은 동본원사에 머물러, 지남세와 극일문은 바깥일을 맡아하고 오랑은 고리 안에 일을 거침없이 해냈다. 지남세는 낮일만 끝내고 선암으로 돌아갔고, 극일문과 오랑은 아예 절에서 눌러 살다시피 했다. 오랑은 극일문과 가까운 곳에 있는 것만으로도 힘을 얻었고 극일문도 오랑만 보면 생기가 돌았지만 서로 말을 하지 않으니 눈으로만 통하고 지냈다. 선암에서 잠시 말문을 열었던 그의 입은 언제 그랬냐는 듯, 언제 귀로 들었느냐는 듯, 예전처럼 굳게 닫혔고 귀에 들리는 소리도 스스로 막았다. 야마구치는 상원사에서 범종을 가져온 후부터 도망갔던 극일문이 제 발로 돌아왔음에도 동본원사를 드나들면서 관심 밖인 듯 눈길조차 주지 않았다. 오히려 다행스런 일이다.

축축한 상원의 골짜기로 울려 퍼지던 종소리는 귀에 설었고 메마른 경성의 아침을 깨우며 여전히 살아났다. 타종이 끝나면 극일문은 어김없이 비질을 끝내고 종을 닦았다. 며칠을 그렇게 하니 우중충하게 먼지에 덮여 걸려있던 종에서 윤이 난다. 멀리서 그 모습을 흐뭇하게 지켜보고 있던 윤번이 다가왔다. 참으로 기특하고 갸륵한 자였다. 누가 시키지도 않았는데 생각지도 못했던 종을 닦고 있다니.

"음. 기특하구나. 이름이 일문이라고 했지. 네 성이 이길 극자 극이라고. 성만 빼면 이름만으로도 나라에 큰 일꾼일 텐데. 쯧쯧. 앞으로도 가끔씩 그렇게 닦아라."

극일문은 가끔이 아니라 매일 그렇게 범종을 닦았다. 그러던 어느 해 봄에 장안에서는 조선박람회가 열린다고 떠들썩하고, 동본원사 위로 커다란 건물을 지어 경성방송국을 개국한다고 한바탕 요란을 떨더니, 동본원사의 범종으로 새해맞이 타종행사를 중계방송 한다고 사람들로 미어터지면서, 별원을 드나드는 사람들은 이 나라가 진정 누구의 나라인줄도 모르는 채 여러 해가 흘러갔다.

지남세는 원 목상이 권하는 나무장사를 마다하고 여응의 말대로 별원을 드나들며 절일을 도왔다. 선암에서 목멱산을 넘어 다니며 오갈 때마다 종을 살폈다. 때 이른 아침에 선암에서 목멱산을 넘어와 별원에 들면서 종을 한 바퀴 휘돌다가 멈춰 섰다. 총알이 비껴나간 상처는 여전히 아물리지 못하고 패여 있었다. 자기를 살린 총탄자국이다. 극일문이 그곳에 박힌 먼지를 떨어내려하자 지남세가 밀쳤다.

"상처가 아직 아물지 않았으니 아플 테지."

극일문이 알아듣지 못하고 계속 닦으려하자 걸레를 빼앗아 내던졌다. 영문을 알 수 없는 극일문이 다시 걸레를 주워들고 닦으려했다. 지남세는 극일문에게 손가락으로 총탄이 날아오다 그곳에 맞는 시늉을 했다. 아직도 못 알아듣고 고개를 갸우뚱거리는 극일문의 등을 토닥이고 나서 지남세는 입으로 먼지를 후후 불어냈다. 그제야 극일문이 알아들은 듯 고개를 끄덕이며 총탄자국을 아픈 상처 보듬듯이 손으로 쓰다듬었다.

오랑은 여전히 고리 안에서 소문난 일꾼이었다. 빨래고 청소고 설거지고 거침없이 해치웠다. 아무 때고 극일문과 마주할 수 있으니 좋았고, 마주친 그의 얼굴이 잔상으로 남아 하루 종일 눈앞에 어른거리면 자신도 알지 못하는 콧노래까지 흥얼거렸다. 얼굴에 궁색해보이던 때가 벗겨지고 환하게 피기 시작했다.

"네가 오랑이냐?"

고리 안, 찬간에서 공양그릇을 씻고 있던 오랑의 뒤로 여자의 목소리가 들려왔다. 돌아보니 왜성대에 살면서 동본원사에 일을 보러 드나드는 초로의 낯익은 여인이었다. 사람들은 그를 왜성녀라고 불렀다.

"내가 요 며칠 동안 널 유심히 봐왔는데 야무진 솜씨가 탐이 나서 그런다. 널 좀 만나보자는 사람이 있으니 저녁에 나와 같이 가야겠다."

어딜 가자는 건가.

"전 여기서 안 나가요."

요것 봐라. 보기보다 당차네. 보아하니 올 데 갈 데 없어 거둔 아이 같은데 세상 험한지 모르고 도도하긴. 한 마디로 잘라내는 당돌한 태도에 왜성녀의 마음은 그러했지만 겉으로는 품위와 침착함을 잃지 않고 부드럽고 온화하게 다시 다가왔다.

"네가 아무리 배우지 못했어도 어른의 말씀을 그렇게 단칼에 자르는 게 아니다. 널 여기서 아주 데려가려는 게 아니고, 가끔씩 나가서 집안 일만 봐줄 데가 있어서 말을 해본 거다. 아주 귀하신 분이니 뵙고 나서 그때 싫다 해도 된다."

저녁에 보따리 하나를 안고 온 왜성녀는 오랑을 향해 웃고 있었다.

"안에 들어가서 이 옷으로 갈아입어라. 요 아래 장안에 잘한다는 오복점에서 맞춘 옷인데 잘 맞을지 모르겠다."

절에서 허드렛일을 할 때 입는 옷을 벗어놓고 그걸 입으란다. 펼쳐보니 노란 국화꽃 무늬가 가득한 기모노다. 입어보니 처음이라 어색했지만 편해보였다. 오랑은 왜성녀와 별원에서 나와 새로 생긴 경성방송국 위에 옛 통감부길로 올라가다가 길 아래로 내려서자 정원을 잘 꾸민 저택이 눈에 들어왔다. 여인은 앞장서서 내려가더니 마치 제집 드나들듯 거침없이 문을 열고 들어갔다.

오랑이 따라 들어가자 여인은 아무도 없는 집 안에 널려있는 물건들을 익숙하게 치우고 청소를 시작했다. 오랑이 따라할 수밖에. 아래 위층에 걸레질하는 데만도 꽤 오랜 시간이 걸렸다. 여인은 오랑을 부엌으로 데리고 들어가더니 저녁을 지으며 혼잣말처럼 중얼거리는데 귀를 기울여 듣고 보니, 긴요한 물건들이 있는 곳곳을 알려주는 투가 아예 이곳에서 일할 사람으로 마음을 정해두고 일을 가르치려는 말이다.

오랑은 평생 처음 들어가 보는 집안에서 주눅이 들어 아무 말도 못하고 왜성녀가 하는 일을 거들었다. 오랫동안 살림꾼의 손길이 가지 않았던지 집안은 먼지에 빨래에 흐트러진 살림살이로 어수선했다.

"안에 들어가서 방 좀 치워라."

왜성녀가 열어준 방에는 다다미가 네 장이 깔려 있었다. 탁자 옆 사진 속에는 머리를 가지런하게 올린 일인 여자가 웃는 얼굴로 오랑을 바라보고 있었다. 보료 위로 이불이 가지런하게 덮여 있었지만 구석구석에 먼지가 가득했다. 오랑은 팔을 걷어붙이고 걸레를 빨아다 쓸고 닦았다. 방 안에 낯선 물건들이 모두 조심스러울 수밖에 없었다. 집 안팎을 그렇게 치우고 나서 왜성녀가 차려낸 저녁까지 먹고 있는데 키가 작달막한 주인이 들어왔다. 주인은 저녁을 밖에서 하고 오는지 얼굴에는 발갛게 취기까지 올라 있었다.

"내일부터 회장님 댁에 집안일 도울 아이예요. 인사 드려라. 야마구치 회장님이시다."

왜성녀는 이미 오랑을 자기 멋대로 그 댁에서 일할 사람으로 정해두고 있었다.

"오, 마침 집안일을 도맡아 할 사람이 필요했는데 잘 됐군."

야마구치는 오랑의 인사를 받고 안으로 들어갔다. 대개의 일인들이 그

랬듯이 작달막한 키에 양 옆으로 삐친 콧수염. 어디서 한번 본 듯한 얼굴
이다. 꽤 오랜 시간이 흘렀지만 동본원사 장례식장에서 상주였던 그를 봤
다. 그가 말로만 듣던 야마구치라는 사람인가. 여기가 그 사람의 집인가.
왜성녀가 이리 데려오면서 숨긴 것도 아닌데 오랑은 야릇하게 무엇엔가
꼬여드는 느낌이 들었다. 별원에 홀로 걸린 외로운 종을 지킨다고 나선 극
일문을 따라온 자신이 지금 여기에 왜 와 있는가.

"뭐하고 있어. 얼른 들고 들어가지 않고."

왜성녀가 손에 들려준 것은 방 안에 들여놓는 자리끼였다. 그 일이라면
오랑도 설지 않았다. 함정머리 여숙에 있을 때 객방에다 늘 하던 일이다.
그래 여기도 그런 객방이다. 오랑은 여인이 챙겨준 자리끼 주전자와 컵이
담긴 쟁반을 들고 조심스럽게 주인이 들어간 방을 두드렸다.

"들어와라." 들어오라니.

자리끼를 놓고 나오려는 오랑의 등 뒤로 주인의 목소리가 꽂혔다.

"이름이 오랑이라고 했지. 별원에 오기 전에는 어디 살았니."

뭐라고 대답해야 할까. 선암사에 숨어 있었다고 할 수도 없고 미지산에
있었다고 하면 극일문이고 여웅 스님이고 지남세 아저씨와 방녀 아줌마
가 모두 드러나 물음이 길어질 테니 대답을 못했다.

"부모님은?"

오랑은 여전히 대답을 못하고 나무토막처럼 섰다.

"없어요."

대답이 모기소리처럼 기어 나왔다.

"그럼 형제는?"

"없어요."

"일가붙이가 아무도 없다고?"

"예."

"어허. 흐음. 어려워하지 말고 거기 좀 앉아 봐라. 내 어디서 많이 본 얼굴 같아서 그런다."

여인이 준 옷으로 갈아입은 오랑의 매무새가 다소곳하게 문밖에 그림자로 비쳤다. 왜성녀는 밖에서 그 그림자의 움직임을 지켜보고 있다가 안으로 야마구치에게 돌아가겠다는 인사를 넣었다. 일을 마치고 함께 돌아갈 줄 알았던 왜성녀가 혼자 간다고 하니 오랑이 그 말을 듣고 화들짝 놀라 일어섰다.

"거기 좀 앉아있어 보래도."

점잖아 보이기만 하던 주인의 음성이 높아지며 낯빛이 엄숙해졌다. 그 기세에 오랑은 그대로 앉았다. 주인이 손을 벋어 오랑의 손을 잡았다.

"손이 거칠구나."

옷은 새로 입어 물빛이 고왔으나 그 속에서 나온 손은 온갖 거친 일을 다해온 마디 굵고 투박한 손이었다. 순간 오랑의 머리가 복잡했다. 그대로 밀치고 일어서야 하나. 고분고분 말을 듣고 있다가 적당한 핑계를 대어 빠져나와야 하나.

"괜한 생각 마라. 이 집엔 나 혼자다. 살림을 도울 사람이 없어 내가 사람 하나 구해달라고 별원 쪽에 청을 넣었다. 어렵게 생각 말고 집안일이나 돌봐주면 된다. 밤이 늦었는데 너도 돌아가라. 그리고 이건 넣어뒀다가 급할 때 써라. 받아라, 어서."

일본돈, 지전이 든 봉투였다. 그걸 받지 않고 나왔다가는 노발대발 할 것 같았다. 돌아가라는 말만 고마워서 얼른 받아들고 나와 뒤도 안 돌아보고 오던 길을 되짚어 별원으로 돌아왔다. 고리 뒤에 따로 붙여지은 곁방으로 들려는데 키 큰 사내가 앞을 막아섰다. 귀에 익은 목소리다.

"이 밤중에 어딜 갔다 이제 오나? 우린 종을 지키러 왔는데."

"고리 어른의 부탁이 있어서 잠시."

"우린 잠시도 여길 떠남 안 된다. 저걸 지켜야 된다." 속삭이는 극일문의 말이 무거웠다.

극일문은 우리라고 했다. 안으로 들려던 오랑이 되돌아서서 주변을 둘러보고 극일문의 두 손을 맞잡으면서 가슴팍으로 쓰러졌다.

"우리가 지켜야 할 게 종뿐인가요."

대답 없이 극일문의 두 팔이 오랑의 등을 감싸 안았다. 어디 종뿐이겠는가. 어둠 속에서 한 동안을 그렇게 서로의 숨소리를 나누고 있다가 극일문이 감쌌던 팔을 풀고 어두워서 보이지도 않는 오랑의 얼굴을 쳐다봤다. 둘 모두 세상에 홀로였으니 어느 쪽의 피붙이든 이 땅에 살아있다면 이보다 더 뜨거울까.

"저 종이 저기에 언제까지 저렇게 있어야 할까요."

대답이 없었다.

"뭐라고 대답 좀 해봐요."

극일문이 손바닥으로 오랑의 등을 토닥토닥 두드리며 맞붙었던 몸을 떼어냈다.

"홀로 있어 외로운 것이라면 무엇이든 우리가 지켜야겠지."

극일문의 목소리가 축축이 젖어들었다. 메말라만 보이던 이 남자의 이런 목소리가 오랑에게는 처음이다. 오랑은 어둠 속에 희미한 극일문의 얼굴을 자세히 보려고 다가가 극일문의 두 손을 꼭 잡았다.

"우리 미지산으로 돌아가요."

"저 종이 되돌아가기 전에는."

"저 종이 되돌아갈 날이 올까요?" 극일문은 대답이 막혔다. 언제 돌아갈지 모르는 종이다. 극일문이 안았던 손 깍지를 풀자 오랑의 힘없는 발걸음은 자기 처소로 쪽으로 향하고 있었다.

지남세도 별원에 허드렛일을 모두 찾아 해내면서 바깥일에 열중했다. 마당을 쓸 때에는 종각 주변을 쓸고 닦고 극일문이 종을 닦는 일도 함께 도왔다. 동본원사 안팎으로 소문이 확 퍼졌다. 양근에서 나뭇짐을 지던 자가 별원에 일꾼으로 두 남녀를 데려오더니 누가 시키지도 않았는데 범종을 말끔하게 닦아놓더라고. 그 종이 양근에서 가져온 종이라 애틋한 정이 가서 그럴 거라고 수긍을 했다. 윤번은 두 사람의 일하는 모습을 바라보며 떠도는 소문을 흡족해 하고 있었다.

구하던 종이 들어오자 종을 지키는 종지기까지 딸려 왔으니 종의 복이 아니라 동본원사에 내린 복이라고 윤번은 법회 때마다 신도들에게 공연히 떠들었다. 그러던 중에 범종 앞에는 조그마한 표지돌이 세워졌다. 그러기를 몇 해가 지나면서 누런 군복을 입은 일본군인들이 예전과 다르게 동본원사에 자주 드나들기 시작했다. 모두들 바삐 오고 바삐 갔다. 전쟁에 나갈 지원병을 모집한다고 했다. 웬만한 젊은이들은 모두 모아들였다. 누런 군복은 허우대만 보고 극일문을 끌어가려 했지만, 말을 못하고 듣지도 못하는 걸 알고 번번이 돌아섰다. 극일문이 종을 지킬 수 있었던 건 아직도 말을 못하고 듣지 못하는 자로 알고 있었기 때문이다. 어려서 어른에게 전설처럼 들어온 말씀과 같이 다문 입과 막은 귀로 목숨을 살리고 있었다. 모여서 수군대는 표정들이 예전과 달라졌다. 사람의 발길이 끊이지 않던 왜성대에 일인들도 뜸하게 올라왔다.

오랑은 오가는 사람들이 번다할 때에는 정신없이 일만 했는데 한적해지니 종을 닦고 있는 극일문을 보면 심술이 났다. 인적이 드문 틈을 타서 다가가 말을 붙였다.

"이 봐요. 우리가 언제까지 이 종만 이렇게 지켜야 돼요."

오랑이 극일문을 향한 투정이었다. 그 물음에 극일문은 웃으며 오랑만 듣도록 작은 목소리로 소곤거렸다.

"종이 이 땅에서 없어질 때까지."

"이 종은 영영 사라지지 않을 텐데요."

"그러니까 우리가 죽을 때까지."

극일문은 고개를 끄덕였다.

"피이."

오랑의 입이 삐뚤어졌다. 그 모습을 멀리서 지남세가 보고 웃는다.

지남세는 어제 여웅으로부터 심상찮은 소식을 들었다. 일본이 곧 망하리라는 소문이다. 왜성대에서도 일인들이 하나둘씩 보따리를 싸고 있다고 했다. 그 느낌이 가장 빠르게 온 쪽은 누구보다 소식이 빠른 장사꾼이었던 야마구치와 긴토였다.

여웅은 때때로 방갓을 쓰고 구리개길 긴토의 골동품상 근처를 어슬렁거렸다. 최근에 와서 문밖에 너저분하게 널려있던 골동상의 물건들은 말끔하게 치워져 있었다. 그는 벌써 물건을 바리바리 싸서 경성 밖으로 실어내고 있었다. 본토로 가는 정기 연락선에 보내고 열차로 실어내기 위해서다. 거리를 지나는 여웅이 골동점 밖에 사정은 눈치를 챘지만, 안에서 긴토와 야마구치가 머리를 맞대고 밀담하는 사정까지는 알 수가 없었다. 여응은 손님인척 하면서 안으로 들어가서 물건들을 둘러봤다.

"요즘 지나 쪽에서 들어오는 소식을 들으면 사태가 급박하오. 야마구치 선생께서 수일 안으로 배 한 척 따로 준비하시는 게 좋겠어요. 이걸 다 내 가려면 하루엔 어림도 없어요."

"배는 내가 준비하겠소. 그런데 별원에 있는 우리 종은 어떻게."

야마구치는 그 종부터 걱정했지만 긴토는 관심 없는 척 했다.

"우리 종이라니요."

"이 땅에 있는 것 중에 우리 것 아닌 것이 있소?"

긴토의 욕심은 끝이 없었다.

"그건 좀. 그 종은 애초에 미지산에서 갖고 올 때도 그랬고 애를 많이 썩힌 놈이요. 그게 나가는 걸 알면 조선인들이 가만히 있지 않을 거요. 그 지남센가 극일문인가 그자들이 여전히 종에 들러붙어서 종을 닦으면서 지키고 있다지요."

"내게 생각이 있으니 오늘 밤에 준비하시오. 내 집에 있는 부도도 잊지 말고요."

긴토는 자신보다 더한 야마구치의 욕심을 견제했다.

"그 부도 때문에 지난번에 상까지 당하는 큰일을 치르지 않으셨소. 그런데도 아직 그걸 못 내놓으시고."

"아무튼 오늘 저녁이오."

문이 열리자 여응은 몸을 피했다. 얼핏 긴토의 골동점 안으로 들어가서 물건 구경하는 척 하다가 흘러나오는 그들의 얘기를 다 들었다. 그동안 일본이 망할 것이라는 얘기를 귀 밖으로만 듣고 있었는데, 저들이 자기네 입으로 저렇게 떠들고 있으니 사실은 사실인 모양이다.

오랜만에 선암으로 넘어온 지남세는 여웅에게 별원의 어수선한 분위기를 얘기했다. 일본의 망조는 점점 굳어지고 있었다.

"스님. 오늘 낮에 별원에서 들으니 일본이 곧 망한다면서요. 망하기 전에 윤번이 종을 제 나라로 빼내갈 궁리를 하고 있어요. 승방 안에서 하는 얘길 다 들었어요. 모든 준비를 다해 놨다가 마차를 내서 밤중에 용산 나루로 실어간다고요. 인부들까지 죄다 짜놓은 모양이요."

지남세는 그날 밤 선암으로 돌아와서 낮에 들었던 얘기를 죄다 여웅에게 알렸다.

"염려 마시오. 내게도 다 생각이 있으니."

연로한 그 몸으로 혼자서 무슨 생각이 있단 말인가. 저쪽은 벌써 치밀하게 준비를 하고 있는데. 지남세의 말을 듣고 놀라며 펄쩍 뛸 것이라고 생각했던 여웅은 놀랄 만큼 태연했다.

느낌이 둔한 사람들은 포악하던 일인들이 갑자기 친절해지는 태도를 보고 사람들이 달라졌다며 감사해 했다. 왜성대에서도 집 안에 쌓아 놨던 살림에 요긴한 물건들을 일하러 드나드는 조선 사람들에게 나눠주면서 인심을 얻고 있었다.

여느 때보다 일찍 별원에 나온 왜성녀는 오랑을 찾았다.

"오랑. 오늘 야마구치 회장 댁에서 급히 부르시네. 저녁에 함께 가보지 않겠어?"

왜성녀의 걸어오는 말투가 여느 때보다 친절하고 다정했지만 오랑의 답을 들을 것도 없이 속뜻은 명령이었다. 이제 생소할 것도 없고 어색할 것도 없었다. 매번 그렇게 야마구치의 집을 드나들면서 일을 해주었고 이번에도 별다르지 않았다. 저녁에 오랑은 여인을 따라나섰다. 그날따라 여인은 전에 없이 야마구치의 저녁을 준비했다. 집에서 저녁을 먹는 일이 거의 없는데도 어쩌다 못 먹고 들어올 때를 위해서 저녁은 항상 차려놔야 했다.

야마구치가 들어오자 여인은 오랑에게 상을 들려 안으로 들여보냈다. 물린 상에 밥은 반쯤 비워 있었다. 뜨다 만 모양이다. 상을 물리고 나서 찻상을 들고 들어갔을 때에 야마구치는 오랑의 얼굴을 또렷이 바라봤다.

"나는 내일 본토로 들어간다. 오랑. 너도 함께 건너가자."

그동안 낯이 익어 스스럼이 없이 하는 말인 줄 알았다. 그 말의 깊은 뜻을 몰라 대답이 없자 야마구치는 대답을 재촉했다.

"내가 이번에 본국에 들어가는데 널 데려가고 싶어서 하는 얘기다. 건너가서 일본 구경도 시켜주려고 그런다. 너 같은 아이가 여기서만 지내기에는 아까워 보여서."

야마구치의 말이 간간이 끊겼다. 오랑은 더럭 겁이 났다. 세상천지 조선 땅에서도 가본 곳이라고는 경성과 양근 뿐인데 수만 리 낯선 곳, 극일문을 놔두고 어떻게 간단 말인가. 그것도 일인을 따라가다니 당치도 않은 얘기다.

야마구치는 오랑의 눈빛을 살피고 머리맡에 놓인 문갑에서 주머니 하나를 꺼내 오랑 앞에 던졌다.

"이거면 네 마음을 정리할 수 있을 거다. 당분간 잘 생각해 봐라. 네가 이런 곳에 있는 게 아까워서 하는 얘기다. 알고 보니 여기엔 의지할 피붙이도 없다는데."

야마구치는 오랑이 아깝다고 했다. 그 아까운 값을 치루는 듯 묵직한 주머니가 오랑 앞에 던져졌고 그 말투가 친아비처럼 살가웠다. 오랑은 그게 뭔지 끌러볼 엄두가 나지 않았다. 어서 여길 빠져 나가야 한다.

"풀러 봐라."

오랑은 주머니에 손도 대지 않았다. 야마구치가 답답한 듯 언성을 조금 높였다.

"싫으면 이리 내라."

손을 벋었고 오랑이 그걸 주워 다시 야마구치에게 건넸다. 야마구치가 잡은 건 주머니가 아니라 오랑의 손목이다. 잡힌 건 순식간이고 몸은 이미 그가 앉은 보료 위로 끌어당겼다.

"어린 것이 뭐 그리 도도하냐. 어른의 말을 들어야지."

독수리가 비둘기를 낚아채듯 야마구치의 팔이 오랑을 휘감아 품에 들였다. 그러고는 주머니를 풀어서 보여줬다. 자잘한 쇠전이 묵직하게 잡히는데 그 중에서 조그마한 놋종을 하나 꺼내들었다.

"이걸 믿고 그러는 거냐. 이건 이제 내 물건이다."

어떻게 그게 이 자의 손에 들어가 있을까. 극일문의 품안에 있어야 하는데. 이미 야마구치의 손이 오랑의 기모노자락을 들추고 있었다. 숨이 탁막혔다. 소리를 지르면 여인이 들어올까. 아니다. 모두 한통속인데. 와줄리가 없다. 아무리 힘을 다해 뿌리쳐 봐도 독수리 발톱에 잡힌 비둘기 같은 먹잇감인 아녀자일 뿐이었다. 여전히 오랑은 그의 품에서 벗어나려고 안간힘을 쓰고 있었다.

가벼운 술 냄새가 풍겨온다고 느꼈을 때 야마구치의 얼굴이 오랑의 얼굴을 덮으려 덤벼들었다. 오랑이 뒤로 피하는 척 하다가 이마로 야마구치의 얼굴을 들이받아 버렸다. 어디를 정통으로 맞았는지 모른다. 으윽 하면서 오랑을 잡았던 야마구치의 팔이 풀렸다. 급히 나오려는데 넘어진 발목이 그의 손에 잡혔다.

"아이쿠, 어머니."

오랑에게 어머니가 있었던가. 평생 불러보지 못하던 어머니라는 말. 그 소리가 생각보다 크다고 느껴졌을 때 미닫이가 세차게 열렸다. 누군가? 야마구치와 오랑이 승강이하는 사이에 방에 불마저 꺼졌으니 알아볼 겨를조차 없었다.

누군가 몽둥이 같은 것을 들고 들어와서 야마구치를 내리쳤고 야마구치가 으윽 하고 쓰러졌다. 여러 번을 더 몽둥이로 야마구치의 몸을 때리는 소리가 들렸다. 방구석으로 피한 오랑의 손을 잡아끌고 나서는 팔이 우직하고 익숙하다.

"가자."

오랑이 손을 빼더니 방을 더듬어 떨어진 주머니를 다시 찾아들고 손목을 잡은 손이 이끄는 대로 야마구치의 집을 빠져나왔다.

"내가 안 따라갔으면 큰일 날 뻔 했다. 어쩐지 미심쩍어 오늘은 내가 뒤를 따라갔지. 왜성녀는 나가는데 오랑이 네가 안 따라 나오더라. 의심이 확 들어 가까이 가봤는데."

오랑은 왕창 쏟아질 것 같던 눈물이 뚝 멈췄다. 정신이 똑바로 들었다. 창피하고 죄스럽고 극일문을 배신한 것 같은 낭패감이 오랑을 길바닥에 주저앉혔다.

"일어나라. 급하다."

극일문의 팔이 오랑을 질질 끌다시피 하자 오랑이 겨우 일어나 극일문을 따라 뛰었다. 무엇이 그리 급하다는 건가.

종각 주변으로 사람들이 빵 둘러서 있었다. 옆에는 마차가 들어왔고 사람들이 둘러서서 종을 광목천으로 염하듯 싸매고 있었다. 그걸 혼자서 저지하려던 지남세가 일인들에게 결박되다시피 하여 꼼짝 못하고 있었다. 극일문과 오랑이 멀찌감치 떨어져서 보니 벌어진 상황이 대략 짐작이 갔다. 범종을 어디론가 옮겨가려는 모양이다. 낮이라면 모르되 때가 밤인지라 떳떳하지 못하게 가져가려는 짓이다. 극일문이 잡았던 오랑의 손을 놓고 나서려다 그림자가 진 어두운 곳으로 몸을 숨겼다. 섣불리 나섰다가는 그들에게 붙잡혀 결박만 당하고 말 것이다.

"어서 종을 마차에 실어라. 오늘 밤 안에 경성역으로 가야 한다."

목소리는 낮고 다급했다. 서두르는 자는 윤번이었다. 긴토가 인부들 몇을 데리고 광목을 종에 두르고 있었다. 긴토는 재빠르게 이번 일에 야마구치만 따돌렸다. 마차를 끌려는 말 두 필이 목을 허공에 휘두르며 힝힝거리고 두려워했다. 눈앞에 의심스럽던 상황이 정리되자 극일문은 어디서 구했는지 몽둥이를 들고 숨어 있던 어두운 곳에서 뛰쳐나갔다.

"당장 멈추시오."

극일문이 양 손으로 칼을 잡듯 몽둥이를 바투 잡고 휘두르며 긴토의 무리를 향해 외쳐댔다. 오랑은 그 모습을 보고 뒤에서 발만 동동 구르고 있었다. 종 앞으로 다가서는 극일문의 기세가 등등하여 종각에서 종을 싸매던 인부들이 손을 놨다. 한 발 한 발 다가가면서 긴장감이 감돌았다. 긴토는 당당하게 다가오는 자가 누군지 살피고 있는 모양이다. 모두 조용했다.

"지금 무슨 짓들을 하는 거요?"

"누구냐 넌."

가까이 다가선 사람의 목소리가 극일문임을 알자 윤번이 놀라고 긴토가 놀랐다. 말이 없이 종만 닦던 극일문의 입에서 생각지도 못했던 고함이 터져 나왔으니. 모두 귀를 의심하고 주변을 둘러봤다. 언제 덤벼들었는지 지남세는 그들에게 묶여 있었다.

"이게 무슨 짓이냐?"

윤번이 체통을 잃지 않고 점잖게 꾸짖었다.

"대사의 명이요?"

긴토가 껄껄 웃으면서 극일문 앞으로 다가왔다.

"대사? 대 일본제국의 명령이다. 이 종은 오늘 밤 여길 떠나간다."

"어디로 가는 거요?"

"그것까지 네게 알려줘야 하느냐? 이제 종을 닦을 필요가 없다. 더 이상 지킬 필요도 없고. 그러니 비켜라."

주변의 느낌이 이상했다. 종을 가져가려 하는데 절 안에 아무도 막으려 하는 사람이 없었다. 극일문만 모르고 있는 걸까. 모두 종을 내려 마차에 싣는 일을 돕고 있었다. 극일문이 몽둥이를 휘두르며 종각에 올라가 사람들을 밀어냈다.

"이 종에다 손끝 하나 대지 마시오."

모두 종각 아래로 밀려 내려가고 극일문 혼자 몽둥이를 휘두르며 종각을 장악했다.

"저 자를 끌어내려."

인부들이 종각을 둘러쌌다. 칼을 든 무사가 극일문에게로 서서히 다가오고 있었다. 극일문은 당목이 매달린 곳으로 돌더니 줄을 당겨서 세차게 종을 때렸다. 누구라도 나와서 이 종을 지켜달라는 신호는, 종이 자기를 지켜달라는 울음으로 장안에 퍼졌다. 아닌 밤중에 아직 때가 아닌데도 경성 장안으로 종소리가 울리고 있었다. 소리가 멎기도 전에 다시 울리고 또 울렸다. 종소리가 연거푸 들리자 사람들이 동본원사로 몰려들었다. 칼을 휘두르며 오르려는 무사와 몽둥이를 휘두르는 극일문의 대결이 한동안 계속되었다. 튀어 오른 무사의 칼에 극일문의 몽둥이가 부러지고 칼끝이 극일문의 목에 닿았다.

"귀한 종을 옮기는데 피를 보고 싶지 않다. 어서 내려서라."

무사의 목소리였다. 그때.

"불이야!"

뒤에서 여인의 날카로운 비명 같은 외침이 들렸다. 듣고 뒤돌아보니 고리 쪽에서 시뻘건 불길이 검은 그을음과 함께 치솟으면서 동본원사 경내를 밝히고 있었다. 누군가 고리에 불을 지른 모양이이다. 고리 안에 사람들이 여기저기서 튀어나오고, 종각에 둘러섰던 인부들은 요사쪽으로 덤벼들어 불을 끄려고 허둥거렸다. 허둥대는 사람들을 아랑곳 않고 불길은 왜성대 하늘로 치솟았다. 무사의 눈길이 불타는 고리 쪽으로 돌아가는 사이에 극일문은 칼끝에서 재빨리 벗어났다. 극일문은 손에 쥔 몽둥이를 휘두르며 긴토를 제압하려 했다.

"긴토, 들어라. 그 종을 갖고 여기서 한 걸음도 못 나간다."

우렁찬 극일문의 목소리가 남산 기슭으로 쩌렁쩌렁 울렸다. 종각을 둘러싼 인부들 뒤로 손에 연장과 몽둥이를 든 사람들이 또 한 겹 둘러쌌다. 불은 불대로 고리를 휘감아 타오르고 있었고, 낯선 사람들이 종각을 또 한 겹 둘러쌌다. 머리에 수건을 두른 사람이 긴토의 목을 잡고 창칼을 들이댔다. 목소리의 주인이 방갓을 치켜들며 극일문에게 얼굴을 보였다. 여응이었다. 그 뒤로 둘러싼 사람들은 모두 승복이었다. 여응이 노구를 이끌고 앞장을 선 것이다.

"이 종은 우리가 지킨다. 대한제국의 종이다."

무사가 둘러싸인 포위를 뚫으려고 칼을 올려치려는 순간 극일문의 몽둥이가 무사의 뒤통수를 내리쳤고 무사는 그 자리에서 고꾸라졌다. 인부들은 무방비였고 종각을 둘러싼 승군들의 포위망이 좁혀지고 있었다. 멀리서 승군들에게 잡혀있는 긴토가 다가오지 못하고 안절부절 하고 있었다.

"신성한 별원에서 이게 무슨 짓들이오."

윤번이 체면을 세워 호령했다.

"신성? 신성은 이미 네 나라로 건너가다 바다에 빠져버렸으니 거기 가서나 찾아라. 이런 가증한 인간이 윤번의 탈을 쓰고 우리 종을 빼가려고. 오늘 낮에 네놈들이 작당하는 얘길 내 다 들었다. 오늘 밤에 이 종을 망하는 네 나라로 가져가겠다고?"

지남세였다. 극일문이 몽둥이를 돌려 윤번에게 향하자 뒤따라오던 승이 막아섰다.

"대사께 이게 무슨 짓들이냐."

"오오. 개천. 네 목숨을 다 바쳐 끝까지 지키려던 게 결국 왜중이었더냐."

어디에 있었는지 여응이 나와서 지팡이로 개천승의 뒷머리를 내리치자 그 자리에서 거꾸러졌다. 그 위로 승군들의 발길질과 몽둥이로 사정없이 짓이겼다.

"개만도 못한 놈. 그래도 개천이라 했더냐?"

눈앞에 벌어진 모습을 보자 윤번은 게다를 직직 끌고 가사자락을 펄럭이며 본당 쪽으로 도망쳤다. 마차꾼과 인부들이 슬금슬금 사라졌고, 긴토는 어느새 구리개 쪽으로 도망치고 있었다. 급한 불을 껐다고 생각한 승군들이 고리 쪽으로 불길을 잡으러 가려고 하자 여웅이 말렸다.

"놔두시오. 어차피 탈 것은 모두 타야 하오."

불이 활활 타오르면서 광목으로 싸다 만 종을 비추고 있었다. 승들은 윤번을 찾으러 본당 안으로 들어갔으나 이미 텅 비어 있었다. 이게 웬일인가. 일인들은 그림자도 보이지 않았고 본당 안에 불구와 값나갈만한 물건들은 깨끗이 치워져 있었다. 쫓던 승군들만 당 안에서 어리둥절하고 있었다.

극일문이 묶여있던 지남세를 풀어주었다.

"하마터면 큰일 날 뻔 했어요."

"결국은 자네가 지켜냈군."

지남세는 줄에 묶였던 손과 팔을 문지르며 안도했다. 승군들은 본당 안을 차지하고 밤을 지새웠다. 극일문에게나 지남세에게나 눈 한 번 안 붙이고 지새운 긴긴 밤이었다. 여웅은 그때서야 긴장이 풀리는지 같이 왔던 승군들의 부축을 받으며 선암쪽을 향해 목멱산을 넘고 있었다.

이튿날 일황이 항복문을 읽는 소리가 경성방송국에서 전파를 타고 전국에 퍼지자 사람들이 몰려나와 길을 메우며 왜성대로 달려갔다. 몇몇은 남았으나 알만한 관리들은 모두 빠져나가고 왜성대는 텅 비어있었다. 왜인들의 집이 부서지고 무너지고 불에 타기 시작했다. 야마구치도 어느새 빠져나갔는지 집안이 텅 비어 있었다. 왜성대에서 일인들은 떠나가고 동본원사와 종만 남았다.

멀리 한강을 내려다보는 선암에 잠겼던 문이 활짝 열렸다.

"스님, 그때 조금만 늦었어도 저놈들이 종을 배에 싣고 떠났을 거예요. 그 많은 승군을 어떻게 그렇게 모아 오셨는지."

지남세가 묻고 있었다.

"저 자들이 망할 거라는 소문은 이미 듣고 있었지요. 이미 우린 근처에 승들이 틈틈이 모여 준빌 하고 있었지요."

"여응 스님이 아니었으면 소승은 그 무사 놈의 칼을 맞았겠죠?"

"벙어리 극일문이 이제 말문을 막 터도 되는가?"

여응이 짐잖게 극일문을 놀려대자 모두 껄껄대며 웃었다. 거리는 해방이 되었다고 사람들로 넘쳐났고, 태극기를 휘두르며 알든지 모르든지 부딪치는 사람마다 반갑다고 얼싸안았다. 오랑과 극일문은 선암을 빠져나와 한가롭게 한강 쪽으로 걸었다.

"저어, 그때 어떻게 알고 야마구치네로 왔어요."

"때만 되면 왜성녀를 따라 나가는 오랑이 하도 수상쩍어서 뒤쫓아 갔었지. 그 일 때문에 종을 지키는 데 늦어서 곤욕을 좀 겪었지만. 불을 지른 건 그쪽 짓이지?"

"거기서 시간을 끌려면 내가 할 수 있는 일이 그것밖에 없었어요. 고리 안에 들어가서 기름을 뿌리고 불을 댕겼죠."

극일문이 오랑의 손을 꼭 잡았다. 오랑은 그 손에다 조그마한 놋종을 쥐어줬다. 극일문이 그걸 받아 쥐더니 깜짝 놀라 허리춤을 뒤졌다. 허리춤에 달고 있는 종이 손에 잡히자 비로소 안심하며 오랑이 쥐어준 놋종을 손바닥에 펼쳐보였다.

"이게 웬 거여."

오랑은 이미 극일문이 허리춤을 더듬어 확인하는 얼굴을 보고 그의 손바닥에 올려놓았던 종을 집어 내던졌다.

"결국 가짜였군요. 야마구치 그 인간이."

극일문은 오랑의 그 모습을 보고 대강 짐작이 가는지 껄껄대며 웃었다. 세상이 밝아오고 있었다.

왜인들이 모두 떠난 동본원사 본당은 태고사에서 나온 승들이 차지하고 있었다. 극일문과 오랑은 변함없이 범종을 지키면서 고리가 불에 타 잘 곳을 잃자 일인들이 떠난 왜성대에 온전하게 남아있는 다다미방을 찾아들어 아예 살림까지 차렸다. 구리개에서 점방을 차리고 있는 지남세와 방녀가 부모처럼 와서 두 사람을 도왔다. 둘 사이에는 아기까지 생겨 오랑의 몸에서 자라고 있었다. 오랑의 몸에 태기가 있다는 소식을 듣고 누구보다 방녀가 더 뿌듯해했다. 친손주를 기다리는 것처럼 오랑을 보살폈다.

지남세는 극일문에게 점방에서 밥은 벌고 있으니 끼니 걱정은 말고 별원에 종이나 지키고 있으라고 했다. 둘을 철없는 아이들처럼 매일 별원에 올라 종각 주변을 쓸고 범종을 닦으며 해방이 되었다고 들떠서 나돌아다니는 사람들과 벽을 두고 지냈다. 별원을 대곡파 대신 태고사에서 차지하고 들어앉은 일 외에는 변한 게 없었다. 범종은 여전히 고향 같은 상원을 떠나 타향살이였고 해방이 되었다고 언제 돌아갈지 기약할 수 없었다.

"여전히 우린 종만 지켜야 할까요? 애기가 머잖아서 태어날 텐데."

오랑은 이른 아침 집에서 나오면서 불러오는 배를 잡고 극일문에게 희망 섞인 대답이 나오기를 바랐다. 우리도 이제 방녀 아주머니처럼 구리개에 나가서 점방 하나 구해들고 장사를 시작해야 하지 않느냐는 뜻이었다. 그 말뜻을 못 알아들을 리 없는 극일문이 오랑의 배를 내려다보면서도 시큰둥했다.

둘이 왜성대 골목을 나와서 별원으로 향하는 큰길로 나서려는데 덩치 큰 사내 둘이 막아섰다.

"이 자가 왜놈의 절에서 빌붙어 먹다가 왜놈들이 남기고 간 집까지 한 채 차지한 놈이라지."

"맞아요. 이름이 극일문이라고요."

물은 자는 오야붕으로 보였고, 대답한 자는 꼬붕으로 보였다.

"빌붙은 게 아니고 내쫓았지요."

오랑이 당차게 앞으로 나서려하자 극일문이 팔을 잡고 등 뒤쪽으로 끌 었다.

"어쭈. 색시는 이쁜 걸 데리고 사네."

"당신들 누구요. 무슨 짓을 하려는 거요."

"너 같은 놈들 벌주러 다니는 대한제국의 애국청년단이다. 젊은 것들이 어디 빌붙을 곳이 없어 왜놈의 절밥을 얻어먹고 살다 그놈들 재산을 차지 하고 사는 맛이 어떤가 알아보려고 왔다."

이미 극일문에 대하여 모든 걸 다 알아내고 온 모양이다.

"뭘 모르고 하는 얘기요. 난 별원에 범종을 지키러 왔소. 미지산에서 가 져온 종이오. 왜인들 종이 아니고 우리 종."

"우리 종이라면?"

"우리 미지산에서 주스님을 따라 대대로 내려오던 종이오."

"장안에 퍼진 소문을 듣자니 네놈들이 그 종을 왜놈들한테 갖다 바쳤다 며. 그리고서 그동안 거기서 잘 얻어먹고 잘 살았다며. 그 놈들한테서 종 값을 짭짤하게 받아 챙겼을 테고. 또 하나가 더 있다던데. 지 뭣이라더라. 그자는 또 어디에 있나?"

이게 무슨 뚱딴지같은 소린가.

황당해하는 극일문과 오랑을 향한 젊은이의 얼굴에 비웃음이 가득했다. 우리 종이라는 극일문의 말을 듣고 어이가 없다는 표정이다. 뒤에 있던 오랑이 뭔가 일이 잘못되어 돌아가고 있음을 눈치챘다.

"이보세요. 우리가 종을 지키면서 왜놈들에게 얼마나 험한 꼴을 당하고 살았는데 그래요. 저 집은 그자들한테 받은 게 아니고 우리가 빼앗은 거란 말예요. 해방되던 전날 밤에 저 종을 갖고 몰래 도망가려는 걸 우리가 목숨 걸고 싸워서 지켰다는 소문도 못 들었어요?"

오랑의 쏘아붙이는 말씨가 또렷하고 야무졌다.

"하하. 이것들이 이제 와서 귀엽게도 애국자인척 하네."

둘 뿐인 줄 알았더니 뒤에서 하나둘 씩 이마에 태극 띠를 두르고 모습을 드러낸 무리는 십여 인이나 되었다.

"더 가증스러운 건 반성도 안 하고 도리어 애국자인척 하는 네 놈들의 간교한 대가리다."

간교하다니. 극일문이나 오랑이나 여태껏 팔자가 사나워서 어렵게 살았지 간교했던 적은 없었다. 여응의 권유로 종을 지키자고 호랑이굴 같은 동본원사에 붙어살았고, 그래서 결국 종을 지켰는데 왜놈들에게 빌붙어 먹었다니. 해명이고 변명이고는 나중 일이었다. 당장 좁은 골목에서 앞뒤로 날아오는 주먹을 피할 묘수는 없었다. 극일문이 오랑을 품에 싸안았고 그 위로 날아드는 주먹과 발길질을 다 맞았다. 참으로 어처구니없이 당하는 폭행이었다. 극일문이 오랑의 몸을 껍데기처럼 싸안으려 했지만 그럴수록 주먹과 발길질은 더 심하게 달아들었다. 오랑을 놓쳤다. 오랑이 발악을 하며 덤벼들자 어느 발길질인지 오랑의 배를 걷어차고 말았다. 오랑은 사색이 되어 뒤로 자빠졌다. 바르르 떨고 있었다. 그를 본 극일문이 기겁을 하여 오랑의 몸을 덮고 엎드렸다.

"어쭈. 이것들이 길바닥에서도 사랑놀이를 하네."

어느 손이 극일문의 뒷덜미를 잡아 일으키더니 명치를 주먹으로 내갈겼다. 극일문마져 그대로 뒤로 자빠지고 말았다. 결국 극일문이나 오랑이나 몸이 매를 맞아 만신창이가 되었다. 그래놓고도 오늘은 이쯤 해둔다는 협박을 들으며 오랑이 극일문을 부축하여 집으로 발걸음을 되돌렸다. 피투성이가 되어 집으로 들어간 극일문과 오랑이 서로 부축해 방으로 들었다. 이게 해방이고 광복이라는 건가. 얼마가 지났을까.

오랑은 다다미바닥이 흥건하게 하혈을 하고 있었다. 극일문은 만신창이가 된 몸을 끌고 구리개로 가서 방녀를 불러왔다. 깜짝 놀란 방녀가 사색이 된 오랑의 몸을 주무르며 물을 떠다 씻기고, 지남세가 약을 지어온다며 허둥댔다. 이 지경에서 극일문은 뭘 해야 할지 몰라 안절부절 했다. 할 수 있는 게 아무것도 없었다. 좋은 몸으로 지켰지만 오랑을 지키지 못했다. 온 몸이 분을 참지 못하고 부르르 떨려왔다.

극일문은 방녀가 광목에 싸주는 핏덩이를 지남세와 함께 들고 왜성대 뒤로 올라가서 묻었다.

"꼭 태어나야 했는데."

지남세는 방녀가 혼자서 겪었을 아픔을 생각하며 눈물을 참았다. 해방의 기쁨은 극일문에게나 지남세에게나 기대했던 핏줄을 잃음으로 허망하게 눈앞에 닥쳐왔다.

모처럼만에 여응이 선암에서 넘어와 극일문에게 들렀다가 그 꼴을 보고 혀를 차며 걱정했다.

"사람들이 모두 한을 풀려고 밖으로 나섰다. 당분간 바깥출입 하지 말고 있어라. 저 사람들의 눈에는 너희가 매를 맞아야 할 사람으로 보일 수도 있다. 허나 한풀이의 본보기가 되어서는 안 된다. 나라 일은 그렇게 한풀이만 하게 두고 볼 일이 아니다."

구리개 길에서 일인이 운영하던 잡화점을 넘겨받아 문을 연 지남세도 당하기는 마찬가지였다. 몰려온 사람들은 가게에 차려놓은 물건들을 내던지고 깨고 부수고 짓밟았다. 그래. 그렇게 해서라도 속이 풀린다면 그렇게 해라. 그동안 당한 게 오죽이나 가슴에 맺혀있으랴. 지남세는 방녀가 나서려는 것을 말리며 꾹 참고 견뎠다. 군대해산을 당할 때에 뒤에서 부르던 고 하사의 청을 뿌리치고 나온 게 여전히 가슴 한 구석에 남아있었다. 미지산에서 의병에 든 고 하사가 함께 산을 넘어 경성을 치러가자는 것도 거절했다. 상원사에서 갖고나가려는 종을 막으려고 해 봤지만 결국 빼앗겼고 남산으로 돌아와서도 매일 동본원사를 드나들며 종을 지킨다고 일하였으니 저쪽의 눈으로 본다면 충분히 매 맞을 짓을 했다. 지켜야 할 이 종이 어떤 종인지 저들이 알겠는가. 이 나라보다 더 오랫동안 이 땅을 지켜온 것이 동본원사에 있는 종인데도. 그래서 그 종을 지키자고 그리했는데도.

극일문이 오랑과 함께 거처하던 집은 결국 어느 밤중에 정체불명의 젊은이들이 기어이 불을 질러 몽땅 타고 말았다. 극일문과 오랑은 겨우 몸만 챙겨 불 속에서 빠져나와 지남세의 점방으로 가서 얹혀살면서 일을 도왔다. 별원에 있는 종은 대신 자리를 차지한 태고사 사람들이 지키겠다고 해서 마음을 놓았다. 적어도 종이 바다를 건너 이 땅을 떠나는 일은 이제 없으리라는 믿음이 생겼다. 극일문은 잡화점에서 정신없이 물건을 받아오고 배달하고 팔았는데 어느 날 밖에서 들어온 지남세가 극일문을 불러들였다.

"긴토, 그자가 아직 경성에 남아있대. 아직 본국으로 돌아가질 않은 모양이야. 제 점방에 남아있는 유물이 욕심이 나서 그걸 못 버리는 모양이야. 그렇다면 지금 별원에 있는 종도 포기하지 못했겠지."

"지금 어디 있어요. 그자가."

"숨어 있는 걸 누가 봤대. 밤에만 변복하고 시내를 나다니는 모양이야. 그걸 알고 그자를 잡아 없애려는 사람들이 있어. 내 말 잘 들어. 평생 왜놈 절에서 일이나 봐주고 있었으니, 저쪽에서 자넬 보면 의심을 할만도 하지. 자네가 살려면 자네 몸에 더럽게 씌워진 이름을 벗어야 해. 그래서 하는 말인데 자네가 왜놈의 주구가 아니었다는 걸 보여줘야 해. 그들이 보는 데서 자네 손으로 쳐 죽일 각오라도 하고. 그래야 살 수 있어. 자넬 위해서라기보다도 앞으로 다시 태어날 아기를 위해서야. 아이가 평생 왜놈을 도운 조상의 자손이라는 말을 듣지 않으려면."

그날 밤에 본국으로 줄행랑을 친 줄 알았던 긴토가 아직도 이 땅에 남아 있다니. 지남세의 얘기를 듣고 난 극일문이 고개를 끄덕였다.

오밤중에 밖에서 점방문을 두드리는 소리가 들렸다. 극일문이 문간방에서 나가 조심스럽게 판자쪽 문을 여니 골목에서 극일문에게 뭇매를 치던 그 젊은이들이 불을 들고 서있었다.

"이름이 극일문이라고 했지. 반성 많이 했나? 반성했다면 우리 청년단에 들어야 한다. 오늘 밤 우리와 함께 갈 곳이 있다."

오랑이 겉옷을 걸치고 따라 나와 바들바들 떨며 문을 나서려는 극일문을 붙잡았다.

"가지 마요."

지남세가 그들 앞에 나섰다.

"좋소. 어딘지 가봅시다."

무슨 일을 또 당할지 모르는 처지였다. 오랑이 안절부절하며 지남세의 눈치만 살폈다. 그들을 따라나서는 극일문의 뒷모습이 미덥지 못해 지남세가 못 참고 나섰다.

"나도 갑시다."

"누구요? 아, 나무장사 지씨? 그쪽도 별원 사람이었지. 좋소 같이 갑시다."

"지남세? 나 고성돌일세."

이런 우연이 또 있을까. 이마에 태극 띠를 맨 우두머리는 고성돌 하사였다. 그에게서 군인 기질이 나타났다.

"고 하사가 어떻게 이렇게 됐어?"

"자네야말로 어떻게 된 건가. 어쩌다가 일인들 앞잡이로 몰려서."

고성돌이 측은한 듯 위로했고, 뒤따르던 단원들은 서로 아는 사이라는 데에 김이 새서 뻣뻣하던 기세가 한풀 꺾었다.

"상원사 주승의 청을 뿌리칠 수가 없었어. 해방 전까지 종을 지켰지. 일인들이 해방되기 전날 종을 갖고 나가려는 걸 막았어. 왜인들 밥을 먹긴 먹었지만 당당하게 먹었지. 우린 대한제국의 종을 지키러 왔지 왜놈들 뒤치다꺼리를 하러 온 게 아니라고."

해방 전까지 일인들에게 빌붙어먹었다고 소문이 났던 극일문과 지남세의 의혹이 풀렸다.

고성돌이 지남세의 손을 굳게 잡았다.

"이제야 제대로 된 군인이 되는 모양이구먼. 그럼 자네 분풀이 좀 제대로 한번 해보세."

젊은 무리들이 앞과 뒤에 서고 그 가운에 극일문과 지남세가 서서 왜성대쪽으로 올라갔다. 이미 한바탕 분풀이로 숯덩이가 되어버린 왜성대는 터만 남았다. 한 젊은이가 타다만 쪽문을 가리켰다.

"저 안에 긴토라는 자가 숨어 있다. 불러내라."

긴토는 숯덩어리가 된 왜성대 터 한구석에 지붕이 반쪽만 남은 방에 숨어 살고 있었다. 밖에는 젊은이들이 울타리처럼 둘러싸고 있었다. 극일문이 문을 두드렸지만 안에서는 인기척이 아예 없었다. 극일문을 제치고 지남세가 나섰다.

"긴토 상. 지남세요. 큰일 났소. 당신이 예 있다는 걸 알고 젊은이들이 몰려오고 있소. 얼른 피하시오."

지난번 종을 가져가려다가 패해서 도망친 이후부터 마음속에 품고 있는 적대감은 아직 풀리지 않았지만, 문을 열게 하기 위해 친근한 목소리로 구슬렸다. 귀에 익은 목소리였기 때문인지 의심스럽게도 문이 빼꼼 열렸다. 그 틈을 타서 청년들이 문을 열어 제키고 방 안으로 들어가 긴토를 잡아 묶었다.

"극일문. 자. 대한의 주먹으로 일본의 얼굴을 쳐봐라. 우리 혼을 뽑아간 놈이니 이미 죽었어야 할 자다. 그러니 네 재주껏 죽여 봐라. 그리고 이제부터 우리 청년단에 들어라."

극일문은 이미 일인 무사에게 쫓길 때 도끼로 머리를 쳐서 죽인 경험이 있었다. 그 과거를 알고 있는 청년단에 단장이 극일문을 시험하는 명령을 내렸다.

"자. 어서."

긴토는 온 몸이 꽁꽁 묶인 채로 극일문의 눈을 또렷이 쳐다보고 있었다.

겁먹은 기색도 없었다. 함께 들어온 지남세의 얼굴을 봤다. 극일문과 지남세에게는 이미 그날 밤 종을 가져가려다가 한 판 붙어서 죽이려고까지 했던 적대감이 여전히 남아있었다. 극일문은 주먹을 움켜쥐고 부르르 떨다가 한 손으로 긴토의 목을 잡고 번쩍 들어올렸다. 그 얼굴에 침을 퉤 뱉으면서 바닥에 내동댕이쳤다.

"극일문. 저 자가 우리나라 귀한 유물은 모두 제 나라에 빼돌렸다. 그러고도 모자라 제 나라로 돌아가지 않고 뭘 더 가져가려는지 여태껏 숨어 살고 있다. 그대로 두겠느냐? 어서."

뒤에서 청년단 단장 고성돌이 재촉했다. 무사를 시켜 극일문에게 칼을 들이대던 자가 긴토였다. 군대해산날 그를 쫓다가 도끼 한방에 쓰러지던 일인 무사가 떠올랐다. 그때도 죽이려던 뜻은 아니었다.

"이 자를 죽이고 살리는 건 당신들 뜻도 아니고 내 뜻도 아니다. 죽을 놈은 어차피 죽을 것이고 살 놈이면 생각보다 조금 더 오래 살뿐이다. 죗값 치루지 못하고 그냥 죽는 건 오히려 이놈의 복이다."

말은 지남세가 했고 긴토를 짓밟는 발길은 극일문의 것이었다.

"그 자에게서 찾아내야 할 것이 많다. 죽지 않도록 패 두어라."

청년단장이 극일문의 속마음을 믿었는지 정신없이 발길질을 해대는 극일문을 말렸다. 극일문은 그 길로 검정숯을 밟고 왜성대 터에서 나왔다.

다음날 이른 아침에 종을 보러 동본원사로 올라갔던 극일문은 태고사에서 온 승들이 종을 떼고 있는 걸 보고 덤벼들었다.

"이 종을 또 어디로 옮겨간다고요? 미지산으로 되돌아간다면 모를까 여기서 절대로 못 나가요."

이번에는 극일문에 지남세와 방녀까지 가세했다. 국보로 정한 종이니 빈 절에 내버려둘 수가 없어 태고사로 옮겨가겠다고 했다. 막아선다고 해서 그들의 뜻을 꺾을 수는 없었다.

"그렇다면 청이 하나 있소. 종을 우리가 지킬 수 있게 해주시오."

극일문의 간청이다.

"걱정 말아요. 태고사로 옮겨가면 우리가 더 잘 지켜요."

태고사의 승은 극일문과 지남세가 종을 지키겠다는 뜻을 알아듣지 못하고 딴청이다.

"언젠가는 떠나온 곳으로 되돌아갈 종이기 때문이오. 지금 당장은 돌아갈 수 없어 그리로 옮겨간다고 하지만, 우린 그 종이 양근 땅 미지산으로 되돌아갈 때까지 곁을 떠날 수 없어서요."

결국 종은 해방을 맞아 비어있는 왜절에 그대로 둘 수 없어 태고사로 옮겨가서 새롭게 국보 제 삼백육십칠 호로 지정되었고, 태고사 종각 앞에 표지석도 세웠다. 극일문은 여전히 태고사를 드나들면서 밤낮으로 종을 지키고 닦았다.

새로운 나라의 나이는 이십도 못 됐는데 나라를 지키던 사람들은 일인들이 들볶던 세월에 지쳐 모두 늙어가고 있었다.

극일문과 오랑은 지남세의 주선으로 종이 있는 태고사 근처에다 거처를 옮겨 잡았다. 지남세와 방녀는 구리개길 점방에서 땔나무와 소금과 쌀과 잡곡과 빗자루, 그릇 따위의 소소한 집안 살림들을 팔았다. 극일문과 오랑을 피붙이처럼 아끼며 가까이 지내오면서 해방된 나라가 중심을 못 잡고 갈팡질팡하는 어지러운 세상을 버텨갔다. 태고사 종을 지키고 닦는 일은 극일문이 자청한 일이니, 오랑은 송판으로 벽과 지붕을 삼은 방에서 함께 자고 구리개까지 걸어 다니면서 지남세의 점방에 가서 나뭇단을 묶고 물건을 싸주고 배달하는 일까지 도왔다.

　일천구백육십이 년 겨울. 눈이 발자국을 낼 정도로 내린 아침이었다. 몇 해 전에 태고사는 조계사라고 이름을 바꿨다. 극일문이 여느 날처럼 아침 일찍이 조계사로 들어가 빗자루를 들고 종각 주위를 쓰는데 뭔가 허전했다. 종각도 그대로고 종도 그대로 걸려있는데. 그 앞에 박혀있던 국보 제 삼백육십칠 호라는 표지돌이 뽑혀 없어진 것이다. 밤새 일어난 일이다. 어느 자의 소행일까. 눈을 쓸던 빗자루를 내던지고 종무소로 달려갔다.

　"저어. 스님. 종각 앞에 있던 빗돌이."

　"아. 그거요. 어제 뽑아갔어요. 나라에서."

　"뽑아가다니요."

　"보물이 아니래요. 여태껏 속았지요."

　"보물이 아니라니요."

　종무소에 승은 잉크냄새 나는 신문을 극일문 앞에 내밀었다.

　"저게 상원사에서 가져온 종이 아니래요. 여기 이렇게 나라에 높은 분들이 결정했다고 썼잖아요."

　신문을 받아든 극일문의 손이 바르르 떨렸다.

　"상원사에서 가져온 종은 왜놈들이 제 나라로 가져갔을 거래요. 이 종은 제 나라에서 가져온 종으로 바꿔치기 한 가짜 종일 거래요. 그래서 나라의 보물가문 호적에서 아예 파버리기로 했다고 여기 신문에 이렇게 쓰여 있어요. 아참. 그러고 며칠 전에 황 무슨 박사라는 사람이 시골 노인을 데리고 와서 이 종을 보고 갔어요. 노인들은 예전에 보던 종과 다르다고 이상하다면서 갔어요. 그게 바로 며칠 전인데 이렇게."

"소리는 안 들어보고요? 소리를 들었어야 하는데."

"종이 가짜라는데 소리도 가짜 소리가 아니겠어요."

승은 남의 말처럼 했지만 극일문은 아비가 파문멸족을 당한 아들처럼 신문에 글자가 헝클어졌고 땅바닥에 쌓인 흰 눈이 까맣게 타들어가고 있는 것처럼 보였다.

"이제부터는 수고롭게 일찍 나와서 종을 닦을 필요가 없어요."

"그럼 진짜 종을 찾아야지요."

"그걸 어떻게 찾아요. 그자들이 갖고 갔으면 일본 땅 어디에다 꼭꼭 감춰두고 있을 텐데 일본천지를 다 뒤진다 한들 우리 눈에 띄겠어요? 해방 전에 그렇게 갖고 간 물건들이 한둘도 아니고."

가짜라니. 그럴 리가. 이쯤에서 낙담하기는 승도 마찬가지였다. 극일문은 그 길로 지남세를 찾아갔다.

"아저씨. 이게 있을 수 있는 얘긴가요? 조계사에 있는 우리종이 가짜라는데."

점방 앞에 앉아서 반씩 쪼개놓은 소나무장작을 한 번씩 더 잘라 모탕에 놓고 잘게 쪼개 단 풀이 하던 지남세가 도끼를 내던지고 벌떡 일어났다.

"가짜?"

"진짜는 왜놈들이 갖고 갔을 거래요."

"그날부터 네가 지켰지 않느냐."

"벌써 그 이전이래요. 상원사에서 갖고 오던 날 왜놈들이 바꿔치기 했을 거라고."

"어림도 없는 소리. 내가 그 종을 모를까보냐. 그 종이 귀히 보이니까 탐이 나서들 하는 얘기겠지."

"아침에 절에 갔더니 종각 앞에 국보라는 푯돌을 빼버렸어요. 나라에서 그랬대요."

지남세는 손에 다시 들려던 도끼를 내팽개치고 극일문과 함께 조계사로 달려갔다. 여전히 승은 국보라는 푯돌이 빠진 허전한 터만 메워 고르고 있었다.

"이게 도대체 어찌된 일이오."

지남세가 승에게 묻고 있지만 승은 태연했다.

"무어 그리 소란이시오. 이름이 바뀐다고 종이 달라지나요. 이 종이 그 종이라면 됐지."

"아니라니 하는 말이오. 이렇게 다시 보려고 왔잖소."

"하긴 며칠 전에 황 박사라는 사람이 어떤 시골 노인하고 양복쟁이 몇 사람이 와서 이 종을 보고가긴 했었지요. 노인들이 여기저기 보더니 이 종이 그 종이 아니라고 하던데."

"어디서 왔다고 해요."

"거기요. 이 종이 본래 있던 자리. 미지산 어디에 사는 사람들이라나요."

"사람들이 어떻게 생겼읍디까?"

지남세는 숨넘어갈 듯 승을 재촉했다.

"맞아요. 그쪽 처사 또래쯤 된 나인데 그냥 농사꾼 차림이지요."

"뭐라든가요?"

"말했잖소. 여기저기 살펴보고 고개를 갸우뚱거리더니 이 종이 그 종이 아니라고 해서 그런가보다 했는데 이지경이 되었으니."

"그때 종을 쳐봤소? 시골에서 왔다는 그 사람들이 양심의 소릴 들어 봤느냐 말이오."

승은 고개를 내둘렀다. 그러자 지남세는 종각으로 올라가 당목을 당겼다. 놀란 승이 쫓아 올라가서 말리려 하였으나 종은 이미 당목을 맞았다.

"그자들이 이 소릴 들어봤느냐 말이요. 종이 소리를 울리자고 세상에 태어났는데, 나라의 보물이라면 소리가 보물이었겠지 껍데기가 보물이었나요. 그 소리가 이 소리가 맞는데 무슨 놈의 종이 바뀌었다고 그래요?"

지남세의 목소리가 높아지면서 극일문의 팔을 잡아끌었다. 칠십을 넘어가는 손목의 힘이 극일문에게 아프게 감겨왔다.

"선암으로 가보자."

여응은 노구를 거동치 못하고 방에서 나오지 못했다. 부르는 소리에 문을 열고 누군지 알아보려는 흰 눈썹 밑에 얇은 눈꺼풀이 찡그려지는데, 지남세가 인사를 여쭐 사이도 없이 극일문이 앞으로 나서서 종 얘기부터 꺼냈다.

"스님. 그 종이 가짜랍니다."

"누가 그러더냐?"

"나라에서 가짜라고 결정했대요. 벌써 신문에도 났고요. 우리만 몰랐어요."

"지 처사가 보기에는 어떤가요."

"지 목숨을 살린 종인데요. 총알 자국이 그대로 있는데, 소리도 그대로고요."

"그럼 됐네. 온 김에 내 청이 있어요. 내 명이 다했다는 소식이 그대들에게 가면 찾아와서 내 몸을 거둬주시게나. 미지산 상원사에 가면 절 마당 앞에 늙은 느티나무가 있을 거여. 거기서 동남방으로 열 걸음 정도 떨어져서 땅을 파면 나를 태울 자리가 나온다네. 땅을 파고 거기서 소(燒)해주게.

죽은 내 몸을 세워도 파묻힐 정도로 깊이 파야 하네."

극일문과 지남세를 번갈아보며 겨우겨우 말을 잇는 여응은 이미 그가 가야 할 곳과 세상의 끝을 알아두고 있었다.

며칠 후에 극일문은 지남세로부터 여응이 미지산 상원사 밑에서 시신으로 발견되었다는 연락을 받았다. 어떻게 연이 닿았는지 연안에 사는 사람이 일부러 전하기 위해 구리개길 지남세의 점방까지 먼 걸음을 하였다. 죽기 전에 여응의 당부가 있었던 모양이다. 망설일 것도 없이 오랑이 극일문을 따라나섰고, 점방을 보던 방녀가 급히 보따리를 챙겼다.

"사람이 죽을 때가 되면 고향을 찾아간다고 하더니 여응 스님의 고향이 미지산이었나보네요."

보따리를 든 방녀가 앞서 걷는 지남세에게 말을 붙였다.

"고향 같은 게 있었을까? 우리에게 고생을 덜 시키려고 당신 발로 며칠 동안 거기까지 걸어가셨겠지."

"종이 그리로 돌아가길 소망하는 마음이셨겠지요. 진정으로 종을 지켜온 분이니까요."

끼어드는 극일문의 말에 지남세는 노구를 이끌고 홀로 걸어갔을 여응을 생각하며 그렇게 스스로 위로했다. 상원에 다다르자마자 망설일 것도 없이 극일문이 앞장서서 땅을 팠다. 겉보기와 다르게 생땅이 아니라 흙이 물렀다. 더러 구운 흙덩이가 나왔다.

"이 자리가 사람이 묻힐 자리는 아닌가봐."

지남세가 파내는 흙을 보고 개운치 않아 했다.

"소(燒)해달라고 하셨잖아요."

극일문의 말에 지남세가 "그렇지." 하는데 괭이 끝에 덜그럭거리는 물건이 걸렸다. 암키와처럼 널찍한 동판이었다. 묻은 흙을 괭이로 긁어내자 판이 드러났다. 주악상이다. 한 사람이 가부좌하고 비파를 타고 한사람은 피리를 불고 있는 모습이 오목하게 새겨져 있었다. 모두 할 말을 잃었다. 태고사에 있는 종의 부조와 똑같은 비천상이 동판으로 여태껏 묻혀있었다니. 지남세와 방녀, 극일문과 오랑, 그걸 보고 있었다. 아무리 들춰봐도 음각된 부조 외에는 글자 한 자 없었다. 이게 여기에 있다니.

극일문이 어른으로부터 들어왔다던 종의 내력이 전혀 뿌리 없는 얘기는 아닌 모양이었다. 흙을 더 파내자 흙벽돌부스러기가 나오고, 쉽게 파여 나오는 흙을 더 퍼내고 나니 둥그런 구덩이가 잡혔다. 장정 너덧이 들어가서 어깨를 잡을 수 있기에 너끈한 넓이와 깊이였다.

"화로다. 여웅 스님이 미리 알고 있었구나. 극일문 자네가 지난번에 했던 종 얘기가 맞는다면 여기가 바로 종이 태어난 그 자리다. 종이 태어나고 주종장의 몸을 태웠다는 곳. 봐라. 이 동판에 그림이 지금 태고사에 있는 종에 주악상과 똑같지 않느냐?"

지남세가 동판을 보이자 극일문이 고개를 끄덕이는데 방녀와 오랑만 영문을 몰라 고개를 갸우뚱거렸다.

여웅의 소원대로 그의 몸은 불을 피워 하늘에 날렸다.

"나는 여기 남을 테니 자넨 경성으로 가서 종을 지키게. 종이 돌아오면 언젠가는 자네가 상원의 대를 이을 사람이지 않는가. 경성에 점방은 자네한테 맡기겠네. 종이 돌아오면 자네도 돌아오겠지."

"저의 생전에 그날이 올까요?"

체념하는 극일문의 등을 지남세와 방녀가 떠밀었다. 그런데 오랑이 따라나서지 않고 여응을 소한 곳 앞에 앉아있었다.

"아저씨. 저의 머릴 깎아주세요. 저는 여기 남겠어요. 여태 헛것을 쫓았어요."

꿇어앉은 오랑을 보면서 극일문이 발걸음을 돌렸다. 극일문을 경성으로 보내고 지남세는 향불을 피워 돌아올 별종을 기다리며 여응을 지켰다.

하소연

나는 언제 어디서 누구의 손으로 이 땅에 태어났는지 모른다. 사람들은 내 겉모습만 보고 나의 근본을 추정할 뿐이다. 어떤 사람은 나를 때려서 울려도 보고 내 살점을 긁어내서 나의 정체를 알아내려고까지 했다. 오래전에 나를 세상에 태어나게 한 이는 내 몸에다 나의 생년과 생일의 간지조차 적어놓지 않았다. 나를 낳은 아비의 이름조차도.

사람들은 내 몸이 다른 종(鐘)들과 다르다는 이유로 귀하게 대접받던 종들의 족보에서 지워버렸다. 나는 사람들보다 더 오랫동안 세상을 지켜왔지만, 나보다 오히려 늦게 태어난 사람이, 나보다 먼저 죽어가는 사람이, 나의 태생에 대해서 이렇다 저렇다 얘기했고 나의 거처를 결정했다. 그들 때문에 나는 떠돌이 생활도 많이 했다.

내가 세상 사람들의 눈에 띄어 밝혀지기 시작한 때는 일천구백칠 년. 미지산 가섭봉에서 남향받이 병풍 같은 암벽 아래 자리한 상원에서였다. 언제부터 내가 거기에 있었는지는 나도 모르고 아무도 모른다. 그때는 나라가 일인들 발길에 짓밟히던 시절이었는데, 의병들이 상원사로 숨어들어 격전을 벌이다가 쳐들어온 일인들 눈에 띄었다. 그때에 일본군이 불을 놓아 절이 모두 불에 탔는데, 어떤 이는 대웅전만 남고 내가 있던 종각까지 모두 불에 탔다고 하고, 어떤 이는 종각만 남고 모두 불에 탔다고 한다. 어느 말이 맞는지 모른다. 그때에 내 몸이 총알에 맞았는지 가슴에 상처 한 점 났을 뿐, 멀쩡했던 걸 보면 내 몸이 녹아내릴 정도로 종각이 심하게 불에 타지는 않았던 것으로 보인다.

그 이듬해 삼월에 일인들은 군인까지 데리고 와서 방해하는 사람들을 물리치면서 나를 경성으로 옮겨갔다. 나라가 어수선한 때라 연안 장수에 사는 사람들까지 인부로 끌고 와서 종을 옮겨가는 일을 시켰다. 사람들은 내 몸을 광목으로 둘러싸고 참나무를 베어 산비탈 길에 굴림목(환목)으로 깔아 나를 밀고 내려갔다. 밤낮없이 인부 오십여 인이 들러붙어 일을 했다. 상원에서 연안, 장수, 상진, 중진, 하진까지 내려가는데 꼬박 닷새가 걸렸고 양근나루까지 또 닷새가 더 걸렸다. 길바닥에서 연안 장수 사람들이 몰려들어 종을 가져가지 못하도록 방해하기도 했다.

나는 내 몸을 내 뜻대로 할 수 없으니 힘센 쪽이 끄는 대로 끌려갈 수밖에 없었다.

양근나루에서 배를 탔다. 동종이 배를 탔으니 먼 길을 가는가 보다. 나의 몸은 사람을 염하듯이 광목으로 단단히 묶인 채 배에 실려 강물을 따라 내려갔다. 광나루라는 곳에 머물렀다가 방해꾼들을 피해 용산나루로 다시 내려갔다. 하루 밤낮을 꼬박 내려와 용산나루에서 마차를 타고 경성 부내로 들어갔다. 길가에는 나를 구경하는 사람들이 줄지어 늘어서 있었다. 목멱산 기슭에 새로 지은 큰 절로 들어가서 종각에 걸렸다. 그때가 일천구백칠 년 사월 이십삼일이었다. 그날 많은 사람들이 절에 몰려와 나를 구경했다. 닷새 후에는 나를 종각에 걸어놓고 성대한 타종행사를 치렀다.

그 절은 일인들이 지은 대곡파의 동본원사 경성별원이라고 했고, 전에 있던 상원사보다 훨씬 컸다. 거기에서 나는 귀한 대우를 받고 있었다. 미지산에서 버려두다시피 했던 내 몸을 닦고 손질하여 종각에 곱게 걸어주었다. 사람들은 절도 새 절이고 종도 새 종이라고 했지만, 절은 새 절일지언정 나는 결코 새 종이 아니었다. 어느 핸지 해가 바뀌는 자정에 사람들이 절 마당에 가득 몰려들어 구경하는 앞에서 제야의 종을 울린다고 나를 때렸다. 사람들은 나의 울음을 들으려고 몰려들어 당목을 맞고 우는 나의 소리를 감격스럽게 들었다. 미지산을 떠난 나는 매를 맞아 울음소리를 내며 섧게 흐느끼고 있었다. 방송국에서는 전국에 타종 중개방송까지 하는 귀한 종이 되었다.

어떤 일인 학자가 나를 보고 매우 오래된 진귀한 종이라 했다고 한다. 신라 경순왕 때쯤에 태어났을 것이며 나이가 일천 살이나 된다고 했다. 어떤 이는 내가 일천 년 전에 태어난 고려종이라고 조선 미술사에 썼다고 한다. 나라에서는 일천구백삼십구 년 십일월 초이렛날에 나를 보물로 지정했다. 최고의 대우를 받는 국보가 된 셈이다.

나는 경성에 끌려와서 해방을 맞았고 태고사로 다시 옮겨갔다. 거기서도 보물로 대우를 받고 있었는데, 일천구백오십 년경에 황 박사라는 사람이 나를 유심히 살피기 시작했다.

일천구백육십이 년 동짓달 초사흘 날 황○○ 박사는 당초에 내가 있었던 양평 연수리에서 왔다는 노인 두 사람과 여러 사람들을 모아놓고 나에 대해 왈가왈부 많은 이야기들을 했다. 이야기의 내용인즉 내가 가짜란다. 노인들이 젊었을 때에 나를 본 기억이 있는데. 내 몸에 서른여섯이나 되는 꽃봉오리가 이처럼 작지 않았고, 내 몸 안에는 세 사람이 들어갈 정도로 통이 컸다고 했다. 뿐만 아니라 내 몸 전체가 예전에 봤던 종보다 전체적으로 작다고 했다.

내가 말이라도 할 수 있었다면. 내가 태어난 때를 모르는 게 나의 잘못이 아닌데도, 너의 정체를 바른대로 밝히라고 대단한 취문을 당했을 것이다.

노인들의 이야기를 듣고 나서 황 박사는 내가 본래 상원사에 있던 종이 아니라고 단정해버렸다. 내가 미지산에 있을 때에 노인들이 보았던 종과 다르고, 내 몸이 일본종을 닮았다는 게 이유였다. 나는 일본종이 어떻게 생겼는지 모른다. 내 몸에는 새끼줄 같은 줄띠가 두세 겹씩 둘러져 있고 몸매가 통통하지 않고 멋없이 길쭉하다. 나를 매어다는 고리도 한 몸에 머리가 둘인 용이다. 조선의 종들, 특히 신라 때에 종들은 용 한 마리가 종을 들고 있다고 한다. 신라 때에 종이려면 용뉴에 음통이 있어야 하는데 그마저도 없으니. 나는 고작해야 일천구백 년대에 만든 일본종에 불과하다고 했다.

그 해 동짓달 열이틀 날 나는 국보에서 해제되어 아무것도 아닌 쇠붙이로 취급받았다. 내 몸에 글자 한 자 없는 이상 나를 변명해줄 수 있는 증거는 아무것도 없었다. 이게 내 운명인가. 내 앞에 세워져 있던 국보 표지석도 뽑아갔다. 내 몸이 가짜라고 신문에도 났다고 한다. 아무리 의심이 간다고 해도 직접적인 물증 없이 추정만으로 가짜라고 단정한 신문보도는 유감이다. 나도 나를 모르니 모든 게 추정일 뿐 가짜라는 확실한 증거도 없잖은가. 나라 안에 나와 닮은 종자가 없다는 게 제일 큰 이유였다.

보기 드문 별종이란다.

그 후로 나는 조계사 한 구석에 쓸쓸하게 버려지다시피 놓여 있어 아무도 나를 귀하게 보아주지 않았다. 국보에서 해제된 후에도 나에 대한 논란은 계속되었다. 황 박사는 일인들이 나를 진짜 용문산 상원사의 종과 바꿔치기 했을 거라고 하는데, 단순한 추정일 뿐 그게 맞는 말인지 그른 말인지는 나도 모른다. 조계사에 있는 나는 가짜이고 진짜 나는 일본에 가 있을 거라고 했다. 황 박사가 일본에 가서 진짜 나를 찾으려고 무진 애를 썼다는데 결국 못 찾았다고 한다.

여러 사람들이 나를 놓고 진짜 종이니 가짜 종이니 왈가왈부 하다가, 일천구백칠십이 년에 남○○ 박사가 나를 기원후 육백 년대에 만든 진종이라고 주장하며 나섰다고 한다. 내 몸에 적어놓은 탄생일이 없으니 세상의 권위를 등에 업은 그들의 입속에서 나의 나이는 늘고 줄었다. 겉모습이 언뜻 보면 중국종이나 일본종을 닮은 것 같아도, 자세히 들여다보면 내 몸에 새긴 무늬가 섬세하고 정교해서 일인들은 이렇게 흉내를 못 낸다고 했다.

내 몸에는 이렇다 저렇다 할 글자 한자 없지만 그림만으로 그 진가를 나타낸다고 했다. 네 쌍으로 새겨진 주악천인상이 그렇지 않은가. 일찍이 내 앞에 태어나 세상에 남아있는 종 몇몇이 주악천인이 있고, 그 이후로 태어난 종은 그게 없다. 지금도 그렇지만 그 시절에는 종을 만들 동(銅)이 귀했기 때문에 한번 종을 만들려면 집집마다 구리를 모두 거둬들여 녹여도 모자라서, 덜 귀한 종들은 거두어 부서지고 노에 들어가서 다른 종으로 다시 태어났다고 한다. 생명이 윤회하여 다른 몸을 입었던 혼을 받아 태어나듯, 나의 전생도 예전에 어떤 종이었을지도 모른다. 종을 새로 만들기 위해서 변변찮은 종은 기꺼이 깼으니 나와 비슷하게 닮은 종이 여럿 세상에 남아

있지 않다는 것은 당연한 얘긴지 모른다. 그렇다면 유일무이하게 살아남은 나는 더욱 귀하지 않은가.

그때에 나와 함께 만들어진 솜씨가 분명 여럿이나 있었을 텐데 새로운 종을 만드느라고 모두 녹여 없어졌을 것이라고도 했다. 병신들 틈에서는 온전한 게 병신이라고 멀쩡한 나만 남아 지금도 별종 취급을 받고 있다. 내 몸이 도대체 어떻다는 것인가.

나에 대한 진위 논란이 거세지자 조계사에서는 일천구백팔십팔 년에 나를 제켜놓고 새로운 범종을 만들어 달았다. 내가 사람이었다면 자기네 핏줄이 아니거나 데려온 아이임이 밝혀져서 종의 가문에 대를 이를 아기를 새로 낳은 것이나 다름없었다. 그때에 핏줄을 이을 아들로 귀하게 대우받다가 밀려난 심정이야 오죽하겠는가. 내 몸을 스스로 움직일 수도 없고 말도 할 수도 없는 종이었기 망정이지 사람이었다면 펄펄 뛰고 난리가 났을 것이다. 설령 밖에서 데려오거나 제 핏줄이 아닌 게 밝혀졌다고 해도 살아온 정리가 있고 그동안 함께 겪어온 난고가 있는데.

차라리 나를 용탕에 넣고 새로운 주물로 조계사에 걸 새로운 종을 만들었다면 사람처럼 살신성인하는 아픔을 감내할 수도 있었을 것이다. 그런데 국보의 자리에서 물러난 나를 그대로 걸어두고, 그 옆에 새로 만든 종을 걸어놓고 앞으로는 이 종을 쳐야 하느니라 한다면 내게 얼마나 치욕스런 일인가. 만일 죄를 지었다면 범종인 내가 아닌 인간이 지었을 텐데도 말이다.

이런 걸 알고 일천구백구십육 년에 나를 본래 있던 미지산 상원사로 데려가겠다는 활동이 널리 벌어졌다고 한다. 나는 새로운 종 옆에서 십여 년을 천덕꾸러기로 버티고 있다가, 일천구백구십팔 년에는 조계사에서 파주에 있는 보광사로 쫓겨났다. 미지산 상원사로 돌아가야 할 내가 왜 보광사로 가는가. 예전에는 굴림목과 배와 마차에 의지해 옮겨갔지만, 서울에 온 지 구십 년 만에 차로 실려 나가면서 나에게 눈물이 있었다면 몸이 흠뻑 젖도록 흘렸을 것이다. 광목으로 칭칭 동여맨 몸은 울음소리마저도 낼 수도 없었다.

종이라는 게 본래 매를 맞아 울려고 세상에 태어났지만 스스로는 울 수 없는 내 몸, 십여 년 넘도록 나를 때려 울려주는 사람조차 없었다. 그나마 옛날에 국보였다는 과거를 완전히 지우지 못하고 체면치례로 대우를 해주려고 했는데, 이제는 조계사의 이름으로 새로운 종이 태어났으니 자리를 비켜주는 게 마땅하다며 그랬을 것이다. 파주 보광사에 있는 동안은 참담한 귀양살이였다. 사람이 귀양을 간다면 지은 죄라도 있겠는데, 사람들이 나를 두고 이랬다저랬다 하는 죄를 지었을지언정, 매나 실컷 맞아 울부짖는 범종이 무슨 죄가 있다고 귀양을 보내는가.

나를 보광사로 보내놓고도 나에 대한 논란은 끊이지 않았던 모양이다. 들리는 말로는 그 해 일본에 나라국립문화재연구소 국제학술세미나에서 일인학자 삼산양이라는 사람이 조계사종은 위종이 아니라는 주장을 했다고 하고, 이듬해 조계종과 문화부와 국립박물관이 공동으로 나를 조사한 결과 '앞으로 학자들의 폭넓은 연구가 필요하고 이에 앞서 문화재로 지정해 보호할 만한 가치가 있는 중요한 유물'이라고 밝혔다고 한다.

아직까지도 나는 나의 태생의 근원에 대한 불확실성 때문에 문화재 대우조차 못 받고 있다. 앞에 공동조사가 밝혔듯이 나의 문제는 결코 가볍게 결론을 내려놓을 일이 아니라고 생각한다. 아직도 명확하게 밝혀지지 않고 간접적인 사실로만 내가 진종이냐 위종이냐 하는 논란은 끝이 없이 달리는 어두운 터널 속일 수밖에 없다.

나는 서울 땅으로 옮겨가기 이전에 과거가 어떠했든, 이 나라 역사의 파랑을 직접 세도 있는 일인들의 곁에서 겪어온 증거종이라는 데에 의미를 두고 보아달라는 바람이다. 뿐만이 아니다. 나의 생김이 독특한 것 또한 두고두고 풀리지 않으면 연구대상으로 삼아 풀어 가면 되지 않겠는가 하는 소박한 바람이다. 나의 몸속에 숨겨진 의문의 껍질들은 시간을 두고 한 겹 한 겹 서서히 벗겨내다 보면, 언젠가는 이쪽이든 저쪽이든 밝혀지게 될 것이다. 밝혀진 후에라도 그들의 방식대로 진종이든 위종이든 크게 달라질 게 없는 것이. 진종이라면 진종대로 문화재의 가치를 되찾을 수 있을 것이고, 위종이라고 한다면 진종이 어딘가에 고이 간직되어 있어 그걸 찾아야 한다는 역사적 과제와 함께, 위종이라고 판가름이 난 나는 나대로 간악했던 일인들의 행위를 입증할 중대한 증거물이기 때문이다.

내가 그토록 홀대받을 종이 아니라는 것을 알았는지 이천 년 구월 스무이렛날, 나는 파주 보광사에서 조계사로 다시 돌아왔다. 가짜 종이라는 오명으로 귀양살이하던 내 명예가 조금은 회복되는 기분이었지만 여전히 나의 근본은 밝혀지지 않았다.

이천팔 년에 성○○ 작가는 그의 『에밀레종의 비밀』이라는 책에서 내가 신라 때에 태어났다고 했다. 학계의 계속되는 연구발표와 나의 귀향을 돕는 일이 성사되어 이천십 년 일월 스무하루, 내가 떠났던 상원사로 일백이 년 만에 되돌아왔다. 돌아왔지만 모든 것은 낯설었다. 옛날에 전각들은 모두 사라지고 새로 지은 대웅전과 승방과 선원이 꽉 들어차 있었다. 뒤로 병풍처럼 휘두른 바위와 내려다보이는 숲만 그대로였다. 예가 바로 내가 있어야 할 곳이고 내가 울어야 할 산이었다.

398

이천십이 년 오월 열닷새 날에는 미지산에서 나에 관한 특별한 모임이 있었다. 내가 언제 태어났으며 어느 곳에서 났는지 나의 근본을 알아내려는 학계의 연구결과를 발표했다. 어떤 이는 내 몸의 조직을 떼어내서 과학적 방법으로 알아본 결과, 내 살은 조선의 살이고 적어도 일천 년경에 태어났다고 했다. 그러니까 나의 나이는 정확히 알 수 없지만 일천 살쯤은 되는 것이다. 이때 발표를 보았는지 그해 12월에는 나를 국보에서 해제하는데 한 몫 했던 사람이 어느 책에다 장설로 반박했다. 여러 가지 이유를 들어 내가 일천 년 전에 태어난 종이라고 보는 것은 무리라고 했지만, 그 반박 또한 명백하다고 뒷받침할 만한 근거는 역시 없었다고 한다.

또 소리를 연구하는 김○○ 박사는 이날 당목에 얻어맞아 울부짖는 나의 울음소리를 녹음하고 과학적으로 조사한 결과를 발표했다. 그동안 견뎌온 흐느낌과 떨림은 예전과 변함이 없었다. 이제 나는 관심 있는 사람들의 도움으로 지친 몸이나마 내 자리를 찾았다. 내 몸은 불에 데고 이리저리 끌려 다니면서 얻어맞고 긁히는 동안 늙고 병들어 많이 상했다. 버젓이 고향에 돌아왔는데 안타깝게도 때를 알리는 울음을 울지 못한다. 지옥 중생을 구제하기 위해 울리지도 못한다. 나의 몸이 부서질까 염려해서다.

내 몸에 글자 한자 없으니 사람으로 치면 문맹이나 마찬가지다. 내가 태어난 때가 일천 년 전이라고 하지만 일인들이 기록으로 남겨 나를 건드리기 시작한 일백 년 전에 기억들 밖에 세상에 없다. 하지만 그동안 내가 겪어온 경험으로 이즈음에 세상에 대고 할 말은 많다.

앞에서 얘기했지만 나는 홀로 걷지도 못하고 말하지도 못하고 내 몸에 글자 한자 없어 솔직히 내가 나를 모른다. 나에 대한 왈가왈부는 모두 명확한 확증이 없는 가설과 간접 증거로 세운 논쟁뿐이다. 그렇다면 명확한 사실을 보자. 나는 세상에 눈을 떠 사람들에게 발견되기 훨씬 이전부터 미지산 상원사에 걸려 있었음은 주지의 사실이다. 의병들과 토벌군이 일본군의 싸움을 지켜보다가 화마를 당하고 일인들에게 팔려갔다. 팔려갔다는 말은 일인들의 기록에 따른 것이니 명백한 사실이라고 단정할 수도 없다. 그들이 남긴 글에다가 값을 안 치루고 가져갔다고 쓰면 강도질이나 도적질이 영원히 남을 것이기 때문에 정당하게 가져간 근거를 대기 위해 그렇게 썼을지도 모른다. 그들의 기록을 전적으로 신뢰할 수는 없다는 말이다.

아무리 퇴속승이라지만 수백 년 동안 절을 지키듯 내려오던 종을 돈 몇 푼에 넘겨주었을까. 또, 내주기를 거부했다면 일인들이 갖고 가기를 포기했을까. 설혹 그곳을 지키던 퇴속승이 종을 귀히 여기지 않고 돈을 준다고 하니까 웬 떡이냐고 받아 챙겼을지도 모른다. 그렇다면 그 사람은 그 종의 주인이 아니다. 결국 다른 사람에게 종 값을 치루고 가져간 것이니 일인들이 그들의 절. 동본원사로 나를 강탈해갔던 것이나 다름없다.

상원을 떠나 있는 동안은 볼모로 잡혀 있던 귀양살이었다. 뿌리 깊은 조선불교와 바다 건너온 일인들의 불교가 어찌 같은가. 그들의 교리를 들어보니 믿는 근본이 다르다던데. 상원사에 걸려 당목을 맞고 우는 울음이, 낯선 일본절에서 매달려 매를 맞듯 당목으로 맞아가며 아픔을 참는 울음과 어찌 같았겠는가. 상원사에서는 당목을 맞아도 부처의 뜻대로 지옥중생을 구제하기 위하여 땅속 깊이 스며들 울음을 울어주었고, 일본절 동본원사 경성별원에 매달려서는 제나라 불도를 조선에 퍼뜨리려는 일승의 음험한 속내를 드러내는 게 보여, 아픔을 못 참고 소리 내서 섧게 울었다. 내게도 눈물이 있었다면 그때 그 서러운 마음으로 땅이 흥건히 젖도록 흘렸을 것이다.

이제 와서 생각해보니 나를 일인들이 국보로 추켜세운 건 내 나라 사람들을 달래기 위함이었다. 내 나라, 조선 사람들을 자기네 절로 끌어들이기 위함이었다. 일본 절에 이런 소중한 조선의 종이 있으니 조선과 일본이 한 나라고 떠들어댔을 것이다.

내가 어느 때 태어났건 어느 곳에서 태어났건 누구에게서 태어났건 명백히 세상에 밝혀지지 않았고, 나조차 나를 모르는데 내가 진정 누구라고 고집할 생각은 없다. 일인들이 이 땅에 들어와서 나를 징발하듯 데려가면서 대한제국의 초창기 힘들었던 운명을 몸으로 겪었다. 그런데도 '나' 별종은 이 나라 종의 계보를 싣는 족보에서 모두 빠져버렸다. 명백한 일본 종과 중국종들 마저 이 땅에서 국보니 문화재로 지정하여 소중한 기록자산으로 남겨 두는데 나는 왈가왈부하는 논쟁만 있을 뿐, 이 나라 종들을 모아놓은 족보에서조차 빼놓은 것이다. 몸에 나의 근본을 알아볼 수 있는 글자가 없다는 게 한이었다. 조선이후 한국 근대에 파란만장한 일백여 년을 몸으로 겪어왔는데 바다 건너온 다른 나라의 종만도 못하다는 걸까.

역사의 증거물로라도 나는 세상에 남아 내가 지나온 과거를 후세에 알려줄 가치가 충분히 있는데도 말이다. 아직도 나를 두고 진종이니 위종이니 하면서 제 밥그릇만 옳다고들 하고 있다. 이러한 논쟁거리가 된다는 것만으로도 살아온 이야기를 밝혀 세상에 알릴 가치가 있지 않을까. 한갓 종이라고 하지만 세상에 어느 생명보다 오래 세월을 지켜왔고, 그간 겪어온 과거가 한 인간에 못지않게 굴곡진 역사를 한 몸에 담고 있는데도.

나는 이제나마 다행스럽게도 나를 알아주는 고향으로 돌아와서 벌써 팔년이 넘어간다. 허름한 종각 안에 매달린 나를 많은 사람들이 찾아와 보고 가지만, 안타깝게도 내 울음소리를 듣지 못하고 나에 대한 서글픈 얘기만 건성건성 듣고 돌아간다. 나는 이제 국보라는 옛 영화와 고결한 가치를 구하지 않겠다. 세상이 바뀌고 나라가 어지러워지면 훗날에 또 어디로 떠나갈지도 모른다. 세상 어디라도 인간이 옮기는 대로 가야 하는 것이 나의 운명일진대. 하지만 이 나라의 어려웠던 한 시대를 겪어온 역사의 증거물임은 분명하니, 이 땅에 존재하는 날까지 깨어지거나 부서지거나 용광로에 던져질지도 모르는 그 날까지, 지난날에 부끄럽고 암울했던 역사를 후세에게 기억시키며 여기에 남아있겠다.

이 나라 범종의 세계에서 외따로 돌려진다고 해도 나를 찾아와 지난날에 올바른 역사를 구하려는 후세가 살아있는 한, 영원히 별종으로 취급받더라도 나는 결코 서럽거나 외롭지 않을 것이다.

1398. 조안(祖眼)화상이 상원암을 중창.

1452.10.13. 효령대군이 용문산 상원사에 시납하기 위해 종을 만들었으나 사헌부에서 고하여
관가에서 몰수.

1453.10.25. 효령대군이 용문산 상원사에 범종을 시납.

1592.~1598. 임진왜란 때에 미지산 보리사가 불에 타서 폐사된 것으로 추정.

1877.9.26. 오쿠무라 엔싱과 히라노 게이스이가 부산에 들어와 오타니파(대곡파) 포교 시작.

1890. 동본원사 경성별원 개원.

1895. 경성별원 부지로 왜성대 근처에 4,300평 마련.

1895.4.23. 승려 사노젠레이가 고종에게 승려 도성해금 건의 허락.

1900. 남산 아래 언덕근처에 동본원사 고리(80평)를 지음.

1902. 경성별원 포교원에 조선인 회원이 5,000명에 달함.

1905.1.7. 윤번 이나미 고종황제를 알현하여 동본원사 포교방침과 본당 창건계획 설명.

1906. 서울 남산 아래 동본원사 경성별원 개창.

1907.7.31. 일본군 사령관 하세가와 대장 관저 집합 군대해산 통고.

1907.8.1. 군대해산반대 시위대 · 진위대 반란, 정미의병 일어남.

1907.8.23. 조인환 부대 100여 명이 양근 부근 산속 매복, 일본 정찰중대 장교 척후 기습.

1907.8.23.~ 상원사. 용문사 부근에 모여 있던 150여 명의 의병 대부분 흩어짐.

1907.8.24. 일본군 양근의 용문 등 의병근거지 습격 민가 소각.

1907.8.24.~25 조인환 부대 150여 명, 일본군 토벌대와 격전, 토벌군 의병의 근거지인 상원
사와 용문사에 방화.

1907.8.28. 일본수비대 광탄 산속 의병을 탐지.

1907.8.29. 일본군 방화로 지평 장수동 마을 200여 호 소실.

1907.8.30. 토벌대가 산속에 숨어있던 의병을 치고 광탄으로 감.

1907.8.30. 의병 200명 양근 광탄 부근의 산 속에서 보병 52연대 1중대에게 피습.

1907. 용문산 상원사종을 8백 원(일화)에 동본원사 경성별원에서 구입.(조선포교 50년사)

1908.4.23. 상원사 범종이 경성 남산에 도착, 4.25. 경성별원 설교장에 걸고 기념법회.

1909.2.1. 최초 제야의 종으로 타종.(음력 1월 11일)

1909.11. 세키노(關野)—용문산 상원사 동종 감정 결과 '진기한 종'

1916. 금서룡, 『고적조사보고』—용문산 상원사 동종은 10세기에 고려에서 제작된 진종.

1918. 이능화, 『조선불교통사』—용문산 상원사 동종은 고대 조선 오래된 종.

1928. 경성방송국이 새해맞이 행사로 타종행사를 방송.

1931.10.25. 관 의순(館 義順, 日人) 편, 「南山本願寺小史」, ―용문산 상원사 범종 기록.

1932. 관야정 ― 용문산 상원사종은 10세기 고려 종.

1939.11.7. 조선고적보존위원회에서 용문산 상원사 동종을 보물로 지정.

1945.8.15. 용문산 상원사 동종을 동본원사 경성별원에서 조계사(태고사)로 옮김.

1945. 광복 후 용문산 상원사 동종을 국보 367호로 지정.

1947. 제등충, 『조선불교 미술고』 ―용문산 상원사종은 고려 때 제작.

1950. 용문산 상원사가 전란으로 전소.

1959. 황수영 박사, 용문면 연수리 노인을 만나 상원사 동종 조사.

1960. 황수영 박사, 일본에서 상원사 동종 일인 손에 넘어갈 때에 문서 찾음.

1961.6. 황수영 박사, 두 번째의 상원사 현지 조사.

1962.12.3. 고고미술동인들이 조계사 안뜰 종각에서 양평 용문면 연수리 두 노인으로부터 본
　　　　래 상원사에 있던 종이 아니라는 취지의 이야기를 들음.

1962.12.5. 경향신문에 상원사 동종 가짜 보도.

1962.12.6. 이구열 기자, '경향신문' 상원사 동종은 일인이 가져갔다고 보도.

1962.12.12. 문화재위원회, 용문산 상원사 동종(제367호) 보물지정 해제.

1964. 석도류, 『한국고금순례』, ―용문산 상원사종은 신라시대 진종.

1965.5.18. 황수영, 『조명기박사 화갑기념불교사학논총』 용문산 상원사종은 20세기 일본종.

　　　　1972. 「傳龍門山上元寺銅鐘存疑」, 法施 53.

　　　　1998. 「傳龍門山上元寺銅鐘存疑」, 황수영 전집.

1967. 평정양평, 『진단학보』 31호, ―용문산 상원사종은 10세기 일본종.

1972. 남천우, 『역사학보』, ―용문산 상원사종은 고대조선 7세기경 제작된 진종.

　　　　1987. 남천우, 『유물의 재발견』, 위와 같은 주장 발표.

1973. 이구열 『한국문화재비화』, ―용문산 상원사종은 20세기 일본종.

　　　　1996. 이구열 『한국문화재수난사』에서, 위와 같은 주장 발표.

1987. 염영하, 『범종』, ―20세기 용문산 상원사종은 일본종.

1998. 조계사는 용문산 상원사종을 파주의 보광사로 옮김.

1998. 일본 나라국립문화재연구소 국제학술 세미나에서 일본인 학자 스기야마 히로시(杉山
　　　　洋), ―조계사 종이 결코 위작이 아니라고 발표.

1999. 조계종 총무원 문화부와 국립박물관이 공동으로 실시한 범종 조사 결과,

양측은 "앞으로 학자들의 폭넓은 연구가 필요하고, 이에 앞서 문화재로 지정해 보호할 만한 가치가 있는 중요한 유물"이라고 밝힘.

2000.9.27. 용문산 상원사 동종 파주 보광사에서 조계사로 이송.

2008. 성낙주, 『에밀레종의 비밀』. ─용문산 상원사종은 신라 때 만들어진 진종.

2010.1.15. 용문산 상원사 동종 상원사로 되돌아옴.

2012.5.15. 용문산 상원사 범종 제1차 학술발표회(과학으로 본 용문산 상원사 범종), 「경기도 양평 상원사종의 진동 및 음향 특성」, 「용문산 상원사 범종의 금속학적 고찰」.
─성분분석 결과 신라시대(9세기경) 제작되었을 가능성이 높음.

2012. 문화사학, 「일제강점기 한국문화재조사연구와 용문산 상원사 동종에 대한 여적」, 이호관.
─용문산 상원사종은 20세기 일본종.

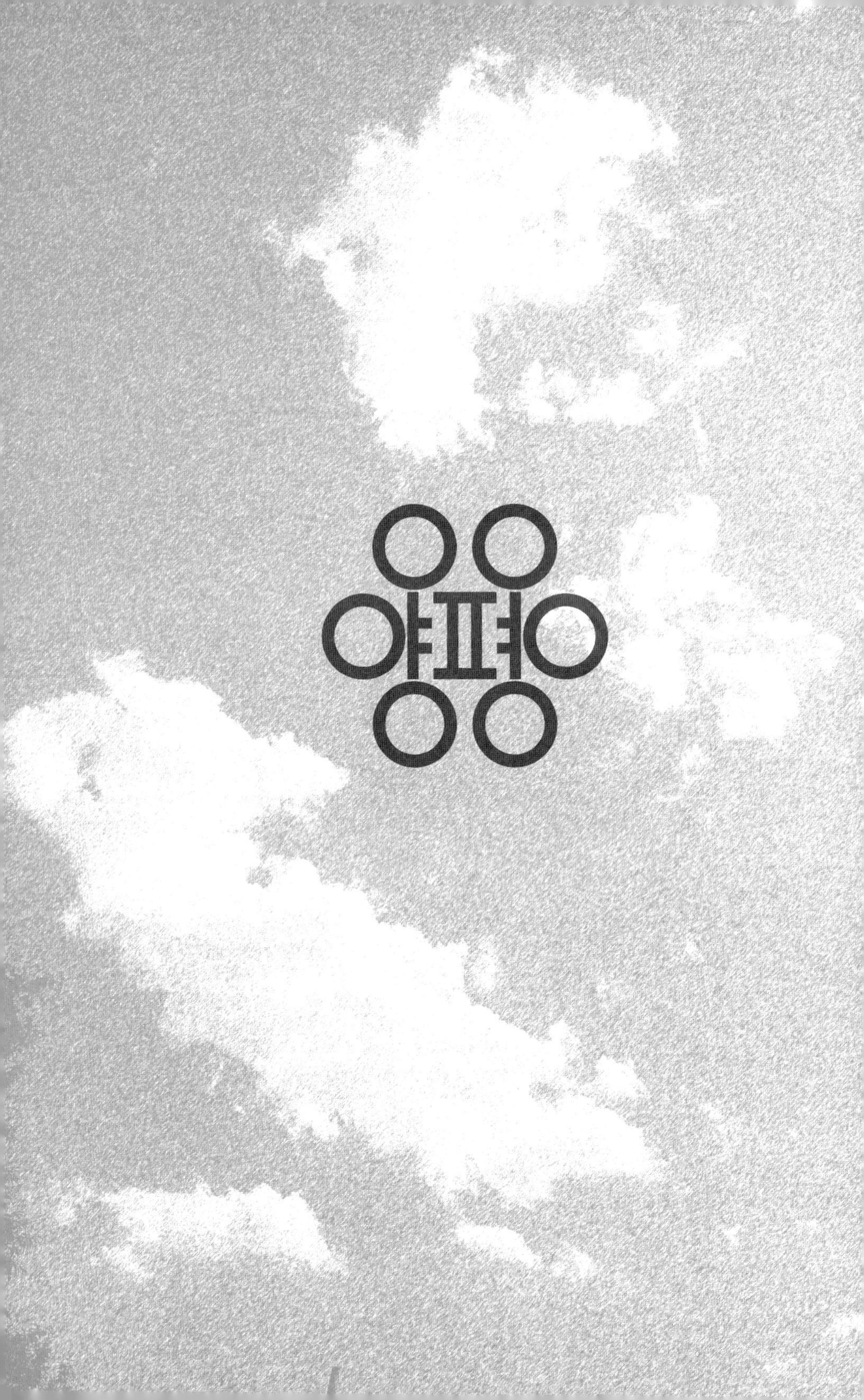